D1928174

Kader Abdolah

Das Haus an der Moschee

E. Rupp

Kader Abdolah

Das Haus an der Moschee

Roman

Aus dem Niederländischen
von Christiane Kuby

claassen

Die Originalausgabe erschien 2005 unter dem Titel *Het huis van de moskee*
in der Uitgeverij De Geus BV, Amsterdam, Niederlande

Der Verlag dankt dem Nederlands Literair Productie- en Vertalingenfonds
für die Förderung der vorliegenden Übersetzung.

claassen ist ein Verlag
der Ullstein Buchverlage GmbH

ISBN 978-3-546-00421-3

© 2005 Uitgeverij De Geus BV, Amsterdam
© der deutschsprachigen Ausgabe:
2007 Ullstein Buchverlage GmbH, Berlin
Alle Rechte vorbehalten
Gesetzt aus der Granjon bei
Pinkuin Satz und Datentechnik, Berlin
Druck und Bindung: Clausen & Bosse, Leck
Printed in Germany

Agha Djan gewidmet, um ihn gehen zu lassen

Agha Djan	Vorsteher des Basars und des Hauses
Abbas	Sinats verstorbener Sohn
Ahmad	Imam Alsaberis Sohn und Nachfolger
Alsaberi	der Imam der Moschee
Am Ramasan	der Diener
Die alte Krähe	sie gehört seit jeher zum Haus
Die närrische Godsi	Stadstreicherin, die Geheimnisse ausplaudert und hellsehen kann
Djawad	Sohn von Agha Djan und Fagri Sadat
Eidechse	Sediqs Sohn
Ensi	Tochter von Agha Djan und Fagri Sadat
Fagri Sadat	Agha Djans Frau
Galgal	der rebellierende Imam
Golbanu	die Großmutter
Golebeh	die Großmutter
Kasem Chan	der Dichter
Moazzen	Schahbals Vater und der Muezzin
Nasrin	Tochter von Agha Djan und Fagri Sadat
Nosrat	Agha Djans Bruder und der Mann, der mit seiner Kamera die Ereignisse festhält
Schahbal	Moazzens Sohn und der Mann, der die Geschichte der Moschee erzählt
Sediq	Sinats Tochter und die Mutter von Eidechse
Sinat	Alsaberis Frau und die Frau, die Geschichten erzählt

»Nuun ual qalami ua ma jasturun:
Bei der Feder und bei dem, was damit geschrieben wird.«

Die Ameisen

Alif Lam Mim. Es war einmal ein Haus, ein altes Haus, das man »das Haus an der Moschee« nannte.

Das Haus war groß und hatte fünfunddreißig Zimmer. Seit Jahrhunderten wurde es von eng verwandten Familien bewohnt, die im Dienst der Moschee standen.

Die Zimmer waren alle nach ihrer Bestimmung benannt, etwa das Kuppelzimmer, das Opiumzimmer, das Geschichtenzimmer, das Teppichzimmer, das Krankenzimmer, das Großmutterzimmer, die Bibliothek und das Krähenzimmer.

Das Haus war an die Rückseite der Moschee gebaut. Eine Steintreppe führte vom Innenhof hinauf auf das flache Dach, über das man zur Moschee gelangte.

Und mitten im Hof lag ein sechseckiges Becken, der *Hous*, in dem man sich vor dem Gebet Gesicht und Hände wusch.

Jetzt beherbergte das Haus die Familien dreier Vettern: die von Agha Djan, dem Kaufmann, der dem Basar der Stadt vorstand, die von Alsaberi, dem Imam, der die Moschee leitete, und die von Agha Schodja, dem Muezzin der Moschee.

Es war an einem Freitagmorgen, zu Beginn des Frühlings. Die Sonne schien mild, und der Garten roch nach Erde, die Bäume trugen junges Laub. Überall zeigten sich erste Knospen. Vögel flogen von Zweig zu Zweig und sangen dem Garten ein Lied. Die beiden Großmütter entfernten Pflanzenreste von den Beeten, während die Kinder Fangen spielten und sich hinter den dicken Bäumen versteckten.

Eine große Schar Ameisen war unter den alten Mauern hervorgekrochen und bedeckte den Gehweg bei der alten Zeder mit einem bräunlichen, wogenden Teppich.

Tausende junger Ameisen, die zum ersten Mal die Sonne sahen, zum ersten Mal ihre Wärme auf dem Rücken spürten, drängelten heraus.

Die Hauskatzen, die neben dem Wasserbecken lagen, bestaunten die wimmelnde Menge aus sicherer Entfernung. Die Kinder unterbrachen ihr Spiel, um das wunderliche Spektakel zu betrachten. Die Vögel verstummten, ließen sich auf den Zweigen des Granatapfelbaums nieder und reckten neugierig die Hälse.

»Großmütter«, riefen die Kinder, »schaut mal!«

Die Großmütter, die auf der anderen Seite des Hofes beschäftigt waren, hörten nicht.

»Kommt doch und schaut, da krabbeln Millionen von kleinen Ameisen!«, rief eines der Mädchen.

Die Großmütter kamen.

»So was habe ich noch nie gesehen«, sagte die eine.

»Von so was habe ich noch nie gehört«, sagte die andere.

Vor Staunen schlugen sie die Hände vor den Mund. Das Heer der Ameisen wuchs und wuchs und bedeckte schließlich den ganzen Gehweg, sodass man nicht mehr zum Tor gelangen konnte.

Die Kinder rannten zu Agha Djans Arbeitszimmer auf der anderen Seite des Innenhofs.

»Agha Djan! Komm! Hilfe! Die Ameisen!«

Agha Djan zog den Vorhang zurück und schaute hinaus.

»Was ist?«

»Du musst kommen! Bald können wir nicht mehr nach draußen, die Ameisen laufen zum Haus, Millionen Ameisen!«

»Ich komme.«

Er warf sich den langen Aba* über, setzte den Hut auf und folgte den Kindern.

Agha Djan hatte in diesem Haus schon viel erlebt, doch so etwas hatte auch er noch nicht gesehen.

»Da denke ich an den Propheten Suleiman«, sagte er zu den Kindern, »etwas Besonderes muss geschehen sein, sonst würden sie nicht in so großer Zahl herauskommen. Wer gut hinhorcht, kann sie miteinander reden hören. Bloß verstehen wir ihre Sprache nicht. Der Prophet Suleiman konnte mit den Ameisen sprechen, ich nicht. Ich glaube, sie halten eine Art Zeremonie ab, oder vielleicht liegt es am Frühling, der ihr Nest verändert.«

»Lass dir etwas einfallen!«, sagte Golebeh, die jüngere der beiden Großmütter. »Du musst sie wieder zurücktreiben, sonst laufen sie noch ins Haus hinein.«

Agha Djan kniete sich hin, setzte seine Brille auf und studierte die Ameisen aus der Nähe.

Nun mischte sich auch Golbanu, die ältere Großmutter, ein: »Lies die Sure vor über Suleiman, wie er mit den Ameisen spricht, den Ameisen, die das ganze Tal bedeckt hatten, sodass er nicht mit seiner Armee hindurchziehen konnte. Oder die Sure al-Naml, in der der Prophet mit dem Vogel Hudhud spricht, der ihm einen Liebesbrief von der Königin Saba bringt.«

Die Kinder warteten gespannt ab, was Agha Djan tun würde.

»Lies die Sure vor, bevor es zu spät ist, und bitte die Ameisen, in ihren Bau zurückzukehren.«

Die Kinder sahen Agha Djan an.

»Lies den Liebesbrief vor, sonst erobern die Ameisen das Haus.«

Es wurde still.

»Holt den Koran!«, murmelte Agha Djan.

Schahbal, einer der Jungen, lief zum Wasserbecken, wusch sich die Hände, trocknete sie an einem Tuch ab, das an der Wäscheleine hing, und rannte in Agha Djans Arbeitszimmer. Er kam mit einer alten Koran-Ausgabe zurück, die er Agha Djan überreichte.

Agha Djan blätterte in dem Buch, bis er die Sure al-Naml gefunden hatte. Er beugte sich vor und begann zu summen:

»Suleiman sagte: *Ua qala ja aiu ha'nasu ullimmna mantiqa' attairi ua qala ja aiu ha'nasu ua uaritha suleimanu dauoda ua qala ja aiu ha'nasu ullimmna mantiqa' attairi ua uutiena min ḳulli schai'in inna hatha lahua alfadlu almubien ua huschira usuleimana djunuduhu min aldjinni ua alinssi ua atteiri fahumm uoza'uun hatta itha aatuu 'ala uadi alnnamli qalat namlatun ja ajuha alnnamlu udchuluu masaaḳinaḳum la juhattimanaḳum suleimanu ua djunuduhu ua hum la jaschuruunua.*«

Alle hielten den Atem an und warteten nun gespannt ab, wie die Ameisen reagieren würden.

Agha Djan summte weiter, dabei blies er über das Gewimmel. Die Großmütter holten zwei Kohlebecken und warfen Espand* in die frische Glut, worauf zwei duftende Rauchwolken aufstiegen. Sie knieten sich neben Agha Djan, bliesen den Rauch auf die Ameisen und murmelten: »Suleiman, Suleiman, Suleiman, die Ameisen, die Ameisen, das Tal, der Vogel Hudhud, der Vogel Hudhud, die Königin Saba, Saba, Saba, Saba. Suleiman, Suleiman, Suleiman, Hudhud, Ameisen, Ameisen, Ameisen, Ameisen.«

Die Spannung der Kinder wuchs.

Auf einmal hielten die Ameisen inne, als horchten sie, als wollten sie erfahren, wer da summte und wer diesen duftenden Rauch über sie blies.

»Geht weg, Kinder! Sie kehren um! Lasst sie in Ruhe!«, sagte Golbanu.

Die Kinder rannten in den ersten Stock hinauf und beobachteten durch die Fenster, ob die Ameisen tatsächlich kehrtmachten.

Viele Jahre später erzählte Schahbal seinen Freunden von diesem Tag – doch da hatte er das Land bereits verlassen und lebte in der Fremde. Er erzählte, er habe mit eigenen Augen gesehen, wie die Ameisen nach dem Vorlesen der Sure, langen braunen Schnüren gleich, in den Löchern der alten Mauern verschwanden.

Das Haus an der Moschee

Alif Lam Ra. Jahre verstrichen. Nie mehr waren die Ameisen in so großer Anzahl unter den alten Mauern hervorgekrochen. Es blieb nur die Erinnerung an dieses merkwürdige Ereignis. Im Haus an der Moschee ging das Leben wieder seinen gewohnten Gang. Wie jeden Abend hatten die Großmütter auch an diesem in der Küche alle Hände voll zu tun. Denn Alsaberi, der Imam der Moschee, würde bald nach Hause kommen. Dann mussten sie ihm zur Hand gehen, bevor er sich wieder zum Abendgebet in die Moschee begab.

Die alte Krähe flog krächzend über das Haus. Eine Kutsche hielt vor dem Tor. Golbanu öffnete und ließ Imam Alsaberi herein.

Der alte Kutscher grüßte die Großmutter, dann fuhr er wieder davon. In Senedjan war er der letzte Kutscher, denn die Stadt hatte Pferde verboten. Kutscher bekamen subventionierte Taxis, wenn sie ihren Führerschein machten. Doch diesem alten Kutscher wollte das einfach nicht gelingen. In seinem Fall hatte Alsaberi für eine Ausnahmegenehmigung gesorgt, sodass er weiter als Pferdekutscher für die Moschee tätig sein durfte. Denn in den Augen des Imam waren Taxis unrein. Es ziemte sich einfach nicht für einen Imam, sich wie ein gewöhnlicher Bürger von einem Taxi fahren zu lassen.

Alsaberi trug als Nachkomme des Propheten Mohammad einen schwarzen Turban und wie alle Geistlichen einen langen, braunen Aba. Gerade hatte er ein Brautpaar aus einer vornehmen Familie eingesegnet. Die Kinder wussten, dass sie ihm jetzt nicht zu nahe kommen durften. Jeden Abend stellten sich Hunderte Menschen zum Gebet hinter ihn. Niemand durfte ihn vorher berühren.

»Salam!«, riefen die Kinder.

»Salam!«, antwortete der Imam lächelnd.

Wenn er ihnen früher eine Tüte Süßigkeiten mitbrachte, gab er sie einem der Mädchen. Die Kinder hüpften freudig davon, und der Imam ging in seine Bibliothek. Doch jetzt, da die Kinder größer geworden waren, rannten sie ihm nicht mehr entgegen. Der Imam gab den Großmüttern die Tüte, damit sie den Inhalt unter die Kinder verteilten.

Sobald Imam Alsaberi das Haus betrat, wuschen die Großmütter sich die Hände im Wasserbecken, trockneten sie ab und gingen in die Bibliothek, um den Imam ins Bad zu begleiten.

All dies geschah in völliger Stille. Die eine Großmutter nahm dem Imam vorsichtig den Turban ab und legte ihn auf den Tisch. Die andere war ihm beim Ablegen seines Gebetsmantels behilflich, den sie an die Garderobe hängte. Der Imam selbst tat nichts. Er fasste seine Kleider nicht an. Die Großmütter hatten sich schon oft bei Agha Djan beklagt: »So geht es nicht länger. Es ist nicht normal und auch nicht gesund, wie er sich verhält und was er von uns verlangt. So einen Imam hat es in diesem Haus noch nie gegeben. Es ist ja gut, dass er auf Reinlichkeit achtet, aber er geht zu weit. Nicht einmal seine eigenen Kinder fasst er an. Und er isst nur mit dem Löffel, den er ständig bei sich trägt. Das kann er nicht lange durchhalten.«

Die Großmütter erzählten Agha Djan alles, was im Haus vorfiel. Auch die Geheimnisse des Hauses, die sonst niemand erfahren durfte.

Eigentlich waren die Großmütter keine echten Großmütter. Sie waren die Dienerinnen des Hauses und lebten schon über sechzig Jahre dort. Sie waren noch jung gewesen, als Agha Djans Vater sie mitgebracht hatte, und sie waren geblieben. Niemand wusste mehr, woher sie kamen, sie sprachen nie über ihre Vergangenheit. Verheiratet waren sie nie gewesen, doch es war bekannt, dass beide ein heimliches Verhältnis mit Agha Djans Onkel hatten. Wenn er zu Besuch kam, waren sie ganz und gar für ihn da.

Die Großmütter gehörten zum Haus wie die alte Krähe, die Zeder und die Kellergewölbe. Die eine hatte den Imam großgezogen, die andere Agha Djan. Sie waren Agha Djans Vertraute und wachten über die Einhaltung der häuslichen Gepflogenheiten.

Agha Djan handelte mit Teppichen, und er besaß das älteste Gebäude auf dem Basar von Senedjan. Über hundert Männer arbeiteten dort für ihn, sieben Zeichner beschäftigte er allein für den Entwurf der Teppichmuster.

Ein Basar ist eine Stadt in der Stadt; man betritt das Gelände durch mehrere Tore. Ein Wirrwarr von kuppelförmig überdachten Straßen. Hunderte von benachbarten kleinen Läden.

Im Lauf der Jahrhunderte hatten sich die Basare zu finanziellen Zentren des Landes entwickelt. In den Gebäuden hatten sich Tausende Händler niedergelassen, die hauptsächlich Stoffe, Gold, Getreide, Teppiche und Metallarbeiten feilboten.

Die Teppichhändler spielten von jeher eine entscheidende gesellschaftliche Rolle. Durch seine einmalige Position oblag Agha Djan daher sowohl die Leitung der Moschee als auch die des Basars.

Die Teppiche aus Agha Djans Geschäftshaus zeichneten sich durch überraschende Ornamente und ausgefallene Farben aus. Teppiche, die seine Schutzmarke trugen, waren Gold wert und daher auch nicht für jedermann zu haben. Spezialhändler bestellten sie lange im Voraus für ihre Kunden in Europa und Amerika.

Die Teppiche waren einzig in ihrer Art. Niemand wusste, wie diese wunderbaren Muster und diese herrliche Farbenpracht zustande kamen. Das machte die Stärke und das Geheimnis des Hauses aus.

Die Zeit, da jedes Haus ein eigenes Bad besitzt, war noch nicht angebrochen. In der Stadt gab es einige große Badehäuser. Traditionsgemäß gingen die Männer der Familie in das älteste Badehaus, dort war dem Imam der Moschee auch ein besonderer Platz vorbehalten. Doch Imam Alsaberi wollte nichts davon wissen. In ein Badehaus, in dem sich Dutzende von Männern die Füße wuschen, setze er keinen Fuß. Allein schon der Gedanke, sich nackt zwischen all diese Männer zu begeben, machte ihn krank.

Darum hatte Agha Djan einen Maurer beauftragt, im Haus einen eigenen Baderaum für den Imam zu bauen. Doch die Maurer kannten sich nur mit traditionellen Bädern aus. Daher hatte der Mann im Zimmer hinter der Bibliothek ein Loch gegraben, aus dem ein seltsames Bad für den Imam wurde.

An jenem Tag setzte sich Alsaberi wie immer in einer langen weißen Unterhose auf den Stein, und eine der Großmütter goss eine Kanne warmes Wasser über ihn aus.

»Kalt«, rief er, »kalt!«

Die Großmütter reagierten nicht. Golebeh seifte seinen Rücken ein, und Golbanu goss ihm vorsichtig Wasser über die Schultern, um Spritzer zu vermeiden.

Nachdem sie die Seife von seinem Körper gespült hatten, halfen sie ihm ins Bad. Es war nicht sehr tief. Alsaberi streckte sich aus und tauchte ziemlich lange unter. Als er wieder auftauchte, war sein Gesicht aschfahl. Die Großmütter halfen ihm, sich aufzurichten. Sie legten ihm ein großes Handtuch um die Schultern und eins um die Hüften und führten ihn zum Ofen. Widerwillig zog er seine nasse Unterhose aus und schlüpfte sogleich in eine frische. Die Großmütter rieben ihm den Kopf trocken, zogen ihm das Hemd über und steckten seine Arme in die Ärmel. Dann brachten sie ihn in die Bibliothek zurück.

Nachdem sie ihn auf seinen Stuhl gesetzt hatten, prüften sie seine Nägel im Lampenlicht. Eine der Großmütter schnitt ihm ein Eckchen am Zeigefingernagel ab.

Sie kleideten ihn weiter an, setzten ihm seinen Turban und seine Brille auf und putzten die Schuhe mit einem Lappen.

Jetzt war der Imam zum Moscheegang bereit. Golbanu ging zur Zeder, in der die alte Glocke hing, und läutete.

Es war das Zeichen für den Hausmeister der Moschee; sobald er es hörte, erschien er auf dem Dach, stieg die Treppe hinunter und ging am Gästezimmer vorbei zur Bibliothek.

Die Großmütter sah er nie. Bevor er die Bibliothek betrat, stellten sie sich hinter die Bücherregale. Doch er grüßte sie jedes Mal. Aus dem Hintergrund erwiderten sie seinen Gruß. Er nahm die Bücher, die der Imam bereitgelegt hatte, und begleitete ihn zur Moschee.

Der Hausmeister ging immer vor dem Imam her, um ihn zu schützen, sodass er nicht etwa plötzlich von einem Hund angesprungen wurde. Er war der Vertraute des Imam, der einzige außer den Großmüttern, der ihn berühren, ihm etwas reichen oder etwas von ihm entgegennehmen durfte. Er war ebenso auf Reinlichkeit bedacht wie der Imam. Auch er ging nie ins städtische Badehaus. Seine Frau wusch ihn zu Hause in einer großen Wanne.

Vor der Moschee warteten schon die Männer, die den Imam stets in den Gebetsraum begleiteten. Sie knieten beim Gebet auch immer in der ersten Reihe. Sobald sie ihn erblickten, riefen sie: »Gegrüßt sei Mohammad, der Prophet!«

Hunderte Gläubige standen auf und machten dem Imam den Weg frei.

Er setzte sich an seinen Platz, dann legte der Hausmeister die Bücher neben ihn auf einen kleinen Tisch.

Jetzt hieß es nur noch auf den Muezzin warten, den Mann, der sich auf die oberste Stufe der Kanzel stellen und rufen würde:

»Allahu akbar! Hayya 'ala al-salat! Allah ist der Größte! Eilt zum Gebet!«

Sobald er die Stufen der Kanzel bestieg, wussten alle, dass das Gebet angefangen hatte.

Der Muezzin war der blinde Agha Schodja, ein Vetter Agha Djans. Er hatte eine schöne Stimme. Drei Mal am Tag kletterte er in eins der Minarette der Moschee hinauf und rief: *»Hayya 'ala al-salat!«*

Er tat es frühmorgens vor Sonnenaufgang, mittags um zwölf und abends bei Sonnenuntergang. Niemand redete ihn mehr mit seinem wirklichen Namen an, sondern nur mit »Moazzen«. Sogar zu Hause.

»Allahu akbar!«, rief er.

Alle standen auf und wandten sich Richtung Mekka.

Eigentlich dürfte ein Blinder nicht Muezzin werden, denn er musste sehen können, wann der Imam sich vorbeugte, wann er mit der Stirn den Boden berührte und wann er sich wieder aufrichtete. Doch der Imam betete einfach etwas lauter, wenn er sich vorbeugte oder mit dem Kopf den Boden berührte.

Moazzen hatte einen vierzehnjährigen Sohn, Schahbal, und eine Tochter, Schahin, die schon verheiratet war. Seine Frau war an einer schweren Krankheit gestorben, doch wiederverheiraten wollte er sich nicht. Allerdings hatte er hin und wieder Kontakt zu Frauen aus den Bergen. Dann zog er seinen besten Anzug an, setzte seinen Hut auf, nahm seinen Wanderstock und verschwand für einige Zeit. Während seiner Abwesenheit war Schahbal der Muezzin der Moschee, da kletterte er auf das Minarett hinauf und ließ den *Adhan** ertönen.

Nach dem Gebet begleiteten einige Männer vom Basar Imam Alsaberi nach Hause.

Agha Djan verweilte immer etwas länger in der Moschee, um mit den Leuten zu reden. Meistens ging er als Letzter.

An jenem Abend sprach er noch kurz mit dem Hausmeister über die notwendige Reparatur der Kuppel. Als er sich auf den Heimweg machte, hörte er die Stimme seines Neffen Schahbal:

»Agha Djan, hast du einen Augenblick Zeit?«

»Aber natürlich, mein Junge!«

»Hast du Zeit, mit mir zum Fluss zu gehen?«

»Zum Fluss? Aber zu Hause warten sie auf mich. Wir essen gleich.«

»Das weiß ich, aber es ist wichtig.«

Gemeinsam gingen sie zum Sefiedgani, der nicht weit von ihnen ruhig dahinfloss.

»Eigentlich weiß ich nicht, wie ich es sagen soll; du darfst dich nicht gleich aufregen.«

»Sag schon, was du auf dem Herzen hast, mein Junge!«

»Es geht um den Mond.«

»Den Mond?«

»Nein, nicht um den Mond, sondern um das Fernsehen, den Imam.«

»Fernsehen? Mond? Imam? Was meinst du bloß?«

»Wir … Ich meine, ein Imam sollte von allem etwas verstehen. Er muss über die Dinge, die um ihn herum geschehen, Bescheid wissen. Alsaberi liest nur die Bücher aus seiner eigenen Bibliothek, und das sind alles uralte Schwarten. Er liest keine Zeitung. Er weiß nichts über … über den Mond zum Beispiel.«

»Drück dich deutlicher aus, was muss Alsaberi über den Mond wissen?«

»Überall wird heutzutage vom Mond geredet. In der Schule, im Basar, auf der Straße, nur uns beschäftigen solche Dinge nicht. Weißt du, was heute Abend passiert?«

»Was denn?«

»Der Mensch wird zum ersten Mal auf dem Mond landen, aber ihr wisst nichts davon. Vielleicht ist es für dich nicht wichtig, und für Alsaberi auch nicht. Die Amerikaner wollen ihre Flagge in den Mondboden stecken, doch der Imam der Stadt weiß nichts davon.

In seiner Predigt kommt es nicht vor. Heute Abend hätte er sich doch dazu äußern müssen, aber er weiß von nichts. Und das schadet der Moschee. In der Moschee muss über das gesprochen werden, was die Leute beschäftigt.«

Agha Djan wartete.

»Ich habe Alsaberi darauf angesprochen«, fuhr Schahbal fort, »aber er wollte nichts davon hören. Er glaubt solche Dinge nicht.«

»Was sollen wir deiner Meinung nach tun?«

»Heute Abend wird die Mondlandung im Fernsehen übertragen. Ich möchte, dass du und der Imam Zeuge dieses historischen Ereignisses werdet.«

»Wo?«

»Im Fernsehen!«

»Wir sollen fernsehen?«, rief Agha Djan erstaunt aus. »Der Imam der Stadt soll fernsehen? Weißt du, was du da sagst, mein Junge? Seitdem es das Fernsehen gibt, haben wir von der Kanzel aus davor gewarnt. Damit die Leute sich nicht den korrupten Schah anhören, damit sie die Amerikaner nicht zu Gesicht bekommen. Und jetzt sollen wir die amerikanische Flagge angaffen! Du weißt, dass wir gegen den Schah sind und gegen die Amerikaner, die uns den Schah zurückgebracht haben. Wir brauchen uns das Gesicht des Schahs und die Flagge der Amerikaner doch nicht ins Haus zu holen! Warum willst du uns vor den Fernseher setzen? Fernsehen ist das Machtmittel der Amerikaner, mit diesen Apparaten bekämpfen sie unsere Kultur und unseren Glauben! Ich habe so viel Schlimmes über das Fernsehen gehört, über schamlose Programme, die den Geist vergiften.«

»Was du sagst, stimmt nicht, nicht ganz. Es gibt auch viele interessante Dinge, wie zum Beispiel heute Abend. Das müsst ihr euch einfach ansehen! Auch der Imam! Erst recht wenn wir gegen den Schah und die Amerikaner sind. Heute Abend fliegen die Amerikaner zum Mond. Du bist der wichtigste Mann der Stadt, du musst das sehen. Ich werde eine Antenne auf dem Dach installieren.«

»Du willst eine Antenne auf unser Haus stellen? Dann wird uns morgen die ganze Stadt auslachen. Alle werden sagen: Habt ihr die Antenne auf dem Dach ihres Hauses gesehen?«

»Ich werde sie so anbringen, dass niemand es merkt.«

Schahbals Frage hatte Agha Djan überrascht. Obwohl der Junge wusste, wie im Haus gedacht wurde, hatte er doch den Mut, zu seiner Meinung zu stehen. Das war eine Eigenschaft, die Agha Djan schon früh an Schahbal aufgefallen war. Dafür bewunderte er seinen Neffen.

Agha Djan hatte zwei Töchter und einen Sohn. Der Sohn war fünf Jahre jünger als Schahbal, in Agha Djans Augen sollte jedoch nicht er, sondern Schahbal später einmal seine Aufgaben im Basar übernehmen.

So bemühte er sich, ihn in alle wichtigen Angelegenheiten des Hauses einzubeziehen. Agha Djan liebte Schahbal wie seinen eigenen Sohn und erzog ihn zu seinem Nachfolger.

Schahbal ging nach der Schule immer geradewegs in Agha Djans Werkstatt. Dieser berichtete ihm von allen Neuigkeiten im Basar.

Er erzählte ihm, welche Entscheidungen er getroffen hatte und welche er zu treffen gedachte, und fragte ihn nach seiner Meinung.

Die Sache mit dem Fernseher und dem Mond beschäftigte Agha Djan. Die Ahnung beschlich ihn, Nosrat, sein jüngerer Bruder, der in Teheran wohnte, könne dahinterstecken.

Als Agha Djan und Schahbal zu Hause angekommen waren, sagte Agha Djan zu den Großmüttern: »Ich esse heute mit dem Imam in der Bibliothek, ich habe etwas mit ihm zu besprechen. Wir wollen nicht gestört werden.«

Er ging in die Bibliothek, wo der Imam lesend auf einem Teppich am Boden saß. Agha Djan setzte sich neben ihn und fragte, was er lese.

»Ein Buch über Khadija, Mohammads Frau, sie besaß damals dreitausend Kamele oder dreitausend Lieferwagen, wie man in unserer modernen Zeit sagen würde. Ein unerhörter Reichtum. Jetzt verstehe ich es: Mohammad war jung und arm, Khadija alt und reich. Mohammad brauchte ihre Kamele, ihre Lieferwagen, um seine Mission zu erfüllen«, sagte der Imam mit einem Lächeln.

»So darfst du das nicht deuten«, sagte Agha Djan.

»Warum nicht? Jede Frau hätte Mohammad gern zum Mann gehabt, warum also hätte er die alte Witwe Khadija wählen sollen? Sie war fast zwanzig Jahre älter als er.«

Die Großmütter kamen mit zwei runden Tabletts herein, die sie auf den Fußboden stellten. Dann zogen sie sich wieder zurück.

»Schahbal beschäftigt sich mit dem Mond«, sagte Agha Djan beim Essen, »er findet, du musst ihn dir anschauen.«

»Den Mond anschauen?«, fragte der Imam.

»Er sagt, der Imam der Stadt muss über die Entwicklungen im Land, in der Welt Bescheid wissen. Es stört ihn, dass du keine Zeitung liest, nur die alten Bücher aus deiner Bibliothek.«

Der Imam setzte die Brille ab, putzte sie gemächlich am Saum seines langen weißen Hemds und erwiderte: »Das hat Schahbal mir alles schon gesagt.«

»Ja, aber seine Kritik gilt nicht nur dir, sondern auch mir, wir haben uns in letzter Zeit ausschließlich mit dem Glauben beschäftigt. Die Moschee muss sich auch anderen Dingen öffnen. Auch den Männern, die heute Abend auf dem Mond herumspazieren.«

»Ich kann es mir nicht vorstellen«, sagte der Imam.

»Schahbal möchte ein Fernsehgerät in der Bibliothek aufstellen. Damit du es sehen kannst.«

»Bist du verrückt geworden, Agha Djan?«

»Schahbal ist klug, ich vertraue ihm. Du weißt selbst, dass man ihm vertrauen kann. Es bleibt unter uns, es dauert nicht lang. Anschließend nimmt er das Gerät sofort wieder mit.«

»Aber wenn die Ayatollahs in Qom dahinterkommen, dass wir einen Fernseher im Haus gehabt haben …«

»Niemand wird dahinterkommen. Es ist unser Haus, unsere Stadt, wir können selbst bestimmen, wie wir die Dinge regeln. Der Junge hat recht. Er sagt, fast jeder, der in die Moschee kommt, hat einen Fernsehapparat. Und obwohl es stimmt, dass fernsehen bei uns nicht erlaubt ist, dürfen wir uns doch nicht in die Zimmer dieses Hauses einschließen und die Augen vor dem verschließen, was in der Welt vor sich geht.«

Hinter den Küchenvorhängen sahen die Großmütter, wie Schahbal im Dunkeln einen Karton in die Bibliothek trug.

Schahbal grüßte den Imam und Agha Djan, dann packte er, ohne sie weiter zu beachten, das Gerät aus und stellte es auf einen kleinen Tisch an der Wand. Er zog ein langes Kabel aus dem Karton und steckte ein Ende in die Rückseite des Fernsehers. Das andere Ende nahm er mit nach draußen, kletterte über die Leiter aufs Dach, auf das er zuvor eine einfache provisorische Antenne gestellt hatte. Er schraubte das Kabel an die Antenne und stieg wieder vom Dach herunter.

Er verschloss die Tür der Bibliothek, stellte zwei Stühle vor den Fernseher und sagte: »Hier könnt ihr euch hinsetzen, wenn ihr wollt.«

Sobald der Imam und Agha Djan Platz genommen hatten, schaltete er den Fernseher ein und machte das Licht aus.

Schahbal stellte den Ton etwas leiser und hielt eine kurze Einführung: »Was wir gleich sehen werden, ereignet sich in diesem Augenblick im Weltraum. Die Apollo II nähert sich dem Mond und wird auf ihm landen. Es ist ein ganz besonderer Moment. Schaut, da ist sie. O mein Gott!«

Der Imam und Agha Djan beugten sich vor und sahen, wie die Apollo zur Landung ansetzte. Eine tiefe Stille trat ein.

»In der Bibliothek passiert gerade etwas«, sagte Golbanu zu Golebeh, »etwas Wichtiges, das selbst wir nicht erfahren dürfen.«

»Der Junge stieg auf die Leiter, sprang aufs Dach, versteckte dort etwas und rannte wieder zurück. Sie haben das Licht in der Bibliothek ausgemacht. Was tun sie dort im Dunkeln?«

»Wir schauen mal nach.«

Leise gingen sie über den Innenhof zur Bibliothek.

»Schau! Eine Schnur führt vom Dach hinein.«

»Eine Schnur?«

Sie schlichen auf Zehenspitzen zum Fenster, doch die Vorhänge waren zugezogen. Vorsichtig gingen sie am Fenster vorbei zur Tür. Ein geheimnisvolles silbriges Licht fiel durch die Türritzen.

Sie legten das Ohr an die Tür.

»Unmöglich«, hörten sie den Imam sagen.

»Unglaublich«, hörten sie Agha Djan sagen.

Sie schauten durchs Schlüsselloch und sahen nur das merkwürdige Licht, das die Bibliothek erfüllte.

Enttäuscht machten sie kehrt und verschwanden im Dunkel des Innenhofs.

Nowruz

Mit dem Frühling beginnt im Iran Nowruz, das neue Jahr.

Schon die ersten persischen Könige feierten es in ihren Palästen mit großem Pomp.

Zwei Wochen vorher fängt der große Hausputz an. Um den Frühling willkommen zu heißen, wird Weizen auf Tellern gesät, aus dem *Sabzeh** wächst. Die Kinder bekommen neue Kleider und Schuhe, damit sie die Verwandten, vor allem die Großeltern, besuchen können.

Alles erledigen die Frauen, und erst wenn sie mit allem fertig sind, nehmen sie sich etwas Zeit für sich selbst.

Auch die Großmütter führten mit einigen Helferinnen den Frühjahrsputz durch, während die alte Friseuse gekommen war, um die Frauen des Hauses herzurichten. Sie schnitt ihnen das Haar, zupfte ihnen die Augenbrauen und das Gesicht.

Das tat sie schon über fünfzig Jahre lang. Das erste Mal war sie als Mädchen von zehn, zwölf Jahren gekommen. Sie hatte ihre Mutter begleitet. Später, als die Mutter starb, übernahm sie ihr Amt und wurde eine Vertraute des Hauses.

Wenn sie kam, war ein Teil des Hauses für die Männer nicht zugänglich. Den ganzen Tag hörte man das Gelächter der Frauen, sie liefen ohne Schleier durch die Zimmer und mit entblößten Beinen über den Innenhof. Die Großmütter verwöhnten sie mit der Wasserpfeife, mit Limonaden und Leckerbissen.

Die Friseuse erzählte ihnen die Neuigkeiten aus der Stadt; da sie regelmäßig die reichen Familien aufsuchte, wusste sie über vieles Bescheid, was die Frauen beschäftigte. Sie hatte immer einen alten Koffer mit Duftwässerchen, Haarfärbemittel, Schminke, Scheren und Haarklammern bei sich, die sie zum Verkauf anbot.

Ihr Angebot war immer etwas ausgefallener als auf dem Basar, dank eines Sohns, der als Gastarbeiter in Kuwait lebte und jedes Mal, wenn er nach Hause kam, einen Koffer voll exklusiver Waren für die Kundinnen seiner Mutter mitbrachte.

Heute kam sie eigens zu Fagri Sadat, Agha Djans Frau. Fagri Sadat war in den wohlhabenden Kreisen der Stadt hoch angesehen. Manchmal half sie den Großmüttern in der Küche; sie nähte Kleider für ihre Kinder und las ihnen vor, solange sie noch klein waren. Eigentlich war Lesen ihre Hauptbeschäftigung. Sie las die Bücher und die Frauenmagazine, die ihr Schwager Nosrat ihr aus Teheran mitbrachte.

Bei schönem Wetter fing sie Vögel. Mit Hilfe der Großmütter holte sie die Falle aus dem Keller: ein großer geflochtener Korb, der speziell für den *Tammuz**, den Spätsommer, hergestellt und mit einem Strick an einem langen Stock befestigt war. Fagri Sadat streute Futter im Innenhof, setzte sich auf einen Stuhl an den *Hous* und wartete auf die Vögel.

Die Vögel, die von jenseits der Berge kamen, ließen sich dann irgendwann im Innenhof nieder. Sobald sie in den Korb hineinliefen, zog Fagri Sadat am Strick, die Falle klappte zu, und die Vögel waren gefangen.

Fagri Sadat behielt sie ein paar Tage im Vogelzimmer, sie fütterte sie, redete mit ihnen, studierte ihr Federkleid und machte sich Skizzen von allen Motiven. Dann ließ sie die Vögel wieder frei.

Wenn sie mit den Vögeln beschäftigt war, gingen alle im Haus auf Zehenspitzen und dämpften ihre Stimme.

Die Friseuse war gerade mit Fagri Sadats Beinen fertig, als die alte Krähe sich auf den Dachrand setzte. Ihr Krächzen kündigte an, dass sie Neuigkeiten hatte.

Niemand wusste, wie alt die Krähe war. Bestimmt über hundert Jahre, denn Agha Djan hatte im Archiv der Moschee über sie gelesen. Die Krähe gehörte zum Haus. Sie gehörte zur Kuppel, zu den Minaretten, den Dächern, dem alten Baum und dem Wasserbecken, aus dem sie trank.

Fagri stand auf und sagte: »*Salam*, Krähe! Hast du gute Nachrichten? Wer ist zu uns unterwegs? Wer wird uns besuchen?«

Gegen Abend kam der Hausmeister der Moschee, ihm folgte Imam Alsaberi in festlicher Kleidung. Sonst gingen sie immer durchs Haustor, doch jetzt benutzten sie die Treppe der Moschee und gingen über das flache Dach zum Innenhof. Vielleicht war der Frühling schuld. Die Dächer, aus einem besonderen Wüstenlehm und einer Mischung aus Wüstenpflanzen gemauert, verbreiteten im Frühling einen wunderbaren Duft.

»Habe ich noch Zeit für ein Nickerchen? Ich fühle mich nicht gut«, sagte Alsaberi zu den Großmüttern.

»Ja«, sagte Golbanu, »Sie haben noch bestimmt eine halbe Stunde. Wir warten auf Agha Djan; sobald er da ist, gehen wir alle zum Essen ins große Festzimmer. Heute Nacht um zwölf Uhr versammeln wir uns hier auf dem Innenhof zum Neujahrsgebet. Wir rollen nachher ein paar Teppiche aus. Ich wecke Sie rechtzeitig.«

Ein Taxi hielt vor der Tür.

Die Kinder rannten nach draußen.

»Onkel Nosrat ist da!«, riefen sie.

Fagri Sadat öffnete das Fenster ihres Zimmers im zweiten Stock und sah, dass Nosrat nicht allein war, sondern eine junge Frau bei sich hatte. Sie schlug den Tschador um und ging nach unten.

Als Nosrat mit der Frau hereinkam, trat Stille ein. Die junge Frau trug keinen Tschador, nur ein Kopftuch, unter dem ihr Haar hervorlugte.

Die Großmütter trauten ihren Augen nicht.

»Was untersteht sich dieser Schuft, eine solche Frau mit nach Hause zu bringen?«, sagte Golbanu.

»Wer ist sie?«, fragte Golebeh.

»Was weiß ich, eine Schlampe.«

Sinat Ganum, die Frau des Imam, gesellte sich mit ihrer Tochter Sediq zu den anderen. Ebenso der blinde Moazzen. Schahbal betrachtete die Frau vom Fenster aus. Er bewunderte den Onkel für seinen Mut. Er bewunderte ihn dafür, dass er sich nicht an die Bräuche hielt und sich immer wieder gegen die alten Sitten des Hauses auflehnte.

Zum ersten Mal in der Familiengeschichte betrat eine Frau ohne Tschador und ohne anständigen Schleier das Haus.

Alle starrten die Frau an. Sollte man sie willkommen heißen oder nicht? Was würde Agha Djan dazu sagen?

Obwohl es inzwischen schon dunkel war, sahen die Großmütter im Schein der Laterne, dass die Frau Nylonstrümpfe trug; darunter konnte man ihre Beine erkennen.

Nasrin und Ensi, Agha Djans Töchter, küssten Onkel Nosrat fröhlich.

»Darf ich vorstellen?«, sagte Nosrat, »dies ist meine Verlobte Schadi.«

Schadi lächelte und begrüßte die Mädchen.

»Ach, wie nett!«, rief Nasrin, Agha Djans älteste Tochter. »Wann hast du dich denn verlobt, Onkel? Warum wussten wir nichts davon?«

»Verlobt? Wieso verlobt?«, fragte Golbanu Golebeh und zog den Vorhang zu, »er lügt, der heiratet doch nie, er hat sich die Teheraner Schlampe zu seinem Vergnügen mitgebracht. Wo bleibt Agha Djan nur, er muss einschreiten!«

Fagri Sadat küsste die Frau und sagte: »Schadi, was für ein schöner Name. Willkommen in unserem Haus!«

»Wo ist Agha Djan? Wo ist Moazzen?«, fragte Nosrat. »Wo ist der Imam? Und wo ist Schahbal?«

»Agha Djan ist noch nicht nach Hause gekommen, Alsaberi ist aber bestimmt in seiner Bibliothek«, sagte die Frau des Imam.

»Dann werde ich ihn überraschen«, meinte Nosrat und ging zur Bibliothek.

Fagri Sadat führte Schadi ins Gästezimmer, die Mädchen folgten ihnen.

Die Großmütter warteten in der Küche auf Agha Djan. Sie behielten das Haustor im Auge, und sobald Agha Djan hereinkam, riefen sie: »Nosrat ist da!«

»Wunderbar, gerade rechtzeitig zum Jahreswechsel. Mein jüngerer Bruder hat mich also doch nicht vergessen. Nun wird unser Fest noch schöner werden«, sagte er froh.

»Aber da ist noch etwas«, sagte Golbanu besorgt.

»Was denn?«

»Er hat eine Frau mitgebracht.«

»Und er behauptet, es sei seine Verlobte«, fügte Golebeh hinzu.

»Das höre ich gern. Endlich ist er zur Vernunft gekommen!«

»Freuen Sie sich nicht zu früh«, sagte Golbanu.

»Die Frau trägt keinen Tschador. Nur ein kleines Kopftuch.«

»Und Nylonstrümpfe«, fügte Golebeh leise hinzu.

»Was ist das?«

»Das sind lange durchsichtige dünne Socken. Genauso gut könnte man nackt gehen. So eine Frau hat er mitgebracht. Gott schütze uns. Zum Glück wurde es gerade dunkel, als sie ankamen. Stellt euch vor, er wäre tagsüber an der Moschee vorbeigegangen, dann würde morgen die ganze Stadt sagen: Eine Frau mit Nylonstrümpfen ist im Haus an der Moschee!«

»Ich habe genug gehört«, sagte Agha Djan, der sich nicht erschüttern ließ. »Ich werde mit ihm reden. Ich möchte, dass ihr sie herzlich empfangt, gebt ihr ein Paar anständige Socken. Gebt ihr einen Tschador, wenn sie morgen in die Stadt gehen will. Ihr habt doch so viele schöne Tschadors, schenkt ihr einen.«

»Meiner Meinung nach ist sie gar nicht seine Verlobte. Er hat einfach irgendeine Frau mitgebracht«, sagte Golbanu.

»Das ist nicht gesagt«, sagte Agha Djan, »hoffen wir, dass sie seine Verlobte ist. Wo ist er eigentlich?«

»In der Bibliothek oder bei Moazzen, glaube ich.«

Agha Djan wusste, dass sein Bruder nicht betete, dass er immer gegen den Glauben und die Bräuche des Hauses eiferte. Doch er wünschte, Nosrat werde sich jetzt, da er eine Frau mitgebracht hatte, anpassen.

»Es wird alles gut«, sagte er und ging zum Zimmer des blinden Moazzen.

»Essen!«, rief Golbanu.

»Jungens! Mädchen! Essen!«, rief Golebeh.

Alle gingen zum Festzimmer.

In festlicher Kleidung betraten die Männer den Raum, wo die Frauen schon alle auf der rechten Seite saßen.

Fagri Sadat stellte Agha Djan, dem Imam und Moazzen die Teheraner Frau vor.

»Willkommen, meine Tochter!«, sagte Agha Djan. »Wir wussten nicht, dass Nosrat seine Verlobte mitbringen würde, sonst hätten wir ein Fest vorbereitet. Aber gut, es ist schon ein Fest an sich, dich in unserer Mitte zu haben.«

Imam Alsaberi blieb bei ihrer Begrüßung auf Abstand bedacht. Dann sagte Fagri Sadat zu Moazzen: »Wir haben hier eine Frau aus Teheran, sie ist anders als die Frauen aus unserer Stadt und völlig anders als die Frauen in den Bergen, die du ab und zu triffst. Sie heißt Schadi und ist bildhübsch. Sie hat schöne dunkle Augen, braunes Haar, strahlend weiße Zähne und ein entzückendes Lächeln auf den Lippen. Und heute Abend trägt sie einen schönen weißen Tschador mit grünen Blumen, den sie von den Großmüttern geschenkt bekommen hat. Was möchtest du sonst noch wissen?«

»Sie ist also schön!«, sagte Moazzen lachend. »Von Nosrat habe ich nichts anderes erwartet.«

Die Großmütter kamen mit einem kleinen Kohlenbecken herein, sie warfen Espand ins Feuer, sodass eine herrlich duftende Dampfwolke aufstieg. Die Mädchen trugen das Essen auf.

»Warten wir nicht auf Ahmad?«, fragte Alsaberi.

»Entschuldige«, sagte Agha Djan, »aber als ich Nosrat sah, vergaß ich es zu erzählen. Ahmad rief mich im Basar an. Er kommt nicht. Sie haben in Qom ihre eigene Feier.«

Ahmad war Alsaberis Sohn. Nun, nach seinem siebzehnten Geburtstag, wurde er bei dem großen gemäßigten Ayatollah Golpajeghani in Qom zum Imam ausgebildet.

Die Großmütter hatten ein fantastisches Neujahrsessen zubereitet, und alle blieben lang am Tisch sitzen.

Nach dem Essen wurden Süßigkeiten gereicht, die es nur zu diesem Fest gab.

Die Frauen hatten Schadi schon in ihrer Mitte aufgenommen und stellten ihr Fragen über Teheran und die dortige Damenwelt. Schadi verteilte ihre Mitbringsel, Nagellack, Lippenstift, Nylonstrümpfe und verführerische Büstenhalter. Die Männer, die sich bald wie Eindringlinge vorkamen, zogen sich ins Gästezimmer zurück.

Es war fast Mitternacht, als eine der beiden Großmütter sagte: »Meine Damen! Wird es nicht Zeit, euch auf das Neujahrsgebet vorzubereiten?«

Nosrat beugte sich zu Schadi hinüber.

»Was bedeutet das?«, fragte sie.

»Nachher gehen alle beten, aber das ist nicht mein Fall«, flüsterte er ihr ins Ohr, »ich nehme dich mit in die Bibliothek.«

»Warum, was machen wir dort?«

»Das wirst du schon merken«, sagte er und zog sie hinter sich her.

Auf Zehenspitzen führte er sie an der Zeder vorbei zur Bibliothek. Vorsichtig öffnete er die Tür.

»Warum machst du das Licht nicht an?«

»Nicht so laut! Die Großmütter hören und sehen alles. Wenn sie merken, dass wir hier sind, erscheinen sie plötzlich wie zwei Gespenster.« Er begann ihre Bluse aufzuknöpfen.

»Nicht! Nicht hier«, flüsterte sie und stieß ihn sachte weg.

Er fasste sie um die Taille, drückte sie an die Bücherregale und schob ihren Rock hoch.

»Nicht! Ich finde es unheimlich hier.«

»Es ist nicht unheimlich, sondern spannend, der alte Geist unseres Hauses versteckt sich hinter diesen Bücherschränken. Siebenhundert Jahre lang haben die Imame sich in diesem Raum aufs Gebet vorbereitet, es ist ein heiliger Ort, in dem viel passiert ist, aber dies noch nie, und ich will es mit dir tun. Ich will der Geschichte dieses Zimmers etwas Schönes hinzufügen.«

»Oh, Nosrat«, seufzte sie.

Er zündete eine Kerze auf dem Schreibtisch des Imam an.

»Wo bleibt ihr?«, hörte man Golbanus Stimme aus dem Innenhof.

»Beeilt euch, der Imam ist bereit!«

Auf dem Innenhof waren zwei große Gebetsteppiche ausgerollt worden. Nur Nosrat und seine Teheraner Frau fehlten.

»Ich hab's ja gesagt, er ist ein Schuft, er verunglimpft die Moschee auf Schritt und Tritt, aber ich werde es nicht zulassen, er muss zum Gebet kommen!«, sagte Golbanu.

»Wo sind sie bloß?«

Ihr Blick fiel auf die Bibliothek.

Leise gingen sie hin. Die Fenster klirrten leicht.

Hatten sie sich etwa getäuscht?

Nein, sogar der Vorhang bewegte sich.

Sie gingen zur Tür, trauten sich aber nicht, sie zu öffnen. Vorsichtig knieten sie sich vor das Fenster, spähten durch einen Vorhangspalt und sahen, dass die alte Kerze, die nie angezündet wurde, brannte.

Sie legten die Hände an die Augen und spähten noch aufmerksamer hinein.

Die Bücherschränke schwankten im Kerzenlicht. Die Großmütter erschraken vor dem, was sie sahen, und standen beide gleichzeitig auf.

Was sollten sie tun? Agha Djan unterrichten?

Nein, an diesem besonderen Abend wäre das nicht angebracht.

Was sollten sie aber sonst anfangen mit dieser unverzeihlichen Sünde, die Nosrat da in der Bibliothek beging?

Schweigen!, bedeuteten sie einander mit den Augen.

Es war ihre Pflicht, zu schweigen, genau wie die aller anderen Großmütter vor ihnen. Sie mussten ein großes Herz haben, in dem sie alle Geheimnisse des Hauses bewahrten. Also hatten sie nichts gesehen und nichts gehört.

Der Imam hatte mit dem Gebet begonnen. Alle standen hinter ihm, das Gesicht nach Mekka gerichtet. Unauffällig schlossen sich die Großmütter den Frauen an. Stille breitete sich im Haus aus, nur das Gebet war zu hören:

Allahu nurro'samauati ual 'ardi mathalu nurihi kamasch katin fiha …
Er ist das Licht.
Sein Licht ist wie eine Nische, die eine Lampe erhellt.
Das Glas ist wie ein funkelnder Stern,
Angezündet von einem gesegneten Baum, einem Ölbaum.
Das Öl leuchtet fast von selbst.
Licht über Licht.

Galgal

Die Mädchen des Hauses waren herangewachsen, und allmählich wurde es für sie Zeit, zu heiraten. Doch wie hätten sie heiraten können, da noch kein Mann angeklopft und um ihre Hand angehalten hatte?

In Senedjan klopfte nie ein fremder Mann an die Tür, um der Tochter des Hauses einen Heiratsantrag zu machen, das taten die Kupplerinnen. Eine Gruppe älterer Frauen stellte den ersten Kontakt her. Das geschah meist an den kalten Winterabenden.

Manche Familien verzichteten auf die Dienste einer Kupplerin. Die Mütter legten ihren Tschador um, die Väter setzten ihren Hut auf und statteten der Familie, die eine heiratsfähige Tochter hatte, einen Überraschungsbesuch ab.

Dort, wo noch erwachsene Töchter zu Hause wohnten, war man immer auf ein unerwartetes Klopfen an der Haustür eingestellt.

An solchen Abenden führte man lange Gespräche über Gold und Teppiche, welche die Braut als Brautschatz mitbringen musste. Über ein Haus, ein Grundstück oder eine Geldsumme, die der Bräutigam der Braut schuldig war, wenn die Ehe zerbrach.

Wenn die Männer sich geeinigt hatten, oblag es den Frauen, alles andere auszuhandeln, die Kleidung der Braut und den Schmuck, den sie bei der Zeremonie geschenkt bekommen würde.

Auf dem Basar von Senedjan wurden gerade modische Armbanduhren zum Kauf angeboten, jede Braut wollte so eine Uhr haben.

Wenn bei den Nachbarn abends lange das Licht hinter den Fenstern brannte, wusste man, dass dort über Heirat gesprochen wurde. Drinnen war es warm, der Dampf der Wasserpfeifen hatte die Scheiben beschlagen. Doch bedrückend waren die endlosen Winterabende für jene Familien, die eine erwachsene Tochter hatten und ahnten, niemand würde an die Tür klopfen.

Im Haus an der Moschee war Sediq, die Tochter des Imam, im heiratsfähigen Alter.

Die Familie wartete in aller Ruhe; vielleicht würde es klopfen, vielleicht würde das Telefon klingeln. Doch der Winter war schon vorbei, ohne dass jemand gekommen wäre.

Für die Töchter des Hauses einen geeigneten Mann zu finden war sehr schwierig. Nicht jeder konnte um ihre Hand anhalten. Für die anderen Mädchen der Stadt gab es Anwärter genug: einen jungen Tischler, einen Maurer, einen Bäcker, einen städtischen Beamten, einen Grundschullehrer oder einen jungen Mann, der gerade eine Stelle bei der Eisenbahn bekommen hatte. Doch solche Männer eigneten sich nicht für die Mädchen des Hauses, das zur Moschee gehörte.

Da das Regime des Schahs korrupt war, durfte niemand um ihre Hand anhalten, der für den Staat arbeitete. Und ein Lehrer? Unter gewissen Umständen. Aber eigentlich kamen nur die Söhne angesehener Kaufleute in Frage.

Der Winter war vorbei, und die jungen Frauen, um deren Hand keiner angehalten hatte, wussten, sie würden ein weiteres Jahr warten müssen. Zum Glück kümmert sich das Leben nicht immer um die Traditionen, sondern geht manchmal neue Wege. Und so klopfte es eines Nachts doch ans Tor.

»Wer ist da?«, rief Schahbal.

»Ich«, antwortete die selbstsichere Stimme eines Mannes.

Schahbal öffnete das Tor. Im gelben Laternenschein stand ein junger Imam mit leicht schiefem schwarzem Turban. Er duftete nach Rosen, und es war unschwer zu erkennen, dass er sein langes dunkles Imamgewand zum ersten Mal trug.

»Guten Abend«, sagte der junge Imam.

»Guten Abend«, erwiderte Schahbal.

»Mohammad Galgal ist mein Name!«

»Und was möchten Sie?«

»Ich möchte Imam Alsaberi sprechen.«

»Verzeihen Sie, aber es ist spät, und der Imam wünscht keinen Besuch mehr. Sie können ihn morgen in der Moschee treffen.«

»Aber ich möchte ihn gerne jetzt sprechen.«

»Darf ich erfahren, worum es sich handelt, vielleicht kann ich Ihnen dann weiterhelfen?«

»Ich komme wegen seiner Tochter Sediq. Ich möchte mit ihm über sie reden.«

Einen Augenblick wusste Schahbal nicht, wie er sich verhalten sollte, dann antwortete er beherrscht: »Darüber müssen Sie mit Agha Djan sprechen. Ich werde ihm melden, dass Sie da sind.«

»Ich warte hier«, sagte der Imam.

Schahbal ließ das Tor halb offen stehen und ging zu Agha Djan hinüber, der noch schreibend an seinem Tisch saß.

»Ein junger Imam steht vor dem Tor. Er sagt, er komme wegen Alsaberis Tochter.«

»Er steht vor dem Tor?«

»Ja. Er sagt, er wolle den Imam sprechen.«

»Kenne ich ihn?«

»Ich glaube nicht. Es ist ein sonderbarer Imam, er kommt bestimmt nicht aus unserer Stadt. Er duftet nach Rosen.«

»Lass ihn herein«, sagte Agha Djan, während er seine Papiere wegräumte und sich vom Stuhl erhob.

»Sie sind willkommen!«, sagte Schahbal zu dem Imam. »Kommen Sie herein.«

Er führte ihn in Agha Djans Arbeitszimmer.

»Ich bin Mohammad Galgal, guten Abend! Störe ich?«, sagte der Imam.

»Aber nein. Willkommen! Nehmen Sie Platz«, sagte Agha Djan und schüttelte Galgal die Hand.

Agha Djan merkte, dass der Mann in der Tat anders war als andere. Es fiel ihm angenehm auf, dass er wie die Imame seines eigenen Hauses einen schwarzen Turban trug. Das bedeutete, dass auch er vom Propheten abstammte.

Agha Djan war im Besitz des ältesten Stammbaums der Familie. Er war auf Pergament geschrieben, und die Namen der Männer reichten bis zum Propheten zurück. Stammbaum und Ring des heiligen Imam Ali wurden in einer besonderen Truhe in der alten Schatzkammer der Moschee aufbewahrt.

»Möchten Sie Tee?«, fragte Agha Djan.

Kurz darauf erschien Golbanu mit einem Tablett und reichte es Schahbal.

Schahbal stellte Galgal ein Glas Tee und ein Schüsselchen mit Datteln hin, dann schickte er sich an zu gehen.

»Du darfst gern hierbleiben«, sagte Agha Djan zu ihm.

Schahbal setzte sich auf einen Stuhl in der Ecke.

Galgal steckte eine Dattel in den Mund und nahm einen Schluck Tee. Nach kurzem Räuspern sagte er: »Ich möchte um die Hand von Imam Alsaberis Tochter anhalten.«

Agha Djan, der gerade einen Schluck Tee nehmen wollte, stellte das Glas wieder hin und sah Schahbal an. Er hatte nicht erwartet, dass der Imam so ohne Umschweife zur Sache kommen würde; abgesehen davon war es nicht üblich, dass ein Mann allein kam, wenn er einen Heiratsantrag machte. Nach alter Sitte führte der Vater des zukünftigen Bräutigams das Wort. Doch Agha Djan war ein erfahrener Mann. Unbeirrt sagte er: »Seien Sie uns willkommen, aber darf ich fragen, wo Sie wohnen und was Sie tun?«

»Ich wohne in Qom und habe gerade meine Ausbildung zum Imam abgeschlossen.«

»Bei welchem Ayatollah haben Sie studiert?«

»Beim großen Ayatollah Almakki.«

»Almakki?«, sagte Agha Djan überrascht. »Ich hatte die Ehre, den Ayatollah persönlich kennenzulernen.«

Als der Name Almakki fiel, wusste Agha Djan sofort, dass der junge Imam der revolutionären Bewegung gegen den Schah angehörte. Der Name war Sinnbild für den geheimen Widerstand der Geistlichen gegen die Regierung.

Zwar hielten sich viele von Almakki ausgebildete Imame von der Politik fern, doch wer bei ihm studiert hatte, war von vornherein verdächtig.

Agha Djan vermutete, dass der junge Imam, der seinen Turban ein wenig schief aufgesetzt und sich mit einem Hauch Rosenduft besprüht hatte, nicht unparteiisch war. Doch er sagte nichts.

»Was tun Sie zurzeit? Sind Sie einer bestimmten Moschee verbunden, wo Sie predigen?«

»Nein, noch nicht, doch ich vertrete oft Imame in verschiedenen Städten. Wenn ein Imam krank ist oder auf Reisen geht, werde ich gebeten, an seiner statt zu predigen.«

»Ich verstehe. So halten wir es hier auch«, sagte Agha Djan. »Mit einem Imam aus dem Dorf Djirja. Er ist sehr zuverlässig und kommt, sobald wir ihn brauchen.«

Gern hätte Agha Djan seinen Besucher gefragt, wo seine Eltern wohnten und warum er nicht in Begleitung eines Verwandten gekommen war, da er doch um die Hand von Alsaberis Tochter anhalte. Aber er tat es nicht, er wusste, dass der junge Imam antworten würde: »Ich bin erwachsen und entscheide selbst, wen ich heirate. Mein Name ist Mohammad Galgal. Und mein Ayatollah heißt Almakki. Was möchten Sie sonst noch wissen?«

»Wie kommen Sie auf unsere Tochter? Haben Sie sie je gesehen?«, fragte Agha Djan.

»Nein, aber meine Schwester ist ihr begegnet. Außerdem hat Ayatollah Almakki sie mir empfohlen, er gab mir einen Brief für Sie mit.« Der junge Mann zog einen Umschlag aus der Tasche und überreichte ihn Agha Djan.

Falls er wirklich einen Brief des Ayatollahs bei sich hatte, konnte Agha Djan ohnehin nichts mehr ausrichten. Falls Almakki ihn für geeignet hielt, erübrigte sich jede weitere Diskussion. Dann war die Sache entschieden.

Ehrfürchtig öffnete Agha Djan den Brief. Der Ayatollah hatte Folgendes geschrieben:

Im Namen Allahs.
Da Mohammad Galgal euch besucht, grüße ich euch.
*Wassalam** Almakki.

Ein merkwürdiger Brief, er enthielt weder Zustimmung noch Ablehnung. Dem reinen Wortlaut nach war der Ayatollah von Galgal nicht besonders beeindruckt. Doch allein, dass der junge Imam einen Brief von Almakki bei sich hatte, bedeutete viel. Agha Djan legte den Brief in die Schublade seines Schreibtischs und sagte: »Ich muss noch über den nächsten Schritt nachdenken. Verbleiben wir so: Ich erzähle Alsaberi und seiner Tochter von unserer Begegnung. Dann vereinbaren wir ein gemeinsames Treffen, und Sie kommen mit Ihrer Familie, mit Ihrem Vater. Einverstanden?«

»Einverstanden!«, sagte Galgal.

Schahbal brachte Galgal zur Tür und kam wieder zurück.

»Was meinst du, Schahbal?«, fragte Agha Djan.

»Ich finde ihn bemerkenswert, er hat Persönlichkeit. Das hat mir gefallen.«

»Du hast recht. Das sah man schon an der Art und Weise, wie er auf dem Stuhl saß. Er ist nicht zu vergleichen mit unseren Dorfimamen. Und doch habe ich Bedenken.«

»Wieso?«

»Er ist sehr ehrgeizig. Der Ayatollah schreibt in seinem Brief nichts Konkretes. Einerseits empfiehlt er ihn, andererseits verliert er kein einziges Wort über ihn. Ich lese Zweifel in seinem Brief. Galgal ist sicher kein schlechter Anwärter, aber er ist mir nicht ganz geheuer. Ist er der richtige Mann für unsere Moschee? Alsaberi ist mild, doch dieser junge Imam wirkt hart.«

»Was meinst du damit?«

»Ist Alsaberi noch wach?«

Schahbal sah durch den Vorhang nach draußen.

»In der Bibliothek brennt noch Licht«, sagte er.

»Dies bleibt vorläufig unter uns, die Frauen dürfen noch nichts davon erfahren«, sagte Agha Djan beim Hinausgehen.

Er klopfte an die Tür der Bibliothek und trat ein. Alsaberi saß lesend auf seinem Gebetsteppich.

»Wie war dein Tag?«, fragte Agha Djan.

»Wie immer«, sagte Alsaberi.

»Was liest du?«

»Ein Buch über die politischen Taten der Ayatollahs in den letzten hundert Jahren. Offensichtlich waren sie nie untätig, immer gab es etwas, wogegen sie sich auflehnten. Immer haben sie einen Weg gefunden, an die Macht zu gelangen. Dieses Buch ist wie ein Spiegel, in dem ich mich selbst betrachte. Politik ist eine gute Sache, doch für mich kommt sie nicht in Frage. Ich tauge nicht dazu. Und deshalb fühle ich mich schuldig.«

Selten zeigte sich Alsaberi so offenherzig. Agha Djan fühlte, dass er den Imam in einem wichtigen Augenblick besuchte.

»Ich weiß, dass Qom mit mir nicht zufrieden ist. Ich habe Angst, dass die Leute in eine andere Moschee gehen und kaum jemand mehr zu uns kommt, wenn ich weiterhin schweige.«

»Davor brauchst du keine Angst zu haben«, sagte Agha Djan, »im Gegenteil, es werden sogar mehr Leute kommen, wenn sie merken, dass unsere Moschee sich von der Politik fernhält. Die Leute, die unsere Moschee besuchen, sind einfache Leute. Die Moschee ist ihr Zuhause, sie kommen schon ihr Leben lang zu uns, sie gehen bestimmt nicht woanders hin. Dafür kennen sie dich zu gut und respektieren dich zu sehr.«

»Aber der Basar«, fügte der Imam hinzu, »der Basar war immer politischer Mittelpunkt. Das steht auch in diesem Buch. Die Basare spielten in den letzten zweihundert Jahren eine entscheidende Rolle, und die Imame haben sie immer als Waffe benutzt. Wenn die Kaufleute den Basar schließen, wissen alle, dass etwas Ungewöhnliches, etwas Wichtiges passiert ist. Ich weiß, dass der Basar mit mir nicht zufrieden ist.«

Agha Djan wusste nur zu gut, wovon der Imam sprach. Er war ja selbst mit ihm nicht zufrieden, doch er konnte den Mann nicht seines schwachen Charakters wegen absetzen. Alsaberi war nun einmal der Imam der Moschee und würde das bis zu seinem Tod bleiben. Agha Djan wusste, auf dem Basar wurde darüber geklagt, dass von der Moschee so wenig Anregung ausgehe, doch was konnte er daran ändern, wenn es Alsaberi an gewissen Fähigkeiten mangelte? Neulich hatten die Ayatollahs Agha Djan sogar nach Qom bestellt. Dort gab man ihm deutlich zu verstehen, die Moschee müsse ihre Haltung ändern. Sie wollten Stellungnahmen gegen den Schah und vor allem gegen die Amerikaner hören. Agha Djan hatte ihnen Besserung gelobt, doch er wusste, dass Alsaberi sich dafür nicht eignete.

Qom war das Zentrum der schiitischen Welt. Alle bedeutenden Ayatollahs lebten in Qom und leiteten von dort aus die Moscheen des Landes. Die Moschee von Senedjan war eine der wichtigsten. Deshalb erwarteten die Ayatollahs von ihr mehr Tatkraft. Qom stellte Fragen, Qom stellte Anforderungen, doch mit Alsaberi konnte Agha Djan keine Veränderung bewirken. Vielleicht hatte Almakki den jungen Imam ja aus diesem Grund zu ihnen geschickt.

Agha Djan wechselte das Thema: »Ich habe eine Überraschung für dich. Sie passt auch gut zu dem Buch, das du gerade liest.«

»Ja?«

»Jemand hat um die Hand deiner Tochter angehalten.«

»Wer?«

»Ein junger Imam aus Qom! Ein Schüler von Ayatollah Almakki.«

»Almakki?«, fragte der Imam erstaunt und legte das Buch auf den Teppich.

»Er hat keine Angst vor Politik, ist gut gekleidet, selbstsicher und trägt seinen schwarzen Turban ein wenig schief«, sagte Agha Djan lächelnd.

»Wie kommt er auf uns? Ich meine, auf meine Tochter?«

»Jeder in der Stadt weiß, dass du eine Tochter hast, und jeder kann um ihre Hand anhalten. Doch ich glaube, dass dieser junge Imam nicht nur deiner Tochter wegen kommt, sondern auch wegen der Moschee und der Kanzel.«

»Was!«

»Du weißt doch, dass immer Politik mit im Spiel ist, wenn Almakki dahintersteckt.«

»Wir müssen gründlich nachdenken, bevor wir ihm antworten. Wir brauchen Klarheit darüber, ob er unsere Tochter will oder unsere Moschee.«

»Das tun wir, aber ich habe keine Angst vor Veränderungen. Und ich verschließe die Augen nicht vor den Dingen, die auf mich zukommen. Ich glaube nicht an Zufall. Dieser Imam klopft nicht umsonst an unsere Tür, er passt sehr gut in dieses Haus. Die Moschee hatte in der Vergangenheit einige feurige Imame. Ich reise nach Qom und bespreche es mit Almakki persönlich. Wenn er Galgal als Mensch, als Ehemann billigt, gebe ich meine Zustimmung. Ich werde deinen Sohn Ahmad anrufen. Er besucht zwar nicht die gleiche Imamschule, aber vielleicht kennt er Galgal trotzdem.«

»Tu, was du willst, aber sei vorsichtig. Pass auf, dass es keine politisch-religiöse Heirat wird. Ich gebe meine Tochter nicht jedem beliebigen Imam. Wir müssen sicher sein, dass es ein guter Mann ist. Ich wünsche ihr eine gute Ehe. Ich will sie nicht den Ayatollahs geben.«

»Du brauchst keine Angst zu haben«, sagte Agha Djan.

»Ich fühle mich in letzter Zeit nicht gut, ich werde oft von Traurigkeit übermannt. Ich bin ängstlicher geworden, fürchte mich vor allem, besonders vor der Moschee, manchmal weiß ich nicht mehr, was ich beim Freitagsgebet sagen soll.«

»Du bist müde, fahr doch ein paar Tage nach Djirja. Nimm die Großmütter mit und ruh dich dort eine Woche aus. Es wird ihnen auch guttun. Es ist lange her, dass sie fort waren. Du quälst dich mit dem, was du dir selbst auferlegt hast. Niemand wäscht sich so oft wie du, du ziehst dich zurück, so kannst du nicht mehr lange weitermachen. Fahr nach Djirja, vielleicht hast du bald einen tüchtigen Schwiegersohn, der ab und zu für dich einspringt«, sagte Agha Djan lächelnd und verließ die Bibliothek.

Am nächsten Tag rief Agha Djan in Qom an und redete mit Ahmad.

»Kennst du Mohammad Galgal?«

»Und woher kennst du ihn?«

»Er hat um die Hand deiner Schwester angehalten.«

»Das ist nicht dein Ernst!«, rief Ahmad erstaunt.

»Mein voller Ernst. Was für ein Mensch ist er?«

»Er ist hier sehr bekannt, aber ich bin ihm nicht persönlich begegnet. Er ist wortgewandt und hat zu allem eine Meinung. Er unterscheidet sich von allen anderen Imamen. Mehr weiß ich nicht.«

»Was meinst du? Kommt er für deine Schwester in Frage?«

»Schwer zu sagen, er gilt als hart. Meine Schwester kennt nur unseren Vater als Imam. Sie glaubt, alle Geistlichen wären so.«

»Wichtig ist, ob deine Schwester mit ihm glücklich werden kann«, sagte Agha Djan.

»Ich sage ja, er ist ein anständiger, gescheiter Junge, aber ob er einen guten Ehemann abgibt, wage ich nicht zu sagen.«

»Mehr muss ich wohl nicht hören, Ahmad.«

Anschließend rief Agha Djan in der Residenz des Ayatollahs Almakki an, um ein Treffen zu vereinbaren. Am Donnerstag in aller Frühe ließ er sich von seinem Chauffeur abholen und zum Bahnhof fahren.

Kaum hatte er die monumentale Halle betreten, als der Bahnhofsvorsteher, der ihn an seinem langen Mantel und seinem Hut erkannte, die Zigarre ausdrückte und ihm entgegeneilte.

»Guten Morgen und gesegnete Reise!«, sagte er höflich.

»Inschallah«*, erwiderte Agha Djan.

Er würde mit einem langen, schokoladenbraunen Zug reisen, der eine halbe Stunde zuvor aus dem fernen Süden, vom Persischen Golf, angekommen war und bis zur afghanischen Grenze im Osten fuhr. Unterwegs hielt der Zug an zahllosen Bahnhöfen. Bis Qom dauerte die Fahrt drei Stunden.

In der Bahnhofshalle standen viele Passagiere und unzählige Leute, die auf Reisende warteten. Hunderte Männer mit Hüten, Frauen in langen Mänteln und auffällig viele Frauen ohne Tschador.

Das Gesicht des Landes hatte sich stark verändert, Agha Djan merkte es jedes Mal, wenn er mit dem Zug reiste. Die Leute, die aus dem Süden kamen, waren freier und ganz anders als die Leute aus Senedjan. Im Zug begegnete man Frauen ohne Kopftuch, ja, manchmal mit entblößten Armen. Frauen mit Hüten, Frauen mit Handtaschen, lachende, rauchende Frauen. Agha Djan wusste, dass all diese Veränderungen mit dem Schah zu tun hatten, dem Schah, der Amerikas Lakai war. Amerika untergrub den Glauben des Landes, und keiner konnte etwas dagegen tun.

Der Bahnhofsvorsteher lud Agha Djan auf ein Glas Tee in sein Büro ein, und als es Zeit wurde aufzubrechen, geleitete er ihn zu einem Abteil, das für bedeutende Passagiere reserviert war.

Drei Stunden später kam die Kuppel der Grabmoschee der heiligen Fatima in Sicht.

Der Zug fuhr in den Bahnhof von Qom ein. Dort schien man eine andere Welt zu betreten. Die Frauen waren tief verschleiert, und die Männer trugen alle einen Bart. Wohin man blickte, sah man Imame.

Agha Djan stieg aus. Von allen Moscheedächern erklang aus Lautsprechern die Stimme der Muezzins. Nirgends war ein Porträt des Schahs zu sehen, überall hingen Spruchbänder mit Versen aus dem Koran. Dem Schah würde es nicht im Traum einfallen, in diese Stadt zu reisen. Und kein amerikanischer Diplomat würde es wagen, sich hier blicken zu lassen.

Qom war der Vatikan der Schiiten, die heiligste Stadt des Landes, die Stadt, in der die heilige Fatima begraben lag. Die goldene Kuppel ihrer Grabmoschee funkelte wie ein Juwel über dem Zentrum.

Agha Djan nahm ein Taxi. Punkt zwölf Uhr mittags stand er vor der Moschee von Ayatollah Almakki.

Der Ayatollah erschien mit seinen Schülern, jungen Imamen, die ihn in den Gebetsraum begleiteten. Agha Djan neigte höflich den Kopf. Almakki streckte ihm die Hand hin, Agha Djan schüttelte sie, folgte ihm in den Gebetsraum und nahm in der ersten Reihe Platz.

Als das Gebet zu Ende war, kniete sich Agha Djan neben den Ayatollah.

»Willkommen! Was führt Sie hierher?«, fragte dieser.

»Zunächst einmal wollte ich Ihr gesegnetes Gesicht sehen, und dann komme ich auch wegen Mohammad Galgal.«

»Er war mein bester Schüler. Und er hat meinen Segen«, sagte der Ayatollah.

»Mehr brauche ich nicht zu wissen«, sagte Agha Djan, küsste ihn auf die Schulter und stand auf.

»Aber ...«, sagte der Ayatollah.

Agha Djan setzte sich wieder.

»Er sucht immer seinen eigenen Weg.«

»Was will der Ayatollah damit sagen?«, fragte Agha Djan.

»Nun, dass er kein Herdentier ist.«

»Ich verstehe«, sagte Agha Djan.

»Gesegnete Hochzeit und gute Heimreise«, sagte der Ayatollah und streckte Agha Djan wieder die Hand hin.

Agha Djan freute sich über Almakkis Wertschätzung von Galgal – der Ayatollah hatte also seine Zustimmung gegeben. Doch tief im Herzen war Agha Djan immer noch beunruhigt.

Als Agha Djan wieder zu Hause war, rief er Schahbal zu sich.

»Schahbal, kannst du Sediq kommen lassen?«

Als Sediq hörte, dass Agha Djan sie sprechen wollte, wusste sie sofort, dass etwas Wichtiges vorgefallen war.

»Nimm Platz. Geht es dir gut?«, fragte Agha Djan.

»Ja, mir geht es gut.«

»Hör zu, meine Tochter. Jemand hat um deine Hand angehalten.«

Sediq errötete. Sie senkte den Kopf.

»Er ist Imam.«

Sie sah Schahbal an. Dieser lächelte und sagte: »Ein ausgezeichneter junger Imam!«

Sediq lächelte nur.

»Ich bin nach Qom gefahren und habe seinen Ayatollah gesprochen. Er war des Lobes voll. Dein Bruder hat ihn auch gebilligt. Was meinst du? Möchtest du einen Imam heiraten?«

Sediq schwieg.

»Auf einen Heiratsantrag hin zu schweigen ist nicht gestattet«, sagte Agha Djan, »antworte mir.«

»Er ist ein attraktiver Imam. Er trägt ein modisches Gewand und gut geputzte hellbraune Schuhe. An seinem Äußeren ist nichts auszusetzen«, sagte Schahbal, immer noch lächelnd.

Agha Djan tat, als hätte er Schahbals Kommentar nicht gehört. Sediq lächelte.

»Wie lautet deine Antwort? Sollen wir die Verhandlungen mit seiner Familie aufnehmen?«

»Ja«, sagte sie nach langem Schweigen leise.

»Eins solltest du noch wissen«, sagte Agha Djan, »er ist völlig anders als dein Vater. Er ist ein Anhänger Ayatollah Almakkis. Sagt dir dieser Name etwas?«

Sediq sah Schahbal an.

»Er ist kein Dorfimam«, sagte Schahbal.

»Das Leben mit ihm wird unruhig und manchmal schwierig sein«, sagte Agha Djan. »Glaubst du, du kannst es aushalten?«

Sie dachte nach. »Wie meinst du das?«

»Einerseits ist es eine Ehre, so ein Leben zu führen. Andererseits kann es eine Hölle sein, wenn du nicht dafür einstehst«, sagte Agha Djan.

»Kann ich ihn erst einmal sprechen?«

»Natürlich!«, sagte Agha Djan.

Eine Woche später führte Schahbal Imam Galgal ins Gästezimmer, wo eine Schale Obst und frischer Tee bereitstanden.

Anschließend holte er Sediq, um sie Galgal vorzustellen.

Nachdem sie Galgal begrüßt hatte, blieb sie neben dem Wandspiegel stehen. Er fragte sie, ob sie sich nicht setzen wolle. Sie lockerte ihren Tschador, sodass ihr Gesicht besser zu sehen war.

Schahbal ließ die beiden allein und schloss leise die Tür hinter sich.

Vom Wasserbecken aus behielten die Großmütter alles im Auge. Fagri Sadat, Agha Djans Frau, hatte Galgal von ihrem Fenster im zweiten Stock aus gesehen. Sinat Ganum, Alsaberis Frau, betete in ihrem Zimmer um eine gute Ehe für ihre Tochter. Mehr als beten konnte sie nicht tun, denn nie wurde sie nach ihrer Meinung gefragt. Ihr Urteil zählte nicht. Fagri Sadat war diejenige, die im Haus die Entscheidungen traf.

Agha Djans Töchter versteckten sich hinter den Vorhängen, um Galgal zu bestaunen, sobald er aus dem Gästezimmer käme.

Die Begegnung zwischen Galgal und der künftigen Braut des Hauses dauerte kaum eine Stunde, dann ging die Tür des Gästezimmers wieder auf, und Sediq trat heraus. Freudestrahlend blickte sie zu den Großmüttern, dann ging sie die Treppe zum Obergeschoss hinauf.

Schahbal begleitete Galgal auf den Innenhof.

»Das sind die Großmütter unseres Hauses.«

Fagri Sadat kam herunter.

»Agha Djans Frau, die Königin des Hauses«, sagte Schahbal lachend.

Galgal grüßte Fagri Sadat, ohne sie anzusehen. Die Mädchen wurden ihm der Reihe nach vorgestellt. Nachdem er alle kennengelernt hatte, brachte ihn Schahbal zum Basar, wo Agha Djan das Anstehende mit ihm besprechen wollte.

Ein paar Tage später empfing Agha Djan Imam Galgal und dessen Vater in seinem Arbeitszimmer, auch Alsaberi war anwesend. Ihr Gespräch verlief anders als die traditionellen Heiratsgespräche; über Gold oder Geld wurde kein Wort verloren. Die Braut würde dem Bräutigam eine Koran-Ausgabe mit goldenem Einband schenken, und sie würde das Haus ihres Vaters in einen weißen Tschador gehüllt und mit einem Gedichtband des Dichters Hafis in der Hand verlassen. Doch alle wussten, dass die reichen Familien der Stadt ihre Töchter nicht mit leeren Händen in ihr neues Haus schickten. Sie würden Sediq selbstverständlich alles mitgeben, was sie brauchte. Weiter drehte sich das Gespräch um die Moschee, die Bibliothek, die Bücher, die alten Kellergewölbe, den blinden Moazzen und natürlich die alte Zeder des Hauses; schließlich wurde der Tag der Hochzeit festgelegt.

»*Mobarak inscha'allah**, herzlichen Glückwunsch«, sagten die Männer und schüttelten einander die Hand.

Sediq trug auf einem Silbertablett fünf silberne Tassen Tee herein.

Die Hochzeit würde am Geburtstag der heiligen Fatima stattfinden, einem der schönsten Tage des Jahres, meist war es dann mild und warm, und der Wind, der aus dem Gebirge kam, sorgte für angenehme Abkühlung. Ein Tag, an dem man seine Braut am liebsten in die Arme nähme und sich mit ihr unter einer dünnen Sommerdecke versteckte. In dieser Zeit schliefen fast alle im Freien. Auf den Dächern standen weiße Sommerzelte. Zelte, in denen die Bräute und Bräutigame schliefen.

Es sollte ein würdiges Fest werden, mit den wichtigsten Familien der Stadt und des Basars als Gästen. Schließlich ging es nicht um irgendeine beliebige Hochzeit, denn heiraten würde die Tochter des Imam Alsaberi. Und der Bräutigam war nicht irgendein beliebiger Lehrer oder Beamter, noch nicht einmal ein Kaufmann; nein, es war ein Imam aus Qom mit einem schwarzen Turban.

Arusi

Der Tag der Hochzeit, Arusi, brach an.

Sinat Ganum rief ihre Tochter zu sich, schloss die Tür, küsste Sediq und fragte: »Freust du dich auf deine Ehe mit Galgal?«

»Ich weiß nicht …«

»Du solltest zufrieden sein, er ist ein gut aussehender Mann, und dein Vater meint, er sei sehr ehrgeizig.«

»Das ist es ja gerade.«

»Ich hatte auch Angst, als ich deinen Vater heiratete, alle Mädchen haben Angst, wenn sie auf einmal mit einem Unbekannten fortgehen müssen, doch sobald ihr zusammen seid, verschwindet diese Angst. Schließlich muss jedes Mädchen einmal heiraten und das Haus des Vaters verlassen.«

Sinat Ganum sprach ihrer Tochter Mut zu, doch tief im Herzen hatte auch sie ihre Zweifel. Sie wusste nicht, warum. Plötzlich waren all die schlimmen Erinnerungen an früher wieder da. Doch sie ließ sich nichts anmerken.

»Ich kann es immer noch nicht glauben«, sagte sie stattdessen.

»Was kannst du nicht glauben?«

»Dass du so groß geworden bist, dass du heiraten wirst und bald fortgehst.«

»Warum klingst du so traurig?«

Sinats Augen hatten sich mit Tränen gefüllt.

»Warum weinst du denn?«

»Es sind Tränen des Glücks«, sagte sie und küsste ihre Tochter.

Seit Sediqs Geburt hatte Sinat Angst um sie gehabt. Angst, sie zu verlieren, Angst, sie plötzlich tot in ihrem Bettchen, im Garten, beim Wasserbecken zu finden.

Sediqs Kindheit war für Sinat eine dunkle Zeit gewesen. Die Angst ließ sie auch nachts nicht los. Sie traute sich nicht, schlafen zu gehen, aus Angst vor den Alpträumen, die sie heimsuchten.

Sinat Ganum, eine Kusine von Imam Alsaberi, war schon als Sechzehnjährige mit ihm verheiratet worden. Als erstes Kind kam ein Mädchen zur Welt, Osra. Sie war fünf Jahre älter als Sediq und hatte mit achtzehn einen Mann aus Sinats Familie geheiratet. Mit ihm und ihren drei Kindern lebte sie jetzt in Kaschan.

Dann gebar Sinat einen Sohn, Abbas. Auf ihm ruhte die ganze Hoffnung der Familie, denn er sollte Alsaberis Nachfolger werden. Doch an einem heißen Sommertag passierte etwas Schreckliches, als Sinat allein mit ihm im Haus war:

Der Junge hat gerade erst Laufen gelernt und wackelt vergnügt hinter den Katzen her. Irgendwann geht Sinat in ihr Zimmer hinauf und vergisst das Kind völlig. Erst als ihr die Stille auffällt, schaut sie aus dem Fenster; Abbas ist nirgends zu sehen. Sie stürzt die Treppe hinunter, sieht die Katzen am *Hous* sitzen. Im Wasser treibt der Körper ihres kleinen Sohns. Jammernd zieht sie ihn heraus. Einige Männer, durch das Geschrei herbeigerufen, erscheinen auf dem Dach der Moschee und eilen Sinat zu Hilfe. Sie drücken dem Kind auf den Bauch, vergebens. Sinat schreit. Sie halten das Kind an den Füßen hoch und schütteln es, ohne Erfolg. Sinat schreit. Sie zünden ein Feuer an und halten das Kind über die Wärme der Flammen. Doch es ist zu spät. Sinat schreit. Die Männer legen das Kind auf den Boden und bedecken es mit Sinats Tschador. Abbas, die Hoffnung des Hauses, ist tot.

Niemand machte Sinat Vorwürfe. Sie schloss sich in ihrem Zimmer ein.

Agha Djan ging zu ihr und redete ihr gut zu: »Sinat, ich füge mich in Gottes Willen. Das musst du auch tun.«

Weiter wurde im Haus nicht über Abbas gesprochen. Monatelang weinten alle in Stille, aber reden taten sie nicht. Für Sinat war das Schweigen eine Strafe, eine schwere Strafe.

Im Jahr darauf wurde sie wieder schwanger, Sediq wurde geboren. Sinat verließ jetzt öfter ihr Zimmer, um den Großmüttern in der Küche zu helfen. Doch erst zwei Jahre später, nach Ahmads Geburt, schöpfte sie wieder Mut und kehrte ins Leben zurück.

Ob es nun mit dem Unfall zu tun hatte oder nicht – Sinat fand innerhalb des Hauses nie mehr ihren Platz. Sie lebte fortan in Fagri Sadats Schatten. Sie empfand sich als Frau zweiter Klasse.

Wenn Fagri Sadat derlei zugestoßen wäre, hätte Agha Djan zu ihr gehalten und alles darangesetzt, ihren Schmerz zu lindern. Alsaberi hingegen war schwach; zwar machte er Sinat keine Vorwürfe, doch er stand ihr in all den schweren Jahren nicht zur Seite. Nie legte er den Arm um sie oder sagte ihr ein liebes Wort. Und wenn eine Frau schon vom eigenen Mann übergangen wird, dann auch von allen anderen. Wenn der eigene Mann sie wie Luft behandelt, tun andere es auch. Wie jetzt. Ihre Tochter würde heiraten, und niemand hatte Sinat um Einwilligung gebeten.

»Es macht nichts«, sagte Sinat zu ihrem Spiegelbild, als sie sich die Tränen abwischte, »meine Zeit kommt noch.«

Im Haus herrschte ein geschäftiges Treiben. Auf dem Innenhof hatte man einen sehr langen Vorhang angebracht, jenen Vorhang, der sonst beim Gebet in der Moschee die Frauen von den Männern trennte.

Teure Teppiche waren ausgerollt worden, und die Männer hatten die Hausmauern mit Wandbehängen bedeckt, auf denen heitere heilige Texte standen.

An den Zweigen hingen grüne, mit klassischen Versen bedruckte Satintücher. Aus Qom hatte man den bekanntesten Rezitator kommen lassen. Sein rhythmischer Vortrag der Suren machte auf jeden einen unauslöschlichen Eindruck.

Agha Djan trug einen neuen Anzug und war beim Friseur gewesen. Er kleidete sich gern frisch und elegant, und dank Fagri Sadat war er einer der wenigen Kaufleute des Basars, die Zeit auf ihr Äußeres verwendeten. Sein Diener sorgte dafür, dass seine Schuhe immer geputzt waren, und die Großmütter bügelten ihm die Hemden. Manchmal neckte Fagri Sadat ihn: »Du bist der gepflegteste Mann der Stadt. Wenn du dich gerade rasiert hast und deinen Hut aufsetzt, glaubt keiner, dass du auch noch den Koran auswendig kannst!«

Der Imam saß noch in seiner Bibliothek. Nachher, wenn sich alle eingefunden hatten, würde er sich kurz zeigen, um alsbald zu seinen Büchern zurückzukehren.

Das Fest hatte begonnen, die angesehenen Familien und die Honoratioren der Stadt trafen nach und nach ein. Die Männer versammelten sich auf der rechten Seite des Innenhofs, wo die alte Zeder stand, und nahmen auf den Stühlen am Wasserbecken Platz. Die Frauen zogen sich hinter den Vorhang zurück und setzten sich um die schönen duftenden Beete, die unter der Pflege des Dieners Am Ramasan prächtig gediehen. Obwohl Kinder sonst immer die ersten Gäste waren, hatte man sie ausnahmsweise nicht eingeladen. Die Gäste wurden mit Tee und den köstlichsten Süßigkeiten des Bäckers bewirtet. Allen, Männern wie Frauen, wurde etwas Rosenwasser über die Hände gegossen.

Alle waren gespannt auf Galgal, besonders die Frauen.

Ein Auto hielt vor dem Tor, um den Bürgermeister aussteigen zu lassen. Agha Djan hieß ihn willkommen. Die Männer standen der Reihe nach auf, als er hereinkam und am Wasserbecken Platz nahm.

Ein zweites Auto hielt vor dem Tor; alle wussten, dass es der

Bräutigam war. Agha Djan empfing Galgal und führte ihn zum Bürgermeister.

Dieser stand auf, um Galgal zu beglückwünschen, doch der junge Imam tat, als sähe er ihn nicht. Der Bürgermeister war ein Lakai des Schahs – niemals würde sich Galgal neben ihn setzen oder ihm auch nur die Hand schütteln. Der Bürgermeister setzte sich wieder, und niemand verlor ein Wort. Agha Djan, der sich gerade mit einem Gast unterhielt, hatte den Vorfall nicht bemerkt.

Gegen drei traf der Standesbeamte ein, begleitet von zwei bärtigen Assistenten, jeder eine gewichtige Mappe unter dem Arm. Sie setzten sich an den Tisch, an dem die Heiratsurkunden unterzeichnet werden sollten.

Dann schlugen sie die Folianten auf und eröffneten feierlich die Zeremonie. In diesem Moment brach auf der anderen Seite des Vorhangs Unruhe aus, die Frauen riefen: »Salam bar Fatima, salam bar Fatima!«

Die Braut war eingetroffen und hatte sich gegenüber den Männern vom Standesamt an den Tisch gesetzt.

In ihrem milchweißen Kleid, über dem sie einen hellgrünen, rosa geblümten Tschador trug, sah sie schöner aus denn je. Sie hatte einen Hauch Mascara aufgetragen und ihre Augenbrauen leicht auszupfen lassen, wodurch sie weniger mädchenhaft wirkte.

Der Standesbeamte bat um die Geburtsurkunde der Braut. Agha Djan überreichte sie ihm. Der Mann übertrug alles sorgfältig in sein großes Buch und bat dann um die Geburtsurkunde des Bräutigams.

Galgal kramte in seinen Taschen und flüsterte dann seinem Vater etwas zu. Er suchte in seiner Aktentasche. Alle warteten ungeduldig.

»Ich habe sie vergessen«, sagte er.

Hinter dem Vorhang wuchs die Unruhe.

Dies war eine ungewöhnliche Situation.

Der Standesbeamte dachte kurz nach und sagte: »Haben Sie etwas anderes dabei, um Ihre Identität zu bezeugen?«

Galgal kramte wieder in seinen Taschen, redete leise mit seinem Vater. Nein, er hatte nichts dabei.

Nun wurde es auf beiden Seiten des Vorhangs unruhig. Agha Djan sah den Bürgermeister an und entdeckte Misstrauen in seinem Blick. Auch den Männern des Basars stand der Argwohn auf der Stirn geschrieben. Wie konnte Galgal die erforderlichen Unterlagen vergessen! Alle warteten gespannt auf Agha Djans Reaktion. Dieser wurde den leisen Verdacht nicht los, dass Absicht im Spiel war. Wollte Galgal etwa die Familie in den Hintergrund drängen und Sediq ohne urkundlichen Beweis heiraten? Solches war nur noch auf dem Land üblich. Der Dorfimam rezitierte die Hochzeitssure, die Braut sagte Ja, der Bräutigam sagte Ja, und so bekam der Mann Zutritt zum Bett der Frau. Auf diese Weise konnte er mehrere Frauen ehelichen. Doch diese Art Hochzeiten waren in der Stadt nicht mehr üblich, schon gar nicht in einer vornehmen Familie wie der Agha Djans.

»Vielleicht haben Sie die Papiere im Haus Ihres Vaters liegen lassen«, sagte Agha Djan zu Galgal.

»Nein, ich glaube nicht. Sie sind wohl in Qom.«

Agha Djan setzte sich zum Bürgermeister, um sich mit ihm zu beraten.

»Sie haben recht«, sagte der Bürgermeister, »so geht es nicht.«

Agha Djan stand auf und ging zu Alsaberi, der gerade aus der Bibliothek gekommen war; er hatte sich zu dem Hausmeister der Moschee unter die Zeder gestellt.

»Die Hochzeit findet vorläufig nicht statt«, sagte Agha Djan, »erst muss Galgal seine Papiere holen.«

»Dann muss er nach Qom und ist nicht vor Mitternacht zurück. Vielleicht sollte man schon mal die Hochzeitssure verlesen. Dann kann er in aller Ruhe nach Qom reisen.«

»Nein, wenn wir die Sure erst einmal rezitiert haben, ist es vollzogen. Dann hat er unsere Tochter, und wir können nichts mehr tun. Das weißt du besser als ich.«

»Du hast recht. Lass ihn seine Papiere holen«, antwortete Alsaberi und kehrte in die Bibliothek zurück.

Agha Djan ging zu dem Standesbeamten: »Ohne gültige Papiere keine Hochzeit!«

Alle redeten durcheinander.

Agha Djan wandte sich an Galgal und sagte beherrscht: »Ich warte. Wir warten. Sie können in aller Ruhe nach Qom fahren und Ihre Papiere holen.«

Damit hatte Galgal nicht gerechnet.

»Aber das geht nicht! Es fährt jetzt kein Zug nach Qom. Und ich traue den Bussen nicht.«

»Ich kümmere mich darum«, sagte Agha Djan.

Er ging wieder zum Bürgermeister und redete mit ihm. Der Bürgermeister nickte ein paar Mal zustimmend.

»Das Problem ist gelöst«, sagte Agha Djan. »Sie werden von einem Jeep abgeholt, der Chauffeur des Bürgermeisters bringt Sie hin. Auch wenn ich Geduld habe, sollten Sie sich beeilen.«

Galgal war der Mund gestopft. Sichtlich verärgert, stand er auf und ging zum Tor. Agha Djan meinte, in seinen Augen etwas Hinterhältiges zu erkennen, als hätte Galgal für einen kurzen Moment die Maske fallen gelassen und sein wahres Gesicht gezeigt.

Ursprünglich sollten die Gäste nicht zum Abendessen bleiben. Doch Agha Djan richtete das Wort an die Anwesenden und sagte: »Es tut mir leid. So etwas kann passieren, ihr seid alle von Herzen eingeladen.« Er schickte Schahbal zum Restaurant gegenüber der Moschee, um alles zu regeln.

Fagri Sadat rief Agha Djan in sein Zimmer, sie müsse ihn sprechen: »Glaubst du nicht, du bist zu hart vorgegangen?«

»Vielleicht sollte ich es nicht sagen, aber ich traue ihm nicht.«

»Jetzt schon nicht?«

»Er ist kein gewöhnlicher Imam, er ist willensstark, ich hatte nicht erwartet, dass er ohne Papiere erscheinen würde. Er hat einen Plan, ich weiß nur nicht, was für einen.«

»Ihr Männer redet immer von Plänen, was soll er für einen Plan haben?«

»Es lässt sich jetzt nicht mehr rückgängig machen, er ist unterwegs nach Qom. Wir müssen Geduld haben.«

»So ist es immer, Männer entscheiden und Frauen müssen Geduld haben.«

»Das ist nicht wahr. Ich gebe eine Tochter unseres Hauses nicht leichtfertig weg. Ich glaubte, wenigstens du würdest das verstehen.«

»Ich verstehe es ja, aber was soll ich den Frauen sagen?«, erwiderte sie, ohne ihn anzuschauen.

»Das weißt du genau. Sei nett zu ihnen, iss mit ihnen, zeig ihnen dein Lächeln, zeig ihnen, dass du über den Dingen stehst, und verliere die Geduld nicht.«

Um halb elf gab es immer noch kein Zeichen von Galgal. Die Gäste hatten zu Ende gespeist. Die Diener brachten unablässig frischen Tee. Die Wasserpfeifen gingen von Hand zu Hand. Der Bürgermeister war nach einigen Stunden Abwesenheit wieder da. Die Männer vom Basar brachen zu einem Spaziergang am Fluss auf. Sie hatten Agha Djan ihr Verständnis bekundet – an seiner Stelle hätten sie genau das Gleiche getan.

Schahbal stand auf dem Dach der Moschee und hielt Ausschau.

Als er das Auto kommen sah, gab er Agha Djan ein Signal.

Kurz darauf hielt der Jeep vor dem Tor.

Nachdem er ausgestiegen war, ging Galgal gleich auf den Standesbeamten zu; demonstrativ legte er seine Papiere vor ihn auf den Tisch.

Jemand rief: *»Sa lauat bar Mohammad* …«*

Alle riefen: *»Sa lauat bar Mohammad!«*

Agha Djan lächelte. Die Männer vom Basar kamen von ihrem Spaziergang zurück. Der Sänger sang mit lauter Stimme:

Bei der Nacht, wenn sie verhüllt!
Beim Tag, wenn sie erscheint!
Bei der Sonne und ihrem Morgenlicht!

Beim Mond, wenn er ihr folgt!
Beim Tag, wenn er sie scheinen lässt!
Beim Himmel und bei dem, der ihn geschaffen hat!
Bei der Erde und bei dem, der sie gestaltet hat!
Bei der Seele und dem, der sie geformt hat!

Mahiha*

Galgal hatte seine Braut nach Qom mitgenommen, doch wo sie wohnten, wusste keiner. Zwar überraschte es die Familie, dass er seine Adresse geheim hielt, aber es wurde nicht weiter darüber gesprochen.

»Es macht nichts«, sagte Agha Djan, »unsere Tür ist immer für sie offen.«

Galgal hatte seine Imam-Ausbildung abgeschlossen, doch solange er noch keine feste Anstellung hatte, war er von der bescheidenen Zulage abhängig, die er von seinem Ayatollah erhielt. Und obwohl Galgal Agha Djans finanzielle Unterstützung ablehnte, half dieser ihm, wo er konnte. Er nutzte seine weit verzweigten Kontakte und fand immer eine Moschee, in der Galgal eine Vertretung übernehmen konnte.

Sediq kam hin und wieder zu Besuch, Galgal hatte ihr jedoch verboten zu sagen, wo sie wohnten. Manchmal beklagte sie sich bei ihrer Mutter über ihr neues Haus. Es sei so klein und ungemütlich, zudem sei es ihr noch nicht gelungen, mit den Nachbarn Bekanntschaft zu schließen.

»Es ist so anders in Qom«, sagte sie, »jeder wohnt mit seiner Familie im eigenen Haus, die Türen sind geschlossen und die Vorhänge immer zugezogen.«

»Solche Dinge gehören nun einmal zu einem neuen Leben, vor

allem, wenn man in eine fremde Stadt umzieht und diese Stadt auch noch eine religiöse Stadt ist, wie Qom. Galgal ist noch jung, er hat seine Ausbildung gerade erst abgeschlossen und bislang keine richtige Anstellung.«

»Das verstehe ich ja, aber Galgal ist so anders als alle Männer, die ich kenne, anders als mein Vater, anders als Agha Djan und anders als Onkel Nosrat. Ich weiß nicht, wie ich mit ihm vertraut werden soll. Es ist so schwierig, ein echtes Gespräch mit ihm zu führen. Es wird oft so still, wenn er nach Hause kommt, dass mir angst und bange wird, er sagt nichts, und ich weiß nicht, was ich ihm sagen soll.«

»Du darfst unser Leben hier nicht mit dem in deinem neuen Haus vergleichen. Unser Haus ist alt und hat durch die Jahrhunderte seinen festen Rhythmus gefunden. Dein Haus ist das Haus eines jungen Imam ohne Geschichte. Du musst dir dein eigenes Zuhause schaffen, musst die Wärme hineinbringen, die Nähe zu den Nachbarn suchen und deinem Mann Liebe und Aufmerksamkeit entgegenbringen.«

»Das ist leicht gesagt, Mutter, ja, ich kann ihm Liebe entgegenbringen, nur ist die Frage, ob er das überhaupt will!«

»Warum sollte er es nicht wollen?«

»Ich weiß es nicht!«

Bei ihren Besuchen wurde Sediq sehr liebevoll empfangen. Sie bekam Kleider und Schuhe geschenkt und Geld zugesteckt, und fuhr mit prallen Taschen nach Qom zurück.

Wann immer Galgal eine Vertretung in einer anderen Stadt übernahm, schickte er Sediq zu ihren Eltern, und wenn er zurückfuhr, holte er sie ab. Manchmal brachen sie noch am selben Tag auf, ein andermal blieben sie einige Tage. Dann übernachteten sie im Kuppelzimmer.

Zu diesem Zimmer gehörte ein kleiner Balkon mit einem Holzgeländer, von wo aus man das Schattenspiel der Kuppel auf der gegenüberliegenden Mauer bewundern konnte. Es war dieselbe

Mauer, unter der vor Jahren die Ameisen hervorgekrochen waren. Vor achthundert Jahren, als das Haus gebaut wurde, hatte der Architekt dieses Zimmer eigens für den Imam der Moschee entworfen. Von dort aus gesehen, spielte die Sonne bis zum Einbruch der Dämmerung aufs Malerischste mit den Schatten. Erst fiel allein der Schatten der Kuppel auf die Mauer, dann erschienen die Silhouetten der Minarette, etwas später verschwand die Kuppel wieder, und es blieben nur die Minarette. Ab und zu sah man die Schatten einer Taube, der alten Krähe oder der Katzen im bunten Abendlicht auf der Mauer. Abends belauerten die Katzen vom Balkon aus die Fledermäuse, die lautlos über dem Wasserbecken flatterten.

Bei schönem Wetter konnte man auf dem Balkon einen Teppich ausrollen, ein paar Kissen darauf legen und es sich zum Lesen oder Teetrinken bequem machen. Man war im Kuppelzimmer auch ganz für sich, Galgal liebte es daher besonders. Er blieb den ganzen Tag drinnen, die Großmütter brachten ihm Essen, und weiter störte ihn niemand.

Galgal pflegte nur zu Schahbal guten Kontakt; er forderte ihn des Öfteren auf, mit ihm zu essen. Und Schahbal hatte sich von Anfang an für Galgal interessiert. Er war schon vielen Imamen begegnet, doch Galgal hatte etwas an sich, was den anderen fehlte. Er hatte neue Ideen, verstand es auch, fesselnd zu erzählen. Schahbal hörte ihm gern zu und diskutierte mit ihm.

Galgal war über alles auf dem Laufenden. Er redete über Amerika, als kenne er es wie seine Westentasche. Amerika, das ihre Heimat, den Iran, in die Hände bekommen habe und jetzt hinter den Kulissen die Fäden ziehe: »Amerika wollte seine Macht ausbauen und unser Land als militärische Basis gegen die Sowjetunion benutzen. Doch Mossadegh, der gewählte Ministerpräsident, war ein liberaler Mann, ein national denkender Präsident und ließ sich nicht darauf ein. Die Amerikaner konnten nicht länger warten, sie befürchteten, die Sowjets könnten Mossadegh nach Moskau einladen und ihn in seiner antiamerikanischen Haltung bestärken. In Kooperation mit dem Schah putschte der CIA gegen die Regierung. Mossadegh sollte durch ein Attentat beseitigt werden. Die Sowjets kamen dahinter und warnten Mossadegh, der ließ die Gruppe pro-amerikanischer Offiziere, die das Attentat verüben sollten, verhaften und den Palast des Schahs besetzen. Es gelang den CIA-Agenten in letzter Sekunde, den Schah mit einem Hubschrauber herauszuholen. In einem Jagdflugzeug floh er nach Amerika.«

»Interessant«, meinte Schahbal, »davon wusste ich gar nichts.«

»Darüber steht nichts in den Schulbüchern. Die Geschichte, die ihr lernt, ist gefälscht«, sagte Galgal.

»Und wie ging es weiter?«

»Amerika brauchte unser Land, um eine Weltmacht zu werden. Durch die zweitausend Kilometer lange Grenze zur Sowjetunion ist Iran ein strategisch wichtiger Staat im Mittleren Osten. Also dachten sie sich einen zweiten Staatsstreich aus. Zwei Tage später, als man glaubte, alles sei vorbei, wurde Mossadegh verhaftet. In Teheran standen an allen wichtigen Kreuzungen amerikanische Panzer, das Parlament wurde besetzt. Man schickte Hunderte Banditen und Huren auf die Straße, die Bilder des Schahs schwenkten.

Tags darauf wurde der Schah, von CIA-Agenten umgeben, in den Palast zurückgebracht. Er ist eine Marionette, er muss verschwinden und mit ihm die Amerikaner.«

Von der scharfen, eiskalten Wut Galgals bekam Schahbal immer eine Gänsehaut.

Als sie das letzte Mal auf dem Balkon saßen, hatte Galgal ihm vom massiven Widerstand der Ayatollahs gegen das Regime erzählt und von Ayatollah Khomeini, der den Schah und die Amerikaner in Harnisch gebracht habe. Damals seien viele junge Imame getötet und noch mehr ins Gefängnis gesteckt worden. Khomeini musste fliehen.

Schahbal hatte den Namen Khomeini schon öfter im Haus fallen hören, wusste aber fast nichts über den Mann. Er war sieben oder acht gewesen, als diese Ereignisse stattgefunden hatten. Galgal versprach, ihm das nächste Mal ein verbotenes Buch über die jüngste Widerstandsgeschichte der Ayatollahs mitzubringen.

An jenem Abend hatte Galgal einen merkwürdigen Satz gesagt. »Keiner hat mehr Angst vor dem Gefängnis, denn es ist eine Art Universität geworden, besonders für junge Aktivisten.«

So hatte Schahbal das noch nie betrachtet. Für ihn war das Gefängnis der Ort, in dem Verbrecher landeten.

»Politische Gefangene sind etwas ganz anderes als normale Häftlinge«, sagte Galgal, »es sind Leute, die gegen das Regime kämpfen, die sich dafür schämen, dass der CIA über unser Land bestimmt. Es sind sehr intelligente Menschen, die das Schicksal ihrer Heimat selber in die Hand nehmen wollen, die das politische System radikal ändern wollen. Deshalb werden sie von den Machthabern verhaftet und zusammen in Zellen gesperrt, zehn, manchmal zwanzig auf einmal. Sie kommen aus allen Schichten der Bevölkerung: Studenten, Künstler, Imame, Politiker, Lehrer – Leute mit neuen Ideen. Sie kommen ins Gespräch, diskutieren miteinander, und so verwandelt sich die Zelle in eine Universität, wo man vieles lernt. Stell dir das nur einmal vor! All diese intelligenten Menschen, die Erfahrungen, Gedanken austauschen, einander zuhören! Manch einer geht als Lamm hinein und kommt als Löwe wieder heraus. Ich kenne viele von ihnen, Freunde, junge Imame, Mitglieder linker oder rechter Untergrundbewegungen. Hast du je davon gehört?«

»Nein.«

»Was tust du?«

»Was meinst du damit?«

»Ich meine: Was tust du in diesem Haus, in dieser Stadt?«

»Nichts Besonderes. Ich gehe zur Schule und in die Moschee.«

Galgal schüttelte den Kopf und sagte: »Ich wusste es, aus dieser Stadt wird nichts. Es ist eine schwache Stadt. Im ganzen Land gärt es, nur Senedjan dämmert vor sich hin. Aber was kann man schon von einer Stadt erwarten, in der ausgerechnet der Imam der *Dschom'e-Moschee** so schwächlich ist? Was macht dieser Alsaberi bloß den ganzen Tag in seiner Bibliothek? Nichts! Außer sich von den Großmüttern die Hoden waschen zu lassen. Es ist schade um diese schöne bedeutsame Moschee. Sie hat eine einzigartige Geschichte, es wird Zeit, dass sie einen feurigen Redner bekommt. Verstehst du, was ich meine?«

Schahbal war begeistert. Er kam sich wie ein kleiner Junge vor, gern hätte er Fragen gestellt, doch er traute sich nicht, aus Angst, etwas Dummes zu sagen.

An jenem Abend schwieg er fast die ganze Zeit, doch kurz bevor er wieder in sein Zimmer ging, sagte Schahbal plötzlich: »Ich möchte Ihnen etwas zeigen.«

»Ja?«

»Meine Erzählungen. Ich schreibe«, sagte er verlegen.

»Das ist aber interessant! Lass sehen. Hast du sie dabei? Lies etwas vor.«

»Ich weiß nicht, ob sie etwas taugen.«

»Das wird man sehen, doch es ist gut, dass du überhaupt schreibst. Also los, bring sie schon her!«

Schahbal eilte mit drei Schreibheften zurück, die er Galgal zögerlich reichte.

»Du hast schon viel geschrieben, sehe ich«, sagte Galgal erstaunt und blätterte in den Heften. »Gleich bei unserer ersten Begegnung war mir klar, dass du ein kluger Junge bist. Lies mir eine Erzählung vor.«

»Ich habe sie noch nie jemandem gezeigt«, sagte Schahbal und blätterte seinerseits hin und her. »Ich traue mich eigentlich nicht, aber ich will es versuchen.« Dann begann er vorzulesen: »Früh am Morgen, als ich zum *Hous* ging, um mir vor dem Gebet die Hände zu waschen, sah ich, dass im Zimmer meines Vaters kein Licht brannte. Er war sonst immer früher wach als ich und immer früher beim Wasserbecken als ich, aber an diesem Morgen war alles anders. Die Fische, die sonst munter im Wasser herumsprangen, sobald sie mich erblickten, rührten sich nicht. Auf dem Wasser trieben bunte Schuppen. Und am Beckenrand klebte Blut. Ich wusste sofort, dass etwas nicht in Ordnung war, rannte zum Zimmer meines Vaters, stieß die Tür auf und machte das Licht an …«

»Sehr gut! Du brauchst nicht weiterzulesen, den Rest lese ich selbst. Du hast Talent, lass deine Hefte hier, ich werde mich mit ihnen befassen«, sagte Galgal und stand auf.

Als Schahbal auf den Hof hinaustrat und zum *Hous* ging, sah er die Fische im Laternenschein schlafen. In der Bibliothek brannte Licht. Der Schatten des Imam fiel auf den Vorhang. Leise öffnete Schahbal das Tor und machte sich auf den Weg zum Fluss.

Aba

Auf dem Innenhof lag Schnee, um fünf Uhr nachmittags wehte ein kalter Wind, und es wurde langsam dunkel. Wie gewöhnlich trugen die Großmütter Handtücher und saubere Kleider ins Bad, um Alsaberi vor dem Gebet zu waschen.

Obwohl sie den Ofen schon am frühen Morgen geheizt hatten, war der Raum immer noch kalt.

»So geht's nicht länger«, klagte Golbanu, »er muss ins Stadtbad, sonst wird er noch krank.«

Es war ein besonderer Tag, der Todestag des heiligen Ali.

Ali war der vierte Kalif des Islam. Er betete gerade in einer Moschee mit Hunderten Gläubigen, als Ibn Muljam hereintrat und sich hinter ihn setzte. Ibn Muljam betete mit Ali, so lange, bis dieser das Gebet beendet hatte. Dann zog er sein Schwert und versetzte Ali einen Hieb auf den Kopf. Ali stürzte. Da zerfiel der Islam in zwei Teile: die Schiiten und die Sunniten.

Die Schiiten wollten Hassan, Alis ältesten Sohn, als seinen Nachfolger. Die Sunniten wählten einen anderen. Jahrhundertelang widersetzten sich die Schiiten den Sunniten. Ali stürzte, doch er wurde für die Schiiten zum Idol. Vierzehn Jahrhunderte nach seinem Tod trauerten sie um ihn, als wäre er eben erst niedergestreckt worden.

Am Abend würde die Moschee überfüllt sein. Alsaberi hatte sich bei seiner gründlichen Vorbereitung etwas ganz Besonderes ausgedacht. Er wollte über die Versöhnung von Schiiten und Sunniten sprechen.

»Genug der Feindschaft! Wir sind Brüder!«, hatte er den ganzen Tag vor dem Spiegel geübt. »Ich reiche euch die Hand. Ich drücke euch herzlich die Hände, aus Freundschaft und um den Islam zu einen.«

Er hatte Agha Djan nichts von seiner Predigt verraten, denn er wollte ihn überraschen. Agha Djan hätte ohnehin nur eingewendet: »Das hat keinen Sinn. In unserer Stadt leben keine Sunniten.«

Doch ob nun Sunniten in der Stadt lebten oder nicht und ob die Sunniten ihn hörten oder nicht – heute Abend würde er das Unerhörte sagen, das, was vor ihm noch kein Imam gesagt hatte.

Nachdem die Großmütter die großen Töpfe mit Wasser auf den Ofen gestellt hatten, warteten sie auf Alsaberi.

Der Imam war in Gedanken versunken; er prüfte das Wasser mit der Hand und stieg vorsichtig ins Bad. Mit beiden Händen hielt er sich am Rand fest und tauchte dann ganz unter. Als er wieder hochkam, rief er: »Sunniten, ich drücke eure Hände! Wir sind Brüder! Brüder! Kalt, o wie kalt!«

Eine der Großmütter goss ihm warmes Wasser über den Kopf, die andere begann ihn einzuseifen. »Der Islam ist in Gefahr! Wir müssen unsere alten Streitigkeiten hinter uns lassen. Und Schulter an Schulter gegen den gemeinsamen Feind kämpfen! Kalt!«

Der Imam überlegte noch, ob er stattdessen nicht »gegen *einen* gemeinsamen Feind« sagen sollte.

Der Satz war doppeldeutig, denn wen meinte er mit »einem gemeinsamen Feind«? Den Schah? Die Amerikaner? Es würde jedenfalls die radikalste Predigt seines Lebens werden. Doch er hörte nicht auf zu zweifeln.

»Fertig!«, sagte eine der Großmütter.

Alsaberi stand auf und setzte einen Fuß auf das Handtuch, doch weil er sich nicht am Rand festhielt, rutschte er aus und fiel der Länge nach hin.

»Tot!«, rief er erschrocken.

Entsetzt halfen die Großmütter ihm auf. Jetzt musste der Imam noch einmal gebadet werden. Denn da er zu Boden gefallen war, war er wieder unrein geworden. In diesem Moment sprang eine der Katzen hinter dem Ofen hervor. Sie schoss am nackten Bein des Imam vorbei und rannte davon. Eine Katze hatte das nackte Bein des Imam berührt. Allein schon der Gedanke! Vielleicht liefen ja auch Mäuse herum. Ihn schauderte. Jetzt war das Badezimmer unrein, das Wasser, die Tücher, die Großmütter, und das alles in jener Nacht, in der vor undenklichen Zeiten der heilige Ali umgekommen war. Jener Nacht, in der Alsaberi seine beispiellose Predigt halten wollte. Was sollte er tun? Wo konnte er sich reinigen vor dem Gebet, das näher rückte? In der Moschee wartete man schon auf ihn.

»Allah!«, rief er mit einem Kloß im Hals. Nackt rannte er in die Dunkelheit hinaus.

»Nicht, tu es nicht!«, schrie Golbanu. »Es hat geschneit. Tu es nicht!«

Alsaberi ließ sich ins Wasserbecken fallen und tauchte unter.

Im Laternenschein sah er die roten Fische auf die andere Seite schießen, die Krähe krächzte laut, die Großmütter eilten in den Keller, um saubere Handtücher zu holen.

»Jetzt reicht es!«, rief Golebeh.

»Bitte komm heraus!«, rief Golbanu.

Alsaberi kam hoch und tauchte wieder unter.

»Komm sofort heraus!«

Alsaberi kletterte mit einiger Mühe heraus.

Er ging auf die Großmütter zu, stolperte, konnte sich gerade noch fangen. Sie wickelten ihn in die Handtücher, und Golbanu ging voraus, um den Ofen in der Bibliothek zu schüren. Golebeh verschwand in den Keller, um weitere Handtücher zu holen.

Der Ofen war heiß, die Handtücher waren gewärmt, aber wo war Alsaberi?

»Vielleicht ist er in sein Schlafzimmer gegangen.«

»Alsaberi!«, rief Golbanu.

»Gott steh ihm bei! Wo steckt er nur? Alsaberi!«

Die Fische drängten sich in einer Ecke des Beckens zusammen. Die Krähe krächzte unentwegt, die Katzen hockten in einer Reihe auf dem Dachrand, die Großmütter liefen zum *Hous*. Alsaberi lag der Länge nach im Schnee, das Gesicht vom gelben Laternenlicht beschienen. Seine Augen waren geschlossen. Auf seinen Lippen war ein Lächeln gefroren.

»Alsaberi!«, schrien die Großmütter.

Doch es war niemand zu Hause, alle waren in der Moschee. Die Großmütter rannten die Treppe zum Dach der Moschee hinauf. Die Katzen machten sich mit einem Satz aus dem Staub. Beim linken Minarett, dort, wo Moazzen immer stand, schrien sie aus Leibeskräften: »Alsaberi ist von uns gegangen!«

Die Leute in der Moschee hörten sie. Moazzen kam mit einigen Männern vom Basar aufs Dach heraus. Sie eilten die Treppe zum *Hous* hinunter. Sobald der Hausmeister Alsaberi auf dem Boden liegen sah, rief er: *»Enna lellah*!«*

Nun gab es keinen Zweifel mehr: Alsaberi war tot.

Die Männer trugen ihn in die Bibliothek, und die Großmütter hörten auf zu weinen. In Gegenwart des Todes mussten sie sich beherrschen. Sie wussten, was zu tun war. Aus einem alten Schrank holten sie ein weißes Laken und überreichten es dem Hausmeister. Es war das Leichentuch, das der Imam vor langer Zeit aus Mekka mitgebracht hatte. Der Hausmeister faltete es auseinander und legte es, einen Vers summend, über den Leichnam.

Da näherte sich Agha Djan.

»Enna lellah!«, sagten die Männer im Chor.

»Enna lellah!«, sagte Agha Djan beherrscht.

Er kniete sich neben Alsaberi, schob das Leichentuch ein wenig zur Seite und betrachtete das Gesicht des Imam. Dann drückte er ihm einen Kuss auf die Stirn und zog das Tuch wieder über ihn.

Plötzlich stand Sinat mit blassem Gesicht in der Tür. Weinend ließ sie sich in ihrem Tschador neben den Imam fallen.

Die Großmütter halfen ihr auf und führten sie weg.

Auf dem Innenhof hörte man Stimmen. Es waren die Gläubigen aus der Moschee.

Agha Djan verließ die Bibliothek und ging auf den Innenhof hinaus. Die Neuigkeit hatte sich schon in der Stadt herumgesprochen. Männer trugen einen Sarg herein, sie würden den Imam hineinlegen und zur Moschee bringen.

Sieben Männer stellten sich aufs Dach und riefen im Chor: *»Hayya 'ala-salah!«*

Wer dies hörte, wusste, dass der Imam gestorben war. Außer den Bäckern und Apothekern schlossen alle ihre Läden und kamen in die Moschee. Eine lange Kolonne Polizeiwagen rollte heran, auch das Auto des Bürgermeisters hielt vor dem Eingang.

Es war ein gesegneter Tod, sagten alle, denn Alsaberi war am Todestag des heiligen Ali gestorben.

Abends um neun stand der Sarg auf einem Podest neben dem Wasserbecken der Moschee. Dort sollte der Leichnam bis zum nächsten Tag ruhen, sodass die Trauernden Abschied nehmen konnten, auch die Verwandten, die aus anderen Städten anreisten.

Agha Djan überlegte, wer am nächsten Tag das Totengebet abhalten sollte. Ahmad, Alsaberis Sohn und vorgesehener Nachfolger, kam nicht in Frage, weil er seine Ausbildung noch nicht abgeschlossen hatte. Blieb nur Galgal, der Schwiegersohn des Imam. Doch Agha Djan hatte weder Galgals Telefonnummer noch dessen Adresse, und es war auch nicht klar, ob er rechtzeitig ankommen würde.

»Wir brauchen ihn schon in aller Frühe«, sagte Agha Djan zu Schahbal.

»Außerdem müssen wir Sediq finden. Sie soll erfahren, dass ihr Vater gestorben ist«, sagte Schahbal.

»Ich tue, was ich kann. Ich werde Ayatollah Almakki anrufen. Für Galgal ist es eine einmalige Gelegenheit, sich von seiner besten Seite zu zeigen, die ganze Stadt kommt und wird ihn kennenlernen wollen. Ich werde alle anrufen, die ich in Qom kenne.«

Am nächsten Morgen ging Agha Djan in die Moschee, um die letzten Vorbereitungen zu treffen. Tausende Gläubige würden aus den umliegenden Dörfern kommen, er brauchte einen Imam mit Autorität. Für alle Fälle hatte er auch Alsaberis festem Vertreter, dem Imam des Dorfs Djirja, eine Nachricht zukommen lassen.

Während Agha Djan sich noch mit dem Hausmeister besprach, hielt ein Taxi vor der Moschee; Agha Djan erkannte Galgal sofort an seinem schwarzen Turban; Sediq war bei ihm.

Nachdem er ausgestiegen war, ging Galgal auf Agha Djan zu und sprach ihm sein Beileid aus. Dabei neigte er leicht den Kopf.

Agha Djan wertete dies als Geste der Versöhnung und als Zeichen seiner Loyalität gegenüber der Moschee. Denn seit dem Vorfall bei der Hochzeit hatte Galgal nur wenige Worte mit ihm gewechselt. Freudig sagte Agha Djan: »Ich bin stolz auf dich und möchte, dass du der Imam unserer Moschee wirst, bis Ahmad die Nachfolge seines Vaters antritt. Einverstanden?«

»Einverstanden«, sagte Galgal.

Agha Djan küsste ihn auf den Turban. Galgal küsste Agha Djan auf die Schulter.

»Geh ins Haus, du solltest dich etwas ausruhen. Nachher kommen die Männer vom Basar und holen dich ab. Schahbal gibt dir ein Zeichen, wenn es soweit ist.«

Im Haus herrschte wieder geschäftiges Treiben, viele Gäste waren schon eingetroffen. Die Großmütter hatten alle Hände voll zu tun. Sie eilten in die Küche, als sie Galgal hereinkommen sahen, und holten Feuer, rote Äpfel und einen Spiegel, um ihn als Imam des Hauses willkommen zu heißen.

Um zwölf Uhr rollte man vor der Moschee Teppiche aus. Alsaberis Sarg wurde herausgetragen und auf einen seidenen Teppich gestellt. Tausende Menschen warteten auf Galgal. Eine Gruppe angesehener Männer vom Basar geleiteten ihn zum Sarg, wo er das Totengebet sprechen sollte.

Vom Dach der Moschee erklang der Ruf des blinden Moazzen: *»Allahu Akbar!«*

Alle stellten sich hinter Galgal.

Imam Galgal löste das Ende seines schwarzen Turbans und ließ es zum Zeichen der Trauer auf der Brust ruhen; dann wandte er sich nach Mekka und summte:

O du, in den Mantel Gehüllter!
Bleib bis auf einen kleinen Teil
Die ganze Nacht auf
Die Hälfte oder etwas weniger
Oder etwas mehr
Bei der Nacht, wenn sie sich abwendet
Wir haben euch einen Gesandten geschickt
Wie wir einen Gesandten nach Firaun geschickt haben.

O du Umhüllter!
Steh auf! Und warne uns!
Beim Mond
Beim Morgen, wenn er anbricht.

Familie

Der Tradition gemäß dauerte die Gedächtnisfeier für Alsaberi vierzig Tage. Alle Verwandten, die in entfernten Städten lebten und der Beerdigung nicht hatten beiwohnen können, kamen nun für eine Woche zu Besuch. Es waren besondere Tage.

Man aß gemeinsam und führte in verschiedenen Zimmern bis tief in die Nacht Gespräche.

Einer der Gäste war Kasem Chan, Agha Djans Onkel, der älteste Mann der Familie, dem alle Respekt und Liebe entgegenbrachten.

Er kam nie allein, sondern immer in Begleitung mehrerer Dorfbewohner. Auch nahm er nie den Dorfbus, ebenso wenig ein Taxi. Früher kam er zu Pferd mit einer Gruppe Reiter. Später, als er alt geworden war, ließ er sich von einem Jeep in die Stadt bringen.

Kasem Chan stieg immer vor der Moschee aus, betrat den Innenhof, schüttelte den Staub von seinen Kleidern und wusch sich Hände und Gesicht. Dann stieg er über die Treppe der Moschee aufs Dach. Dort blieb er stehen, nahm den Hut ab und grüßte die Störche, die hoch oben auf einem der Minarette in ihrem Nest standen. Er grüßte auch die alte Krähe.

»*Salam*, Krähe«, sagte er. Er lüftete den Hut und stieg die Treppe zum Innenhof des Hauses hinab.

Wenn die Männer Kasem Chan auf dem Dach stehen sahen, eilten sie herbei, um ihn zu begrüßen. Dann schritt er wie ein alter

König in ihrer Mitte zum Opiumzimmer, wo schon eine frische Pfeife für ihn bereitstand.

Kasem Chan war bei Frauen und Kindern beliebt. Für die Frauen hatte er immer ein Gedicht in der Tasche, für die Kinder ein paar Geldscheine. Er war als Dichter weithin bekannt, ein ungewöhnlicher Mann, der in den Bergen lebte. Vor langer Zeit war er verheiratet gewesen, doch seine Frau war jung gestorben. Seitdem lebte er allein, allerdings hatte er immer genug Frauen, die ihn mit offenen Armen empfingen.

Er aß wenig, strotzte vor Gesundheit und genoss das Leben. Er hatte alles getan, alles erlebt und viel verloren, doch blieben drei Dinge in seinem Leben von jeher bestehen: die Liebe zur Dichtung, die Liebe zum Opium und die Liebe zu den Frauen.

Wenn er kam, ließen die Großmütter alles stehen und liegen, um ihn zu verwöhnen. Meist ahnten sie sein Eintreffen voraus. Dann lüfteten sie als Erstes das Opiumzimmer.

Sie stellten seine Kanne und sein Glas bereit, sodass sie ihm gleich frischen Tee bringen konnten. Wenn er das Zimmer betrat, hielten sie die für ihn bestimmte Opiumpfeife in die heiße Asche. Danach schnitten sie das Opium in kleine Stücke und legten sie auf einen chinesischen Porzellanteller. Den Teller stellten sie neben das Kohlenbecken, in dem die frische Holzkohle junger Kirschzweige mit schwacher, blauer Flamme brannte.

Wenn Kasem Chan zu Besuch kam, zogen die Großmütter ihre Festtagskleider an und parfümierten sich ein wenig. Alle wussten, dass sie es nur für ihn taten, denn er rief sie dann mit der persischen Bezeichnung für Lady: »Ganum!«

Wenn er »Ganum« rief, gingen beide Großmütter zu ihm aufs Zimmer, aber nie gleichzeitig, immer nacheinander. Wenn Golbanu bei ihm war, wartete Golebeh vor der Tür. Und umgekehrt.

So war es immer gewesen. Die beiden kannten Kasem Chan schon seit ihrer Jugend, als man sie aus den Bergen in dieses Haus geholt hatte. Beide Dienerinnen hatten ihm sofort angehört, denn welche junge Frau hätte ihm damals widerstehen können? Schon bei ihrer ersten Begegnung, als er in Begleitung der Reiter kam, hatte er die Hand auf beide gelegt und sie abends abwechselnd in seinem Bett empfangen.

Die Tage, da Kasem Chan zu Besuch war, gehörten für die Großmütter zu den glücklichsten ihres Lebens. In ihrer Jugend waren sie bei seiner Ankunft freudestrahlend über den Innenhof gerannt und hatten bei der Küchenarbeit gesungen.

Jetzt, da sie alt geworden waren, hörte man sie nicht mehr in der Küche kichern, doch dem aufmerksamen Beobachter entging ihr Lächeln nicht und der feine Rosenduft im ganzen Haus.

Wenn Kasem Chan ein wenig ausgeruht, etwas gegessen und sein Bedürfnis nach Opium gestillt hatte, ging er auf den Innenhof hinaus. Erst schritt er zur alten Zeder, schlug mit seinem Spazierstock an ihren Stamm, begutachtete ihre Zweige, befühlte ihre Nadeln und ging dann weiter zum Wasserbecken, wo er sein neuestes Gedicht vorlas:

Delaaraayi delaaraayi delaaraa
Samman ghaddi boland baalaa delaara …

Die Wolken vergießen Tränen des Liebenden,
der Garten ist eine lachende Geliebte.
Donnerschläge sind meine Klagen,
die zu so früher Stunde erklingen.

Die Kinder rannten zu ihm, wenn sie ihn sahen. Er strich ihnen übers Haar und las ein zweites Gedicht vor, das er für sie geschrieben hatte:

Ein Tauber dachte:
Ich kann noch ein wenig schlafen,

bis die Karawane vorbeikommt.
Die Karawane kam vorbei,
zog vorüber wie eine Wolke,
doch er merkte es nicht.

Und zur Erklärung fügte er hinzu: »Der taube Mann, das ist der Mensch, für den Zeit keine Bedeutung hat. Und die Karawane ist die schnell dahineilende Zeit.«

Er gab jedem Kind einen Geldschein.

Den Mädchen des Hauses schenkte Kasem Chan besondere Aufmerksamkeit. Sie durften ihm ein Küsschen geben, und er schenkte jedem noch einen roten Geldschein extra.

Danach waren die Frauen an der Reihe, allen voran natürlich Fagri Sadat, Agha Djans Frau. Immer hatte Kasem Chan ein Gedicht für sie dabei, war sie doch die Schönheit des Hauses. Er steckte es ihr zu, und sie ließ es lächelnd in ihren Kleidern verschwinden.

Dieser Blick traf meine Seele wie ein Peitschenhieb.
Mein Gesicht wurde grün wie ein Apfel.
Deine Wimpern haben mir das Herz geraubt,
Dein Mund urteilt streng, doch deine Wimpern stehlen.
Belohnung willst du nun für das, was du stahlst.
Wie seltsam: Ich, der Bestohlene, soll hehlen?

Die Katzen der Moschee waren süchtig nach Kasem Chans Opium. Sie setzten sich nebeneinander auf den Rand des Daches und ließen ihn keinen Moment aus den Augen. Sobald er ins Opiumzimmer ging, sprangen sie herunter und setzten sich vor die Tür. Beim Rauchen blies er in ihre Richtung aus. Die Katzen schnurrten zufrieden.

Nach seinem Mittagsschläfchen besuchte Kasem Chan für gewöhnlich Moazzen in seiner Töpferwerkstatt und unterhielt sich mit ihm bei einem Glas Tee.

»Gegrüßt sei Moazzen!«, deklamierte er, wenn er die Töpferei betrat. Moazzen stand auf, doch weil seine Hände und Arme bis zu den Ellenbogen mit Lehm beschmiert waren, blieb er hinter der Drehscheibe stehen.

»Wie geht es dir?«

»Gut!«

»Und deinem Sohn Schahbal?«

»Auch gut.«

»Und deiner Tochter?«

»Die führt ihr eigenes Leben. Sie hat jetzt selber eine Familie.«

Mit seinem empfindlichen Gehör und seiner feinen Nase nahm Moazzen fast alles wahr. Es hieß, er sei gar nicht blind, hinter seinen dunklen Brillengläsern sehe er alles, doch er war tatsächlich blind zur Welt gekommen. Stets trug er die dunkle Brille, die Nosrat ihm einmal aus Teheran mitgebracht hatte. Mit Hut und Stock spazierte er aufrecht durch die Straßen.

»Was macht deine Uhr?«, fragte Kasem Chan. »Geht sie noch?«

»Ja, zum Glück«, antwortete Moazzen lächelnd.

Moazzen hatte eine merkwürdige Gabe: Er wusste immer, wie spät es war. Die Zeit war seine Begabung. Er hatte eine Uhr im Kopf, die immer richtig ging. Und das war stadtbekannt.

»Wie spät ist es, Moazzen?«, fragten die Leute, die ihm auf der Straße begegneten.

Und immer gab er ihnen die richtige Uhrzeit. Vor allem den Kindern machte es Vergnügen, ihn nach der Uhrzeit zu fragen.

»Wissen Sie, wie spät es ist, Herr Moazzen?« Und dann lachten sie, wenn er ihnen die genaue Uhrzeit gab.

Er empfand es als Pflicht, seine göttliche Begabung mit anderen zu teilen.

Wenn Moazzen nicht gerade für die Moschee als Muezzin wirkte, töpferte er im Keller. Das war weder sein Beruf noch sein Zeitvertreib, es war sein Leben. Ohne Ton hätte er nicht weitergewusst.

Sein Sohn Schahbal brachte die Waren dann zum Basar. Moazzen war der einzige traditionelle Töpfer weit und breit. Vielleicht waren seine Erzeugnisse aus diesem Grund immer sofort ausverkauft.

Die großen Blumentöpfe im Innenhof der Moschee hatte er gefertigt. Wie auch eine große Vase in der Grünanlage des Basarplatzes; im Frühling blühten in dieser Vase rote Geranien.

Das Töpfern bewahrte ihn vor der Langeweile, doch gab noch etwas anderes seinem Leben Inhalt, und zwar das kleine Radio, das er in seiner Innentasche trug.

Im Haus waren Radios verpönt, sie galten als unrein. Ein wahrer Gläubiger rührte nie ein Radio an, Radios waren das Sprachrohr des Schahs. Radios passten nicht zum Haus an der Moschee. Moazzen aber hielt sein kleines Radio so fest unter seinen Kleidern versteckt, dass es ein Teil seines Körpers geworden war.

Nosrat hatte es ihm geschenkt.

Nosrat war ein komischer Vogel, niemand wusste, was er in Teheran trieb. Die einen behaupteten, er arbeite in einem Kino, doch darüber wollte im Haus keiner reden. Andere meinten, er verdiene sein Brot als Fotograf. Jeder mochte Nosrat. Er hatte immer etwas Neues zu erzählen, brachte ausgefallene Sachen mit und überraschte alle mit seiner Freizügigkeit. Er zeigte den Bewohnern des Hauses, dass das Leben noch andere Seiten hat.

Als Nosrat einmal im Frühling zu Besuch gekommen war, fiel ihm auf, dass Moazzen morgens in aller Frühe zum Fluss ging. Neugierig folgte er ihm in einiger Entfernung.

Moazzen ging über die Brücke und auf der anderen Seite weiter durch die Weingärten und Weizenfelder. Es war noch dunkel, doch der Morgen konnte jeden Augenblick dämmern. Moazzen lief zu den Feldern voller Mandelbäume, deren Zweige sich unter der Last der Blüten bogen. Dann verlor Nosrat ihn aus den Augen.

So leise er konnte, schlich er näher, doch er konnte Moazzen zwischen den Bäumen nirgends entdecken. Er blieb stehen, ringsum war alles still. Dann brach der Tag an, und Tausende Vögel begannen zu singen. Es war ein beeindruckendes Erlebnis. Auf einmal sah er Moazzen reglos inmitten der Mandelbäume stehen. Er hatte den Kopf leicht seitwärts geneigt und schien den Vögeln zu lauschen.

Die Luft war von Blütenduft geschwängert, während die Vögel jubelnd den Morgen begrüßten. Moazzen stand, auf seinen Spazierstock gestützt, wie versteinert da.

Sobald die ersten goldgelben Lichtstrahlen die Wipfel der Mandelbäume erreichten, verstummten die Vögel und flogen alle davon, auf die Berge zu.

Moazzen machte sich auf den Heimweg.

Abends suchte Nosrat ihn in seinem Zimmer auf.

»Moazzen, hast du einen Moment Zeit?«

»Komm herein. Für dich habe ich immer Zeit.«

»Ich möchte dir etwas zeigen.«

Nosrat zog ein Radio aus der Tasche und steckte den Stecker in die Steckdose. Ein grünes Lämpchen leuchtete auf, Nosrat drehte an einem Knopf, und plötzlich füllte das Zimmer sich mit Musik. Nosrat machte die Tür zu, dann sagte er leise: »Hör gut zu.«

Moazzen lauschte andächtig, man sah förmlich, wie er die Ohren spitzte. Als das Musikstück zu Ende war, fragte er mit einem tiefen Seufzer: »Was war das?«

»Eine Symphonie! Was du heute Morgen im Mandelhain gehört hast, war auch eine Symphonie, eine Symphonie der Vögel. Und was du gerade gehört hast, war eine von Menschen gemachte Symphonie. Heute Morgen habe ich dich zwischen den Bäumen stehen sehen, wie du den Vögeln zuhörtest. Ich glaube, du brauchst diese Musik.«

Als Nosrat das nächste Mal zu Besuch kam, hatte er ein kleines Taschenradio für Moazzen dabei. Abends steckte er es ihm heimlich zu.

»Jetzt kannst du Tag und Nacht Musik hören, aber auch Nachrichten und andere Sendungen.«

»Ein Radio in diesem Haus? Wie soll ich das Agha Djan erklären?«

»Du bist ein erwachsener Mann, versteck es und halte den Mund, du bist doch niemandem Rechenschaft schuldig! Und hier habe ich noch etwas für dich, was in dieser Stadt bestimmt noch niemand gesehen hat«, sagte er.

»Das sind Kopfhörer, du steckst sie dir in die Ohren, und dann kannst du Radio hören. Stell dich mal hier hin, dann mache ich es dir vor.«

Moazzen zögerte. Nosrat steckte ihm das Radio in die Tasche, ließ die Schnüre unter seinem Pullover verschwinden, setzte ihm die Kopfhörer auf und schaltete das Radio ein.

»Hörst du es?«

»Ja, ich höre es.«

»Ausgezeichnet! Und nochmals: Du sagst einfach nichts, wenn dich jemand darauf anspricht!«

Seitdem lief Moazzen überall mit den Kopfhörern herum, und wenn ihn jemand fragte, was er denn da an den Ohren habe, gab er keine Antwort. Nach einer Weile gewöhnten sich alle daran, man hielt die Kopfhörer für eine Art Zubehör zu seiner dunklen Brille.

Zum Gedenken an Alsaberi versammelten sich alle Männer des Hauses um Kasem Chan im Opiumzimmer.

Die Großmütter hatten sieben Opiumpfeifen aus den Truhen im Keller geholt und sie für die Männer in die warme Asche gelegt.

Die Männer rauchten, tranken Tee, steckten sich ein Stück Kandis in die Wange und tauschten Erinnerungen an Alsaberi aus, während der Rauch aus ihren Mündern durch ein halb geöffnetes Fenster ins Freie stieg.

Die Frauen saßen im Esszimmer gemütlich beisammen und rauchten Wasserpfeife. Sinat war als Einzige nicht dabei. Seit Alsaberis Tod verbrachte sie viele Stunden in der Bibliothek der Moschee, um zu lesen. Agha Djan ließ sie gewähren.

Vor dem Abendgebet in der Moschee machten die Männer noch einen Spaziergang am Fluss.

In den vergangenen Wochen hatte Galgal jeden Freitag gepredigt, doch er hatte sich mit Bedacht zurückgehalten und harmlose Themen gewählt. Geduldig wartete er auf die passende Gelegenheit, um dem Basar seine wahre Persönlichkeit zu offenbaren; er wollte zeigen, dass er die Kanzel bei Bedarf als Geschütz einzusetzen vermochte. Doch die Zeit war noch nicht reif, erst musste die Erinnerung an Alsaberi verblassen, erst musste Galgal das Vertrauen der Leute gewinnen. An diesem Abend würde er über Alsaberi sprechen und vor allem über die lange Geschichte der Moschee. Er hatte sich die wichtigsten Dokumente schon vor einiger Zeit von Agha Djan geben lassen und sie eingehend studiert.

Nach dem Spaziergang wuschen sich die Männer Hände und Gesicht am Wasserbecken und gingen zur Moschee, um rechtzeitig zu erscheinen. Es war Tradition, dass die Männer der Familie die Gläubigen am Eingang empfingen.

Die Großmütter mochten noch so sehr drängen, die Frauen ließen sich nicht aus der Ruhe bringen, sie tranken Tee, aßen Obst und rauchten Wasserpfeife. Schließlich riss den Großmüttern der Geduldsfaden, sie bauten sich vor dem Fenster auf und riefen: »Das Gebet, meine Damen! Das Gebet! Die Frauen der Stadt warten in der Moschee auf euch, und ihr sitzt hier und raucht. Beeilt euch! Sonst kommt Agha Djan noch selbst und holt euch!«

Fagri Sadat schlug ihren schwarzen Tschador um. Die anderen Frauen folgten ihr. Sinat kam aus der Bibliothek und schloss sich ihnen an.

Der Einzige, der noch nicht eingetroffen war, war Nosrat.

Aber das war nichts Ungewöhnliches, er kam immer unangekündigt, plötzlich stand er da, im Innenhof neben dem Wasserbecken, oder er ging, den Fotoapparat in der Hand, an den Zimmern entlang und machte von allen Schnappschüsse.

Zu Alsaberis Begräbnis war Nosrat nicht erschienen, telefonisch hatte man ihn nicht erreicht, und das Telegramm hatte er zu spät bekommen. Doch er hatte Agha Djan mitgeteilt, dass er am heutigen Abend rechtzeitig da sein würde.

Nun, da alle in die Moschee gegangen waren und im Haus Ruhe herrschte, wuschen sich die Großmütter Hände und Gesicht und setzten sich auf die Bank unter die Laterne.

»Mir ist die Lust vergangen«, sagte Golbanu.

»Lass uns hier ein wenig ausruhen, bis die anderen zurückkommen«, antwortete Golebeh.

Seit Alsaberis Tod hatten sie kaum noch einen Fuß in die Bibliothek gesetzt, obwohl sie diesen Raum als ihr Reich betrachteten. Sie fühlten sich von Galgal vertrieben und mochten ihn deshalb nicht leiden. Sie konnten den Tag kaum erwarten, an dem Alsaberis Sohn nach abgeschlossener Ausbildung sein Amt als Imam antreten würde.

»Alsaberi war wie eine Perle, die uns aus den Händen fiel«, sagte Golebeh, »Galgal ist überheblich, wie ein Pascha stolziert er durchs Haus und hält sich von allen fern. Hat er sich auch nur ein einziges Mal zu den Männern gesetzt? So einen selbstgefälligen Imam haben wir noch nie gehabt. Er hockt in der Bibliothek und erwartet, dass sogar Kasem Chan zur Begrüßung bei ihm vorspricht. Agha Djan wusste es vom ersten Tag an, als er ihn damals nach Qom schickte, um die Papiere zu holen. Das war klug.«

Alsaberis Tod hatte die Großmütter tief getroffen, und ihnen wurde mehr und mehr bewusst, dass sich auch ihr Leben dem Ende zuneigte. Diese Tage ertrugen sie noch recht gut, wegen des Trubels und der Geschäftigkeit, doch was sollte aus ihnen werden, wenn die Gäste alle abgereist waren?

Seit Galgal die Bibliothek mit Beschlag belegte, sahen sich die Großmütter gezwungen, den ganzen Tag, ja auch den ganzen Abend, zu zweit in der Küche zu verbringen, doch das wollten sie nicht. Sie hielten es in der Küche nicht aus, ohne die Bibliothek war das Haus für sie tot.

Ein paar Mal beschlossen sie, zu Agha Djan zu gehen und ihm ihr Leid zu klagen, doch sie wussten, wie sinnlos das gewesen wäre. Der Tod des Imam hatte das Ende einer Epoche eingeläutet.

Manchmal gingen sie in das Badezimmer des Imam und weinten beide still vor sich hin.

Kasem Chan war ihre letzte Hoffnung, doch auch er war alt geworden, auch sein Tod nahte. Dann würde für sie das Licht endgültig erlöschen.

Lange saßen die Großmütter schweigend auf der Bank. Die Luft war klar, und nach und nach erschienen die Sterne. Im Dunkeln hörte man das Flattern der Fledermäuse. Ein Fremder, der vom Dach der Moschee auf das Wasserbecken hinuntergeschaut hätte, hätte die beiden Frauen vielleicht für Statuen gehalten, die zum *Hous* gehörten.

Womöglich wären sie eingeschlafen, wenn nicht ein Geräusch die Stille durchbrochen hätte. Golebeh hörte etwas hinter den dunklen Bäumen.

»Hast du das auch gehört?«, fragte sie Golbanu leise.

War Kasem Chan auf seinem Zimmer geblieben, statt in die Moschee zu gehen?

Auf Zehenspitzen schlichen sie zum Opiumzimmer, doch die Tür war abgeschlossen. Auf dem Innenhof hörten sie leises Kichern.

»Was war das?«

Sie stellten sich hinter die alte Zeder und horchten in die Nacht hinaus. Wieder hörten sie das Kichern; die Tür zu einem der Gästezimmer ging auf.

»Wahrscheinlich ist es Nosrat!«, flüsterte Golebeh.

»Ach, meinst du?!«

Da sahen sie im erleuchteten Zimmer deutlich seine Silhouette. Es war Nosrat.

»Merkwürdig, dass wir gar nichts gemerkt haben! Und wer ist diese Frau?«, fragte Golebeh.

Eine Frau im schwarzen Tschador tauchte kurz im grünen Licht der Minarette auf und verschwand wieder im Dunkeln.

»Vielleicht ist es die Teheranerin.«

»Nein, der Schlingel bleibt nie lange bei derselben. Die Teheranerin war klein, diese hier ist groß und trägt einen Tschador. Es ist eine andere.«

»Was haben sie vor?«

»Wie soll ich das wissen?«

Nosrat ging mit der Frau zur Treppe, die auf das Dach der Moschee führte.

»Komm, mein Schatz!«

»Nein, ich gehe nicht mit, ich traue mich nicht«, kicherte die Frau.

»Du brauchst keine Angst zu haben, keiner sieht uns, sie sind alle beim Gebet, und das Haus ist leer.«

»Nein, ich gehe nicht mit, es ist zu hoch«, sagte sie.

»Warum will er sie bloß aufs Dach mitnehmen?«, flüsterte Golbanu.

»Weiß der Teufel, was er vorhat«, antwortete Golebeh.

Es wurde still, kurz darauf tauchten die beiden auf dem Dach auf. Die Großmütter schlichen zur Treppe, vorsichtig kletterten sie aufs Dach, krochen auf Händen und Füßen zur Kuppel und versteckten sich dahinter.

Nosrat öffnete eine Luke in einem der beiden Minarette; dahinter befand sich eine schmale Treppe, über die man die Minarettspitze erreichen konnte.

»Ich traue mich nicht!«, rief die Frau.

»Hab keine Angst, es wird ein herrliches Erlebnis. Du hast es mir versprochen. Komm, ich möchte dich da oben küssen. Ich möchte dich in dem heiligen grünen Licht da oben nehmen«, sagte Nosrat leise.

»Ich gehe nicht mit, nachher sieht uns noch jemand.«

»Du brauchst keine Angst zu haben, wenn wir erst einmal oben sind, kann uns niemand sehen.«

Er half der Frau, durch die Öffnung zu steigen, wobei sie ein ums andere Mal lachend sagte: »Ich tue es nicht, ich traue mich nicht, ich will nicht.«

Schließlich verschwanden beide im Minarett, hinter ihnen schloss sich die Luke.

Die Großmütter sahen sich hinter der Kuppel fassungslos an.

»Gott sei uns gnädig«, murmelten sie.

Nosrat und die Frau erschienen ganz oben im grünen Licht. Ihre Schatten fielen auf die gegenüberliegende Mauer.

Der Tschador der Frau flatterte im Wind wie eine schwarze Fahne von der Spitze des Minaretts.

»Hör auf«, seufzte die Frau, und ihre Stimme schallte weithin.

Nosrats großer Schatten bewegte sich rhythmisch auf der Mauer. Die Großmütter hielten die Hände vor den Mund und zitterten vor Entsetzen. Nach einer Weile drückte Nosrat die Frau gegen die Brüstung des Minaretts, lachend rief sie: »Hör auf! Ich falle!«

Ihr Lachen wäre sogar bis in die Moschee gedrungen, wenn Galgal seine Predigt nicht über einen Lautsprecher gehalten hätte. Die Frau seufzte noch einmal. Dann trat plötzlich Stille ein. Die Schatten verschwanden.

Die Großmütter tappten zur Treppe und stiegen hinunter. In ihren Zimmern rollten sie jeweils den Gebetsteppich aus, schlugen den Tschador um und wandten sich eilig gen Mekka.

Predigt

In den ersten Monaten ließ Galgal größte Vorsicht walten, er wusste, dass Spitzel des Geheimdienstes bei seinen Predigten anwesend waren.

Im alltäglichen Leben fiel es ihm schwer, Kontakte zu knüpfen, er galt als ein spröder, steifer Imam. Doch sobald er die Kanzel bestieg, wirkte Galgal wie ausgewechselt, er war geistreich und humorvoll, und die Leute hörten ihm gern zu.

In seinen ersten Predigten sprach er über unverfängliche Themen, oft wählte er eine bestimmte Sure aus, um ihren epischen und historischen Charakter zu beleuchten.

Hin und wieder ging Galgal einen Schritt weiter und sprach von der Kraft der Sprache und der Poesie der Suren. Zur Demonstration las er mit seiner schönen Stimme wohlklingende *Ayat** vor.

Die Zuhörer waren begeistert von seinen Auslegungen, denn die meisten konnten den Koran nicht lesen, geschweige denn begreifen.

Nicht nur war der Koran auf Arabisch verfasst – eine völlig andere Sprache als das Persische –, zudem war er vierzehnhundert Jahre alt und steckte voller Anspielungen, die man ohne historische Kenntnisse nicht verstehen konnte.

Doch Galgal war mit dem Korantext gut vertraut und beherrschte die Kunst, schlichten Gemütern Schwieriges verständlich zu machen.

Die Spitzel fühlten sich von ihm gut unterhalten, und so verfassten sie wohlwollende Berichte über seine Predigten.

Auch der Basar war mit Galgal zufrieden. Dort pries man dessen historische Kenntnisse und die Fähigkeit, alte Texte neu zu interpretieren. Manche erwarteten jedoch mehr von ihm, wie sie Agha Djan gegenüber durchblicken ließen. »Er ist nur ein Aushilfsimam«, entgegnete Agha Djan, »ich kann von ihm nicht zu viel verlangen, in ein oder zwei Jahren haben wir mit Alsaberis Sohn einen richtigen Imam, dann wissen wir auch, wo wir stehen.« Der Basar mochte zwar das eine oder andere bemäkeln, doch Galgal verstand es, mit überraschenden Themen die Herzen zu erobern. Manchmal sprach er über Dinge, von denen die Kaufleute noch nie etwas gehört hatten.

Das letzte Mal hatte er sich über das in einer Moschee nicht gerade übliche Thema des Vogelzugs verbreitet: Vögel fänden unfehlbar nach Hause zurück, zu ihrem alten Nest, sogar die Jungen verirrten sich niemals auf der für sie noch unbekannten Route.

Voller Bewunderung lauschten die Gläubigen, wenn er von der hierarchischen Ordnung im Reich der Ameisen erzählte, von ihrer besonderen Aufgabenverteilung. Daran zeigte Galgal seinen Zuhörern die Spuren von Gottes Allmacht.

Agha Djan bewunderte Galgal seines frischen Blicks wegen und freute sich, dass er mit seinen modernen Themen die Jugend in die Moschee lockte. Denn zu den Freitagspredigten kamen immer mehr junge Leute.

Galgal hatte etwas Englisch gelernt, und obwohl er es nicht gut sprach, konnte er es einigermaßen lesen. So kaufte er sich einmal eine wissenschaftliche Zeitschrift aus England und saß stundenlang in der Bibliothek, wo er mit Hilfe eines Wörterbuchs einen Artikel zu ergründen versuchte. Dann fügte er seine eigene Meinung hinzu und machte daraus eine packende Predigt.

Ein anderes Mal hatte er nach eingehender Beschäftigung mit

der Geschichte der Luftfahrt die Gebrüder Orville und Wilbur Wright gerühmt, weil sie den Vögeln nacheiferten, um sogleich anzumerken, nicht die Amerikaner hätten sich als Erste in die Lüfte gewagt, sondern die Perser.

Er sagte es in scherzhaftem Ton. Die Amerikaner beanspruchten nun einmal immer eine Führungsrolle.

»Amerika begann vor fünfzig, sechzig Jahren mit der Luftfahrt, doch ihre Wurzeln liegen bei uns«, erklärte Galgal. »Einer der ersten persischen Könige, Namrud, war nämlich so mächtig, dass er glaubte, sogar mit Gott wetteifern und ihm die Herrschaft streitig machen zu können. Namrud befahl seinen Gelehrten, ein Gerät herzustellen, mit dem er zum Himmel aufsteigen könne. Heraus kam eine fliegende Kutsche. Vier kräftige Adler wurden an langen, starken Seilen mit den vier Füßen eines Korbstuhls verbunden. Namrud ergriff sein Schwert und setzte sich in den Korb. Über den Köpfen der Adler wurden in einiger Entfernung vier Fleischbrocken aufgehängt. Die Adler breiteten ihre Flügel aus und versuchten, an das Fleisch heranzukommen. So zogen sie die Kutsche in die Lüfte, und so entstand das erste Fluggerät.«

Wieder ein anderes Mal sprach Galgal von Einstein und dessen Theorie der Lichtgeschwindigkeit. Keiner der Anwesenden hatte je den Namen »Einstein« gehört, keiner wusste, dass Licht überhaupt eine Geschwindigkeit hat und schon gar nicht, dass diese 300 000 Kilometer pro Sekunde beträgt.

Galgal kannte die Unwissenheit seiner Zuhörer; um sie zu beeindrucken, begann er seine Ausführungen mit einem englischen Zitat. Er war vielleicht der erste Imam des Landes, der in seine Predigt englische Worte einstreute. »Einstein sagte: ›One thing I have learned in a long life: that all our science, measured against reality, is primitive and childlike – and yet it is the most precious thing we have.‹«

Anstatt das Zitat zu übersetzen, erläuterte Galgal die Theorie des Lichts, so weit er selbst sie verstanden hatte: »Angenommen, ein Flugzeug fliegt mit der Geschwindigkeit von 300 000 Kilometer pro Sekunde. Das Flugzeug steht auf dem Dach der Moschee. Wir wählen zwei Gruppen aus, eine Gruppe von Jungen und eine von Mädchen. Alle sind zwischen zwölf und fünfzehn Jahre alt.

Die Gruppe der Mädchen bleibt in der Moschee, die Jungen schicken wir zum Dach hinauf, wo sie ins Flugzeug steigen.

Der Pilot lässt den Motor an, das Flugzeug setzt sich in Bewegung, und dann hebt es in den Weltraum ab. Ihr dürft nicht vergessen, dass es sich so schnell wie das Licht fortbewegt. Und jetzt aufgepasst! Wenn die Jungen wieder auf dem Dach landen, sind sie ihrer Armbanduhr nach drei Stunden geflogen. Sie klettern aus dem Flugzeug, steigen die Treppe hinunter und gehen in den Gebetsraum. Wenn sie dann den Vorhang beiseiteschieben, um nach den Mädchen zu sehen, trauen sie ihren Augen nicht. Denn alle Mädchen sind uralt geworden, zahnlose Greisinnen.«

Verwundert sahen sich die Gläubigen an, sie verstanden kein Wort. Wie konnten die Mädchen bloß so alt geworden sein, wenn die Jungen nur drei Stunden unterwegs gewesen waren?

»Das Licht, die Lichtgeschwindigkeit. Es gelten ganz andere Gesetze, wenn man sich so schnell wie das Licht fortbewegt. Das sind die Spuren Gottes, Macht über Macht, Licht über Licht!«

Inzwischen war Galgal stadtbekannt, vor allem bei den Jüngeren hatte er sich einen Namen gemacht. Auch bei den Frauen war er sehr beliebt.

Obwohl er verheiratet war, bedrängten ihn in den dunklen Gängen der Moschee junge verschleierte Frauen und steckten ihm Liebesbriefe zu. Galgal sah sie nicht an, aber er verbarg die Briefe in seinem Gewand.

»Sie sind ein schöner Imam«, sagte eine Frau, als sie ihn einen Augenblick allein im Gang antraf.

»Ich möchte mit dir in Einsteins Flugzeug in die Lüfte steigen«, sagte eine andere im Vorübergehen.

»Du riechst wunderbar, wo kaufst du dein Parfüm?«, fragte eine im Dunkel, ohne ihr Gesicht zu zeigen.

»Es steht dir, wenn du den Turban schief aufsetzt«, flüsterte wieder eine andere.

In der Moschee waren Männer und Frauen durch einen quer durch den Gebetsraum gespannten Vorhang voneinander getrennt. Die Kanzel befand sich in der Mitte, und die jungen Frauen setzten sich meist in die erste Reihe, um Galgal besser sehen zu können. Während der Imam die Aufmerksamkeit genoss, wartete er geduldig den Geburtstag des Propheten Mohammad ab, dann würde er sein wahres Gesicht zeigen. Traditionell wurden an jenem Tag immer bedeutende Themen behandelt. Nicht zufällig hatten die wichtigsten historischen Ereignisse in der heiligen Stadt Qom an diesem Tag stattgefunden. Und so waren alle auf Galgals Predigt gespannt.

In Begleitung von Agha Djan und Schahbal betrat Galgal am Geburtstag des Propheten den Gebetsraum. Er nahm auf seinem Stuhl Platz, dann rezitierte er nach einer kurzen Besinnungspause die lyrische Sure Az-Zulzalaha:

Itha zalzalat 'il 'ardu zulzalaha …
Wenn die Erde in aller Heftigkeit erbebt,
Und die Menschen verstreuten Motten gleichen,
Und die Berge wie gezupfte Wolle sind
Und du fragst:
Was ist mit ihr?
An jenem Tage wird sie ihre Geschichten erzählen.

Galgals Stimme klang anders als sonst, seine Worte tönten kräftiger denn je.

In der vollen Moschee hörten ihm alle aufmerksam zu. Er fuhr fort: »Imam Alsaberi weilt nun schon länger nicht mehr unter uns, doch die Moschee ist geblieben.

Einst werden auch wir fortgehen, doch die Moschee wird bleiben.

Stimmt das auch wirklich? Ist die Moschee ewig? Nein, sogar die Moschee wird nicht ewig bestehen. Imame vergehen, Moscheen vergehen, was bleibt, ist die Stimme.«

Die Männer warfen einander Blicke zu. Agha Djan sah Schahbal an: »Was sagt er? Die Stimme bleibt? Was meint er damit?«

Galgal hat recht, dachte Agha Djan. Alsaberi war längst vergessen, von ihm hatte nicht ein Wort überdauert, denn er hatte nichts zu erzählen gehabt. Im Gegensatz zu Alsaberis Vater, einem bemerkenswerten Imam, der feurige Predigten hielt, einem Mann, der bestimmen, verändern wollte, einem Mann, der die Dinge beim Namen nannte. In dessen Zeit als Imam war die Stadt in seiner Hand, mit einer einzigen Geste konnte er den Basar geschlossen in eine Richtung lenken. Alsaberis Vater mochte schon Dutzende Jahre tot sein, doch seine Stimme war geblieben, seine Stimme lebte im Gedächtnis der Stadt fort.

Einmal hatte er an Mohammads Geburtstag eine zornige Predigt gegen Resa Chan gehalten, den Vater des Schahs, nachdem dieser den Tschador verboten hatte und seine Soldaten verschleierte Frauen mit Gewalt zur Polizeiwache brachten. Alsaberis Vater wurde verhaftet und in die Stadt Kaschan verbannt, die Tür der Moschee mit Brettern vernagelt.

Agha Djan erinnerte sich an diesen Tag, als wäre es gestern gewesen: die Armeefahrzeuge, die bewaffneten Soldaten, der Offizier, der, ohne auch nur die Schuhe auszuziehen, in den Gebetsraum gepoltert kam, einen Stock unter dem Arm. Agha Djan war damals ein junger Mann gewesen und hatte gerade erst die Verantwortung für die Moschee übernommen. Entschlossen war er dem Offizier entgegengetreten: »Wenn Sie die Moschee auf der Stelle wieder verlassen, wird der Imam freiwillig herauskommen und mit Ihnen gehen, wenn nicht, befürchte ich einen Aufstand. Ich warne Sie!«

Seine klare feste Stimme ließ damals keine Zweifel aufkommen. Der Offizier sah zu den Gläubigen hin, die sich um den Imam geschart hatten. Dann drückte er seinen Stock gegen Agha Djans Brust und sagte: »Du bringst mir den Imam. Ich warte draußen.«

Agha Djan geleitete den alten Imam erhobenen Hauptes zum Jeep des Offiziers, gefolgt von Dutzenden Gläubigen.

Erst als Resa Chan drei Jahre später von den Briten außer Landes gezwungen wurde und nach Ägypten ging, konnte die Moschee wieder geöffnet werden.

Agha Djan lächelte. Mit Spannung erwartete er die Fortsetzung der Predigt. Doch Galgal schwieg und musterte seine Zuhörer eine Weile. Dann sagte er aus heiterem Himmel »Amerika«.

Es war, als hätte er einen Stein ins Publikum geschleudert, zu beiden Seiten des Vorhangs wurde es unruhig, denn von Amerika durfte in einer Moschee nicht gesprochen werden. »Amerika« war ein fluchbeladenes Wort. Amerika war nicht das Amerika, wie es der Rest der Welt kannte, Amerika war der Erzfeind des Islam.

Der junge Schah war bereits aus dem Land geflohen, was eigentlich das Ende der 2500-jährigen Monarchie besiegelt hätte, doch die CIA unterstützte einen Staatsstreich, und der Schah kehrte zurück. Seitdem bezeichneten die Ayatollahs Amerika als den Satan, in den Moscheen herrschte eine amerikafeindliche Stimmung.

Wenn ein Imam das Wort überhaupt in den Mund nahm, dann nur, um zu sagen: »Weg mit dem Satan! Weg mit Amerika!«

»Die Zeiten haben sich geändert. Resa Chan ist fort, verschwunden, aber jetzt ist Amerika überall. In Teheran. In Qom!«, sagte Galgal laut.

Er hatte etwas gesagt und zugleich nichts. Er hatte bloß eine unschuldige Wahrheit verkündet. »Die Zeiten haben sich geändert. Amerika ist überall!«

Die weisen Männer der Stadt legten jedes seiner Worte auf die Goldwaage und kamen zu dem Schluss, dass Galgal ein gerissener Redner sei. Wieder hielt er mit seiner Predigt alle in Bann.

Galgal betrachtete seine Zuhörer. Sie hingen an seinen Lippen. Mit einer einzigen Wendung unterbrach er die Stille: »Allah. Allah!«

Das konnte alles Mögliche bedeuten. Um seiner Bewunderung

Ausdruck zu verleihen, sagte man: »Allah. Allah!« Wenn man in einer Zwickmühle saß, sagte man: »Allah. Allah!«

Doch Galgal bezweckte mit dieser Wendung etwas ganz Bestimmtes. Weil er Qom und Amerika in einem Atemzug genannt hatte, erhielt der Ausruf eine besondere Aussagekraft. Qom! Amerika! Allah Allah! Es war, als hätte er in der Moschee zwei Schüsse abgegeben.

Dann schlug Galgal einen anderen Kurs ein und rezitierte Verse aus der Sure Al-Fath:

Du siehst sie sich beugen und niederwerfen.
So werden sie beschrieben.
In der Taura und im Indschil* werden sie*
verglichen mit dem Samenkorn, das seinen Schößling treibt
und dann stark werden lässt.
Dann wird er dick
und steht fest auf seinem Halm,
zur Freude derer, die gesät haben.

Agha Djan sah Schahbal an.

Galgal hielt sich nicht lange bei dieser Sure auf, unvermittelt ging er zur Sure Ar-Rum über:

Besiegt sind die Römer
in dem Land nahebei,
doch nach ihrer Niederlage werden sie siegreich sein.
In wenigen Jahren.
Und an jenem Tage werdet ihr euch freuen.
Er ist der Allmächtige.

Und damit schloss Galgal.

Es war eine zweideutige Predigt, jeder konnte sie auf seine Weise interpretieren. Allerdings hatte Galgal nichts verlauten lassen, was dem Geheimdienst verdächtig erscheinen könnte.

Er hatte mit dem Propheten Mohammad angefangen, dann den Namen Amerika fallen lassen und vom Untergang der Römer gesprochen. Offenbar wollte Galgal seine geheimen Absichten und Pläne noch nicht verraten.

Agha Djan merkte, dass der Moschee wieder eine aufregende Zeit bevorstand. Darauf hatte er lange gewartet.

Galgal verließ die Kanzel. Hunderte Gläubige erhoben sich vor ihm. Agha Djan ging auf ihn zu, nahm ihn in die Arme, küsste ihn auf die linke Schulter und begleitete ihn stolz hinaus.

Kino

Chodaayaa to busideyi hitsch gaah
labe sorch-faame sani
mast raa?
be pestaane kaalasch
sadi dast raa?

Gott, hast du je
die roten Lippen einer
trunkenen Frau
geküsst?

Hast du je
ihre knospenden
Brüste berührt?

Das Gedicht lag auf Galgals Schreibtisch. Agha Djan sah es zufällig im Vorbeigehen und nahm es in die Hand. Als er es las, traute er seinen Augen nicht.

»Chodaayaa to busideyi hitsch gaah.«

Das Gedicht war von unerhörter Schamlosigkeit. *Gott* und *küssen*, eine *trunkene Frau*, *knospende Brüste* – und das alles auf Galgals Schreibtisch!

Unten in einer Ecke stand der Name des Dichters: Nosrat Rhamani. Diesen Namen hatte Agha Djan noch nie gehört.

Wer mochte er sein?

Wie konnte er es wagen, solche gotteslästerlichen Verse zu Papier zu bringen?

Alles ist außer Kontrolle geraten, murmelte Agha Djan. Der Schah unterstützt das, aber warum gibt sich Galgal mit solchem Schund ab? Und warum bringt er ihn in die Bibliothek?

Auf dem Schreibtisch lagen noch ein paar andere Gedichte. Agha Djan las ein weiteres. Es war insofern bemerkenswert, als es von einer Frau geschrieben war.

Meine durstigen Lippen
Suchen dich
Entkleide mich
Umarme mich
Hier meine Lippen
Hier mein Hals, meine brennenden Brüste
Hier mein weicher Leib!

Bevor er das Gedicht zu Ende lesen konnte, hörte Agha Djan Schritte auf dem Hof; rasch legte er das Blatt zurück, ging zu den Bücherregalen und tat, als suche er etwas.

Als Galgal hereinkam, griff Agha Djan nach einem Buch. Rasch verließ er die Bibliothek und ging nachdenklich in sein Arbeitszimmer.

Das Gedicht ließ ihn nicht mehr los, es geisterte in seinem Kopf herum, er konnte sich nicht mehr auf die Arbeit konzentrieren.

Hier meine Lippen
Hier mein Hals, meine brennenden Brüste
Hier mein weicher Leib!

Wer mochte die Dichterin sein?

Hatte sich das Land so sehr verändert, dass Frauen ihr Persönlichstes preisgaben?

Hatte sich das Land so sehr verändert, dass Frauen offen über ihren Körper und ihre geheimen Gefühle sprachen?

Und wie konnte ihm das entgangen sein?

Wo waren diese Frauen? Warum begegnete er ihnen nie? Wie sahen sie aus? Und wo lebten sie? Alle in Teheran?

Der Schah, alles kam durch den Schah und durch die Amerikaner. Die amerikanische Kultur drang über Radios, Fernseher und Filme in die Häuser ein.

Das Regime setzte alles daran, die Jugend aus der Moschee zu locken und zu Anhängern des Schahs und seiner Ideen zu machen.

Der Schah hatte eine »Weiße Revolution« angezettelt. Er hatte ein Büchlein herausgegeben, in dem seine Ideale für das Vaterland niedergelegt waren. Er wollte den Analphabetismus bekämpfen, deshalb schickte er junge Frauen als Lehrerinnen in die Dörfer. Sie legten den Schleier ab, setzten eine Mütze auf und kletterten wie Soldaten des Schahs in die Berge, um in den abgelegenen Dörfern Schulen zu bauen.

Ja, alles hatte sich verändert, und Agha Djan hatte es nicht gemerkt oder wollte es nicht merken. Der Schah bemühte sich nach Kräften, das Land zu industrialisieren, und erteilte ausländischen Firmen die Genehmigung, sich in Teheran und anderen großen Städten niederzulassen. Auch Senedjan war von diesen neuen Entwicklungen betroffen.

Dutzende japanische und europäische Unternehmen nutzten die Gelegenheit. Am Stadtrand wurde eine Traktorenfabrik gebaut, in der demnächst Hunderte junger Leute aus Senedjan und den umliegenden Dörfern arbeiten würden.

Die Fabrik gehörte der bekannten japanischen Firma Mitsubishi, sie wollte dort einen kleinen Traktor herstellen, den die Bauern in den Bergen einsetzen konnten. Dank staatlicher Subvention sollte bald jeder Bauer einen solchen Traktor besitzen und sich somit dem Schah verpflichtet fühlen.

Agha Djan wusste von all dem so gut wie nichts, er hinkte der Zeit hinterher, nie hörte er Radio und hatte nie einen Fernsehapparat besessen. Dabei hätte er nur einmal Farah Diba, die Frau des Schahs, im Fernsehen erleben müssen, um zu verstehen, was im Land los war.

Sie setzte sich tatkräftig für die Emanzipation der Frauen ein. Agha Djan wusste nicht, wie beliebt sie bei den Frauen war, sogar bei denen, die jeden Tag in die Moschee gingen.

Farah Diba war die dritte Frau des Schahs, sie schenkte ihm den Sohn, den Thronfolger, den ihm seine beiden ersten Frauen nicht schenken konnten. Er war Farah Diba auf einer Party in Paris begegnet, wo sie studierte.

Jetzt wollte sie als Kaiserin die Lage der Frauen im Land verbessern, sie aus der Küche herausholen.

Bisher verlief alles nach Wunsch, es schien, als sei es dem Schah gelungen, die Ayatollahs auf die Moscheen zu beschränken.

Also reiste Farah Diba jeden Monat unbeschwert nach Paris, um in den namhaften Boutiquen einzukaufen, in denen auch Hollywoodstars verkehrten.

Während die *New York Times* das Land unter der Führung des Schahs eine »Oase der Ruhe« nannte, ließ Farah Diba ihrer persischen Nase in einer französischen Klinik eine französische Form geben. Und mit neuer Frisur kehrte sie in ihr Vaterland zurück.

Keine Zeitung wagte es, über ihre Nase zu schreiben, doch ihre Haartracht wurde auf der Stelle von allen Frauen des Landes, die zum Friseur gingen, kopiert. Alle Welt sprach von Farahs Frisur. Sogar Fagri Sadat ließ ihr Haar *Farahi*, im Stil von Farah, schneiden, ohne dass Agha Djan es bemerkte.

In Senedjan wurde gerade eine Frauenklinik errichtet. Den allerneusten Statistiken zufolge hatten Frauen in religiösen Städten und Dörfern mehr Frauenleiden als andere, sie ließen sich aber nicht von männlichen Ärzten behandeln. Daher beschlossen die Behörden in den religiösen Städten, Kliniken zu eröffnen, in denen ausschließlich Ärztinnen arbeiten durften. Die Klinik von Senedjan sollte die erste und größte ihrer Art sein.

Farah Diba unterstützte diese Pläne und würde persönlich zur Eröffnung der Klinik nach Senedjan kommen.

Galgal verfolgte die Entwicklungen im Land sehr genau; mehr und mehr bezog er sich in seinen Predigten auf das alltägliche Leben in der Stadt. Vor einiger Zeit hatte er den Bürgermeister kritisiert, weil es immer noch keine anständige Bibliothek gebe und die Kioske iranische Versionen amerikanischer Schundhefte an die Jugend verkauften.

Ein anderes Mal nahm Galgal das kleine Stadttheater aufs Korn, weil in einem Stück ein Imam verspottet worden war. Es war für Schüler gedacht, und bei jeder Aufführung waren ganze Schulklassen anwesend. Galgal geriet außer sich: »Es ist eine Schande für unsere ehrenwerte Stadt. Wie kann man es wagen, einen Imam auf die Bühne zu bringen, um die Jugend zu erheitern? Ich warne den Basar: Wir haben es hier mit einem raffinierten Angriff auf den Islam zu tun. Habt ihr in die Ranzen eurer Kinder geschaut, habt ihr gesehen, mit welchen gotteslästerlichen Ideen eure Kinder in der Schule erzogen werden? Wisst ihr Bescheid über die vergiftete Poesie, die man euren Töchtern als Literatur einflößt? Mir zitterten die Hände, als ich einige dieser Gedichte zu Gesicht bekam. Aus Respekt vor unseren Frauen hinter dem Vorhang schweige ich über den Inhalt. Man hat unserem Glauben den Krieg erklärt. Spielt nicht mit dem Feuer. Ich warne einen jeden! Tut es nicht!«

Der Bürgermeister erfuhr von den harten Worten aus der Moschee. Um eine Eskalation zu verhindern, ordnete er an, das Theaterstück nicht mehr aufzuführen.

Der Zwischenfall war noch nicht zu den Akten gelegt, als das Gerücht aufkam, es werde in der Stadt bald ein Kino geben.

Ein Unternehmer, der in Teheran einige große Kinos betrieb, habe zu diesem Zweck das ehemalige Badehaus gekauft. Es war ein stattliches Gebäude, ein einzigartiger Ort für kulturelle Aktivitäten, wie geschaffen für ein Kino.

Galgal ließ den Bürgermeister sofort wissen, dass es in einem religiösen Ort wie Senedjan kein Kino geben könne, doch der Bürgermeister ließ Galgal seinerseits wissen, die Stadt habe damit nichts zu tun, die Entscheidung sei in Teheran getroffen worden. Das kaiserliche Kulturamt habe den Plan als besonders fördernswertes Projekt eingestuft, Farah Diba persönlich habe es gebilligt.

Als der Betreiber des zukünftigen Kinos hörte, Farah Diba werde die Frauenklinik in Senedjan eröffnen, setzte er alles daran, sein Gebäude rechtzeitig herzurichten. Er wollte die Kaiserin bitten, auch der Kinoeröffnung beizuwohnen.

So setzte er sich mit Teheran in Verbindung, und alles wurde in die Wege geleitet. Da Senedjan ja eine religiöse Stadt war, sollte die Neuigkeit aber bis zum letzten Moment geheim gehalten werden.

An einem sonnigen Donnerstag tauchte über der Stadt ein großer Hubschrauber auf, der drei Mal über dem Basar kreiste. Schüler säumten die Straßen, durch die Farah Diba in einem offenen Wagen zur Klinik fahren würde.

Die Kinder jubelten, klatschten in die Hände und riefen: »Djawid Schah, lang lebe der Schah!« Zur gleichen Zeit donnerten drei Düsenjäger über die Stadt hinweg, sie hinterließen drei Kondensstreifen in den Farben der Nationalflagge. Dutzende Agenten des Geheimdienstes mischten sich in Zivil unter die Leute, und an allen Straßenecken standen Militärfahrzeuge voller Soldaten, bereit, jeden Ansatz von Unruhe im Keim zu ersticken.

Farah Diba winkte lächelnd in die Menge. Selbst als eine frische Brise mit ihrem Haar spielte, behielt sie ihre souveräne Ausstrahlung.

Während sie vorüberfuhr, legten die Lehrerinnen und die Klinikangestellten ihren Schleier ab, um der Kaiserin zu zeigen, dass sie die gleiche Frisur hatten, sie schrien vor Aufregung und wedelten mit dem Schleier.

Das Kamerateam nahm alles auf. Im Fernsehen würde später

zu sehen sein, wie die Frauen der religiösen Stadt Senedjan Farah Dibas Ratschlägen gefolgt waren und sie als Vorbild ins Herz geschlossen hatten.

Farah Dibas erste Reise in eine religiöse Stadt war für das Regime ein wichtiger Anhaltspunkt, um die Eroberungschancen bei den oppositionellen Städten einzuschätzen. Offenbar war in Senedjan alles gut verlaufen, und zwar so gut, dass der Sender nicht einmal die Abendnachrichten um zwanzig Uhr abwarten wollte, sondern die Reportage schon um achtzehn Uhr ausstrahlte. Dieses Ereignis wertete das Regime als endgültigen Sieg über die Ayatollahs. Doch wurde dabei etwas übersehen, das auf den ersten Blick in der Tat belanglos schien.

Einige junge Frauen aus Senedjan, die als Krankenschwestern in der neuen Klinik arbeiten sollten, warteten in kurzärmeliger Schwesterntracht aus dünnem weißem Stoff vor der Tür. Als Farah Diba aus ihrem kaiserlichen Wagen stieg, eilten die Fotografen herbei. Die Kameras richteten sich auf die Frauen, die der Kaiserin einen prächtigen Blumenstrauß überreichten und sich ehrfurchtsvoll verneigten. Doch da ihre Tracht im Gegenlicht durchsichtig war, sah man unter dem dünnen Stoff hellblaue Höschen durchschimmern. Der Basar war zutiefst erschüttert, und als es Galgal zu Ohren kam, verging ihm der Appetit.

Der Vorfall weckte Galgals Zorn, es war ein Schlag ins Gesicht der Ayatollahs, eine vorsätzliche Beleidigung des Basars. Als Imam der Dschom'e-Moschee musste Galgal dem etwas entgegensetzen.

Gegen Abend klingelte bei Agha Djan das Telefon: Jemand aus Qom wollte Galgal sprechen. Es wurde ein kurzes, einseitiges Gespräch, Galgal hörte schweigend zu, erst zum Schluss sagte er: »Nein, das wusste ich nicht. Ja, ich verstehe. Danke. Ihnen auch.«

Agha Djan fragte nicht, mit wem Galgal gesprochen hatte. Doch als er später durch das Fenster der Bibliothek schaute, sah er Galgal unruhig auf und ab gehen.

Die Fernsehsendung erweckte den Eindruck, als habe Farah Diba Senedjan nach der Klinikeröffnung umgehend verlassen und sei nach Teheran zurückgekehrt, aber in Wirklichkeit war sie zu einer alten Festung außerhalb der Stadt geflogen, die am Rand der Wüste lag und zu einer Herberge umgebaut worden war. Es war eine Art Karawanserei an der Seidenstraße, wo einst Reisende und Kaufleute übernachteten.

Da Farah Diba in Paris Architektur studiert hatte, erfolgte die Restauration einiger historischer Monumente unter ihrer Leitung. Der Instandsetzung dieser Festung galt ihre besondere Aufmerksamkeit.

Am Abend sollte die Kaiserin nach Senedjan zurückkehren, um das Kino zu eröffnen.

Der Betreiber hatte eigens für diese Gelegenheit einen neuen amerikanischen Liebesfilm aus Teheran kommen lassen, der noch nirgends im Land gezeigt worden war. Über den bevorstehenden kaiserlichen Besuch hatte er Stillschweigen bewahrt und nur verlauten lassen, dass einige hochkarätige Gäste aus Teheran anwesend sein würden.

Während sich Farah Diba in der alten Festung zu Tisch setzte, um sich zu stärken und zu erholen, telefonierte Galgal heimlich in Agha Djans Arbeitszimmer. Flüsternd führte er ein kurzes Gespräch mit einem Teilnehmer in Qom.

Um neunzehn Uhr machte sich Galgal auf den Weg in die Moschee. Schahbal, der ihn begleitete, merkte, dass er unruhig war.

»Ist etwas?«, fragte er.

»Nein, wieso?«, sagte Galgal, als sie die Bibliothek verließen.

»Worüber wirst du sprechen?«

»Ich weiß es noch nicht genau, das Auftauchen dieser Hure geht mir nicht aus dem Kopf.«

Schahbal wollte fragen, welche Hure, aber er tat es nicht, er brachte das Wort nicht über die Lippen.

»Wo ist Agha Djan?«, fragte Galgal.

»In der Moschee.«

Der Gebetsraum war voll, es waren mehr Menschen zugegen als sonst. Wahrscheinlich waren sie neugierig zu erfahren, wie der Imam auf Farah Dibas Besuch reagieren würde.

Galgal stieg gefasst auf die Kanzel, setzte sich und redete in ruhigem Ton von der Moschee und der Rolle des Imam. Die Moschee sei das Herz der Stadt, der Imam das wache Gewissen der Gläubigen.

Galgal ließ kein Wort über die Eröffnung der Klinik fallen, auch den Fernsehbericht über Farah Dibas Besuch erwähnte er nicht. Er richtete seine spitzen Pfeile gegen das Kino.

»Nehmt euch in Acht!«, rief er aus heiterem Himmel und hob drohend den Zeigefinger. »Wisst, was ihr tut!«

Dann legte er eine Pause ein.

»Im Namen der Moschee«, fuhr Galgal fort, »im Namen der Stadt, im Namen des Basars sage ich, bitte ich, warne ich euch: Tut es nicht! Lasst ab von den teuflischen Plänen. Senedjan ist kein Ort für die liederliche amerikanische Kultur. Kein Ort der Sünde. Besinnt euch, oder wir werden euch zur Besinnung bringen!«

»Allahu Akbar! Gott ist der Größte«, rief jemand laut.

»Allahu Akbar!«, riefen die Gläubigen im Chor.

Man wusste nicht so recht, was Galgal mit seiner Predigt bezweckte, aber allen war klar, dass er auf diese Weise seinen Zorn über die Frauenklinik äußerte.

Die Männer des Basars blickten zufrieden zu Agha Djan hin, ihnen gefiel Galgals Reaktion.

Auch Agha Djan war stolz auf ihn, allerdings ahnte er, dass Galgal es nicht lange in Senedjan aushalten würde. Für einen einfachen Imam war er zu ehrgeizig, er brauchte Freiraum, zwischen den Mauern einer Moschee würde es ihm bald zu eng werden. Aber die Moschee war für Galgal ein guter Ausgangspunkt.

Der Kinobetreiber rechnete damit, dass Galgal gegen sein Vorhaben wettern würde, aber er hatte keine Angst. Der Geheimdienst und die Polizei von Senedjan würden ihn schon beschützen. Trotzdem war er froh, dass die Gläubigen an diesem Donnerstagabend in der Moschee versammelt waren, um Galgal zu lauschen, während er sein Kino eröffnete. So konnte er Farah Diba unbesorgt empfangen.

Doch er hatte seinen Gegner falsch eingeschätzt.

Galgal sah auf die Uhr, es wurde Zeit, dennoch entspannte er sich. Lächelnd strich er sich über den Bart. Agha Djan glaubte, Galgal habe das Kino-Kapitel abgeschlossen und werde sich nach erfolgter Drohung einem anderen Thema zuwenden. Doch Galgal überraschte ihn mit jener Sure, in der Gott seinen Zorn über Abu Lahab und seine Frau ausgießt. Er sprach die Verse mit fester Stimme.

Zugrunde gehen sollen die Hände Abu Lahabs!
Zugrunde gehen soll Abu Lahab!
Nichts soll ihm sein Vermögen nützen!
Zugrunde gehen soll Abu Lahabs Frau!
Abu Lahab, der das Feuer brachte!
Seine Frau, die das Holz brachte!
Um ihren Hals ein Strick aus Palmfasern!
Zugrunde gehen soll Abu Lahab.

Agha Djan schnappte nach Luft, auf einmal begriff er, wie ernst Galgal seine Drohungen meinte.

Abu Lahab war ein Onkel des Propheten väterlicherseits gewesen, ein erklärter Feind Mohammads und des Korans. In jener Nacht, in der Mohammad vor den Machthabern von Mekka sprach, um sie von seiner Mission zu überzeugen, beschimpfte ihn Abu Lahab und verließ die Versammlung. Abu Lahabs Frau tat es ihm nach, sie beschimpfte Mohammad und erlaubte sich unziemliche Worte gegen den Koran. Und beide hörten damit nicht auf, auf dem Basar schimpften sie weiter auf den Koran und Allah. Mohammad, den diese Worte schmerzten, konnte sie nicht verhindern. Eines Nachts wurde ihm die Sure Abu Lahab offenbart.

Tabbat jada abi lahabin
Um ihren Hals ein Strick aus Palmfasern
Zugrunde gehen soll Abu Lahab!

Wurde diese Sure zitiert, begriff jeder sofort den Ernst der Lage. Galgal fuhr fort:

»Zugrunde gehen sollen die Hände des Mannes, der das alte Badehaus gekauft hat.
Zugrunde gehen sollen die Hände des Mannes, der aus dem alten Badehaus ein Kino machen will.
Zugrunde gehen soll die Tür des Badehauses.
Zugrunde gehen sollen die Beine der Männer, die sich jetzt in dem Badehaus versammelt haben.
Und ein Strick um den Hals der Frauen, die sich in diesem Badehaus befinden.«

Agha Djan brachte es nicht über sich, Galgal anzusehen. Mit gesenktem Kopf betrachtete er die Muster des Teppichs, auf dem er saß, und hatte das Gefühl, Galgal hielte ihn von hinten fest und drückte seinen Kopf nach unten.

Der Aushilfsimam hatte ihn verblüfft, und obwohl Agha Djan sich eigentlich hätte freuen müssen, geriet er ins Schwanken. Warum hatte Galgal ihm nicht gesagt, dass er das Kino anprangern wollte? Und weshalb plötzlich dieser harte Ton? Nutzte Galgals Vorgehensweise der Moschee? Welche Folgen würde es für die Stadt haben? Jetzt war allerdings nicht die Zeit für solche Gedanken. Agha Djan holte tief Luft, hob den Kopf und blickte in die Runde.

Es war mucksmäuschenstill, alle starrten Galgal gebannt an:

»Ich habe die Stadt lange im Voraus gewarnt und auch den neuen Besitzer des Badehauses, doch man wollte nicht auf mich hören. Heute Abend erdreistet man sich sogar, im Badehaus einen sündigen amerikanischen Film zu zeigen. Ausgerechnet heute! Wisst ihr, was heute für ein Tag ist?

Der Todestag der heiligen Fatima!

Ich, Galgal, der Imam dieser Moschee, verbiete es.

Ich, Galgal, der Imam der Dschom'e-Moschee, verbiete den Besuch des Kinos.

Ich, Galgal, werde, den Koran in der Hand, die Tür dieses sündigen Ortes zunageln.« Mit diesen Worten zog er seinen Koran aus der Tasche.

Alle riefen: *»Allahu Akbar! Allahu Akbar! Allahu Akbar!«*

»Zum Badehaus!«, rief Galgal.

Er stand auf.

Die Menge erhob sich.

Agha Djan, der eine solche Wendung nicht erwartet hatte, saß da wie angewurzelt. Er fühlte sich von Galgal hintergangen, der Imam hatte die Führung an sich gerissen. Doch es war noch nicht zu spät. Als der Erfahrenere von beiden musste Agha Djan versuchen, seine Autorität wiederherzustellen und das Ansehen der Moschee zu retten. Galgal zählte nicht, nur die Moschee zählte. Agha Djan erwachte aus seiner Starre, heftete sich an Galgals Fersen, zugleich feuerte er Schahbal an: »Los! Hinterher! Lass ihn nicht aus den Augen!«

Unterdessen hatte sich die Stimmung dermaßen aufgeheizt, dass jegliche Kontrolle verloren schien.

»Ich kann es«, murmelte Agha Djan vor sich hin, »ich bin der Einzige, der das Chaos verhindern kann.«

Da näherte sich Galgal schon dem Kino, den Koran hielt er hoch über dem Kopf. Die Gläubigen strömten unter »Allahu akbar«-Rufen hinter ihm her.

Die Agenten des Geheimdienstes waren völlig überrumpelt,

kopflos rannten sie in die Dunkelheit hinaus und schrien in ihre Sprechfunkgeräte: »Aufruhr! Das Kino ist in Gefahr!«

Etwas später tauchten zwei Streifenwagen auf, doch die Polizisten ahnten nicht im Geringsten, was los war und wohin die Menschenmenge drängte.

Ein paar Armeefahrzeuge blockierten den Weg zum Kino. Bewaffnete Soldaten sprangen heraus und bildeten eine Mauer.

Ein Hubschrauber näherte sich und landete mitten auf dem Platz vor dem Badehaus, um Farah Diba abzuholen.

Auch das Auto des Bürgermeisters war inzwischen angekommen. Er stieg aus und rannte mit hocherhobenen Armen auf die Demonstranten zu. Er hielt Ausschau nach Agha Djan. Als er ihn erspäht hatte, rief der Bürgermeister: »Was ist in dich gefahren? Du bist in eine Falle getappt! Du musst die Leute zurückhalten, bevor es zu einem Blutbad kommt.«

»Weißt du eigentlich, was du da sagst? Die Stadt hört ja nicht mehr auf die Moschee! Sie stößt alle vor den Kopf, indem sie das Kino zulässt, und jetzt drohst du mir mit einem Blutbad?«

»Aber nein, du verstehst mich falsch, ich drohe dir nicht, ich bitte dich um Hilfe, sonst kommt es zu einer Katastrophe. Ich kann es nicht laut sagen.« Der Bürgermeister flüsterte Agha Djan ins Ohr: »Im Badehaus befindet sich auch Farah Diba. Glaub mir, wenn die Leute noch näher herankommen, werden die Soldaten schießen. Du musst unbedingt eingreifen! Halte sie auf.«

Die bewaffneten Soldaten versperrten der Menge den Weg, ein Offizier brüllte in ein Megaphon: »Geht zurück! Kommt keinen Schritt näher!«

Galgal gehorchte nicht, mit dem Koran über den Kopf ging er an dem Offizier vorbei und wollte sich durch die Reihe der Soldaten drängen, doch der Offizier hielt ihn fest.

»Zurück, habe ich gesagt!«, brüllte der Offizier. »Sonst gebe ich den Befehl zu schießen.«

»Schießt ruhig!«, rief Galgal im Weitergehen.

Der Offizier zog ihn am Kragen zurück, beugte sich vor und zischte ihm ins Ohr: »Wenn du nicht abhaust, dreh ich dir den Turban um den Hals wie einen Strick, dann führe ich dich ab!«

Vor Wut versetzte Galgal dem Offizier einen Stoß, der ihn beinahe zu Boden gehen ließ. Der Offizier griff zur Pistole. Agha Djan handelte rasch. Er zog Galgal beiseite und rief Schahbal zu: »Nimm ihn mit!«

Doch Galgal widersetzte sich, er riss sich los, um sich auf den Offizier zu stürzen.

Agha Djan konnte ihn gerade noch rechtzeitig festhalten: »Jetzt reicht es!«

Galgal wollte nicht auf ihn hören, aber Agha Djan packte ihn am Kragen und schrie: »Vergiss nicht, dass ich hier das Sagen habe!«

Er nahm dem Offizier das Megaphon aus der Hand und rief in die Menge: »Hört ihr mich? Beruhigt euch! Ich habe eine gute Nachricht!«

Es wurde still.

»Gerade habe ich mit dem Bürgermeister gesprochen. Die Stadt zieht die Pläne zurück. Es wird im Badehaus kein Kino geben! Geht wieder zur Moschee zurück!«

»Allahu Akbar!«, rief die Menge.

Der Vorfall hatte alle aufgewühlt. Viele blieben noch lange vor der Moschee stehen, und Agha Djan freute sich darüber.

Die Moschee hatte sich durchgesetzt, und ihm war es gelungen, Schlimmeres zu verhindern. Zugleich wurden die Pläne des Schahs durchkreuzt, es war ein unerwarteter Schlag ins Gesicht des Ministerpräsidenten, der den religiösen Städten die Macht entreißen und ihnen eine falsche westliche Kultur überstülpen wollte. Morgen würden alle Zeitungen von dem Vorfall berichten. *Aufstand in Senedjan!*

Die Dschom'e-Moschee von Senedjan hatte sich wieder Geltung verschafft. Die Ayatollahs von Qom würden es zu schätzen wissen, und die Imame aller Moscheen im Land würden davon reden.

Um Mitternacht waren die Gläubigen nach Hause gegangen, die Moschee war leer, und der Hausmeister hatte das Tor verschlossen. Agha Djan saß schreibend in seinem Arbeitszimmer: »Nach längerem Schweigen hat unsere Moschee auf sich aufmerksam gemacht. Vielleicht sind wir wieder auf dem richtigen Weg.«

Er war noch im Schreiben begriffen, als er draußen zwei Wagen hörte. Einer blieb unter den Bäumen vor der Moschee stehen, der andere fuhr ohne Licht ein Stück in die Gasse hinein.

Drei Männer stiegen aus. Einer von ihnen ging zum Tor und schellte. Agha Djan witterte sofort Unheil. Zwar hatte er damit gerechnet, dass die Polizei am nächsten Tag zum Basar kommen, aber nicht, dass sie mitten in der Nacht vor seiner Haustür stehen würde.

Die Großmütter hatten das Klingeln ebenfalls gehört, sie spürten, dass etwas nicht in Ordnung war und dass sie nicht herauskommen durften, sondern Agha Djans Reaktion abwarten mussten.

Schahbal, der das Klingeln auch gehört hatte, ging sofort zu Agha Djan.

»Es ist wahrscheinlich die Polizei«, sagte Agha Djan leise, »warne Galgal! Er muss fort! Geht übers Dach.«

Galgal hatte mit dergleichen gerechnet, er war in der Bibliothek, als die Türklingel schrillte. Sofort hatte er das Licht ausgemacht, dann war er auf Zehenspitzen zur Treppe geschlichen.

Agha Djan zog seinen Mantel an, setzte den Hut auf und ging auf den Innenhof. Als er Galgals Silhouette an der Treppe sah, wartete er, bis dieser in der Dunkelheit verschwunden war.

Wieder klingelte es.

»Ich komme!«, rief Agha Djan und ging zum Tor.

Hinter den Vorhängen beobachteten die Frauen das Geschehen.

»Wer ist dort?«, fragte Agha Djan.

»Mach auf!«

Er öffnete das Tor. Im Schein der Laterne sah Agha Djan einen Mann vor sich, die beiden anderen standen beim Wagen.

Er wusste sofort, dass es Leute vom Geheimdienst waren. Ein

Polizist aus der Stadt würde es nicht wagen, Agha Djan mitten in der Nacht zu belästigen. Entweder hatten diese Agenten ihren Dienst eben erst angetreten, oder sie stammten aus einer anderen Gegend. Agha Djan sah es an ihrer Haltung. Sie kannten ihn nicht, ja, sie grüßten ihn nicht einmal.

»Meine Herren, wozu belästigen Sie mich mitten in der Nacht?«

»Wir suchen den Imam! Wir sollen ihn mitnehmen!« Der Mann zückte seinen Ausweis.

Der harte Tonfall verriet Agha Djan den Ernst der Lage. Um Zeit zu gewinnen, trat er auf die Gasse und zog das Tor hinter sich zu.

»Der Imam ist nicht da«, erklärte er. »Wenn es wichtig ist, könnt ihr ihn morgen in der Moschee sprechen.«

Etwas verdutzt rief der Mann: »Mach sofort die Tür wieder auf!«

»Nicht so laut, alle schlafen«, sagte Agha Djan.

»Mach auf!« Der Mann schlug mit der Faust gegen das Tor.

»Benimm dich! Ich habe doch gesagt, dass der Imam nicht zu Hause ist. Er ist fort. Und fort ist fort. Morgen Abend ist er wieder da. Hast du verstanden?«, sagte Agha Djan so laut, dass Galgal ihn hören konnte.

»Mach sofort die Tür wieder auf!« Um dem drohenden Unterton Nachdruck zu verleihen, öffnete der Mann seine schwarze Pistolentasche.

Plötzlich kam einer der anderen Männer in die Gasse gerannt; er rief: »Er ist auf dem Dach! Los, hinterher!«

Die Männer schwangen sich über die Mauer aufs Dach und rannten in Richtung der Minarette.

Nachdem Agha Djan das Tor wieder aufgemacht hatte, wollte er zur Treppe gehen, um ebenfalls aufs Dach zu steigen, doch einer der Männer rief ihm zu: »Du bleibst da!«

Daraufhin blieb er neben dem Gästezimmer unter den Bäumen im Dunkeln stehen, ohne das Dach aus den Augen zu lassen.

»Ich sah einen Schatten hinter der Kuppel«, rief einer der Männer von der Straße aus.

»Komm raus, mit erhobenen Händen!«, rief der Anführer auf dem Dach.

Agha Djan glaubte schon, sie hätten Galgal aufgegriffen, und ging zur alten Zeder, um besser sehen zu können. Im grünen Licht der Minarette sah er den Anführer mit vorgestreckter Pistole auf die Kuppel zugehen, doch von Galgal keine Spur.

»Hier ist niemand«, rief der Mann zu dem anderen hinunter, der auf der Straße stand.

»Ich habe einen Schatten gesehen, er kann nicht weit sein!«

Agha Djan atmete erleichtert auf, dann stellte er sich in den Schein der Laterne am Wasserbecken und rief: »Der Schatten, den ihr gesehen habt, war unser Hausmeister. Er war gerade bei mir, als ihr kamt. Ihr seid fremd hier und kennt die Moschee nicht. Niemand kann über das Dach flüchten. Ich werde es euch zeigen.« Und er ging zur Treppe.

»Wie ich dir sagte, der Imam ist nicht da«, sagte Agha Djan zu dem Anführer, als er auf dem Dach stand. »Er ist mit dem Nachtzug nach Qom gefahren, zu einer Besprechung. Du kannst im Bahnhof nachfragen, wenn du willst. Man kennt ihn dort. Sei doch vernünftig. Hier oben gibt es nichts außer der Kuppel und den Minaretten. Schaut euch ruhig um, dann müsst ihr aber gehen. Hörst du?«

Der Anführer reagierte nicht, er suchte mit einer Taschenlampe das Dach ab.

»Macht, dass ihr mit euren dreckigen Schuhen vom Dach kommt, verlasst mein Haus!«, rief Agha Djan. Er zeigte auf die Treppe.

Murrend stiegen die Agenten hinunter und versammelten sich auf dem Innenhof.

»Noch nie hat es ein Fremder gewagt, dieses Haus zu betreten, jetzt trampeln gleich drei Halunken hier herum. Es reicht, verschwindet!«

Agha Djans Worte schienen den Anführer nicht zu beeindrucken, er gab seinen Männern den Befehl, alle Zimmer zu durchsuchen.

»Schahbal!«, rief Agha Djan.

Schahbal meldete sich nicht.

»Ruf den Bürgermeister an!«, rief Agha Djan, obwohl er erriet, dass Schahbal mit Galgal mitgegangen war.

Agha Djan rannte in sein Arbeitszimmer, suchte in seinen Papieren nach der Telefonnummer des Bürgermeisters und wählte die Nummer. »Schaff mir diese Halunken vom Hals, sonst hole ich ein Gewehr aus dem Keller und schieße sie alle tot.«

Die Männer schleiften den blinden Moazzen heraus, dann durchsuchten sie sein Zimmer.

»Hurensöhne!«, rief Moazzen. »Verdammte Hurensöhne! Raus aus meinem Zimmer! Verlasst das Haus!«

Die Tür der Bibliothek war verschlossen.

»Den Schlüssel«, schrie der Anführer.

»Es gibt keinen Schlüssel!«, antwortete Agha Djan von der anderen Seite des Innenhofes.

»Gib mir den Schlüssel, sonst trete ich die Tür ein.«

Die Großmütter kamen aus dem Dunkel hervor, öffneten die Tür und schalteten das Licht an.

Ein Agent wollte sogleich den Raum betreten.

»Zieh die Schuhe aus!«, rief Golbanu.

Er hörte nicht auf sie.

»Zieh die Schuhe aus, Schuft!«, rief Golebeh.

Vom altehrwürdigen Charakter der Bibliothek offensichtlich eingeschüchtert, ging der Mann nicht weiter, sondern blieb in der Tür stehen; nachdem er die alten Bücherschränke und den antiken Schreibtisch des Imam betrachtet hatte, trat er wieder aus der Tür.

Die anderen Männer gingen in den dunklen Webraum. An der Wand hing ein halbfertiger Teppich. Sie schauten dahinter, öffneten die großen antiken Schränke und warfen die Wollspulen auf den Boden. Dann gingen sie zum Opiumzimmer über.

Als das Funksprechgerät des Anführers zu quaken begann, ging er zum Wasserbecken. Kaum eine Minute später kehrte er zurück: »Leute! Wir gehen!«

Die Männer verließen den Innenhof, zogen das Tor hinter sich zu und fuhren davon.

Agha Djan schloss das Tor ab, dann löschte er die Lichter.

»Ich habe Hunger und Durst«, sagte er zu den Großmüttern.

Agha Djan setzte sich gerade hin, als Schahbal hereinkam.

»Wo ist er?«, fragte Agha Djan.

»In der Moschee.«

»Wo?«

»Im ältesten Grabgewölbe. Der Hausmeister hat alles geregelt«, sagte Schahbal.

»In der Moschee ist er sicher, aber die Agenten werden wiederkommen. Die Sache ist noch lange nicht ausgestanden. Sie werden die Moschee im Auge behalten. Wir müssen ihn nach Qom schicken. Wenn der Hausmeister morgen die Moschee öffnet, werden sie hereinkommen, und dann können wir sie nicht zurückhalten. Wir müssen einen Weg finden, ihn herauszuschmuggeln.«

In diesem Moment trugen die Großmütter ein silbernes Tablett herein. Sie breiteten eine saubere Leinenserviette auf dem Schreibtisch aus und stellten einen zierlichen Porzellanteller mit warmem Brot und Käse darauf. Dazu eine antike Teekanne mit Goldrand, in der aromatischer Tee dampfte, sowie Gläser. Dann gingen sie wieder hinaus. Lächelnd sah Agha Djan zu Schahbal.

»Anscheinend billigen sie deine Vorgehensweise«, sagte Schahbal, als er Agha Djan Tee einschenkte.

»Nimm einen Stuhl und iss mit mir. Es gibt noch viel zu tun, wir werden uns heute Nacht nicht schlafen legen.«

Nach dem Essen holte Agha Djan aus einem Nebenraum einige Sachen. Er legte eine Schere, einen Hut und einen Anzug vor Schahbal auf den Tisch und sagte: »Ich habe einen Plan. Gleich stelle ich mich vor die Moschee, als wartete ich auf jemanden. Die Agenten sitzen bestimmt in ihren Autos und beobachten alles. Ich werde sie ablenken. Du nimmst die Schere und diesen Anzug und kletterst über das Dach in die Moschee. Dann hilfst du Galgal, seinen Bart zu stutzen. Er soll diesen Anzug anziehen und den Hut aufsetzen. Bei Sonnenaufgang werden die Gläubigen zum Gebet kommen; nach dem gestrigen Vorfall werden sie zahlreicher erscheinen als sonst. Wenn die Gläubigen wieder rausgehen, folgt ihr der Menge. Bleibt dicht hinter mir – und überlasst alles Weitere mir. Hast du verstanden?«

»Ja.«

Es war zwar nicht kalt, aber so früh am Morgen wehte ein frischer Wind aus den Bergen durch die Straßen der Stadt. Agha Djan stand, wie verabredet, vor der Moschee und bemerkte, dass die Laterne, die lange Zeit kaputt gewesen war, jetzt wieder brannte. Der Hausmeister war schon mehrere Male zum städtischen Elektrizitätsamt gegangen, doch nie war jemand erschienen, der die Glühbirne ausgetauscht hätte. Agha Djan hatte selbst einige Male versucht, den Direktor anzurufen, war aber nie bis zu ihm vorgedrungen.

Auf der Straße war fast niemand, nur zwei Männer standen in einiger Entfernung auf dem Bürgersteig und rauchten. Als sie merkten, dass Agha Djan zu ihnen hinsah, zogen sie sich in den Schatten zurück.

Ein Personenwagen fuhr an der Moschee vorbei, wendete und fuhr zurück, doch ohne anzuhalten.

Die Männer tauchten wieder aus dem Schatten auf, rauchend kamen sie auf Agha Djan zu, allerdings gingen sie dann grußlos an ihm vorbei. Bestimmt kamen sie von außerhalb der Stadt, sonst hätten sie Agha Djan sogar im Dunkeln erkannt und gegrüßt.

In diesem Moment wurde Agha Djan bewusst, wie sehr sich die Stadt in den vergangenen Jahren geändert hatte. Fremde hatten jetzt das Sagen. Früher kannte er alle in der Verwaltung, sie kamen aus guten Familien, es waren die Söhne der Basar-Kaufleute. Und wenn er, Agha Djan, eins der Ämter betreten hatte, war er sofort vom Direktor empfangen worden. Jetzt kannte er die neuen Direktoren nicht einmal. Sie unterhielten keinerlei Kontakt mit der Moschee, trugen Anzug und Krawatte und rauchten dicke Zigarren. Die Stadt war sozusagen zweigeteilt: Auf der einen Seite gab es die traditionsbewussten Menschen und Institutionen und den Basar, auf der anderen Seite die neuen Direktoren, die Spitzel, die modernen Gebäude, die Theater- und die Kinobesucher. Früher konnte Agha Djan im Handumdrehen alles regeln, heute erreichte er noch nicht einmal, dass eine kaputte Birne ausgewechselt wurde.

Erst jetzt begriff Agha Djan die Warnung des Bürgermeisters: »Denk daran, Agha Djan, ich kann dir nicht mehr so helfen wie früher.«

Er fühlte auf einmal Angst, obwohl er sich eigentlich nicht so leicht aus der Fassung bringen ließ. Bis vor wenigen Stunden glaubte er an einen glimpflichen Ausgang, sogar wenn die Agenten Galgal verhafteten. Agha Djan war der festen Überzeugung gewesen, dass er Galgal freibekommen würde und ihn mit nach Hause nehmen könnte, wenn er den Polizeichef anrief, doch jetzt wurde er sich seines Irrtums bewusst.

Es war, als habe ihm erst die frische Brise aus den Bergen Klarheit gebracht. Agha Djan gestand sich ein, dass Galgal ihm fremd geblieben war, außerdem stellte er eine Gefährdung dar. Wer war dieser Galgal eigentlich? Ein völlig unbekannter Imam aus Qom, der um die Hand einer Tochter des Hauses angehalten hatte. Und sonst? Mehr wusste er von ihm nicht.

Die Bergluft hatte ihre Wirkung getan, der Nebel vor seinen Augen lichtete sich, Agha Djan schätzte die Lage ganz neu ein: Galgal hatte mit dem Feuer gespielt, er hatte von Farah Dibas Anwesenheit im Kino gewusst, ohne sich Agha Djan anzuvertrauen. So hatte Galgal die ahnungslosen Moscheegänger zum Kino gelockt und es ganz bewusst auf eine Katastrophe ankommen lassen, die Schlagzeilen machen würde. Und er, Agha Djan, hatte nichts gemerkt. Was für ein Glück, dass er Galgals Plan noch rechtzeitig vereiteln konnte. Galgal hatte ihn getäuscht, und jetzt saß er in dem alten Grabgewölbe. Sein Schicksal lag in Agha Djans Hand.

Trotz der Kälte stand ihm der Schweiß auf der Stirn. Um seine Angst zu überwinden, summte er vor sich hin:

Bei der Morgenhelle,
und bei der Nacht, wenn sie ruht!
Weder verließ dich dein Herr, noch ist Er dir abgeneigt.
Hat Er dich nicht als Waise gefunden und aufgenommen;
und dich auf dem Irrweg gefunden und richtig geführt;
und dich dürftig gefunden und reich gemacht?
Hat Er nicht deine Brust geweitet
und dir deine Last abgenommen,
die schwer auf deinem Rücken lastete,
und deinen Namen erhöht?
Also, wahrlich, mit der Drangsal geht Erleichterung einher.

Agha Djan merkte, dass es unterdessen hell geworden war. Die Gläubigen strömten in Scharen herbei. Leichteren Herzens richtete er sich auf und ging in die Moschee.

Noch nie waren so viele zum Morgengebet gekommen, und es kamen immer noch mehr. Agha Djan wusste es nicht, aber die Leute hatten im Radio gehört, dass es in Senedjan einen Aufruhr gab, weil ein fanatischer Imam die Stadt aufgewiegelt hatte.

Alle Morgenzeitungen berichteten vom Besuch Farah Dibas in der Klinik und im neuen Kino. Hier und da wurde suggeriert, der Imam habe die Gläubigen wahrscheinlich in äußerst zweifelhafter Absicht mobilisiert.

Deshalb waren jetzt so viele in der Moschee erschienen, sie wollten nichts verpassen.

Der Hausmeister begrüßte Agha Djan. Agha Djan nahm ihn beiseite, um noch einmal alles durchzusprechen. Dann schlich er sich in den Keller, wo er Schahbal antraf.

»Wo ist er?«

»Im Abstellraum.«

»Geh hinauf und bitte deinen Vater, den Adhan anzustimmen.«

Vorsichtig öffnete Agha Djan die Tür zum Abstellraum. »Ich bin es.«

Im schwachen Kerzenlicht war Galgal nicht zu erkennen. Aber er trug den Anzug und den Hut, sein Bart war gestutzt.

»Die Männer vom Geheimdienst setzen alles daran, dich zu finden. Du weißt selber am besten, weshalb. Ich werde ebenfalls alles daransetzen, dich in Sicherheit zu bringen, doch ich muss dir auch sagen, wie sehr mir dein Verhalten missfallen hat. Du hast mich hintergangen. Du hättest mich über deine Pläne unterrichten müssen, du hast es mit Absicht versäumt. Darüber sprechen wir ein anderes Mal. Wenn das Gebet vorbei ist, kommt Schahbal dich holen. Wir verlassen die Moschee im Gefolge der Gläubigen. Der Neffe des Hausmeisters wartet mit seinem Motorrad auf dem Basarplatz. Er wird dich zum Dorf Wartje bringen, der dortige Imam sorgt dafür, dass du nach Kaschan kommst, und der Imam von Kaschan wird die Reise nach Qom regeln. Hier hast du Geld. Ich gehe jetzt.« Agha Djan ging hinaus, ohne Galgals Antwort abzuwarten.

Dabei wollte Agha Djan ursprünglich mit Galgal deutlich härter ins Gericht gehen, wollte ihm sagen: »Du hattest vor, die Stadt, die Moschee, das Haus und die Familie in Gefahr zu bringen. Du hast mein Vertrauen missbraucht, ich spürte von Anfang an, dass dir nicht zu trauen war. Nun, ja, alles ist noch mal gut gegangen. Aber jetzt mach, dass du wegkommst, ich will dich vorläufig nicht mehr sehen.« Doch nun war Agha Djan froh darüber, dass er das alles für sich behalten hatte.

Als Agha Djan den Gebetsraum betrat, erhoben sich alle; sie wussten, was in der letzten Nacht passiert war.

Eine Gruppe angesehener Männer vom Basar begleitete Agha Djan dorthin, wo üblicherweise der Imam sein Gebet verrichtet.

»Ich brauche gleich eure Hilfe«, flüsterte Agha Djan, »es ist äußerst wichtig für die Moschee. Galgal ist in Gefahr. Ich werde das Gebet leiten, was zwar nicht üblich ist, aber es handelt sich um eine Notlage. Danach möchte ich, dass ihr bleibt, wir gehen alle zusammen zum Basar.«

Nach diesen Worten ging Agha Djan zur Kanzel, stellte sich auf die erste Stufe und rief: »Hört mich an! Der Imam fehlt heute, er wurde nach Qom gerufen. Darum übernehme ich seine Aufgabe, so ungewöhnlich es sein mag.«

Unruhe breitete sich unter den Gläubigen aus, doch als Moazzen *»Hayya 'ala-salah«* rief, wurde es still. Die Gläubigen wandten sich geschlossen nach Mekka.

Das Morgengebet ist das kürzeste Gebet des Tages, der Gläubige erhebt sich zweimal, verbeugt sich zweimal und berührt zweimal mit der Stirn den Boden.

Nach dem Gebet begaben sich die Männer feierlich zu Agha Djan, um ihn hinauszugeleiten. Als sie auf dem Innenhof standen, sah Agha Djan verstohlen, wie Schahbal und Galgal aus dem Keller kamen und sich unter die Menge mischten. Zwar hatte Agha Djan nur eine kleine Gruppe aufgefordert, ihn zum Basar zu begleiten, doch offenbar hatten viele andere den Ernst der Lage erkannt, die sich still dem Gefolge anschlossen.

Überall standen ahnungslose Polizisten.

Der Neffe des Hausmeisters wartete bereits mit seinem Motorrad unter einer Laterne am Basarplatz. Galgal löste sich aus der Menge, lief zu ihm und schwang sich auf den Rücksitz. Der Mann gab Gas, ohne sich umzusehen, fuhren sie davon. Schahbal wartete noch eine Weile, bis das Motorrad außer Sichtweite war. Dann schloss er sich wieder der Menge an, stellte sich neben Agha Djan und flüsterte: »Er ist fort.«

Vögel

Ha-Mim. Der Herbst neigte sich dem Ende zu. Sediq war nach Qom abgereist, um vor Anbruch des Winters bei ihrem Mann zu sein. Auf den Bergen lag bereits der erste Schnee. Von jedem Standort aus sah man die weißen Gipfel über die Dörfer hinausragen.

Im Haus wurde kaum mehr über Galgal gesprochen. Alle waren mit anderen Dingen beschäftigt; bald würden die heimatlosen Vögel eintreffen. Vielleicht befand sich unter ihnen diesmal ein ganz besonderer.

Eines Morgens sagte Agha Djan nach dem Aufwachen zu seiner Frau: »Fagri, ich hatte wieder einen schönen Traum. Die Verstorbenen sind mir immer gegenwärtig, es ist kaum zu glauben, wie sehr, heute Nacht habe ich meinen Vater gesehen. Ich weiß nicht mehr, wann er starb, doch in meinen Träumen fehlt er nie. Ich kann es nicht erklären. Alles geschieht in einer bestimmten Atmosphäre, in passender Umgebung. In dieser Nacht habe ich geträumt, dass mein Vater stirbt. Wir brachten ihn zum Friedhof und begruben ihn, doch als ich nach Hause kam, lag er immer noch in seinem Bett unter einem weißen Laken. Ich wusste, es war mein Vater, obwohl wir ihn doch begraben hatten. Ich kniete mich neben das Bett und spürte, dass er nicht tot war, dass er sich aufrichten würde. Und dann bewegte er sich, und sein Kopf kam unter dem Tuch zum Vorschein. Er setzte sich auf, ich half ihm aufzustehen, reichte ihm seinen Spazierstock und seinen Hut. Er verließ das Zimmer, ging langsam zum Wasserbecken, setzte sich auf die Bank und betrachtete die Fische.«

»Du denkst an ihn, du denkst fortwährend an die Toten«, sagte Fagri Sadat, »deshalb träumst du so oft von ihnen.«

»Ich denke nicht an die Toten, nun ja, ich denke manchmal an meinen Vater, aber ich träume von fast allen Gestorbenen, sogar wenn ich sie nicht gekannt habe, vom Vater meines Vaters etwa oder vom Vater des Vaters meines Vaters. Es ist so merkwürdig. Tagsüber halte ich mich in der Welt der Lebenden auf und nachts in der Welt der Toten.«

»Vielleicht liegt es daran, dass du die Moscheechronik schreibst.«

Agha Djan stand auf und ging zum Fenster.

»Fagri Sadat!«, rief er auf einmal.

»Was ist?«

»Die Sonne des Tammuz ist aufgegangen!«

Fagri Sadat schaute zur Sonne, die als roter Kreis über dem Gipfel des gelben Berges hing.

»Jeden Tag habe ich zum Gipfel des gelben Berges hinaufgeschaut, ich dachte schon, wir würden es dieses Jahr nicht mehr erleben«, sagte sie.

»Ich habe in letzter Zeit so viel über Galgal nachgedacht, dass ich den Tammuz ganz vergessen hatte.«

Ganz selten schien am letzten Tag des Herbstes oder am ersten Wintertag eine warme rote Sonne über dem gelben Berg: die Sonne des Tammuz. Tammuz bedeutet Spätsommer.

In Senedjan wartete man voller Sehnsucht auf einen solchen milden Tag. Die Zugvögel wussten es früher als die Menschen, denn sie nutzten den Tammuz, um die verschneiten Berge zu überfliegen. Sie kamen aus den kalten Gebieten Asiens, von alters her folgten die Zugvögel der Seidenstraße, wo die Luft am wärmsten war, und überquerten ohne Rast den größten Teil der Wüste. Bei der Ankunft in Senedjan hatten sie das Schwierigste hinter sich. Von dort flogen sie etappenweise nach Süden, bis sie schließlich ihre Nester in den alten Dattelbäumen am Persischen Golf erreichten.

Der Tag des Tammuz war für die Familie von großer Bedeutung. Auch für den Basar und den Teppichhandel. Fagri Sadat und die Großmütter blieben zu Hause, um die Vögel zu fangen.

Das Haus verdankte die besonderen Farben und Ornamente seiner Teppiche nämlich dem Gefieder von Zugvögeln.

Die Zeit hatte die Bewohner des Hauses gelehrt, dass sich stets einige dieser Vögel durch ein ungewöhnliches Federkleid auszeichneten, sowohl farblich als auch vom Muster her.

Kein Außenstehender wusste, wie Agha Djan zu seinen unnachahmlichen Teppichmustern mit den prächtigen Farbschattierungen kam. Es war das Geheimnis des Hauses. Ein Geheimnis, das die Frauen des Hauses seit Jahrhunderten hüteten.

Wie in all den Jahren zuvor machten sich die Großmütter sofort an die Arbeit. Sie holten die alten Korbfallen aus dem Keller und stellten sie auf den Innenhof, auf Seiten der Bibliothek und des Opiumzimmers.

Wenn die Zugvögel die Wüste verließen und auf Senedjan zuflogen, steuerten sie meist die Minarette der Moschee an, auf denen immer vier Störche nisteten. Auf jedem Minarett zwei. Niemand wusste, wann die alten Störche starben und wann die jungen ihre Stelle einnahmen. Doch sie waren immer da. Die Störche gehörten zur Seele von Senedjan, und die Zugvögel sahen sie schon aus der Ferne als die Vorboten der Stadt.

Erst kreisten die fremden Vögel ein paar Mal lärmend über den Häusern, dann ließen sie sich auf dem Dach der Moschee nieder. Die alte Krähe, die auf der Kuppel hockte, behielt alles im Auge.

Der Hausmeister streute schon im Vorfeld Weizenkörner aus und stellte überall Schüsseln mit Wasser auf. Jedermann wusste, dass die Vögel von der Moschee mit Weizenkörnern und Wasser versorgt wurden, doch niemand wusste, dass Fagri Sadat Korbfallen aufstellte.

Fagri Sadat saß neben dem Wasserbecken auf einem Stuhl, die Fallstricke in den Händen. Die Großmütter hatten sich in der Bibliothek hinter den Vorhängen aufgestellt und spähten durch einen Spalt hinaus.

Von dem Futter angelockt, ließ sich ein Schwarm Vögel neben den Körben nieder. Emsig pickend hüpften die Vögel weiter, bis sie zu den saftigen Rosinen unter den Körben kamen. In diesem Moment zog Fagri Sadat an den Stricken. Die Fallen schnappten zu, die Vögel waren gefangen. Die Großmütter kamen angerannt.

Beide knieten sich vor die erste Falle. Golebeh öffnete den Deckel, holte einen Vogel heraus und reichte ihn Fagri Sadat, die sein Federkleid betrachtete.

Sieben neue Arten hatte der Fang gebracht. Die Großmütter setzten die Vögel in sieben Käfige und brachten sie in Agha Djans Arbeitszimmer.

Als Agha Djan nach Einbruch der Dunkelheit nach Hause kam, ging er sofort in sein Arbeitszimmer. Fagri Sadat erwartete ihn bereits.

»Und wie war euer Tag? Habt ihr einen besonderen Fang gemacht?«

»Wunderbare Vögel, viele konnten wir aus nächster Nähe betrachten«, antwortete Fagri Sadat.

»Das klingt verheißungsvoll! Wo sind die Großmütter?«

»Sie kommen gleich.«

Zu viert sollten sie bis zum Morgengrauen arbeiten.

Golbanu nahm einen Vogel aus dem Käfig und zog ihm eine schwarze Kappe über den Kopf, damit er nicht vor dem grellen Licht erschrak, sondern ruhig auf dem Tisch sitzen blieb.

Agha Djan untersuchte eingehend das Gefieder. »Schöne Federn, aber nichts Außergewöhnliches«, urteilte er, wobei er das Muster mit der Bleistiftspitze nachzog.

»Seht selbst!«, sagte er zu den Großmüttern.

Sie setzten ihre Brillen auf und beugten sich vor. »Die Farben sind ungewöhnlich, doch das Muster kommt mir bekannt vor«, sagte Golbanu. Sie setzten den Vogel in den Käfig zurück. Dann kam der nächste an die Reihe.

»Oh, das sind herrliche Federn, seht ihr dieses Motiv an der Spitze? Wie sich hier rote und grüne Linien überschneiden? Ich glaube, daraus können unsere Zeichner sicher etwas machen«, sagte Agha Djan.

Fagri Sadat betrachtete die Federn mit einem Vergrößerungsglas. »Ja, du hast recht. Und wie sie leuchten! Wie kommt es bloß, dass diese Vögel so verschieden sind? Jeder hat sein eigenes Muster.«

Agha Djan blickte durch Fagri Sadats Vergrößerungsglas und nickte. »Dieser kommt in die engere Auswahl.«

Sie untersuchten zwei weitere Vögel, deren Federkleid aber keine besonderen Merkmale aufwiesen. Als die Großmütter den nächsten aus dem Käfig holten, war schon auf den ersten Blick zu erkennen, dass es sich um ein Prachtexemplar handelte. Dieser Vogel wollte einfach nicht stillhalten, mit aller Kraft versuchte er, sich zu befreien. »Wie stark er ist! Und seine Federn sind auch ungewöhnlich kräftig, schaut mal!«, sagte Golebeh.

»Tatsächlich, und die Flecken glänzen wie kleine blaue Juwelen«, pflichtete Golbanu ihr bei.

»Ich habe ihn nur kurz bei Tageslicht gesehen«, sagte Fagri Sadat, »aber jetzt im Schein der Lampe sieht er noch viel schöner aus.«

»Ein Meisterwerk«, sagte Agha Djan. »Woher stammt eine solche Schönheit?«

Fagri Sadat nahm den Bleistift, blickte durch das Vergrößerungsglas und fing an, die Muster des Federkleids nachzuzeichnen. Als sie damit fertig war, legten die Großmütter eine alte Palette und ein paar Pinsel vor sie hin. Den Frauen war gar nicht bewusst, dass sie das

Werk von Künstlerinnen verrichteten. Sie betrachteten ihre Arbeit als die Fortsetzung einer langen Tradition, die zum Haus und zum Teppichhandel gehörte. Die schönsten Teppiche des Landes, ja, des gesamten Nahen Ostens wollten sie herstellen. Das betrachteten sie als ihre Pflicht, weiter verschwendeten sie keinen Gedanken daran. Beim Nachzeichnen versuchte Fagri Sadat, die magischen Farben des Gefieders aufs Papier zu bannen. So malte sie mit feinen Pinselstrichen, mit den Fingern und nach Anleitung der Großmütter.

»Versuch mal diese Farbe, Fagri, dieses Dunkelblau, neben dem Hellgrün, nein, nicht mischen, zieh eine dünne Linie über das Blau«, sagte Golebeh.

Fabri folgte den Anweisungen der Großmütter.

»Aber wie erzeuge ich diesen violetten Glanz?«

»Auf Papier wird dir das nicht ganz gelingen«, sagte Agha Djan. »Malfarben sind mit Wolle nun mal nicht zu vergleichen.«

»Holt die Spulen«, sagte Fagri Sadat zu den Großmüttern, die sogleich ins Teppichzimmer gingen. Sie kehrten mit einigen Spulen zurück und legten sie auf den Tisch.

»Gebt mir bitte etwas von der blauen Wolle.«

»So wird das kaum gehen«, sagte Agha Djan. »Du musst mehr blaue Wolle nehmen und sie mit dünnen roten Fäden kombinieren.«

Er legte eine Handvoll blauer Wolle auf den Tisch und versuchte die roten Fäden mit den blauen zu mischen. »Siehst du?«

»Nein«, antwortete Fagri.

»Warte mal«, sagte Golbanu und legte noch einige rote Fäden hinzu.

»Und jetzt?«

»Das kommt dem schon näher«, sagte Fagri.

»Die volle Wirkung entfaltet sich erst im fertigen Teppich. Sind die unzähligen roten Wollfäden mit den blauen verknüpft, entsteht diese violette Glut von selbst. So ist es doch immer. Sieh dir die Federn noch einmal unter dem Vergrößerungsglas an. Wenn man sie aus nächster Nähe betrachtet, sieht man nur eine Unmenge blauer

Härchen, dann Dutzende von roten und ein paar grüne«, erklärte Agha Djan.

Schweigend sahen sie einander an.

»Ich wage noch nicht, in Jubel auszubrechen, aber ich glaube, wir haben es geschafft«, sagte er schließlich.

Fagri Sadat legte letzte Hand an die Zeichnung, während Agha Djan seine Notizen ordnete. Die Großmütter brachten die Spulen in das Teppichzimmer zurück und räumten das Arbeitszimmer auf.

Unterdessen stand Sinat in der Küche. Das Essen reichte sie den Großmüttern zur Tür hinein, danach entführte sie den Rest der Familie ins Esszimmer. Um für Ruhe im Haus zu sorgen, erzählte sie den anderen eine Geschichte. Sie hingen alle an ihren Lippen, und Sinat genoss es, im Mittelpunkt zu stehen. Immer öfter wurde sie gebeten, eine Geschichte zu erzählen. Es gelang ihr von Mal zu Mal besser.

Gleich nachdem sie bei Morgenanbruch den Innenhof gefegt hatten, brachten die Großmütter die Vögel zum Wasserbecken, um sie zu füttern und zu tränken. Dann drückten sie jedem Vogel einen Kuss auf den Kopf und schenkten ihm die Freiheit zurück.

Die Vögel zogen eine halbe Schleife über der Moschee, bevor sie gen Süden flogen, auf der Suche nach dem großen Schwarm.

Wenn sie keine Pause einlegten, würden sie noch gegen Abend den Persischen Golf erreichen, wo es warm war und wo sich die großen Haie wie merkwürdige Boote durch das Wasser bewegten.

Dschinn

Meine durstigen Lippen
Suchen dich
Entkleide mich
Umarme mich
Hier meine Lippen
Hier mein Hals, meine brennenden Brüste
Hier mein weicher Leib

Nachdem Agha Djan das Gedicht eine Zeitlang in der Innentasche seines Mantels aufbewahrt hatte, versteckte er es im Basar in seiner Schreibtischschublade. Hin und wieder machte er Anstalten, es in den Papierkorb zu werfen, doch letztlich tat er es nicht. Obwohl es ein sündiges Gedicht war, verspürte er den unerklärlichen Drang, es immer wieder zu lesen. Gegen seinen Willen hatte es sich sogar seinem Gedächtnis eingeprägt, nun kannte er es auswendig.

Agha Djan kannte Dutzende klassischer Gedichte auswendig, doch dieses war anders, es ließ ihn nicht los, die Verse lagen ihm öfters auf der Zunge. Wie konnte eine Frau es wagen, solche Dinge zu Papier zu bringen? Wie mochte sie wohl heißen?

Die Dichterin hieß Farugh Farrochsad. Zu dieser Zeit war sie in Teheran schon recht bekannt. Mit ihrem Erstlingswerk hatte die schöne junge Frau viel Staub aufgewirbelt. Eines ihrer Gedichte hatte in der traditionellen Welt männlicher Dichter sogar ein regelrechtes Erdbeben ausgelöst:

Ich sah in seine Augen, die
Ein Geheimnis bargen
Mein Herz klopfte
Fordernd waren seine Augen
Allah, o Allah
Seine Lippen zwangen das Verlangen
Auf meine Lippen

Und ich sagte:
Ich will dich.
Diese Sünde beging ich
Allah, o Allah

Nackt wurde mein Leib
In das weiche Bett gezogen
An seine Brust

Manchen galt Farugh Farrochsad als neuer Stern am Firmament der persischen Poesie, anderen als Hure, die ihren Körper im Bett wie auf dem Papier verkaufte.

In Qom hatte ein Ayatollah den Verleger dieser blasphemischen Verse scharf angegriffen. In einer Predigt führte er diese Verse als Beweis dafür an, dass die Handlanger des Regimes den Islam zu untergraben versuchten.

»Sie beleidigen unsere Frauen«, hatte jener Ayatollah gerufen, »unsere Töchter, die sich in diesem sündigen Land nicht mehr sicher fühlen!«

Gegen dergleichen Schmähungen war Teheran unempfindlich, die Regierung steuerte ihren eigenen Kurs. Die Zeitungen waren voll von solchen gotteslästerlichen Dingen, und in den Kinos zeigte man auf großer Leinwand spärlich bekleidete Frauen mit prallen Brüsten.

Täglich weihte Farah Diba ein neues Kulturzentrum ein, in dem Mädchen mit nackten Beinen für sie tanzten und junge Frauen schamlose Gedichte vortrugen.

Agha Djan zog Farughs Gedicht wieder unter den Papieren in seiner Schublade hervor. Zur Rechtfertigung sagte er sich: Dieses Gedicht gehört eigentlich zur Moscheechronik, ich werde es in die Mappe legen.

In diesem Moment klopfte es an der Tür: Agha Djans Diener wollte Besuch anmelden.

»Der Imam ist da, darf ich ihn eintreten lassen?«

Agha Djan erinnerte sich an seine Verabredung mit Djaneschin, dem festen Vertreter des Imam. Er steckte das Gedicht wieder in die Schublade und antwortete: »Bitte ihn herein.«

Es war das erste Mal, dass Agha Djan diesen Imam im Basar empfing.

Der Besucher war um die fünfzig, seine Schläfen waren grau, ebenso sein Bart. An seiner unbeholfenen Haltung erkannte man sofort, dass er vom Land kam.

»Nehmen Sie Platz«, sagte Agha Djan und wies ihm den Stuhl vor seinem Schreibtisch zu.

Der Imam setzte sich hin, verlegen versteckte er die Arme unter dem Kaftan. Der Diener brachte auf einem silbernen Tablett Tee herein und bot ihm aus einer hübschen handbemalten Schachtel Schokolade an.

Nachdem der Imam sich bedient hatte, steckte er die Schokolade sofort in den Mund und begann zu kauen.

Er war sichtlich beeindruckt von dem Zimmer mit den Ledermöbeln, den antiken Stühlen, dem großen Kristallleuchter und dem riesigen Schreibtisch, hinter dem Agha Djan thronte, Chef aller Teppichhändler der umliegenden Dörfer und der Stadt.

Djaneschin war Imam der Moschee im Bergdorf Djirja und

genoss Agha Djans vollstes Vertrauen. Es war bei weitem nicht das erste Mal, dass Djaneschin eine Vertretung übernehmen sollte. Früher war er für Alsaberi eingesprungen, wenn dieser krank war oder verreisen musste, doch immer nur für kurze Zeit. Nach Galgals Flucht würde Djaneschin wohl länger bleiben müssen. Agha Djan hatte ihn umgehend mit einem Jeep abholen lassen, sodass der Imam noch am selben Tag das Abendgebet leiten konnte.

Wie immer wohnte er im Gästezimmer der Moschee, doch angesichts der längeren Verweildauer sollte das Zimmer nun besser ausgestattet werden. Deshalb hatte ihn Agha Djan zu einem Gespräch eingeladen.

»Wie geht es Ihnen?«, fragte Agha Djan.

»Gut, *al-hamdu-lellah**.«

»Und der Familie, Ihrer Frau und Ihren Kindern? Ist es nicht unangenehm für Sie, dass Sie so lange fort sind?«

»Die Frauen klagen immer, aber ich werde regelmäßig nach Hause fahren.«

»Sind Sie mit allem zufrieden?«

»Ich schon, ich hoffe, Sie sind es auch.«

»Durchaus ...«

Es klopfte an der Tür.

»Herein!«

Sieben bebrillte alte Männer in Arbeitskitteln und mit farbverschmierten Händen betraten den Raum. Der Älteste rollte ein Blatt Papier auf dem Schreibtisch aus: »Hier ist der erste Entwurf; wie Sie sehen, breitet sich die violette Farbe wie ein luftiger Nebel über die Skizze aus, auf dem fertigen Teppich wird die Wirkung noch intensiver ausfallen.«

Während Agha Djan die Zeichnung studierte, blickten ihm die sieben Männer über die Schulter.

»Nein, so was! Das übertrifft noch meine Vorstellungen!«, rief Agha Djan aus. »Genau diesen Effekt hatte ich erhofft. Ich kann nicht länger warten, wenn möglich, möchte ich das Muster noch heute registrieren lassen. Schafft ihr das?«

»Wir werden unser Bestes geben«, sagten die Männer und gingen hinaus.

»Entschuldigen Sie!«, sagte Agha Djan zum Imam, »ich habe wochenlang auf diesen Augenblick gewartet. Die sieben Männer sind meine Zeichner. Sie entwerfen die Teppichmuster. Es sind Zauberer. Sie sind weit über unsere Landesgrenzen hinaus berühmt. Teppiche, die nach ihren Entwürfen gewebt wurden, sind Gold wert. Nun aber zu Ihnen. Sie sind also bereit, länger bei uns zu bleiben?«

»Ja.«

»Sie wissen, dass es durchaus ein oder zwei Jahre dauern kann, denn Alsaberis Sohn hat seine Ausbildung noch lange nicht abgeschlossen.«

»Das weiß ich, aber ich sehe darin eine einmalige Chance. Ich wollte schon immer der Imam einer städtischen Moschee sein, aber das ist mir bisher nie gelungen. Deshalb freue ich mich sehr über die Gelegenheit, auch wenn ich gewiss Ihre Unterstützung benötigen werde.«

»Ich bin jederzeit für Sie da.«

»Ich danke Ihnen! In einem Dorf eine Predigt zu halten ist nun einmal etwas ganz anderes als in einer Stadt. Im Dorf spricht man von alltäglichen Dingen, den Kühen, dem Viehfutter. In der Stadt geht es um die großen Fragen, die Politik zum Beispiel. Es reizt mich, das Wort an die wichtigen Leute in der Moschee zu richten. Ich möchte gerne einen bedeutenderen Ton anschlagen, ich möchte, dass man mir voller Bewunderung zuhört.«

Agha Djan lächelte, er verstand, was der Imam meinte, doch er traute es ihm nicht so recht zu. Djaneschin besaß dafür nicht die richtige Haltung, er war kein großer Redner, und ihm fehlte das Charisma, diesem Dorfimam mit den großen Händen und der breiten Stirn. Man musste schon Galgal heißen, um sowohl die alten Männer als auch die jungen Frauen für sich einzunehmen.

»Das ergibt sich«, sagte Agha Djan, »doch ich hätte auch nichts dagegen, wenn in dieser wirren Zeit, nach Alsaberis Tod und Galgals Flucht, erst einmal Ruhe einkehren würde. Sie können auch in der Stadt ohne weiteres von Bäumen reden, von den Pflanzen und von Ihren Erfahrungen auf dem Land, das spricht die Gläubigen besonders an. Bleiben Sie sich treu, dann wird alles gut gehen.«

Lächelnd ließ der Imam den Kopf auf die Brust sinken.

»Das ist mein Ernst«, sagte Agha Djan, »ich bin gespannt, was Sie uns am Donnerstagabend erzählen werden. Sprechen Sie von Djirja, von den Bergen, den Mandelbäumen, den seltenen Bergziegen und vom Safran. Wenn Sie mich suchen, können Sie immer den Hausmeister nach mir fragen. Übrigens habe ich ihn gebeten, sich um die nötige Ausstattung Ihres Zimmers zu kümmern. Kann ich sonst noch etwas für Sie tun?«

»Nein, es ist für alles gesorgt.«

Der Diener kam, um den Imam hinauszugeleiten.

Als Agha Djan nachts neben Fagri Sadat im Bett lag, brach er plötzlich in Lachen aus.

»Was ist?«, fragte Fagri Sadat.

»Ach, nichts. Ich dachte an unseren Aushilfsimam. Er ist einfältig, aber ehrgeizig, er weiß bloß nicht, wie er seine Träume verwirklichen soll.«

»Und deshalb lachst du ihn aus?«

»Nein, überhaupt nicht, ich schätze es, dass er Eindruck machen will, nur erscheinen mir seine Hände und seine Statur dafür zu grobschlächtig.«

»So darfst du doch nicht denken!«, sagte Fagri Sadat mit einem Lächeln.

»Du hast recht, aber ich spreche aus Erfahrung, man muss etwas mitbringen, eine Flasche allein reicht nicht aus, es muss auch ein Geist in ihr stecken. Ich höre ja schon auf, wenn du bloß sehen könntest, wie er seinen Turban etwas schief rückt und sagt: ›Ich möchte gerne einen bedeutenderen Ton anschlagen‹«, erzählte Agha Djan, dabei lachte er aus vollem Hals.

»Du lachst ihn aus«, sagte Fagri Sadat.

»Nein, ich lache ihn nicht aus, ich bin nur froh, alles verläuft nach

Wunsch. Um die Moschee steht es gut, der Imam ist umgänglich, das Geschäft gedeiht, und der neue Entwurf ist fertig, er ist wunderbar. Ich habe eine ganze Reihe von Bestellungen, alle Welt wartet gespannt auf unsere neuen Teppiche. Sie sind heiß begehrt, es wird ein gutes Jahr. Außerdem sind alle gesund, was will man mehr?«

Er drehte sich zu Fagri Sadat um, legte seine Hand auf ihre Brust und fügte hinzu: »Und ich habe dich, ich habe Lust auf dich, was will ein Mann mehr?«

Fagri Sadat schob sanft seine Hand fort, dann wandte sie ihm den Rücken zu. Agha Djan fuhr mit der Hand unter ihr Nachthemd und streichelte ihre Pobacken. Leise sagte er: »Entkleide dich! Ich will dich nackt!«

Fagri Sadat zog sich die Decken über den Kopf. »Bist du verrückt geworden, was hat der Herr gegessen, dass er mich nackt haben will?«

Er schob seine Hand zwischen ihre warmen Schenkel und flüsterte:

Meine durstigen Lippen
Suchen dich
Entkleide mich
Umarme mich
Hier meine Lippen
Hier mein Hals, meine brennenden Brüste
Hier mein weicher Leib.

»Was redest du da?«, rief Fagri Sadat überrascht. Sie warf die Decken von sich und setzte sich auf.

»Das ist ein modernes Gedicht«, entgegnete Agha Djan. Er küsste ihren Hals, streifte ihr das Nachthemd ab, dann legte er sie sacht auf den Rücken und flüsterte: »Wenn ich es noch einmal aufsage, wiederholst du es für mich?«

»Nie und nimmer, du machst mir Angst, was willst du?«

»Ich will dich.«

Fagri Sadat schloss die Augen.

Sinat

»Und Allah verliebte sich in das, was Er geschaffen hatte. Er war verliebt in die Sterne, in Seine Milchstraße, in Seine Sonne, in den Mond und vor allem in Seine schöne Erde.

Er war so stolz auf die Erde, dass Er selbst dort wohnen wollte. Doch wie, wie sollte Er dort wohnen?

Eines Nachts hatte Er einen wunderbaren Einfall.

Er beauftragte Seinen Boten Djabrail, zur Erde hinabzusteigen und Lehm zu holen.

Djabrail holte den Lehm.

Allah schuf den Menschen. Ganz nach seinen Vorstellungen.

Er forderte den Geist auf, im Leib Platz zu nehmen. Der Geist weigerte sich. Er hielt es für unter seiner Würde, in einem Leib Platz zu nehmen, der aus Lehm geschaffen worden war.

Allah schickte Djabrail als Vermittler.

Djabrail sagte: ›Fahre in den Leib!‹

Der Geist weigerte sich.

›Fahre in Seinem Namen in den Leib!‹, sagte Djabrail.

›Da Sein Name fiel, will ich mich fügen‹, sagte der Geist.

Widerwillig betrat der Geist den Leib des Menschen. Als der Geist gerade die Brust passierte, richtete der Mensch sich unerwartet auf. Doch er verlor das Gleichgewicht und fiel gleich wieder zu Boden.

›Er hat keine Geduld‹, sagte Allah lächelnd zu Djabrail.

Der Mensch erhielt einen Namen: Adam!

Adam blieb sieben Tage an der gleichen Stelle sitzen und wartete. Allah ließ ihm einen Sessel bringen aus rotem Gold, verziert mit Edelsteinen. Und ein Gewand aus Seide. Und eine Krone.

Adam zog das Gewand an, setzte die Krone auf und ließ sich auf dem Sessel nieder.

Die Engel hoben Adam mitsamt dem Sessel auf die Schultern und brachten ihn zur Erde.

Zu jener Zeit war die Schöpfung zwölfhundertvierzig Jahre alt.«

Diese Geschichte erzählte Sinat an einem Mittwochabend, als die ganze Familie beisammensaß, in ihrem eigenwilligen, magischen Tonfall.

Jeden Mittwochabend wurden Geschichten erzählt. Die Bewohner des Hauses aßen gemeinsam und lauschten danach Sinat.

Die Großmütter reichten Schalen mit Nüssen herum, zündeten Kerzen an, dann machten sie das Licht aus.

Sinat Ganum konnte herrlich erzählen. Die Wärme ihrer Stimme zog alle in ihren Bann. Sie erzählte Geschichten, die sie in alten Büchern gelesen hatte, vor allem in solchen, die den Koran ausführlich interpretierten. Der Koran selbst verzichtet auf jede Ausschmückung. Daher wurden im Lauf der Jahrhunderte viele Kommentare verfasst, und aus ihnen schöpfte Sinat ihre Erzählungen.

Lange Zeit erschien Sinat wie eine ruhige, leicht zerstreute Frau. Niemand vermutete in ihr eine geborene Erzählerin. Bis sie einmal zufällig einigen Kindern aus dem Stegreif eine kurze Geschichte vortrug.

Nachdem ihr Sohn Abbas ertrunken war, hatte sich Sinat immer mehr zurückgezogen. Erst als sie aufs Neue schwanger wurde, verließ sie ihr Zimmer und verbrachte manche Stunden im Innenhof. Oder sie half den Großmüttern in der Küche.

Nach Sediqs Geburt war Sinat so ängstlich, dass sie kaum mehr schlafen konnte. Damals hielten sich die Großmütter stets in ihrer Nähe auf. Sie waren ihr eine große Stütze, denn sie blieben so lange an Sinats Bett sitzen, bis sie eingeschlafen war.

Als sie Ahmad zur Welt brachte, kehrten die Ängste zurück. Eines Tages legte Sinat den Säugling auf Golbanus Schoß und sagte: »Pass auf ihn auf! Ich habe Angst, auch ihn zu verlieren. Ich gehe zur Moschee, ich habe das Bedürfnis zu beten.«

Seitdem ging Sinat jeden Tag gewissenhaft zur Moschee.

Als Alsaberi noch lebte, zog er sich auch zurück, in seine eigene Welt, in die Bibliothek, und kümmerte sich nicht um seine Frau und seine Kinder.

Für die Kinder war Agha Djan das Familienoberhaupt, sie nannten ihn Vater.

Nach Alsaberis Tod verbrachte Sinat ihre ganze Zeit in der Bibliothek. Alle dachten, sie wolle dort den Verlust ihres Mannes verarbeiten, aber sie bereitete sich im Gegenteil auf eine neue Lebensphase vor.

Zunächst blieb sie in der Moschee oft allein, doch später kam Sinat in Kontakt mit einigen Frauen, die sie zu religiösen Zusammenkünften mitnahmen.

Es schien, als habe Sinat Ganum nach dem Tod ihres Mannes eine merkwürdige Wandlung durchgemacht. Als sei sie plötzlich befreit, doch wovon vermochte niemand zu sagen. Früher fühlte sie sich wie ein Ballon, der sich in den Ästen eines Baumes verheddert hatte, doch jetzt schwebte sie hoch in den Lüften. Es war eine wunderbare Erfahrung, die sie allerdings auch ängstigte. Sobald die Sommerferien anfingen, suchte sie mit ihren Kindern Ruhe in dem großen Haus ihrer Eltern in den Bergen.

Sinat hatte Alsaberi nie als einen richtigen Mann, als ihren Ehemann betrachtet. Er war mehr der Imam der Moschee als das Oberhaupt der Familie.

Wenn sie ihre Ehe mit Fagri Sadats Ehe verglich, musste sie feststellen, dass es für sie kein echtes Familienleben gab. Sie war die Frau, die einen Sohn, einen Nachfolger zur Welt gebracht hatte.

Fagri Sadat hatte Agha Djan, sie führte ein richtiges Leben. Sinat wohnte wie Fagri im oberen Stockwerk. Wenn sie spätabends an Fagris offener Zimmertür vorbeikam, sah sie im gelbroten Licht der Nachttischlampe Agha Djan neben Fagri liegen. Und manchmal hörte sie Fagri nachts kichern.

Alsaberi legte sich nie neben seine Frau. Er schlief nur mit ihr, wenn er das Bedürfnis hatte. Und das kam selten vor.

Nach Ahmads Geburt kam Alsaberi nie mehr zu Sinat ins Bett.

Sinat hatte sich damit abgefunden, dass Fagri die Herrin des Hauses war. Fagri wurde von den Frauen der Geschäftsleute überall wie eine Prinzessin empfangen, aber für Sinat zeigte niemand Interesse.

Fagri war diejenige, die die Vögel fing. Sie war in das Geheimnis der Teppiche eingeweiht, während Sinat in der Küche das Essen zubereiten musste.

So verhielt es sich, alles geschah ohne ihr Zutun. Im Gebet hatte Sinat Frieden gefunden. Doch sie wusste, dass das Leben nicht ewig so weitergehen konnte, dass sie sich einmal Geltung verschaffen würde. Dass es dann heißen würde: »Schaut, da geht Sinat.«

An den religiösen Zusammenkünften nahm sie anfangs als Schülerin teil, doch nach und nach sammelte sich ein Kreis gleichgesinnter Frauen um sie. Bald erklärte Sinat ihnen die heiligen Texte.

Sie war zu einer Vertrauensperson geworden. Man hörte auf sie und folgte ihren Ratschlägen.

Sinat freute sich über die jüngst erworbene Wertschätzung. Doch den wahren Frieden hatte sie bisher nicht gefunden. Sie war immer noch auf der Suche.

Eines Nachmittags ging Sinat nach dem Hamambesuch in die Moschee. Um diese Zeit war meist niemand dort. Sie verweilte kurz im leeren Gebetsraum. Dann wusch sie sich die Hände am *Hous* und spritzte sich etwas Wasser ins Gesicht.

Was hatte sie an diesem späten Nachmittag in der Moschee verloren, da es für das Abendgebet noch lange nicht Zeit war? Warum wusch sie sich die Hände? Das hatte sie noch nie getan, in all den Jahren nicht, in denen ihr Mann Imam gewesen war. Außerdem kam sie gerade aus dem Hamam, es wäre gar nicht nötig gewesen.

Der Aushilfsimam trat vor die Tür. Als Sinat ihn hinter sich hörte, erschrak sie.

»*Salam alaikum*, Sinat Ganum«, sagte der Imam.

Sinat erwiderte den Gruß, ohne sich umzuwenden. Sie trocknete sich das Gesicht mit ihrem Tschador und flüchtete, weg von ihren sündigen Gedanken, zurück auf die belebte Straße.

Abends im Bett musste sie unwillkürlich an den neuen Imam denken.

Sinat hatte schon öfter an ihn gedacht, doch dieses Mal war der Gedanke sehr stark, sie konnte ihn nicht verscheuchen. Es war das erste Mal, dass sie an einen anderen Mann dachte. Seit ihrem sechzehnten Lebensjahr war Alsaberi der einzige Mann in ihrem Leben gewesen. Ihm hatte sie dieses Leben geweiht, anderen Männern hatte sie keinen Blick gegönnt. Um den Gedanken an den Imam zu vertreiben, zog sie sich die Decke über den Kopf und murmelte:

Qul authu bi rab'inas
malitz 'innas
illah 'innas
Beschütz mich
Beschütz mich

Vor dem Einflüsterer
Der mir zuflüstert
Er ist ein Dschinn
Er ist ein Dschinn
Er ist ein Dschinn
Herr der Menschen
Beschütz mich, beschütz mich.

Doch kaum hatte sie sich wieder beruhigt, sah Sinat im Geiste den Imam neben ihrem Bett stehen. Er schaute sie an. Sein Blick glitt von ihrem Gesicht zu ihren Brüsten.

Nicht einmal Alsaberi hatte sie je so betrachtet.

Sinat bedeckte ihre Brüste mit den Armen. Sie murmelte etwas, das wie der Anfang eines Gedichtes klang, etwas, das unmittelbar aus ihrem Herzen kam. Sie wusste nichts von der Lyrik jener Dichterinnen, die seit einiger Zeit Teheran in Aufruhr versetzten, mit Versen, die von deren Gefühlen und Körpern handelten. Sonst hätte Sinat sofort einen Stift genommen und diese Worte zu Papier gebracht:

Jemand wird kommen
Jemand, der mich ansieht
Der fragt:
Willst du den Tschador
Für mich ablegen?
Willst du mir
dein Haar zeigen?

Sinat hätte nicht zu sagen vermocht, wann der Imam zum ersten Mal in ihren Gedanken aufgetaucht war. Ab und zu begegnete sie ihm, unterhielt sich mit ihm über religiöse Texte, sie bat ihn um Rat, wenn Frauen ihr Fragen stellten, auf die sie keine Antwort wusste. Nach dem Gebet empfing der Imam Sinat im Gebetsraum, gab ihr Ratschläge und nahm sich die Zeit, ihre Fragen zu beantworten.

Schon oft war sie ihm draußen begegnet, wenn er allein im Innenhof spazieren ging und eine Zigarette rauchte.

Ohne nach ihm Ausschau zu halten, lief sie ihm dauernd über den Weg, es war, als ahnte er im Voraus, wann sie zur Moschee gehen würde. Denn sobald sie einen der dunklen Gänge betrat, sah sie ihn schon da stehen.

Wenn Sinat an seinem Zimmer vorbeiging, stand die Tür manchmal einen Spalt offen, dann sah sie den Imam ohne Turban auf dem Stuhl sitzen und im Koran lesen. Sie wollte gar nicht hinsehen, doch sie konnte der Versuchung nicht widerstehen, und jedes Mal fing er ihren Blick auf. Sie ahnte, dass er die Tür absichtlich offen ließ.

Natürlich durfte sie sich mit ihm unterhalten, denn er war nun als Nachfolger ihres verstorbenen Mannes und als Vertreter ihres Sohnes Ahmad der Imam der Moschee.

Sinat war nicht die Einzige, die in sein Zimmer kam, auch andere Frauen suchten ihn auf.

Eine der Aufgaben des Imam bestand schließlich darin, die Frauen zu empfangen und ihnen mit Rat und Tat beizustehen.

Doch bei ihrer zweiten Begegnung merkte Sinat, dass er ein ganz bestimmtes Parfüm verwendete, das als Mekka-Parfüm bekannt war. Der Duft war ihr vertraut, denn ihr verstorbener Mann hatte eines dieser Fläschchen aus Mekka mitgebracht. Das Parfüm war besonderen Gelegenheiten vorbehalten.

Der Imam saß auf seinem Stuhl, Sinat ihm gegenüber, und die Tür stand einen Spalt auf. Er hatte es sich zur Gewohnheit gemacht, die Tür nicht ganz zu schließen, wenn eine Frau bei ihm war.

Über persönliche Probleme redeten die Frauen nur mit dem Imam der Moschee, mit ihm redeten sie über Dinge, die sie sogar ihrem eigenen Mann und dem Hausarzt nicht erzählten. Sinat hingegen suchte den Imam auf, um rätselhafte Textstellen mit ihm zu besprechen.

Eines Abends ging sie nach dem Gebet wieder zu ihm, weil sie ihm einige Fragen über die Sure Al-Adiyat stellen wollte. Obwohl sie den Text vordergründig verstanden hatte, fühlte Sinat, dass sich auf dem Grund des Textes etwas Geheimnisvolles verbarg, zu dem sie keinen Zugang hatte.

Als der Imam sich wie gewöhnlich ihr gegenüber setzte, legte Sinat den Koran auf den Tisch, schlug die Sure auf und schob ihm das Buch hin.

Der Imam setzte seine Brille auf, dann fuhr er mit den Fingern unter den Ayat entlang.

»Möchten Sie mir die Sure nicht vorlesen? Ich würde sie gern aus Ihrem Mund hören«, sagte er. Langsam schob der Imam das Buch wieder zu ihr.

Sinat begann zögernd zu lesen:

Bei den galoppierenden
schnaubenden Pferden,
deren Hufe Funken schlagen,
die am Morgen heranstürmen
und Staub aufwirbeln
und in die Mitte des Feindes eindringen!

»Sie haben recht«, sagte er, »diese Verse enthalten eine geheime Botschaft. Jetzt, da ich sie aus Ihrem Mund höre, verstehe ich, was Sie meinen. Ihre Stimme zwingt mich dazu, genauer hinzuhören. Sie sind eine besondere Frau, Frauen wie Ihnen begegne ich selten. Ihnen zu lauschen ist, als würde ich den schnaubenden, galoppierenden Pferden folgen, deren Hufe Funken schlagen. Ich habe diese Sure schon viele Male gelesen, doch es ist das erste Mal, dass ich sie so tief erlebe. Das verdanke ich Ihnen!«

Sinat nahm seine Worte auf wie Wüstensand die unerwarteten Regentropfen. Vor allem der letzte Satz tat seine Wirkung.

Als sie in der Nacht darauf im Bett lag, ging ihr dieser Satz nicht aus dem Kopf: »Das verdanke ich Ihnen!«

Sinat fühlte eine Wärme, eine Energie in seinen Worten: »Ihnen zu lauschen ist, als würde ich den galoppierenden Pferden folgen, deren Hufe Funken schlagen.«

Sie machte das Licht an, stellte sich vor den Spiegel und betrachtete ihr Haar, es war nicht mehr schwarz, aber auch nicht grau. Sie betrachtete ihre Augenbrauen, sie waren noch immer schwarz, ihre braunen Augen blickten müde, doch in dieser Nacht glänzten sie ungewöhnlich hell. Mit den Fingerspitzen tastete sie über ihr Gesicht, ihre Lippen. Sie mochte alt geworden sein, jetzt wollte sie neu beginnen.

Vielleicht würde ihr ein Teil der verlorenen Jahre in diesem Haus zurückgegeben.

Trotzdem suchte Sinat eine Zeitlang den Imam nicht mehr auf, und wenn sie ihm zufällig begegnete, wich sie ihm aus. Bis er einmal im Dunkeln zu ihr sagte: »Sinat Ganum! Warum kommen Sie nie mehr zu mir? Ich denke stets an Ihre Fragen.«

Drei Tage später saß sie ihm wieder gegenüber und interpretierte eine Stelle aus dem Koran. Der Imam sah sie an, schweigend hörte er ihr zu, doch dann sagte er ganz unvermittelt: »Sinat Ganum, Ihre Augen funkeln wie zwei Kerzen in der Nacht, wenn Sie mit mir reden, ich meine, wenn Sie den Text auslegen.«

Sinat tat, als hätte sie ihn nicht gehört, und fuhr fort, obwohl sie sich nicht recht konzentrieren konnte. Der Imam beließ es dabei und verhielt sich wie jeder andere Imam, dem eine Frau ihre Probleme vorträgt. Er wusste, dass er sich noch eine Weile gedulden musste, bis sie bereit war, ihn weiter anzuhören.

Doch lange brauchte er nicht zu warten, denn zwei Abende später begegnete er Sinat wieder im Gang.

»Kommen Sie doch herein, heute Abend habe ich nichts zu tun, ich langweile mich. Haben Sie nicht eine Textstelle für mich?«

Sinat setzte sich, um eine neue Stelle vorzulesen. Der Imam hörte aufmerksam zu.

»Sie können so schön lesen«, sagte er. »Sie erwecken die Worte zum Leben, ich höre es, ich fühle es, ich sehe es an Ihren Lippen.« Als er auf ihren Mund zeigte, berührten seine Finger beinahe ihre Unterlippe.

Kurz darauf packte Sinat ihren Koffer, um eine Woche im Haus ihres Vater zu verbringen und die Gedanken an den Imam zu vertreiben.

Sie dachte lange nach. Sie wollte sich mit ihm auf kein Verhältnis einlassen. Schließlich war er verheiratet, er hatte Kinder, und außerdem predigte er in der Moschee, in der künftig ihr eigener Sohn Imam sein würde.

Doch als Sinat ins Haus an der Moschee zurückkehrte, nahm alles eine andere Wendung.

Sinat stand auf dem Basar vor der Vitrine eines Juweliers, als sie plötzlich das Spiegelbild des Imam in der Glasscheibe sah, er stand hinter ihr und flüsterte: »Sinat Ganum! Ich vermisse Sie. Der Stuhl, auf dem Sie in meinem Zimmer saßen, ist leer.«

Sinat sagte nichts, sie drehte sich nicht einmal um, aber sie hörte ihm zu.

Seine Stimme übte auf sie eine starke Anziehungskraft aus. Zwei Tage lang ging sie nicht in die Moschee, weder zum Morgengebet noch zum Abendgebet. Doch länger hielt sie es nicht aus. Nachdem der Hausmeister am dritten Tag die Tür verschlossen hatte und gegangen war, hüllte sie sich in den schwarzen Tschador, dann lief sie über das Dach in die Moschee.

Danach ging sie am Zimmer des Imam vorbei in den Gebetsraum.

»Bist du es, Sinat?«, fragte der Imam.

»Ja, ich bin es, ich wollte mir ein Buch holen.«

»Du kannst ruhig hereinkommen, wenn du willst, ich habe gerade Tee gekocht.«

Sinat ging weiter. Als sie das Buch gefunden hatte, das sie suchte, kehrte sie zurück.

»Ich höre nachts immer deine Schritte«, sagte der Imam.

Sinat betrat sein Zimmer, setzte sich auf den Stuhl und legte das Buch auf den Tisch.

Der Imam stand auf. Behutsam schloss er die Tür, drehte den Schlüssel um.

Er zündete eine Kerze an, stellte sie auf den Tisch, dann machte er das Licht aus.

Sinat wartete schweigend auf ihrem Stuhl.

Er holte seinen Koran hervor, denn er wollte jene Stelle vorlesen, die für den Fall vorgesehen ist, dass ein Mann mit einer Frau schlafen will, die laut Gesetz nicht seine Ehefrau ist. Sobald er die Formel ausgesprochen und Sinat mit *»qabiltu«* – ich bin einverstanden – geantwortet hatte, durfte er sie nach der Lehre sofort entkleiden.

Leise begann der Imam, die Formel aufzusagen.

Sinat schloss die Augen.

»Nakahtu ua-sauadschtu«*, murmelte der Imam vornübergebeugt.

Sinat schwieg.

»Nakahtu ua-sauadschtu«, murmelte er ein zweites Mal.

Sinat schwieg.

»Nakahtu ua-sauadschtu«, murmelte er ein drittes Mal.

»Qabiltu«, sprach Sinat ganz langsam, bevor sie ihren Tschador von den Schultern gleiten ließ.

Der Imam legte den Koran auf den Tisch. Mit den Fingern berührte er Sinats Lippen und streichelte ihren warmen Hals.

Kaaba

Kaum waren die Großmütter aufgewacht, schlichen sie sich mit Gießkannen und Besen auf die Gasse. Sie schütteten Wasser aus und fingen zu fegen an. Längst wussten sie nicht mehr, wann sie den Gehsteig vor dem Tor zum ersten Mal gefegt hatten, aber sie wussten genau, warum sie es taten und warum es in aller Heimlichkeit geschehen musste: Sie wollten nach Mekka.

Die Pilgerfahrt nach Mekka war der Traum von Millionen Muslimen, aber es war nicht jedem gegeben, nur wohlhabende Gläubige konnten sich die Reise leisten.

Die Großmütter besaßen nichts, nie hatten sie sich um Geld gekümmert, sie benötigten auch keins, denn im Haus wurde für sie gesorgt. Doch hatten sie bereits als Kinder gelernt, dass es für die Mittellosen nur einen Weg nach Mekka gab: Man musste den Gehsteig fegen! Und dabei drei Bedingungen erfüllen: Erstens musste man es zwanzig Jahre lang vor Sonnenaufgang tun, zweitens durfte einen niemand dabei sehen und drittens durfte keiner hinter das Geheimnis kommen.

Nach zwanzig Jahren würde dann der Prophet Gesr erscheinen und einen belohnen. Gesr war einer der ersten Propheten, er lebte lange vor Mohammad, Isa, Musa, Ibrahim, Jaqub und Dawud.

Wie der Prophet die Reise nach Mekka zustande bringen würde, wussten allerdings nur er und derjenige, der fegte.

Obwohl die Großmütter zwanzig Jahre lang gefegt hatten, war der Prophet nicht erschienen. Vielleicht hatten sie etwas falsch gemacht, vielleicht hatten sie die Jahre nicht richtig gezählt. Oder sie hatten einmal verschlafen und zu spät mit dem Fegen angefangen, oder jemand hatte sie beobachtet und war ihnen auf die Schliche gekommen.

Also beschlossen sie, noch einmal zwanzig Jahre lang zu fegen.

Es mochte zwar vergeblich sein, aber was blieb ihnen anderes übrig? Die Vorstellung, einmal nach Mekka zu pilgern, gab ihrem Leben Sinn. Sie hielt die beiden aufrecht. So blieb ihnen die Hoffnung erhalten, einmal den Tag zu erleben, an dem der Prophet kommen würde.

Nach ihrer Berechnung hatten Golbanu und Golebeh wieder zwanzig Jahre vollbracht, doch auch diesmal war vom Propheten keine Spur zu sehen.

Am Ende der ersten Probezeit hätten sie noch die Kraft gehabt, nach Mekka zu reisen. Doch schon zu Beginn der nächsten zwanzig Jahre wussten die Großmütter, dass sie am Ende wohl zu alt und zu müde sein würden, um die Reise anzutreten. Dennoch hatten sie nicht aufgegeben.

Einige Tage später hockten sie im dunklen Teppichzimmer betrübt auf dem Boden.

»Wenn uns jemand den Besen wegnimmt, fallen wir tot um«, sagte Golbanu, »wir können jetzt nicht mehr aufhören. Wir müssen weitermachen, wenn es nicht anders geht, auf allen vieren.«

»Ich glaube, wir machen etwas falsch«, sagte Golebeh, »vielleicht haben wir wieder nicht richtig gezählt.«

»Das ist unmöglich. Wir haben für jedes Jahr hier an die Wand ein Kreuz gemalt. Zähl sie ruhig, die zwanzig Jahre sind längst vorbei.«

»Vielleicht haben wir nicht alle Regeln eingehalten.«

»Welche Regeln? Es gibt keine Regeln. Früh aufstehen, fegen und verschwiegen sein.«

»Ich glaube, ich weiß es.«

»Was weißt du?«

»Wir haben einen großen Fehler gemacht. Wir beide«, sagte Golebeh.

»Was für einen Fehler?«

»Wir durften niemandem etwas erzählen«, sagte sie.

»Das haben wir doch gar nicht getan!«

»Doch. Wir haben einander unser Geheimnis erzählt. Du kennst mein Geheimnis, und ich kenne deins. Und das durften wir nicht, das durften wir nicht! Du darfst mein Geheimnis nicht wissen, und ich darf deins nicht wissen, jede hätte die Probe für sich bestehen müssen.«

»Ach, hör doch auf!«

Golbanu und Golebeh hatten sich darauf geeinigt, gemeinsam den Gehsteig zu fegen, gemeinsam auf den Propheten Gesr zu warten und gemeinsam nach Mekka zu reisen, doch jetzt war alles ganz anders gekommen.

Traurig saßen sie im Teppichzimmer da, mit der Dunkelheit verschmolzen, und es schien, als könne sie niemand mehr retten. Die Besen waren ihnen aus den Händen gefallen.

Sie waren keine Menschen mehr, nur zwei Schemen in dem dunklen Teppichzimmer. Das Krächzen der Krähe zerriss die Stille. Die närrische Godsi tauchte in der Tür auf und sagte: »Ich hörte die Großmütter. Wo sind die Großmütter? Oder habe ich mich verhört? Ich war mir ganz sicher.«

Erschrocken standen die Großmütter auf. Wenn die närrische Godsi sie belauscht hatte, würde sie es allen erzählen, denn das war Godsis einzige Beschäftigung: Geheimnisse auszuplaudern.

»Wie geht es dir, Godsi?«, fragten die Großmütter. Sie waren auf der Hut.

»Gut!«

»Wie geht es deiner Mutter?«

»Gut!«

»Und deiner Schwester?«

»Meiner Schwester? Sie ist verrückt. Sie wird verrückt.«

»Möchtest du etwas essen, Godsi?«, fragte Golbanu. Die Großmütter führten Godsi in die Küche, um sie auszuhorchen. Doch kaum waren sie dort, drehte Godsi sich um und verschwand.

»Godsi?«, riefen die Großmütter, doch sie war schon fort.

Wie alt war Godsi?

Dreißig? Vierzig? Älter, jünger? Keiner wusste es.

Sie sah jedenfalls jung aus, jung und närrisch.

Godsi stammte aus einer altehrwürdigen Familie, ihr Vater war ein entfernter Verwandter von Agha Djan. Ein ehemals reicher Edelmann, der in den Bergen ein paar Dörfer besaß. Doch schien auf dieser Familie ein Fluch zu lasten, denn bisher waren alle, die ihr angehörten, verrückt geworden.

Godsis Mutter zeigte nach der Geburt ihres ersten Kindes Zeichen von geistiger Verwirrung und war nie mehr gesund geworden. Der Sohn war schwachsinnig zur Welt gekommen, die älteste Tochter war behindert, und Godsi benahm sich wie eine Stadtstreicherin.

Als ihr Vater starb, gab es niemanden, der sich um die Familie kümmerte. Nur Agha Djan griff ihr unter die Arme und sah ab und zu nach dem Rechten.

Sie wohnten noch immer im selben Haus. Wenn die Mutter von Zeit zu Zeit eine Besorgung machen musste, wirkte sie wie eine alte Prinzessin. Man sah an ihrem Gang, dass sie aus einer reichen Familie stammte, doch wer sie genau beobachtete, merkte auch, dass mit ihr etwas nicht stimmte. Godsi und ihre ältere Schwester begleiteten sie. Wenn sie die Straße überqueren musste, liefen die Töchter voraus und stellten sich den Karren, Autos, Bussen oder Fahrrädern so lange in den Weg, bis die Mutter den Bürgersteig auf der anderen Seite erreicht hatte.

Godsis großer Bruder hieß Haschem. In der Öffentlichkeit

erschien er stets wie ein Oberst gekleidet, einen Stock unter dem Arm.

Seine Uniform war immer sauber, auf seiner Mütze funkelte der persische Löwe. Von morgens früh bis abends spät postierte er sich vor dem Eingang des Basars und hielt Wache. Wenn ein Polizist vorbeikam, salutierte er. Ansonsten stand er unbeweglich da. Niemand störte sich an ihm, sogar die Kinder ließen ihn in Ruhe. Der Basar hatte ihn als Monument akzeptiert. Sobald er Agha Djan kommen sah, rief Haschem schnarrend: »Grrrruß!«

Und wenn Agha Djan den Basar verließ, tat er das Gleiche. Agha Djan ging dann jedes Mal auf ihn zu, drückte ihm die Hand und unterhielt sich ein wenig mit ihm.

»Wie geht es dir, Haschem?«

»Gut!«

»Und deiner Mutter?«

»Gut!«

»Und deiner Schwester?«

»Gut!«

»Richte deiner Mutter Grüße aus. Wenn ihr mich braucht, soll Godsi gleich zu mir kommen.«

»So halten wir es.«

»Sehr gut!«, sagte Agha Djan.

Godsi war fast allwissend.

»Was gibt es Neues, Godsi?«, fragte jeder, der ihr begegnete.

Doch zunächst musste man sich höflich nach dem Befinden ihrer Mutter und Schwester erkundigen, sonst antwortete Godsi nicht.

Und sie erzählte nichts umsonst. Man gab ihr also immer ein paar Münzen, die steckte sie in den Mund, erst dann legte sie los: »Der alte Gasem ist gestorben, Mirjam hat eine Tochter bekommen, und Sultans Huhn sieben Küken.«

Am Morgen war Godsis Mund noch leer, sie ging von Haus zu Haus und erzählte ihre Neuigkeiten. So lange, bis ihr Mund voller Münzen war und sie nicht mehr reden konnte.

Was Godsi mit dem Geld machte, wusste niemand. Es hieß, sie verstecke es in Töpfen im Keller, denn wenn ihre Mutter von der Bettelei erführe, würde sie auf der Stelle tot umfallen.

»Godsi«, ermahnte Agha Djan sie regelmäßig, »du stammst aus einer guten Familie, du bist eine Dame, du darfst dich nicht überall herumtreiben.«

Doch sie hörte nicht auf ihn und trat weiterhin durch jede Tür, die offen stand.

Godsi setzte sich nie hin, sie ging in alle Zimmer, belauschte die Leute und zog zum nächsten Haus. So sammelte sie ihre Neuigkeiten.

Manchmal ging sie auch über die Brücke auf die andere Seite des Flusses, in die Weingärten.

»Das darfst du nicht!«, hatte Agha Djan sie zu warnen versucht. »Eine junge Frau hat in den Weingärten nichts verloren.«

»Ich tue es nicht«, versprach sie ihm, tat es aber doch.

Godsi ging über die Brücke und marschierte geradewegs zu den Weingärten, wo verdächtige Männer herumlungerten, Männer, die ihr neue gelbe Münzen in den Mund steckten.

Wenn einer dieser Männer Godsi kommen sah, führte er sie hinter die Bäume. Dann steckte er ihr ein paar Münzen in den Mund. Wenn er sie küsste, sträubte sich Godsi nicht. Wenn er ihre vollen Brüste betastete, wehrte sich Godsi nicht. Wenn er ihr unter die Röcke griff und sie streichelte, rührte sich Godsi nicht, doch sobald er ihr die Unterhose herunterziehen wollte, riss sie sich los und rannte zur Brücke zurück.

Godsi besuchte Agha Djan regelmäßig auf dem Basar. Am Ramasan, der Diener, ließ sie herein, wenn Agha Djan keinen Besuch hatte. Sie setzte sich in den Sessel neben dem Schreibtisch.

»Tee für Godsi Ganum!«, rief Agha Djan dann jedes Mal.

Der Diener brachte ihr ein Glas Tee und etwas Schokolade auf einem Silbertablett.

»Hast du Neuigkeiten für mich?«, fragte Agha Djan.

Godsi beugte sich vor und flüsterte:

»Ich bin über die Brücke in die Weingärten gegangen.«

»Schon wieder?«

»Zwei Männer waren da. Sie haben mich festgehalten. Ich schrie und schrie und schrie so laut, dass die Männer davongerannt sind.«

»Ich hab dir doch gesagt, du sollst nicht in die Weingärten gehen! Wenn du es noch einmal tust, spreche ich mit deiner Mutter. Du lässt es bleiben, hörst du?«

»Ja, ich tue es nie wieder.«

»Gut so! Hast du mir sonst noch etwas zu erzählen?«

»Ja«, sagte sie und berichtete alle Neuigkeiten in einem Atemzug: »Polizist Rogani schlägt seine Frau jede Nacht und raucht solch dreckiges Zeug, und der Schuster hat seine Mutter im Hühnerstall eingesperrt, und sie weint, weil sie wieder rauswill, und Asam Asam trägt immer ein Messer bei sich, wenn sie mit ihrem Mann ins Bett geht, und Am Ramasans Esel ist krank, und die Großmütter dachten, sie würden dieses Jahr nach Mekka reisen, aber er ist nicht aufgetaucht, er ist schon zwei Mal nicht gekommen, und die Großmütter weinen.«

»Was sagst du über die Großmütter? Wer ist nicht aufgetaucht?«, fragte Agha Djan.

»Der Prophet Gesr, er ist schon zum zweiten Mal nicht gekommen.«

Agha Djan erschrak.

»Wovon redest du? Was meinst du damit?«

»Ich muss gehen«, sagte Godsi.

Sie stand auf, steckte sich ein Stück Schokolade in den Mund, nahm einen Schluck Tee und verschwand wie der Blitz.

»Warte doch!«, rief Agha Djan.

Abends erzählte Agha Djan seiner Frau im Bett von Godsis Besuch.

»Was hat sie erzählt?«

»Lauter dummes Zeug, man wird daraus nicht klug.«

»Ja, sie denkt sich viel aus, sie hat etwas von unserer Sinat Ganum.«

»Ach, du darfst sie nicht mit Sinat vergleichen, Godsi ist schwachsinnig.«

»Du verstehst mich falsch, ich vergleiche sie nicht, ich meine nur, dass Sinat auch nicht stillsitzen kann und den Kopf voller Flausen hat.«

»Das stimmt, doch Godsis Geschichten sind dummes Geschwätz.«

»Geschwätz oder nicht, sie kann gut erzählen, auch wenn sie einem nie alles verrät. Man erfährt nur einen Teil, dabei redet sie wie ein Wasserfall, das macht es noch spannender. Was hat sie dir heute erzählt?«

Agha Djan dachte nach. Die Großmütter waren ihm den ganzen Tag nicht aus dem Sinn gegangen, doch er wollte Fagri nichts davon sagen.

»Godsi bringt mich auf die Palme, sie ist wieder zum anderen Ufer gegangen«, erklärte er. »Zwei Männer haben sie angeblich festgehalten, dann hat sie geschrien und geschrien, so laut, dass die Männer wegrannten.«

»Mein Gott, schon wieder diese Männer. Ich habe Angst, dass sie ihr etwas antun, und wenn ihr etwas passiert, wird man dich dafür verantwortlich machen, das weißt du. Vielleicht sollte ich ihr einmal ins Gewissen reden, damit sie nicht immer zu diesen Kerlen geht.«

»Sie erzählte, Am Ramasans Esel sei krank und Asam Asam habe immer ein Messer bei sich, wenn sie mit ihrem Mann ins Bett geht.«

Fagri Sadat lachte: »Was meinte sie damit?«

»Keine Ahnung. Sie erfindet all diese Geschichten. Godsi geht irgendwohin, schnappt irgendetwas auf und macht daraus eine Geschichte. Wahrscheinlich hat sie in Asam Asams Bett ein Messer liegen sehen. Sie erzählte auch, dass Polizist Rogani seine Frau jede Nacht schlägt.«

»Das kann durchaus stimmen, du solltest dich wirklich um diese arme Frau kümmern. Ihr Mann ist süchtig, und er ist auch kein guter Polizist. Sprich doch mit Sinat. Sie hat Kontakt zu den Leuten in der Moschee. Sie kann vielleicht etwas unternehmen. Die Frau besuchen und schauen, was los ist. Ja, besprich das bitte mit Sinat. Und was gibt es sonst?«

»Der Schuster hat seine Mutter in den Hühnerstall gesperrt.«

»Das ist doch Unsinn! Wer steckt denn seine alte Mutter in den Hühnerstall?«

»Die Menschen sind zu allem fähig.«

»Bitte Sinat, vorbeizugehen und nach dem Rechten zu schauen.«

»Godsi merkt sich die Dinge, die sie beeindrucken, und erzählt sie dann auf ihre Art weiter, doch wenn ich es recht bedenke, will sie mir immer etwas Wichtiges sagen, wenn sie zu mir kommt, etwas, was sie anderen nicht erzählen kann. Es stimmt schon, sie fantasiert, genau wie Sinat, doch mit einem Unterschied: Sinat erzählt alte Geschichten, Godsi nimmt ein Stück unserer Gegenwart und spinnt daraus eine Geschichte. Darin steckt immer ein wahrer Kern, das meine ich.«

Fagri Sadat legte den Kopf auf seine Brust, schloss die Augen und sagte: »Ich will im Bett nichts mehr von Godsi hören, erzähl mir etwas anderes, etwas Schönes, Zärtliches ... Ich möchte nicht klagen, aber du hast keine Zeit mehr für mich. Früher fuhren wir oft zusammen weg, du nahmst mich mit nach Maschad, dann wohnten wir eine Woche im Gästehaus beim Grab von Imam Resa. Du hast mich nach Isfahan mitgenommen, doch wir haben schon Jahre keine Reise mehr gemacht, du brichst allein auf, und ich bleibe zu Hause. Manchmal denke ich, ich bin alt geworden, und du ...«

»Sie sagte noch etwas.«

»Hörst du mir eigentlich zu? Bist du immer noch bei Godsi?«

»Sie sagte etwas über den Propheten Gesr, er habe die Großmütter im Stich gelassen.«

»Wer hat die Großmütter im Stich gelassen?«, fragte Fagri und setzte sich auf.

»Der Prophet Gesr! Godsi hat von ihm gesprochen. Und ich glaube nicht, dass sie sich das aus den Fingern gesogen hat. Ich glaube, sie hat ein Gespräch zwischen den Großmüttern belauscht. Ich glaube, die beiden haben ein Geheimnis.«

»Wie kommst du darauf?«

»Ich fühle es einfach. Godsi sagte: ›Er ist nicht aufgetaucht, er ist schon zwei Mal nicht gekommen, und die Großmütter weinen.‹«

Nun erst fiel Agha Djan ein, dass er die Großmütter in den vergangenen Jahren oft früh am Morgen mit einem Besen in der Hand gesehen hatte, doch es war ihm nie der Gedanke gekommen, sie könnten ein Geheimnis haben.

Vor Sonnenaufgang verließ Agha Djan sein Bett, trat ans Fenster und beobachtete das Zimmer der Großmütter.

Es dauerte nicht lange, bis die Tür aufging; wie Schemen kamen Golbanu und Golebeh heraus, jede mit einem Besen in der Hand.

Die ganze Nacht hatte Agha Djan an die beiden gedacht, jetzt wusste er, was zu tun war. Lächelnd ging er wieder zum Bett.

Sein Blick fiel auf Fagri Sadats nacktes Bein, im Schein der Nachttischlampe war ein Stück ihres granatapfelroten Höschens zu sehen. Fagri hatte recht, er hatte für sie nicht genug Zeit, und ihre letzte gemeinsame Reise war schon lange her. Er brachte ihr keine Geschenke mehr mit. Es schien eine Ewigkeit her, dass er ihr aus Damaskus diese Wäsche in sieben verführerischen Farben mitgebracht hatte. Vorsichtig schlüpfte er unter die Decke, nahm Fagri in die Arme und zog ihr behutsam das Höschen aus.

»Nicht!«, sagte Fagri Sadat schläfrig.

Wie gewöhnlich hörte er nicht auf sie.

»Nicht!«, sagte sie wieder leise.

Danach sagte sie nichts mehr.

Iqra!

Eines Tages hörten die Großmütter beim Fegen des Gehsteigs ein ungewöhnliches Geräusch, das sich von der Gasse her näherte. Sie spähten ins Dunkel, sahen aber nichts. Also fuhren sie mit dem Fegen fort. Plötzlich wieherte ein Pferd. Wieder spähten sie ins Dunkel, und wieder konnten ihre alten Augen nichts entdecken.

»Hast du auch ein Pferd gehört?«, fragte Golbanu.

»Ja, ich hörte Getrappel«, sagte Golebeh.

Das Geräusch kam immer näher. Die Großmütter hielten sich an den Händen und starrten wie angewurzelt zur Gasse hin. Ein schwarzes Pferd erschien im Laternenlicht. Hoch im Sattel saß ein Araber, in ein weißes Gewand gehüllt. Die Großmütter verbeugten sich in stiller Verehrung.

Der Reiter rief auf Arabisch: *»Jaaa ajoohaaaal nabieeeee uaaa salaaaaamooo namazooo Gesr uaal Mekkaaa!«*

Obwohl die Großmütter kein Arabisch verstanden, wussten sie sofort, wovon der Reiter sprach, die Wörter Mekka und Gesr waren aussagekräftig genug.

Erneut verbeugten sie sich vor dem Mann auf dem Pferd.

»Uaa ennniee uaa djaleha«, hörten sie ihn sagen, *»uaaa ennnie jaaa Golbanu. Uaaa ennnie jaaa Golebeh!«*

Die Großmütter zitterten vor Aufregung. Der Reiter kannte ihre Namen. Hatten sie sich auch ganz bestimmt nicht verhört?

»Jaaa ejjo haaannabieee. Iqraaa esmiiieee, Golbanu!«, sagte der Reiter.

Nein, sie hatten sich nicht geirrt. Er hatte ganz deutlich »Golbanu« gesagt.

Was sollten sie jetzt tun?

Golbanu machte einen Schritt nach vorne und verbeugte sich ein drittes Mal. Der Reiter zog einen Brief hervor, den er ihr entgegenstreckte.

Vorsichtig ging Golbanu auf das Pferd zu und nahm den Umschlag in Empfang.

»Golebeh!«, rief der Reiter.

Die andere Großmutter nahm ebenfalls einen weißen Umschlag im Empfang.

»Uaaa enna lellaaah. Uaaa Alllaaaho samaaad«, sagte der Reiter, zog an den Zügeln, wendete das Pferd und verschwand in der Dunkelheit.

Der Tag brach an. Fassungslos standen die Großmütter mit ihren Briefen da.

Sie wagten nicht, sich zu rühren, vor lauter Angst, alles könnte ein Traum gewesen sein. Doch es war kein Traum gewesen, denn die Krähe setzte sich oben auf die Laterne und krächzte aus voller Kehle.

Als sie wieder in ihrem Zimmer waren, verschlossen Golbanu und Golebeh die Tür, machten das Licht an und öffneten die Umschläge. Beide hatten den gleichen Brief bekommen, doch sie konnten die Schrift des Propheten nicht lesen, offenbar war der Brief in einer Geheimsprache verfasst. Sie mussten jemanden fragen, doch wen? Agha Djan? Fagri Sadat? Sinat Ganum? Nein.

»Wir gehen zu Schahbal«, sagte Golebeh.

Und so gingen sie zu ihm.

»Wach auf! Liegst du immer noch im Bett? Hast du noch nicht mal gebetet? Schäm dich. Ich werde Agha Djan sagen, dass du wie ein Sünder im Bett liegen bleibst. Iqra, hier! Lies diesen Brief, lies uns diese Briefe vor«, sagte Golbanu.

Verschlafen studierte Schahbal die Briefe. »Ich kann es zwar lesen, aber ich verstehe nicht, was es bedeutet. Es ist Arabisch.«

Vielleicht würden sie die Briefe doch Agha Djan zeigen müssen, doch der war nach Djirja gefahren, und die Großmütter konnten nicht länger warten. Sie warfen sich den Tschador über, dann gingen sie zur Moschee, um die Briefe dem Aushilfsimam zu zeigen.

Der Imam hatte sich gerade nach Verrichtung seines Morgengebets wieder hingelegt. Als es an seiner Tür klopfte, dachte er, es sei Sinat Ganum. Schläfrig rief er: »Komm rein.«

Als der Imam die Großmütter sah, fragte er verdutzt: »Was ist passiert? Was führt euch zu mir?«

»Wir haben einen Brief, eigentlich zwei sehr vertrauliche Briefe bekommen. Könnten Sie uns diese Briefe vorlesen?«

»Mit Vergnügen, nehmt Platz.«

Sie reichten ihm die Briefe.

Der Imam nahm den Turban vom Nachttisch, setzte ihn auf, nahm in seinem langen Baumwollhemd auf dem Stuhl Platz und sagte: »Setzt euch. Wo ist meine Brille?«

Als er die Brille gefunden hatte, begann er zu lesen. »Ein arabischer Brief?«

»Können Sie das etwa nicht lesen?«, fragte Golbanu.

»Nun ja, ich lese natürlich den Koran, aber die Sprache des Korans ist anders, es ist die Sprache Gottes. Ich lese den Koran und verstehe, was die Worte bedeuten, doch ich bin mir nicht sicher, ob ich eine arabische Zeitung lesen oder ob ich mich in Mekka mit den Leuten auf der Straße unterhalten könnte. Wartet mal, da unten steht eine Adresse. Was sind das eigentlich für Briefe? Sie sehen aus wie offizielle Dokumente. Es steht auch ein Name da. Hadji Agha Mustafa Mohadjer.«

»Das könnte stimmen. Hadji Agha Mustafa Mohadjer, den kennen wir«, sagte Golbanu, »er arbeitet auf dem Basar.«

»Jetzt verstehe ich. Ihr müsst offenbar zu diesem Hadji. *Wassalam*.«

Die Großmütter, die vor Freude nicht mehr stillsitzen konnten, rissen ihm die Briefe aus der Hand.

Am liebsten wären sie sofort zum Basar gegangen, doch Golbanu sagte: »Ich glaube, es ist noch zu früh. Lass uns warten, bis die Sonne höher steht. Außerdem sollten wir für diesen Anlass unsere besten Kleider anziehen.«

Das ganze Haus war plötzlich wie verwandelt, jeder Winkel in helles Sonnenlicht getaucht. Es war, als lächelten alle und als wüssten alle von ihrem Geheimnis. Der alte Baum hatte wahrscheinlich das Hufgeklapper gehört und das Wasserbecken die Stimme des Propheten Gesr.

Die Blumen im Garten sahen die Großmütter voller Bewunderung an, die Sonne funkelte in den Fensterscheiben der Bibliothek, die Krähe flog über ihren Köpfen und krächzte fröhlich. »Danke, danke, Krähe!«, murmelten die Großmütter. Die alten roten Fische sprangen hoch aus dem Wasser. »Danke, danke!«, sagten die Großmütter.

»Ich höre frohe Schritte. Was habt ihr Schönes zu verkünden?«, fragte Moazzen in seiner Töpferei.

Golbanu und Golebeh gingen zu ihm, um seinen Gruß zu erwidern. Sie trafen Moazzen hinter seinem Arbeitstisch an, er knetete gerade den Ton.

Sollten sie es ihm verraten? Durften sie etwas vom Geheimnis ausplaudern? Nein, erst mussten sie Hadji Mustafa aufsuchen, dann hätten sie die Gewissheit, dass ihr Wunsch in Erfüllung gegangen war.

»Guten Morgen!«, riefen die Großmütter fröhlich.

»Einen guten Morgen! Mir scheint, ihr habt Neuigkeiten«, sagte Moazzen.

»Das haben wir, wunderbare Neuigkeiten«, sagte Golebeh, doch Golbanu unterbrach sie: »Moazzen, was sind das für schöne Vasen? Die habe ich noch nie gesehen.«

»Nun übertreib mal nicht, solche Töpfe und Vasen mache ich

schon ein Leben lang. Heute seht ihr sie einfach mit anderen Augen.«

Die Großmütter sahen einander verschmitzt an.

»Wir haben gerade eine sehr gute Nachricht bekommen, wir erzählen dir bald mehr, dann darfst du es vom Dach der Moschee ausrufen.«

»Was für eine Geheimniskrämerei!«, sagte Moazzen.

Fast wie junge Mädchen hüpfend, stiegen die Großmütter die Kellertreppe wieder hinauf.

Vor Freude wussten sie nicht, was sie tun sollten, wohin sie gehen sollten, wen sie aufsuchen sollten. Sie sahen Fagri Sadat auf dem Weg zur Küche. Unbeholfen winkten die Großmütter ihr zu, was sie sonst nie taten. Die alte Moscheekatze kam vorbei, und sie rannten ihr nach. Die Katze hatte solches noch nie erlebt und floh aufs Dach.

Endlich zogen die Großmütter ihre besten Kleider an, puderten ihre Wangen ein wenig, jede hüllte sich in ihren schönsten schwarzen Tschador, dann verließen beide das Haus.

Hadji Mustafa war ein alter Freund von Agha Djan, einer der mächtigsten Männer in der Stadt. Er hatte das Monopol auf die heiligen Pilgerfahrten in fremde Länder, nach Karbala, Nadjaf, Medina, Damaskus und Mekka.

Sein Büro befand sich mitten auf dem Basar und wurde täglich von Hunderten Leuten umlagert, die ihre Pilgerfahrt buchen wollten. Die Großmütter brauchten nicht wie die anderen anzustehen, denn sie hatten ja die Briefe, die an Hadji Mustafa persönlich adressiert waren.

Zunächst blickten Golbanu und Golebeh durch die Fensterscheibe in Hadji Mustafas Büro. Obwohl sie ihn erst ein Mal in der Moschee gesehen hatten, erkannten sie ihn sofort. Er saß an seinem Schreibtisch und telefonierte. Als Hadji Mustafa die Großmütter bemerkte, winkte er sie herein. Behutsam öffneten sie die Tür.

»Womit kann ich dienen?«, fragte Hadji, nachdem er das Telefongespräch beendet hatte. Die Großmütter reichten ihm ihre Briefe. »Wir haben eine Nachricht für Sie«, sagte Golbanu.

Hadji Mustafa setzte seine Brille auf, faltete einen der Briefe auseinander und begann aufmerksam zu lesen. Ab und zu schaute er über den Brillenrand zu ihnen hinüber. Nachdem er auch den zweiten Brief gelesen hatte, saß er eine Minute lang still da, die Brille in der Hand.

Die Großmütter sahen einander fragend an.

Er steckte die Briefe wieder in die Umschläge, presste sie ehrfürchtig an die Stirn und legte sie in eine Schublade.

»Nehmen Sie Platz«, sagte er feierlich.

Die Großmütter setzten sich in zwei altertümliche Ledersessel, die neben dem Schreibtisch standen.

Hadji Mustafa stöberte in seinen Papieren, machte ein paar Notizen und führte ein geheimnisvolles Telefongespräch. Dann verließ er das Büro. Die Großmütter blieben ohne ein Wort der Erklärung zurück. Nach einer Viertelstunde kam Hadji Mustafa wieder und nahm ein großes Buch aus einem dunkelbraunen Schrank. Nachdem er es aufgeschlagen hatte, rief er feierlich: »Golbanu.«

»Das bin ich«, sagte die eine Großmutter und stand auf.

Er schob ihr ein altmodisches Stempelkissen hin: »Würden Sie bitte Ihren Zeigefinger hier draufdrücken und dann auf diese Seite.«

Golbanu drückte ihren zitternden Zeigefinger auf die Stellen, die Hadji ihr zeigte.

»Sie können sich wieder setzen«, sagte er.

Er notierte etwas und rief: »Golebeh.«

»Das bin ich«, sagte die andere Großmutter mit schwankender Stimme. Sie stand auf.

»Erst da bitte und dann hier.«

Sie drückte den Finger auf das Stempelkissen, dann auf die Stelle, die Hadji ihr mit der Spitze seiner Füllfeder zeigte.

»Wie lautet Ihre Adresse?«, fragte er.

»Haus an der Moschee«, antwortete Golbanu.

»Wohnen Sie beide dort?«

»Ja«, antworteten sie im Chor.

Als Hadji Mustafa alles aufgeschrieben hatte, stempelte er die Seite ein paar Mal. Danach erhob er sich mit den Worten: »Folgen Sie mir.«

Die Großmütter folgten ihm durch einen Gang, dann durch einen schmalen Raum, dann durch ein größeres Zimmer und schließlich wieder durch einen halbdunklen Gang, bis Hadji vor einer Tür stehen blieb. Er zog einen Schlüssel aus der Tasche, öffnete die Tür und sagte: »Ziehen Sie die Schuhe aus, bevor Sie weitergehen.«

Golbanu und Golebeh betraten ein merkwürdiges Zimmer, in dem Tücher mit heiligen Texten an den Wänden hingen und sich Hunderte alte, abgenutzte Lederkoffer in hölzernen Regalen bis zur Decke stapelten. Der vertraute Geruch von Büchern und Leder verlieh dem Zimmer eine heilige Atmosphäre. Ein alter Teppich bedeckte den Fußboden.

In einer Wandnische lagen unter einer dicken Staubschicht Dutzende Aktenordner.

Die Hände der Großmütter zitterten unter dem Tschador. Sie zogen die Schuhe aus und gingen hinein.

»Nehmen Sie Platz«, sagte Hadji; er zeigte auf zwei Stühle an einem alten Holztisch, über dem ein reich verzierter silberner Kronleuchter mit sieben halb abgebrannten Kerzen hing. Eine wunderbare Hoffnung erfüllte die Großmütter.

»Was bisher geschehen ist, was wir besprochen und was wir gesehen haben, bleibt unter uns. Falls jemand von unserem Geheimnis erfährt, ist dieser Vertrag ungültig«, erklärte Hadji mit Nachdruck.

»Das ist uns vollkommen bewusst«, sagte Golbanu.

Hadji verschwand hinter einem Vorhang und kam mit zwei funkelnagelneuen gelbbraunen Koffern zurück, auf denen eine Abbildung der Kaaba geprägt war. Er stellte die Koffer mit solch erhabener Wucht vor den Großmüttern auf den Boden, dass sie vor Aufregung beinahe ohnmächtig geworden wären.

Hadji setzte sich ihnen gegenüber.

»Zu Hause wird man Ihnen sicher Fragen stellen«, sagte er ruhig. »Darauf geben Sie keine Antwort. Ich wiederhole, Sie geben keine Antwort.«

»Das verstehen wir«, sagte Golbanu regungslos.

»Am Geburtstag der heiligen Fatima finden Sie sich beide mit diesen Koffern vor dem Basar ein«, fuhr Hadji fort.

»Ja«, sagte Golbanu.

»Wenn Sie noch Fragen haben, sollten Sie diese jetzt stellen, denn später werden Sie dazu keine Gelegenheit mehr haben«, erklärte er.

Die Großmütter sahen einander an. Hatten sie noch Fragen? Nein, sie hatten keine Fragen.

»Doch, eine einzige: Wann genau müssen wir beim Basar sein?«, fragte Golbanu.

»Früh am Morgen, vor Sonnenaufgang«, antwortete Hadji.

Golebeh hatte auch noch etwas auf dem Herzen, wagte aber nicht zu fragen, sie flüsterte es Golbanu ins Ohr.

»Entschuldigen Sie«, sagte Golbanu, »aber Sie haben uns gar nichts Schriftliches gegeben. Das wäre doch sehr nützlich, ein Papier, auf dem unsere Namen stehen.«

»Die Koffer!«, sagte Hadji. »Ihre Namen stehen darauf.«

Sie sahen sich die Koffer genauer an, und tatsächlich baumelten seitlich Zettel, auf denen ihre Namen in Großbuchstaben standen, von einer durchsichtigen Folie geschützt.

»Es stimmt!«, sagte Golbanu, dabei sah sie Golebeh vorwurfsvoll an.

»Die Reisepapiere werden Ihnen bei der Abfahrt ausgehändigt«, sagte Hadji. »Haben Sie noch Fragen?«

Nein, die Großmütter hatten keine Fragen mehr.

Sie strahlten vor Glück. Ihr Lächeln verbargen sie hinter dem Tschador, dann nahmen sie die Koffer und traten auf den belebten Basar hinaus.

Zu Hause versteckten Golbanu und Golebeh die Koffer in einer der alten Truhen im Keller und taten, als wäre nichts geschehen, doch das Geheimnis lastete schwer auf ihnen. Sie fanden keinen Schlaf mehr. Die Tage waren länger geworden, die Nächte schienen kein Ende zu nehmen. Sollte es wirklich wahr sein? Sollte der Tag kommen, an dem sie die Reise antreten würden? Würden sie die lange Reise denn überstehen?

Sie hatten Angst, diesen Tag nicht mehr zu erleben, weil ihnen etwas zustoßen könnte. Sie hatten Angst, sich ein Bein zu brechen oder zu sterben. Doch wenn sie sich schon vierzig Jahre lang in Geduld gefasst hatten, würden sie auch diese wenigen Monate noch durchhalten.

Die Schatzkammer

O du Umhüllter!
Erhebe dich und warne.
Preise deinen Herrn.
Deine Kleider, reinige sie.
Die Übel, meide sie.
Übe dich in Geduld!

Eine Gruppe von sieben Männern trat aus der Gasse, vier von ihnen trugen an zwei Balken einen großen Korb auf den Schultern, die anderen gingen vor ihnen her. Sie kamen aus dem Dorf Djirja.

Einer der Männer klopfte an die Tür. Es dauerte eine Weile, bis Golebeh öffnete.

»Ja, ihr Leute?«, fragte sie überrascht.

»Wir bringen Kasem Chan«, sagte der eine und zeigte auf den Korb.

»Golbanu! Kasem Chan!«, rief Golebeh besorgt. Doch sie wusste, was zu tun war. Sie führte die Männer zum Opiumzimmer. Dort wurde Kasem Chan behutsam aus dem Korb gehoben und auf das Bett gelegt. Seine Augen waren geschlossen, sein Gesicht war bleich, er war völlig abgemagert. Die Männer verließen das Zimmer, um am Wasserbecken eine Pfeife zu rauchen. Golebeh weinte leise, während Golbanu alles richtete: Sie breitete eine Decke über

Kasem Chan aus, legte einen kleinen Spiegel und einen Koran auf das Brett über seinem Kopf und ging in die Küche, um den Dorfleuten ein Frühstück zu bereiten. Als die Teekanne, Käse, Brot, Marmelade und eine Schale mit Obst auf dem Tisch bereitstanden, rief Golbanu: »Leute, kommt frühstücken!«

Inzwischen war auch Agha Djan eingetroffen. Er begab sich sofort ins Opiumzimmer. Als er Kasem Chan dort liegen sah, wurde ihm klar, dass es sinnlos wäre, ihn ins Krankenhaus zu bringen. So ging Agha Djan in die Küche, um die Dorfleute zu begrüßen.

Vor ihm erhoben sich alle, und einer der Männer berichtete: »Kasem Chan war schon ein paar Tage nicht mehr im Teehaus erschienen. Wir dachten, er wäre verreist. Eines Nachts hörten wir sein Pferd, er war also zurückgekehrt. Doch als das Pferd nicht aufhörte zu wiehern, sind wir zu seinem Haus gegangen und fanden ihn fast tot in seinem Bett. Gleich am nächsten Tag haben wir ihn in den Korb gelegt und sind mit dem Bus hierhergefahren.«

»Ich danke euch sehr, ich weiß zu schätzen, was ihr für meinen Onkel getan habt«, antwortete Agha Djan.

Abends setzte er sich zu Kasem Chan und blieb lange bei ihm. Leise las er ihm die Sure Al-Fatihah vor.

Obgleich Kasem Chan die Seele des Hauses war, mochte er sich selbst nicht an das Haus und an die Moschee binden. Er war alles, was Agha Djan nicht sein konnte. Agha Djan war der Herr des Hauses, der Moschee und des Basars, er trug große Verantwortung. Kasem Chan dagegen hatte frei wie ein Vogel gelebt, und jetzt starb er wie ein Vogel. Vögel, die alt und krank geworden sind, fallen plötzlich vom Himmel, sie legen den Kopf auf den Boden, schließen die Augen und wachen nicht mehr auf. Kasem Chan war ein Dichter, einer, der keine Grenzen kannte. Er hatte nichts ausgelassen, er hatte Dinge getan, an die Agha Djan nicht einmal zu denken wagte.

Aus der Innentasche seines Kaftans zog Agha Djan den Gedichtband Kasem Chans hervor. Als er die Seite mit dem letzten Gedicht aufgeschlagen hatte, las er leise vor:

Wenn der süße Mund, der Becher Wein,
ja alles endet im Nichtmehrsein,
bedenk, solang du lebst, du bist nur das,
was du sein wirst, nichts: du kannst nicht weniger sein.

Siebzig Jahre lang hatte immer jemand die Opiumpfeife für Kasem Chan zubereitet, sobald er eingetroffen war. Das war nun nicht mehr nötig.

In der Küche saßen die Großmütter; sie unterhielten sich und weinten leise vor sich hin. Der Mann, den sie liebten, war nicht mehr. Wann waren sie ihm zum ersten Mal begegnet? Vor einem halben Jahrhundert, als junge Mädchen, als der Dichter Kasem Chan eines Nachmittags hoch zu Pferd auf dem Innenhof erschien. Noch nie hatten diese Mädchen ein Gedicht gehört. Einige Tage später hatte Kasem Chan für sie zwei Gedichte geschrieben, eins für Golbanu und eins für Golebeh. Die Verse sprachen von ihren Augen, ihren langen Zöpfen, ihrem Lächeln und ihren Händen, die sich so warm anfühlten, wenn sie die Opiumpfeife anzündeten. Als Kasem Chan das nächste Mal zu Besuch kam, waren Golbanu und Golebeh beide sein, bis in alle Ewigkeit.

Am Ramasan erschien in der Tür. Gewöhnlich kümmerte er sich um den Garten und suchte Moazzen frühabends in seiner Töpferei auf. Dort überwachte Am Ramasan auch den Vorrat und bestellte bei Bedarf frischen Töpferton. Er lebte allein, seine Frau war gestorben, Kinder hatte er keine. Nur einen Esel, mit dem er sein Brot verdiente; er war der Einzige, der Sand aus dem Fluss holte und mit seinem Esel zu den Kunden brachte.

Am Ramasan begrüßte Agha Djan leise, dieser erwiderte seinen Gruß und winkte ihn herein.

»Hör zu, Kasem Chan hat schon eine Weile kein Opium mehr geraucht. Er ist unruhig. Die Großmütter bringen gleich das Kohlenbecken. Du nimmst dann die Pfeife und bläst ihm den Rauch ins Gesicht, das wird ihn beruhigen.«

Am Ramasan rauchte nur hin und wieder, er konnte sich das Opium nicht leisten. Agha Djans Vorschlag freute ihn umso mehr, da er wusste, dass Kasem Chan nur das beste Opium aus den Bergen rauchte. Das, was Am Ramasan ab und zu bei seinen Freunden rauchte, war dunkelbraun und stank ein wenig, Kasem Chans Opium hingegen hatte eine gelbbraune Farbe und roch nach wilden Bergblumen.

Am Ramasan steckte das halbe Röllchen Opium, das ihm Agha Djan reichte, sofort in seine Manteltasche und ging hinaus.

Es dauerte nicht lange, bis Golebeh mit einer Teekanne und einem Kohlenbecken hereinkam; beides stellte sie auf den Boden. Mit Tränen in den Augen schaute sie Kasem Chan an. Am Ramasan legte die Pfeife in die heiße Asche und schnitt das Opiumröllchen in kleine Stücke.

Als die Pfeife warm genug war, befestigte er mit einer Nadel ein Stück Opium am Ende der Pfeife, nahm mit einer Zange etwas glühende Kohle und hielt sie an das Opium. Dann zog er an der Pfeife, erst leicht, dann immer fester. Einen Augenblick lang vergaß Am Ramasan, dass er für Kasem Chan rauchte, doch als sein Blick auf Agha Djan fiel, stand er auf, die Pfeife in der Linken und in der Rechten die glühende Kohle.

Am Ramasan beugte sich über Kasem Chan, hielt die Kohle an die Pfeife, rauchte, inhalierte tief und blies ihm den Rauch ins Gesicht.

Eine halbe Stunde lang fuhr er damit geduldig fort. Im Zimmer breitete sich allmählich eine dunkelblaue Wolke aus.

Dann ging die Tür auf. Herein kam die Närrin Godsi. Die Großmütter versuchten sie zurückzuhalten, doch Agha Djan gebot ihnen mit einer Handbewegung Einhalt. Godsi ging zum Bett, beugte sich über den Kranken, sah ihm ins Gesicht, murmelte etwas und verschwand dann wieder, ohne mit Agha Djan ein Wort gewechselt zu haben.

»Es ist genug«, sagte Golbanu zu Am Ramasan. »Wenn ihr jetzt hinausgeht, lesen wir Kasem Chan aus dem Koran vor.« Agha

Djan, der von all dem Opiumqualm etwas schläfrig geworden war, stand auf und verließ mit Am Ramasan das Zimmer.

Mit dem Koran in der Hand setzte sich Golebeh neben Golbanu auf den Fußboden. Das Lesen bereitete ihnen im Allgemeinen keine Schwierigkeit, doch das Vorlesen aus dem Koran ging etwas langsamer vonstatten. Glücklicherweise hatten sie sich einige Suren eingeprägt. Golbanu schlug das Buch zwar auf, doch die Sure sprach sie auswendig. Golebeh wiederholte ihre Worte:

Bei der Feder
Und bei dem, was damit geschrieben wird.
Wir haben die Besitzer der Gärten auf die Probe gestellt.
Am Morgen riefen sie sich zu:
Geht in der Frühe zum Acker hinaus
Wenn ihr ernten möchtet
Und sie waren früh hinausgegangen
Doch als sie ihn sahen, sagten sie:
Wir sind in die Irre gegangen
Nein, wir sind beraubt!

Dann legte Golebeh den Mund an Kasem Chans Ohr und flüsterte: »Kasem Chan, Ihr habt Eure Reise angetreten. Wir folgen Euch. Wir haben ein Geheimnis, das wir noch niemandem verraten dürfen, doch Euch vertrauen wir es an. Wir reisen nach Mekka, der Prophet Gesr hat alles in die Hand genommen. Wir wollten nach Djirja fahren, um von Euch Abschied zu nehmen. Ich küsse Euch, Kasem Chan, wir beide küssen Euch. Wir waren glücklich mit Euch.«

Beide küssten Kasem Chan auf die Stirn und verließen das Zimmer.

Am dritten Abend merkte Agha Djan, dass Kasem Chans Tod unmittelbar bevorstand; er ging allein ins Zimmer und schloss die Tür. Dann küsste er seinem Onkel die Stirn. Flüsternd sprach

Agha Djan: »Ihr könnt jetzt von uns gehen, wenn Ihr es wünscht. Wir werden uns immer an Euch erinnern. Eure Schuhe und Eure Gedichte werde ich in der Schatzkammer aufbewahren. Ich bin bei Euch, ich halte Eure Hand.«

Die Tür ging auf. Im Rahmen erschien Schahbal, er wartete auf eine Weisung von Agha Djan.

»Holst du mir bitte ein Glas dunklen Tee und einen Löffel?«

Agha Djan legte etwas fein geschnittenes Opium in das Glas, das ihm Schahbal gebracht hatte, und rührte mit dem Löffel, bis es sich aufgelöst hatte. »Hier«, sagte er zu Schahbal, »flöße es ihm ein, sein Körper verlangt danach. So wird die Seele seinen Körper ruhiger verlassen.«

Schahbal flößte Kasem Chan die gelbbraune Substanz Löffel für Löffel ein.

Agha Djan legte die Hand auf die nackte Schulter seines Onkels und sagte: »Er macht sich auf die Reise.« Dann beugte er sich vor, um ihm noch einmal die Stirn zu küssen. Langsam wich das Leben aus dem alten Mann. »Er ist fort«, sagte Agha Djan traurig, »sagst du den anderen Bescheid?«

Als Erste betraten die Großmütter das Zimmer. Sie sprachen Agha Djan ihr Beileid aus und setzten sich still ans Bett. Dann kamen die weinende Fagri, Sinat und Moazzen. Nachdem Agha Djan Kasem Chans Schuhe und seine Gedichtbände eingesammelt hatte, begab er sich im Dunkeln zur Moschee.

In der Moschee gab es eine Schatzkammer, einen geheimen Ort im Grabgewölbe, in dem seit undenklichen Zeiten die Wertgegenstände des Hauses aufbewahrt wurden.

Pergamente, Akten, Briefe und persönliche Habseligkeiten der verstorbenen Imame bis auf den heutigen Tag. Auch Hunderte Mappen mit den Moscheechroniken, die Agha Djans Vorgänger in den vergangenen Jahrhunderten verfasst hatten. In chronologischer Reihenfolge lagerten diese Mappen in Truhen.

Die Schatzkammer war ein wahre Fundgrube. Alles, was die

religiöse Geschichte des Landes betraf, konnte man in den Archiven finden. Auch hatten sich hier viele persönliche Besitztümer der jeweiligen Hausbewohner angesammelt.

Das Archiv und diese persönlichen Gegenstände hätten eigentlich in ein Museum gehört, doch sie waren ein wesentlicher Bestandteil des Hauses und der Moschee.

Der Herr des Hauses trug immer den Schlüssel zur Schatzkammer bei sich.

Außer Agha Djan wusste nur Schahbal von deren Existenz und was darin aufbewahrt wurde. Agha Djan hatte ihm auch von den Moscheechroniken erzählt.

»Nur Gott kennt die Stunde unseres Todes. Wenn ich sterbe, erhältst du den Schlüssel. Du führst das Buch weiter. Und du bestimmst, was geschieht«, hatte er Schahbal erklärt.

Agha Djan war selbst erst siebenundzwanzig gewesen, als er die Schatzkammer zum ersten Mal betrat.

Nach dem Tod seines Vaters hatte er eine Laterne genommen und war mitten in der Nacht in das Kellergewölbe der Moschee hinuntergestiegen. Mit zitternden Händen hatte er den Schlüssel in das alte Schloss gesteckt.

Als die Tür aufging, war es ihm wie ein Traum vorgekommen. Der Fußboden war mit einem uralten granatapfelroten Teppich bedeckt, auf einem Tisch lag ein aufgeschlagenes Buch, daneben stand ein Tintenfass mit einer Gänsefeder darin. Dutzende Paar Schuhe waren an der Wand aufgereiht, mit feinem Staub bedeckt, an jedem Paar hing ein Zettel mit dem Namen seines Besitzers. Es waren die Schuhe der verstorbenen Imame. Den Schuhen gegenüber waren Kleiderständer, an denen das Gebetsgewand und der schwarze Turban des jeweiligen Imam hingen. Bei einigen von ihnen standen auch ein Spazierstock und eine Truhe mit persönlichen Habseligkeiten und wichtigen Dokumenten aus der Zeit des Betreffenden.

Agha Djan wusste nicht genau, wie alt die Moschee und das Haus waren, doch das konnte er auf Wunsch jederzeit herausfinden. Er brauchte nur mit der Laterne an den Kleiderständern vorbei immer weiter in die Tiefe des Raumes vorzudringen, wo er wahrscheinlich die älteste Truhe mit der ersten Moscheechronik finden würde. Vielleicht enthielte sie auch Zeichnungen des Hauses und der Moschee. Ganz am Ende stieß die Kammer an einen dunklen Gang. Agha Djan vermutete, dass dort noch ältere Truhen standen. Fast wäre er damals weitergegangen, als er die Laterne hob und sah, dass an der Wand beschriebene Pergamente hingen. Das Licht war jedoch zu spärlich, um die Texte lesen zu können. Agha Djan fiel auf, dass hier die Staubschicht auf dem roten Teppich viel dicker war als auf allen anderen Gegenständen, die er bisher gesehen hatte. Offenbar war im letzten Jahrhundert niemand weiter gegangen als bis zu dieser Stelle. Und deshalb hielt es auch Agha Djan in jener Nacht nicht für angemessen, einen Schritt weiter zu gehen.

Die Staubschicht schien alles mit einem Siegel versehen zu haben, das man nicht aufbrechen durfte. Dabei hätte er sich nur zu gern die Gewänder der alten Imame und der früheren Hausbewohner angesehen und ihre Namen gelesen. Wer waren sie gewesen? Welche Art Kleidung hatten sie getragen? Welche Ringe? Er hätte gern eine dieser Truhen geöffnet und die Gegenstände betrachtet, an den Kleidern gerochen, einen der Ringe anprobiert und in einer Moscheechronik gelesen. Worüber hatte man in jener Zeit geschrieben? Was war im Haus geschehen, in der Moschee und auf dem Basar? Welche Farbe hatten die Fische im Wasserbecken? Und welche Art Baum hatte anstelle der Zeder mitten auf dem Innenhof gestanden? Und welche Krähe war der heutigen vorausgegangen? Er hätte gern die Reise in diese Vergangenheit angetreten, Wochen und Monate im Keller zugebracht, um Antworten auf seine Fragen zu finden. Doch es durfte nicht sein, die Schatzkammer war ein in Dunkel gehülltes Geheimnis, ein Geheimnis, das zur Moschee gehörte, das zum Koran passte und zur verlorenen Zeit.

Zum Vergangenen gab es keinen Zugang mehr. Mit dieser Einsicht befreite sich Agha Djan von seiner Neugier. Er legte Kasem

Chans Gedichte in die Truhe, stellte die Schuhe ans Ende der Reihe und löschte die Laterne.

In seinem Testament hatte Kasem Chan verfügt, er wolle nicht im Grabgewölbe der Moschee begraben werden. Deshalb suchten die Bewohner seines Dorfes einen schönen Platz für ihn aus, auf einer Hügelkuppe gegenüber von Kasem Chans Haus, wo ein alter Mandelbaum im Frühling unzählige Blüten verstreute.

Am nächsten Tag kamen Dutzende Dorfbewohner in die Stadt, um den Leichnam ihres Dichters nach Djirja zurückzubringen.

Agha Djan, Fagri Sadat, Sinat Ganum, Moazzen und die Großmütter begleiteten sie.

Genau vierzig Tage nach Kasem Chans Tod brach der Tag an, an dem die Großmütter ihre Reise nach Mekka beginnen sollten. Nach dem Morgengebet hüllten sie sich in den Tschador, nahmen die Koffer und stellten sich neben das Wasserbecken.

»Wir brechen auf!«, rief Golbanu.

»Wir begeben uns auf die Reise unseres Lebens«, rief Golebeh.

Die Großmütter hatten immer befürchtet, die Übereinkunft würde ungültig werden, wenn sie ihr Geheimnis ausplauderten. Doch heute konnten sie nicht mehr an sich halten. Moazzen hörte es als Erster; sofort kam er aus seiner Werkstatt und rief: »Wohin reist ihr denn?«

»Nach Mekka!«, antworteten die Großmütter.

»Wirklich? Nach Mekka?«

»Wir dürfen nichts verraten, Moazzen, glaub uns einfach.«

Er berührte ihre Koffer, die heiligen Kaaba-Koffer. Aus Leibeskräften schrie er dann: »Die Großmütter fahren nach Mekka!« Offenbar waren die anderen schon längst wach, denn als Agha Djan die Lampen auf dem Innenhof anmachte, kamen sämtliche Hausbewohner in Festkleidung heraus. Sie lachten und weinten, herzten und küssten die Großmütter.

Fagri Sadat brachte ein Kohlenbecken mit wohlriechendem Esfand, begleitet von ihren Töchtern Nasrin und Ensi, die einen Spiegel und rote Äpfel trugen. Sinat Ganum brachte, wie die Tradition es vorschrieb, eine Schale Wasser.

Schahbal holte den alten Koran aus der Bibliothek und reichte ihn Agha Djan. Golbanu und Golebeh nahmen ihre Koffer. Agha Djan küsste die Großmütter, hielt den Koran über ihre Köpfe und begleitete sie zur Tür.

Sinat schüttete ihnen das Wasser nach. Alle weinten, als würden die Großmütter nie wieder nach Hause zurückkehren.

Sayeh*

Agha Djan hatte schon einige Male gemerkt, dass Sinat nachts ihr Zimmer verließ, doch er wusste nicht, wohin sie ging. Sinats Zimmer befand sich im zweiten Stock, sodass sie auf dem Weg ins Erdgeschoss unweigerlich an Fagris und Agha Djans Schlafzimmer vorbeikam.

Eines Abends, als Agha Djan noch spät in seinem Arbeitszimmer saß, hörte er das Knarren der Tür, die zur Treppe in den oberen Stock führte. Zunächst dachte er, es sei Fagri, doch da keine Schritte zu hören waren, spähte er durch einen Vorhangspalt und sah jemanden durch die Dunkelheit schleichen.

Agha Djan trat auf den Innenhof hinaus. Er sah gerade noch den Zipfel eines schwarzen Tschadors an der Treppe. Vielleicht war es Sinat, doch was hatte sie so spät draußen zu suchen?

Als er in sein Zimmer zurückging, krächzte unerwartet die Krähe.

Ihr Warnruf erinnerte Agha Djan an die Frau aus Sarandib:

»Es war einmal ein Kaufmann aus Sarandib, der hatte eine Frau, die Djamis hieß. Niemand glaubte, dass auf der Welt je eine schönere Frau gelebt habe. Ihr Gesicht strahlte wie der Tag des Sieges, und ihr Haar war so schwarz und so lang wie die Nacht, in der man vergebens auf die Geliebte wartet.

Djamis hatte ein heimliches Verhältnis mit einem berühmten Maler, dessen Pinsel zu zaubern vermochte. Wenn sie ihn zuweilen aufsuchte, verbrachten die beiden eine wahrhaft persische Märchennacht. Einmal sagte sie zu ihm: ›Es fällt mir immer schwerer, zu dir zu kommen, und noch schwerer, so lange auf eine solche Nacht zu warten. Lass dir etwas einfallen, damit ich dich öfter sehen kann, du bist doch ein Künstler.‹

›Ich weiß einen Weg‹, sagte der Künstler. ›Ich werde dir einen Schleier anfertigen, der auf einer Seite so hell ist wie der Morgenstern im Wasser und auf der anderen so schwarz wie die Nacht. Erst wirfst du dir den Schleier mit der dunklen Seite nach außen um und kommst als Teil der Nacht zu mir. Bei Tagesanbruch drehst du den Schleier um und kehrst als Teil des Morgens nach Hause zurück.‹«

Die Abreise der Großmütter bedeutete einen Einschnitt für das Haus an der Moschee. Das Gleichmaß, für das sie gesorgt hatten, war dahin. Man sah das bereits an der alten Uhr, die plötzlich verstummte. Als die Großmütter noch da waren, herrschte Betrieb in der Küche; die Moscheekrähe krächzte, wenn Besuch eintraf, und die Bibliothek war immer aufgeräumt. Diese Zeit war offenbar vorbei.

Früher weckten die Großmütter die Kinder, sie halfen Fagri Sadat im Haushalt. Sie unterrichteten Agha Djan über alle Vorfälle im Haus und behielten Moazzens Töpferei im Auge. Jetzt gab es niemanden mehr, der diese Aufgaben übernahm.

Niemand konnte die Lücke ausfüllen. Wären die Großmütter noch da gewesen, wären sie bestimmt Sinat über das Dach gefolgt.

Mit dem Aushilfsimam war Agha Djan zufrieden; Djaneschin erfüllte seine Aufgabe mit Leidenschaft und wirkte überaus glücklich. Bei der ersten Unterredung war Agha Djan vor allem Djaneschins Ehrgeiz aufgefallen, er hatte jedoch an seinen Fähigkeiten gezweifelt.

Zwar konnte der Imam nach wie vor nur über dörfliche Angelegenheiten predigen, aber das machte er recht gut. Vor einiger Zeit hatte er sogar den Landwirtschaftsminister scharf angegriffen, weil dieser die armen Dörfer vernachlässige.

Obwohl Djaneschin noch nie in Teheran gewesen war, hatte einer seiner Aussprüche Schlagzeilen gemacht. Die Lokalzeitung zitierte: »Wie ich hörte, hat in Teheran jeder zu Hause ein Telefon, doch in Hunderten von Bergdörfern gibt es kein einziges. In Teheran kommt sofort ein Krankenwagen, wenn man sich in der Küche auch nur den kleinen Finger verletzt, doch was macht man in den Bergen, wenn der Vater todkrank im Bett liegt? Ich warne Teheran. Kommt zur Besinnung! Allah hat alle gleich geschaffen.«

Die Polizei und der Geheimdienst reagierten gelassen auf diesen harmlosen Angriff. Nicht nur wussten sie solche Kritik zu schätzen, sie regten sie sogar an.

Die Äußerungen des Imam wurden immer beliebter, inzwischen kamen sie sogar regelmäßig in die Zeitung. Agha Djan ließ ihm umso mehr Freiheit. Als einmal ein Foto des Imam und eine seiner Predigten in Auszügen in einem Lokalblatt erschienen war, wurde Agha Djan von einem anderen Händler angesprochen. »Der Imam ist naiv, aber oft auch sehr schlagfertig.«

Noch nie hatte eine Zeitung das Foto eines Imam publiziert. Dafür hatte man eigens einen Fotografen zur Moschee geschickt und den Imam auf dem Dach zwischen den beiden Minaretten ablichten lassen.

Als der Imam am folgenden Tag sein Porträt in der Zeitung sah, konnte er den ganzen Tag vor lauter Aufregung nicht stillsitzen. Sein Traum hatte sich erfüllt. Denn es war sein Kindheitstraum gewesen, einmal im Leben in einer großen Moschee zu predigen. Jetzt standen nicht nur die Predigt, sondern sogar ein Foto von ihm in der Zeitung, er war in Senedjan plötzlich zur Berühmtheit geworden.

Nach der Scharia übertraten Sinat und der Aushilfsimam kein Gesetz. Wenn ein gläubiger Mann eine Weile von zu Hause fort ist und von seiner rechtmäßigen Ehefrau getrennt lebt, kann er eine Zeitehe, eine Sigheh, eingehen. Doch der Imam wusste, dass er im Fall von Sinat ein großes Risiko einging. Und dass Agha Djan ihn sofort aus dem Haus werfen würde, wenn er von diesem Verhältnis erfuhr.

Sinat behagte ihre Rolle als zweite Frau gar nicht. Sie schämte sich dafür, mit dem Imam in der Moschee das Bett zu teilen, dort wo ihr Mann und noch Dutzende andere Imame im Kellergewölbe begraben lagen. Der Imam hätte sie am liebsten jede Nacht bei sich gehabt, doch Sinat weigerte sich aus Angst, Agha Djan könnte sie überraschen.

Wenn sie den Imam tagsüber sah, konnte sie nicht glauben, dass sie mit ihm geschlafen, dass er sie entkleidet hatte. Doch im Dunkeln war alles anders, statt ihn zu sehen, fühlte sie nur seine Hände, seine Schultern, seinen Rücken, fühlte, wie er sich im Bett bewegte, stark wie ein Pferd.

Danach hüllte sich Sinat immer sofort in ihren Tschador und entfernte sich rasch. Mit dem Imam wollte sie nichts mehr zu tun haben, von ihm kein Wort mehr hören. Doch wenn sie in der folgenden Nacht das Licht löschte und ins Bett kroch, vermisste sie seinen Körper.

Ihr verstorbener Mann Alsaberi hatte nie ihre Brüste geküsst, er hatte ihr nie wie ein Tier in die Pobacken gebissen. Der Aushilfsimam hingegen trug Sinat auf den Gipfel der Lust, der sie alles vergessen ließ.

Vor einiger Zeit hatte er sie in das Grabgewölbe hinabgeführt; dort hatte er Sinat ausgezogen und auf den harten, kalten Särgen geliebt. Nach anfänglichen Protesten hatte sie seinem Drängen nachgegeben, hatte ihn in die Arme geschlossen und sich ihm hingegeben.

»Ich tue es nie mehr, ich gehe nie mehr zu ihm«, nahm Sinat sich jedes Mal vor, wenn sie in ihr Zimmer zurückging. »Es war schön, ich habe Glück gehabt, dass es noch keiner gemerkt hat. Ich muss aufhören, ich werde aufhören. Ich gehe fort, ich gehe nach Qom zu meiner Tochter und bleibe eine Weile bei ihr. Ich gehe zum Grab der heiligen Fatima, ich werde sie um Verzeihung bitten. Ich tue es, morgen tue ich es, ich packe meinen Koffer und gehe.«

Doch Sinat tat es nicht. Jetzt war sie wieder auf dem Weg zu ihm.

Der Aushilfsimam hörte sie leise zur Treppe gehen. Sinat verschwand im Dunkel, kurz darauf wusch sie sich die Hände im *Hous* und spritzte sich Wasser ins Gesicht.

Djaneschin wollte sie wieder in das Grabgewölbe führen, doch sie weigerte sich. Als er sie mit seinen großen Händen festhielt und den Kopf an ihre Brüste drückte, schmolz ihr Widerstand. Da hob er sie hoch, öffnete die Kellertür mit dem Fuß und stieg die Stufen hinab.

Dort unten brannte eine Kerze auf einem hohen Grabstein. Der Imam zog Sinat die Kleider, Schuhe und Strümpfe aus, bevor er sie zu dem Sarg neben der Kerze führte. Unversehens zauberte er ein Büschel roter Weintrauben hervor, legte sie auf Sinats nackte Brüste und aß die Trauben eine nach der anderen auf. Der Saft rann ihr über Brüste und Bauch, er leckte ihn ab, und Sinat verging beinahe vor Lust.

Sie waren so miteinander beschäftigt, dass sie nicht merkten, wie jemand mit einer Laterne in der Hand an den kleinen Fenstern des Kellers vorbeikam.

Der Aushilfsimam war trunken von Sinat und dem Saft; auf ihr liegend rezitierte er laut die Sure Al-Falaq:

Ich suche Zuflucht bei Ihm
Dem Herrn der Morgendämmerung
Vor dem Übel, das Er erschaffen hat,
Und vor dem Übel der Dunkelheit
Wenn sie hereinbricht …

Sinat lauschte ihm mit geschlossenen Augen, wieder merkten sie nicht, dass jemand mit einer Laterne in der Hand die Kellerstufen hinunterkam.

Dann sahen sie plötzlich das Licht, hörten die Schritte. Sinat stieß den Imam fort, griff nach ihrem schwarzen Tschador und versteckte sich im Dunkeln.

Als der Imam sich umdrehte, sah er eine Silhouette mit einer Laterne über dem Kopf.

»Imam! Pack deine Koffer!«

Hadji

Agha Djan ließ einen anderen Aushilfsimam kommen, einen betagten Imam aus Sarug. Es war ein bedächtiger Mann, der sich in seinen Predigten am liebsten über das Leben der Heiligen erging. Agha Djan störte sich nicht daran. Umso besser, wenn die Moschee es ein wenig ruhiger angehen ließ.

Nach drei Monaten wurde es Zeit, dass die Pilger aus Mekka zurückkehrten.

Agha Djan plante ein großes Fest für die Großmütter, zu dem sämtliche Verwandten geladen waren.

Das Empfangsfest für die Pilger war immer ein besonderes Ereignis. Das Haus wurde mit bunten Lichtern geschmückt, auf den Innenhöfen wurden Teppiche ausgerollt, und es wurde ein Dankopfer dargebracht. Eine Woche lang kamen Verwandte, Bekannte und Nachbarn vorbei und gratulierten den Pilgern, alle wurden festlich bewirtet. Während eines solchen *Mehmooni* bekam der Pilger den Ehrentitel des »Hadji« beziehungsweise der »Hadja«. Diesen Titel durfte der Betreffende dann bis an sein Lebensende mit Stolz tragen.

Agha Djan schrieb Nosrat einen Brief:

»Liebster Bruder, du warst in letzter Zeit so selten hier, komm doch wieder etwas öfter nach Hause. Anlässlich der Rückkehr der

Großmütter habe ich alle eingeladen, du sollst nicht fehlen, versuche doch, rechtzeitig da zu sein. Dieses Haus hat den Großmüttern so viel zu verdanken, es ist deine Pflicht, beim wichtigsten Fest ihres Lebens anwesend zu sein. Uns allen fehlt Onkel Nosrat! Bis bald!«

Wenige Tage später rief Nosrat an: »Tut mir leid, aber ich kann nicht kommen, ich habe einen wichtigen Termin, ich verspreche dir, ich mache es wieder gut.«

Am Abend, an dem die Großmütter erwartet wurden, musste Nosrat sich im größten Theater von Teheran in der Lalesarstraße einfinden, denn dort würde Mahwasch auftreten. Im Auftrag des Theaters sollte er eine Porträtserie von der berühmten Sängerin machen. Auf diesen wichtigen Auftrag wollte Nosrat keinesfalls verzichten, da er ihm die Gelegenheit bot, sich mit ein paar gelungenen Fotos einen Namen zu machen.

Mahwasch war ein neuer Stern am Firmament des Teheraner Nachtlebens, allerdings spielten ihre Bewegungen, ihre Arme, ihre Brüste und ihr Hintern dabei eine wichtigere Rolle als ihre Stimme. Sie war die Traumfrau aller persischen Männer, das Symbol einer Epoche, in der die Frauen den Tschador freiwillig zu Hause ließen und ohne Schleier auf die Straße gingen.

Die Männer kamen um vor Verlangen, wenn Mahwasch die Bühne betrat. Sie verzauberte sie mit ihren nackten Armen und ihrem üppigen Dekolleté. Mit ihren hohen Absätzen, ihrem glitzernden, hautengen Kleid und ihren roten Lippen trieb die Sängerin ihr Publikum zur Raserei. Sie enthüllte den Männern, die ihretwegen ins Theater strömten, die Geheimnisse der sinnlichen persischen Frau. Wie eine Göttin wurde Mahwasch von den Teheraner Theaterdirektoren empfangen, und sie war immer von Fotografen umdrängt.

Mahwasch war die erste Frau in der Geschichte Irans, die sich in einem derart gewagten Kleid auf der Bühne zeigte. Mal streckte sie dabei ihre molligen Arme in die Luft, schwenkte ihre ausladenden Hüften. Mal streckte sie ihren wohlgerundeten Po heraus und sang mit erotischer Stimme:

Dischab ke as Hend umadam
baa maschine Benz umadam
dschune man begu
in kun kadsche?
Gestern Nacht, da kam ich aus Indien
nach Hause zurück
und natürlich kam ich
in einem Mercedes-Benz
seid doch ehrlich
und sagt mir:
ist mein Po wirklich schief?

»Nein, nein, wer sagt denn so was?«, riefen die Männer glückselig.

»Madar schuhar, meine Schwiegermutter!«, entgegnete Mahwasch.

»*Baa tu ladsche* ..., sie ist neidisch auf deinen Po!«, riefen die Männer im Chor.

Fast täglich war Mahwasch in der Zeitung zu sehen, doch bisher hatte noch kein Fotograf Porträtaufnahmen von ihr gemacht. Nosrat überzeugte den Direktor des Molanrug-Theaters, den er gut kannte, dass er dafür der richtige Mann sei.

Da der Theaterdirektor Nosrat in den höchsten Tönen lobte – er tue es nicht des Geldes, sondern ausschließlich der Künstlerin wegen –, willigte Mahwasch ein, ihn in ihrer Wohnung zu empfangen.

Während Nosrat in Teheran die Wohnung der Sängerin betrat, fuhr Agha Djan zum Bahnhof von Senedjan, um die Großmütter abzuholen. Neben ihm saß Fagri Sadat, eine Kolonne Autos mit Freunden und Verwandten folgte ihnen.

Die Pilger hatten eine anstrengende dreiwöchige Reise hinter sich: Erst waren sie in Bussen von Mekka nach Medina gefahren, wo der Prophet Mohammad begraben liegt, dann hatten sie Saudi-Arabien wieder verlassen und waren in den Irak gefahren, um die heiligen Städte Nadjaf und Kerbala zu besuchen. In Kerbala liegt der heilige Hussein begraben, in Nadjaf der heilige Ali. Per Schiff hatten sie den Grenzfluss Arvandrud überquert, um schließlich mit dem Zug in ihre Heimat zurückzukehren.

Alle dachten an die Großmütter, vor allem die Jüngeren konnten es kaum erwarten. Denn die Großmütter würden Geschenke mitbringen. Armbanduhren, die im Dunkeln leuchteten, und Wecker, die heilige Verse spielten. Ringe und Armbänder für die Mädchen und Gürtel mit Sprüchen für die Jungen. Es waren keine gewöhnlichen Mitbringsel, nein, es waren Geschenke aus der Stadt Mekka, wo Gottes Haus, die Kaaba, stand. Die Stadt, in der Mohammad geboren wurde und wo Khadija gelebt hatte, die reichste Frau Mekkas, die dreitausend Kamele besaß.

Der Zug, der jeden Moment einfahren würde, war ein Sonderzug, der durch alle wichtigen Städte fuhr und die Reisenden an den Bahnhöfen absetzte. Die Abteile waren mit grünen Wimpeln geschmückt, in der Farbe des Islam, überall hingen grüne Tücher mit heiligen Texten aus den Fenstern, und auch die Hadjis trugen alle einen grünen Schal.

Schon von weitem hörte man das Pfeifen des Zuges, bevor er mit grellen Scheinwerfern in den Bahnhof einfuhr. Und sobald er hielt, fing die Militärkapelle zu spielen an.

Agha Djans Auto hielt auf dem Bahnhofsplatz. Oben an der Treppe stand der Bahnhofsdirektor in Galauniform, um ihn willkommen zu heißen. Er wartete, bis alle Familienmitglieder angekommen waren, und begleitete sie dann in den Wartesaal für besondere Gäste. Diener servierten Tee und Gebäck auf Tabletts, die eigens für die Eisenbahngesellschaft hergestellt worden waren. Die Moscheesänger sangen heilige Verse ins Mikrofon. Alte Frauen verbrannten *Esfand* auf einem Kohlenbecken, ein würziger Duft erfüllte den Raum. Die Familien teilten Süßigkeiten und Getränke aus. Diener sprengten aus silbernen Schalen Rosenwasser auf die Hände der Besucher.

Endlich fuhr der Zug in den Bahnhof ein. Aus den Fenstern winkten Hunderte Pilger mit ihren grünen Schals der Menschenmenge auf dem Bahnsteig zu. Die drei Abteile, in denen die Pilger aus Senedjan und den umliegenden Dörfern saßen, kamen genau vor dem Eingang zur Bahnhofshalle zum Halt. Nach und nach stiegen alle Hadjis und Hadjas mit ihren großen Koffern aus, während der Direktor sie über Lautsprecher begrüßte.

»Wo sind nur die Großmütter?«, fragte Fagri Sadat.

»Sie sind bestimmt noch im Zug«, sagte Sinat Ganum, »du kennst sie doch, sie putzen erst noch das Abteil.«

»Schahbal, schau bitte mal nach«, sagte Agha Djan, »der Zug fährt gleich weiter!«

Schahbal konnte die Großmütter nicht finden.

»Sie sind nicht hier!«, rief er aus einem Zugfenster.

»Schau in den anderen Abteilen nach.«

Der Zug war lang, und Schahbal rannte von einem Waggon in den anderen.

Agha Djan unterrichtete den Direktor: »Meine Angehörigen fehlen, vielleicht wissen sie nicht, dass sie hier aussteigen müssen.«

Der Direktor notierte sich die Namen, ging in sein Büro, schaltete das Mikrofon wieder ein und rief: »Eine wichtige Durchsage für die Hadjas Golbanu und Golebeh. Bitte steigen Sie hier aus. Ich wiederhole: Hadjas Golbanu und Golebeh! Bitte aussteigen!«

Nach zehn Minuten war von den Großmüttern immer noch keine Spur zu sehen.

Schahbal kam angerannt: »Ich habe alle Abteile durchsucht, sie sind nirgends. Vielleicht sind sie zu früh ausgestiegen, in einer anderen Stadt.«

Allmählich leerte sich der Bahnsteig, der Heizer stieg ein, die Türen wurden zugeschlagen.

Noch einmal schallte die Stimme des Direktors über den Bahnsteig: »Eine dringende Durchsage! Hadjas Golbanu und Golebeh, bitte bei der Direktion melden!«

Der Schaffner wartete noch einen Augenblick, dann schaute er auf die Uhr und pfiff. Der Zug setzte sich in Bewegung, Agha Djan blieb mit seiner ganzen Familie auf dem Bahnsteig zurück.

Eine Woche lang telefonierte Agha Djan mit Hilfe des Bahnhofsdirektors alle Bahnhöfe zwischen dem Grenzfluss Arvandrud und Senedjan ab, doch nirgends waren die Großmütter gesichtet worden.

Er suchte alle Hadjis und Hadjas auf, die gerade aus Mekka zurückgekommen waren, ohne Nennenswertes in Erfahrung zu bringen. Zuletzt hatte man die beiden in Mekka gesehen; man dachte, sie seien mit einer anderen Gruppe zurückgereist.

Agha Djan blieb nichts anderes übrig, als auf die Rückkehr aller Reisebegleiter zu warten, doch das würde noch einige Wochen dauern.

Sonst regnete es im Sommer nie, jetzt aber hingen ein paar dunkle Wolken über der Stadt. Die ersten Tropfen fielen, als ans Tor geklopft wurde.

Schahbal machte das Licht an und öffnete. Draußen stand Hadji Mustafa, der Mann, der die Pilgerfahrten organisierte. Er hatte zwei Koffer in der Hand.

»Guten Abend«, sagte der Hadji, »ist Agha Djan zu Hause?«

»Warten Sie einen Moment. Ich sage ihm Bescheid.«

Schahbal verschwand und kehrte gleich darauf zurück, um Hadji Mustafa in Agha Djans Zimmer zu führen.

Hadji Mustafa stellte die Koffer ab, bevor er Agha Djan umarmte.

»So etwas habe ich noch nie erlebt«, sagte er gleich, »es ist eine merkwürdige Geschichte, ich weiß nicht, ob es nun ein Glück oder ein Unglück ist. Glück würde ich es nennen, wenn sie sich im Haus Gottes verirrt haben, Unglück, wenn sie sich woanders befinden«, fuhr er betrübt fort.

»Was ist passiert?«

»Hier sind ihre Koffer. Die Großmütter sind wie zwei Tropfen Wasser in der Wüste von Mekka verschwunden. Ich habe sie überall gesucht, auf allen Polizeiwachen, in Krankenhäusern, in Moscheen, aber nirgends gab es eine Spur von ihnen. Sie waren bis zum letzten Tag bei der Reisegruppe, es ging ihnen gut, sie waren gesund und munter. Aber dann passierte etwas Eigenartiges: Eine Stunde vor unserer Abreise nach Medina kamen sie bei mir vorbei, stellten ihre Koffer neben meinen Schreibtisch, schlugen den Tschador um und gingen fort, ohne ein Wort zu sagen. Ich glaubte, sie wollten noch ein letztes Mal auf den Markt, um ein paar Souvenirs zu kaufen, doch sie kamen nicht mehr zurück. Hier sind ihre Koffer. Ich bedaure es von ganzem Herzen, ich hätte besser auf sie aufpassen müssen. Ich bitte um Verzeihung, ich werde alles tun, was in meiner Macht liegt. Ich halte Sie auf dem Laufenden.«

Nachdem Hadji Mustafa sich verabschiedet hatte, war Agha Djan wieder allein mit Schahbal.

»Ich glaube nicht, dass sie sich in Mekka verirrt haben«, sagte Agha Djan.

»Was denn sonst?«

»Sie haben sich hinter dem alten, heiligen Vorhang der Kaaba versteckt. Sie wollten oder wollen nicht mehr nach Hause zurück.«

»Das verstehe ich nicht«, sagte Schahbal.

»Sie wollen in Mekka sterben, das ist der allerschönste Tod, den sich ein Moslem vorstellen kann. Sie sind wohl gemeinsam zu dem Schluss gekommen, dass sie ihr Leben gelebt haben. Sie mussten eine Entscheidung treffen: entweder zu Hause auf den Tod warten oder in der Kaaba, in Gottes Haus, dahinscheiden. Wenn man in der Kaaba stirbt, gelangt man gleich ins Paradies. Sag mir, wofür würdest du dich an ihrer statt entscheiden?«

»Ich kann mir nicht vorstellen, dass sie mit Absicht dort geblieben sind. Wie kommst du darauf?«

»Das kann ich dir nicht erklären. Fünfzig Jahre haben sie hier in diesem Haus gelebt, fünfzig Jahre lang haben sie sich die alten Geschichten angehört, und jetzt wollen sie ihre eigene Geschichte schreiben.«

Schahbal lächelte.

»Lass uns die Koffer öffnen. Vielleicht liegt ein Brief darin«, sagte Agha Djan.

Schahbal öffnete die Koffer. Sie waren mit Geschenken gefüllt: Armbanduhren, goldene Armbänder, Ringe und bunte Kleider, die im Schein der Hängelampe glänzten, lauter Geschenke aus Mekka für die Bewohner des Hauses.

»Hier ist der Beweis«, sagte Agha Djan. »Sie haben nichts von ihren eigenen Sachen in den Koffern liegen lassen, sie haben nicht mal ihre Totenhemden hineingelegt. Es ist der Wunsch jedes Pilgers, in Mekka sein Totenhemd zu kaufen, das ist das Allererste, was er tut. Im Totenhemd wird man begraben. Sie haben sie bei sich, vielleicht tragen sie die Hemden sogar unter ihren Kleidern.«

»Glaubst du wirklich?«, fragte Schahbal. »Und was sagen wir jetzt den andern?«

»Die Wahrheit. Sei so gut, stell die Koffer hinter den Schreibtisch und bitte die anderen, hierherzukommen.«

»Hadji Mustafa war gerade hier«, verkündete Agha Djan, als sich alle Hausbewohner in seinem Arbeitszimmer versammelt hatten. »Leider hatte er nichts Neues zu berichten. Aber er ist ständig in Kontakt mit der Polizei in Mekka, sobald er etwas erfährt, sagt er Bescheid.«

»Bedeutet das, dass wir die Großmütter nie mehr wiedersehen?«, fragte Nasrin.

»Sie können doch nirgends hin. Die Polizei müsste sie finden«, meinte Djawad.

»Ich weiß. Hadji Mustafa hat getan, was er konnte. Vielleicht haben sie einen Zug in eine andere Stadt genommen. Millionen Menschen fahren nach Mekka, es gibt so viele Möglichkeiten. Doch die Großmütter haben voller Liebe an euch gedacht. Sie haben Hadji Mustafa Geschenke für euch mitgegeben. Und das beweist doch, dass es ihnen gut geht. Schahbal, die Koffer!«, sagte Agha Djan.

Schahbal stellte die Koffer auf den Schreibtisch und öffnete die Deckel. Alle sahen staunend auf die vielen verschiedenen Geschenke, an jedem hing ein Zettel mit dem Namen. Für Nasri und Ensi fröhlich bunte Blusen, für Djawad eine Mütze und eine Uhr, für Fagri Sadat ein Schminktäschchen, für Moazzen ein zusammenklappbarer Spazierstock, wie sie ihn noch nie gesehen hatten. Sinat Ganum bekam einen Gedichtband von den Dichtern aus Mekka, Agha Djan einen Füllfederhalter mit dem Bildnis des heiligen Ali, Schahbal eine Uhr und dunkelblauen Stoff mit feinen weißen Streifen, aus dem er sich einen Anzug schneidern lassen konnte.

Alle freuten sich, lobten den guten Geschmack der Großmütter, kommentierten lautstark die Geschenke der anderen, als plötzlich von draußen Geschrei und Gezeter hereindrang. Auf dem Dach der Nachbarn, das an die Bibliothek grenzte, standen zwei Frauen und zankten sich.

»Es sind die Frauen von Hadji Schischegar«, sagte Sinat Ganum.

Hadji Schischegar war um die sechzig. Er war gemeinsam mit den Großmüttern in Mekka gewesen und gerade zurückgekehrt. In seinem großen Laden auf dem Basar handelte er mit Glaswaren.

Er hatte zwei Frauen, die ältere hieß Akram und die jüngere Tala.

Akram hatte ihm sieben Töchter, doch keinen Sohn geschenkt, und deshalb hatte er schließlich eine zweite, jüngere Frau geheiratet. Doch zu seinem Leidwesen war sie bisher kinderlos geblieben.

»Schlag mich nicht! Schlag mich nicht! Es tut mir ja leid! Ich wusste es nicht, ich wusste es wirklich nicht!«, flehte Tala.

Akram wollte nicht aufhören, sie schrie und zog Tala an den Haaren und schlug sie aufs Neue.

»Nicht! Ich habe nichts Böses getan. Deine Kinder sind auch meine Kinder, ich flehe dich an!«

Sinat Ganum war aufs Dach gestiegen, sie versuchte zu schlichten.

»Was ist denn los? Worum streitet ihr euch?«

»Um nichts«, sagte Tala.

»Warum schlägt sie dich dann? Und was macht ihr hier oben auf dem Dach?«

»Hadji ist zu Hause, er hat Besuch«, sagte sie, »und ich … ich bin …«

»Du bist was?«

»Ich bin schwanger«, sagte Tala leise.

Akram verschwand weinend im Dunkeln.

»Tala ist schwanger!«, rief Sinat.

»Mobarak! Mobarak!«, riefen Agha Djans Töchter vom Innenhof herauf.

In Mekka hatte Hadji Schischegar an der Kaaba gebetet, Gott möge ihm einen Sohn schenken. Gott schenkte ihm gleich zwei.

Im Haus an der Moschee gingen die Monate dahin. Von den Großmüttern hörte man nichts.

Rückkehr

Als Schahbal zum Frühstück in die Küche ging, sah er eine Frau mit einem Koffer auf der Bank am *Hous* sitzen. Erst als sie ihren Tschador auf die Schultern gleiten ließ, erkannte er sie.

»Bist du's, Sediq?«

Nach Galgals Flucht aus Senedjan war Sediq ihm nach Qom gefolgt. Seitdem war sie nicht mehr nach Hause gekommen.

Während Sinat sie umarmte und küsste, fragte sie, warum ihre Tochter so traurig wirke. Sediq legte den Kopf auf Sinats Schulter, sie weinte, doch ohne ein Wort der Erklärung.

Sinat wusste, dass ihre Tochter mit Galgal nicht glücklich war, dass er ihr kein richtiges Familienleben bot, sie niemanden zu sich nach Hause einladen durfte und in steter Angst vor ihrem Ehemann lebte.

Galgal ließ Sediq oft allein, nie sprach er mit ihr über seine Arbeit, und sie durfte sich ihrer Familie nicht anvertrauen.

Das Lächeln, das ihr früher nie von den Lippen wich, war verschwunden. Gram bedeckte wie ein Schleier ihr Gesicht.

»Was ist passiert?«

Sediq brachte kein Wort heraus.

»Bist du etwa weggelaufen?«

Sediq schwieg.

»Habt ihr euch gestritten?«

Sediq schüttelte den Kopf.

»So sag schon, was passiert ist.«

Doch sie sagte nichts.

Sediq ging im Innenhof auf und ab. Sie dachte über die Zeit nach, die hinter ihr lag.

Galgal war für mehrere Monate verreist und hatte sie zu Hause allein gelassen; weder wusste sie, wo ihr Mann war, noch, wann er zurückkehren würde. Eines Tages hatte sie von ihm einen Brief bekommen, in dem stand: »Ich komme vorläufig nicht nach Hause, meine Abwesenheit wird wahrscheinlich lange dauern. Kehre zu deiner Familie zurück. Sprich mit niemandem darüber!«

Sediq schwieg, doch alle ahnten, dass ihre gescheiterte Ehe der Grund ihrer Rückkehr war. Sie quälte sich mit der Frage, ob sie überhaupt noch zu Galgal zurückwollte. Zurück in dieses schreckliche Haus in Qom? Wollte sie ihr Bett je wieder mit ihm teilen? Doch sie hatte keine andere Wahl. Sie war seine Frau, musste sie da nicht zwangsläufig zu ihm zurückkehren?

Nein, dachte Sediq, wenn er kommt, gehe ich nicht mit, und wenn er mich zwingen will, schreie ich so lange, bis alle Moscheegänger auf dem Dach stehen.

Als sie dann die Küche betrat, spürte Sediq die Leere, die die Großmütter hinterlassen hatten.

Früher war die Küche immer ordentlich gewesen, jetzt stand nichts an seinem Platz. Der Abfalleimer war voll, die Gewürztöpfchen, die in den Schrank gehörten, standen herum. Früher duftete die Küche immer nach frischem Obst, das auf einem Teller neben der Spüle lag. Sediq begann aufzuräumen. Sie stellte den Abfalleimer nach draußen, säuberte die Gewürztöpfchen und stellte sie an ihren Platz. Danach räumte sie die Kochtöpfe weg, fegte den Fußboden, putzte die Fenster und gab den Pflanzen Wasser.

Schließlich stellte sie einen Topf auf den Herd, um für die Hausbewohner zu kochen.

Als die anderen am Abend nach Hause kamen, sahen sie Licht in der Küche und rochen bereits das Essen.

Sediq hatte den Tisch im Esszimmer gedeckt; zum ersten Mal seit langer Zeit aß die Familie wieder gemeinsam.

Keiner stellte eine Frage; keiner erwähnte Galgal. Agha Djan würde beizeiten mit Sediq reden.

Alle genossen den Abend, sagten, wie sehr sie Sediqs Kochkünste vermisst hätten. Sie blieb noch bis spät in der Küche, wusch das Geschirr ab und saß dann lange im Dunkeln am Fenster. Sie schaute auf ihren Koffer, der noch immer am Wasserbecken stand. Sinat hatte Sediq eingeladen, bei ihr zu übernachten, doch das hatte sie abgelehnt. Sie schaute in den alten Küchenspiegel, in den die Großmütter immer geschaut hatten. Der trübe Spiegel sagte ihr, dass ein neuer Lebensabschnitt angefangen hatte. Den ganzen Tag war sie unschlüssig gewesen, nun aber wusste sie, was zu tun war. Sediq stand auf, löschte das Licht in der Küche und ging in den Keller.

»Wer ist da?«, rief Moazzen.

Sie erschrak.

»Bist du's, Sediq? Höre ich richtig?«

»Ja, ich bin's.«

»Ich war mir erst nicht sicher, deine Schritte klingen so anders, ich hätte dich fast nicht erkannt. Was suchst du hier mitten in der Nacht?«

»Einen Schlüssel, er muss irgendwo in einer der alten Truhen liegen.«

»Welcher Schlüssel?«

»Der vom Zimmer neben der Treppe zur Moschee, dem Zimmer zwischen der Treppe und Agha Djans Arbeitszimmer.«

»Brauchst du ihn sofort?«

Sediq kramte in den alten Truhen, ohne den Schlüssel zu finden.

»Schau mal hinter dem Gewölbepfeiler nach, da steht noch eine Truhe, nimm die Laterne, sonst siehst du nichts«, riet Moazzen.

Sediq zündete die Laterne an, um sich zur anderen Truhe zu begeben. Auch dort fand sich kein Schlüssel.

»Vielleicht ist er im Schrank«, sagte Moazzen.

Als Sediq das Licht in der Werkstatt anmachte, sah sie Moazzen vor dem Ofen stehen.

»Pass auf«, sagte er, »dass du die Vasen nicht umstößt.«

Vorsichtig ging sie zwischen den frisch getöpferten Vasen hindurch zum Schrank.

Drinnen hingen ein paar alte Herrenmäntel und ein paar Spazierstöcke.

»Gefunden?«

»Nein, hier hängen nur Kleider.«

»Als die Großmütter noch da waren und die Schränke aufräumten, habe ich einmal ein Klirren gehört.«

Tatsächlich: Als sie die Mäntel zur Seite schob, hörte Sediq etwas klirren. »Du hast sie gefunden«, sagte Moazzen.

Sediq kehrte auf den Innenhof zurück, ging an Agha Djans Zimmer vorbei und blieb vor dem dritten Zimmer stehen. Nacheinander probierte sie alle Schlüssel aus. Einer passte, doch er ließ sich nicht drehen.

Sie ging wieder in den Keller, um Moazzen zu holen.

Er träufelte etwas Öl ins Schlüsselloch und versuchte es noch einmal, doch es ging wieder nicht.

»Ich weiß nicht mehr, wann dieses Zimmer zuletzt benutzt wurde. Schloss und Schlüssel sind ganz verrostet«, sagte er.

Es lag ihm auf der Zunge zu fragen, warum sie unbedingt mitten in der Nacht in dieses Zimmer wollte. Warum sie nicht im Gästezimmer übernachtete. Stattdessen träufelte er noch Öl ins Schloss und versuchte es abermals.

»Es geht schon besser, ja, jetzt dreht er sich, warte, er klemmt noch etwas, ich werde mit dem Hammer ein wenig nachhelfen.« Moazzen schlug ein paar Mal gegen das Schloss und drückte die Klinke herunter.

»Na, wer sagt's denn! Aber ich verstehe wirklich nicht, was du so spät in diesem Zimmer willst«, sagte er, wartete ihre Antwort jedoch nicht ab, sondern ging in sein eigenes Zimmer.

Behutsam drückte Sediq die Tür auf.

Drinnen war es dunkel. Sie drückte auf den Lichtschalter, doch nichts tat sich. Wieder ging sie in den Keller und holte die Laterne.

Alles im Zimmer war mit weißen Tüchern bedeckt, sogar der Teppich auf dem Fußboden. Eine dünne Staubschicht lag darüber. Vorsichtig zog sie die Tücher weg und legte sie vor die Tür.

Es stand ein Bett da, daneben ein alter Spiegel. An einem Kleiderständer hing ein Tschador, darunter verbarg sich ein Paar Pantoffel. Auf einem Tischchen lagen ein Kamm, eine Puderdose und ein Schminkkästchen. An der Wand hinter dem Bett waren Bretter angebracht, auf denen einige Bücher standen. Auf dem Holzofen sah Sediq ein Teeglas und eine Schüssel, im Schrank hingen ein paar Kleider.

Sediq holte sich zwei saubere Betttücher aus der Wäschekammer. Dann nahm sie ihren Koffer, ging ins Zimmer zurück, stellte den Koffer neben den Schrank, bezog das Bett, schlüpfte unter die Decke, schloss die Augen und schlief sofort ein.

Früh am nächsten Morgen sahen die anderen, wie Sediq sich eifrig das Zimmer herrichtete. Sie klopfte den Teppich aus und putzte die Fenster. Schahbal verlegte ein neues Stromkabel.

Abends brannte Licht hinter den bunten Scheiben des Zimmers neben der Treppe, der Boden strahlte rot, grün und gelb.

Nachdem Sediq eines Nachts in der Tür stand und ihr Bauch vom bunten Licht bestrahlt wurde, schrieb Agha Djan in seine Chronik: »Sediq ist schwanger.«

Untergrund

Neben den Toren des Basars tauchten an den Mauern große Plakate mit Schwarzweißfotos auf, vier Aufnahmen von Männern mit Schnurrbart und Brille. Darunter stand: »Entflohene Häftlinge! Gefährliche Kommunisten! Für Hinweise zur Ergreifung der Verbrecher wird eine Belohnung in Höhe von 10 000 Toman* ausgesetzt!«

Die Lokalzeitung druckte die Fotos auf der Titelseite ab: »Vier Terroristen in der Stadt unterwegs«.

Die Leute drängten sich um die Plakate und redeten wild durcheinander. Sie wussten nicht genau, was Kommunismus bedeutete, sie wussten nur, dass Kommunisten gefährliche Menschen sind, die nicht an Gott glauben.

In der Zeitung stand ein Interview mit einem Ziegenhirten, der die flüchtigen Häftlinge gesehen haben wollte.

»Waren sie bewaffnet?«, lautete eine Frage.

»Ja, sie ritten auf Pferden und hatten ein *Tofang**, ein Gewehr, geschultert.«

»Wo bist du ihnen begegnet?«

»Ich bin niemandem begegnet. Als ich meine Herde zusammentrieb, rannte ich hinter einer Ziege her. Auf einmal sah ich vier Reiter, ich wusste sofort, dass es Fremde waren. Sie saßen wie

Sultane im Sattel, solchen Leuten begegnet man nicht oft in den Bergen.«

»Hast du mit ihnen geredet?«

»Erst nicht, sie ritten den Berg hinauf, ich sah sie nur von hinten. Ich glaube, sie wollten auf die andere Seite, nach Afghanistan. Plötzlich drehte einer von ihnen um und bat mich um etwas Brot und Milch.«

»Und hast du ihm Milch und Brot gegeben?«

»Ja, aber ich wusste nicht, dass es Kommunisten waren, sonst hätte ich es nicht getan.«

»Hast du den Mann nicht nach seinem Namen gefragt?«

»Nein, man fragt die Leute nicht gleich, wer sie sind. Ich nahm ein Schüsselchen und suchte eine Ziege zum Melken.«

»Was tat er, als du ihm die Milch und das Brot gabst?«

»Er schüttelte meine Hand und sagte: ›Verzeih mir, dass ich dich nicht bezahlen kann.‹«

»Sagte er sonst noch etwas?«

»Ja, dass er mein Gesicht behalten würde.«

»Was meinte er damit?«

»Das weiß ich nicht, aber am nächsten Tag sah ich in der Polizeiwache bei uns im Dorf Fotos dieser Männer hängen. Vier Terroristen. Und ich hatte ihnen mein Brot gegeben.«

Die einfachen Leute kannten die Hintergründe nicht, aber wer heimlich den persischen Sender von Radio Moskau hörte, war über alles bestens informiert.

Bei den vier flüchtigen Männern handelte es sich um die wichtigsten Mitglieder einer linken Oppositionsbewegung gegen den Schah – man nannte sie die »Waldgruppe«. Einige Jahre zuvor waren sie in den Wäldern der nördlichen Provinz Schomal aufgegriffen worden.

Die meisten Bergbewohner lebten in Armut. Es gab keine Schulen, keinen Arzt, kein Telefon. So wurde auch das Bergdorf Farahan von den Behörden völlig übergangen, vor allem, weil der politische Aktivist Hamid Aschraf von dort stammte.

Hamid Aschraf studierte Physik an der Technischen Universität von Teheran, der Brutstätte aller linken Gruppierungen des Landes. Nachdem Aschraf die kommunistische Tudeh-Partei verlassen hatte, gründete er die Untergrundbewegung Fadai. Diese Bewegung propagierte den bewaffneten Kampf gegen den Schah.

Von jeher waren die Bewohner von Farahan gegen das Regime, und so zeigte man sich im Roten Dorf stolz auf Aschraf.

In dieser Gegend gab es nirgends ein Radio, nur im Roten Dorf hörte man Radio Moskau.

Die Nachricht von Aschrafs Flucht verbreitete sich wie ein Lauffeuer im Gebirge. Die Bewohner des Roten Dorfes erklärten die Zeitungsberichte für Unsinn und den Hirten für eine Erfindung. Lauter Lügen der Polizei und des Geheimdienstes. Wieder andere behaupteten, die Bewohner des Roten Dorfes hätten den Hirten absichtlich geschickt, um die Polizei an der Nase herumzuführen.

Im ganzen Land redeten Sympathisanten der linken Bewegungen über Farahan; jeder malte sich auf seine Weise ein Fantasiedorf aus. Unter anderem hieß es, alle Dorfbewohner seien Kommunisten, sie ließen an Feiertagen die rote Fahne über ihrer Haustür wehen, und die Polizisten des Schahs trauten sich nicht, das Dorf ohne Verstärkung zu betreten.

Im Gebirge waren fast alle Erwachsenen Analphabeten, doch man erzählte sich, im Roten Dorf könnten die Leute lesen und schreiben – die Sympathisanten kämen heimlich dorthin und brächten es ihnen bei.

Radio Amerika sendete eine Reportage über Hamid Aschrafs Flucht, in der angedeutet wurde, er halte sich mit seinen Kameraden im Roten Dorf versteckt.

Tags darauf rollten vierzehn von Hubschraubern begleitete Panzerwagen ins Dorf. Noch nie hatte man hier einen Hubschrauber aus der Nähe gesehen, die Bergbewohner ließen die Arbeit ruhen und kletterten auf die Hügel.

Die Hubschrauber flogen so niedrig, dass man die Männer mit ihren Gewehren darin deutlich erkennen konnte. Im Dorf hatten die Leute ihre Türen weit geöffnet, damit die Polizisten sie nicht eintraten. Um Protest zu bekunden, waren sie dann auf die Dächer ihrer Häuser gestiegen.

Die Polizisten durchsuchten jeden Winkel, verhörten jeden Dorfbewohner. Trotz der Vorsichtsmaßnahmen traten sie viele Türen ein und stellten das ganze Dorf auf den Kopf, doch von den geflüchteten Untergrundkämpfern fanden sie keine Spur.

Dafür verhafteten sie eine Gruppe junger Männer, die nicht beweisen konnten, dass sie im Dorf wohnten oder dort Verwandte hatten. Erst bei Einbruch der Dunkelheit wurde die Suchaktion beendet.

In jener Nacht kam Schahbal nicht nach Hause. Moazzen, der die Nachrichten in seinem Kofferradio gehört hatte, machte sich Sorgen. Er ging zu Agha Djan.

Agha Djan hatte die Porträts auf dem Basarplatz gesehen, er wusste von Hamid Aschrafs Flucht. Das Rote Dorf kannte er gut, denn er besaß dort einige Häuser, in denen in seinem Auftrag Teppiche geknüpft wurden. Die Bewohner respektierten Agha Djan. Nie hätte er gedacht, Schahbal könnte etwas mit den kommunistischen Umtrieben zu tun haben, die von dort ausgingen. Bis tief in die Nacht wartete er auf ihn, doch Schahbal kam nicht.

»Weißt du nicht, wo er stecken könnte?«, fragte Agha Djan Moazzen.

»Er sagte nur, er komme spät zurück.«

»Es mag abwegig klingen, aber könnte er etwas mit Farahan zu tun haben?«

»Mit dem Roten Dorf?«

»Die Polizei war mit großem Aufgebot da, habe ich auf dem Basar gehört, viele Leute wurden verhaftet.«

»Was hat das mit Schahbal zu tun?«, fragte Moazzen verwundert.

»Heutzutage hat alles mit allem zu tun. Den ganzen Tag über brodelte es in der Stadt, es gab kein anderes Gesprächsthema als das Rote Dorf. Nun gut, jetzt ist es Mitternacht, wir können nur abwarten. Es wird schon nichts passiert sein, lass uns schlafen gehen. Morgen sieht alles anders aus.«

Doch dann kam Agha Djan noch ein beunruhigender Gedanke. »Warte mal!«, rief er. »Angenommen, Shahbal war tatsächlich in dem Dorf und wurde dort verhaftet. Dann müssen wir sofort seine Sachen durchsuchen, bevor die Polizei es tut. Sie dürfte längst auf dem Weg zu uns sein.«

In Schahbals Zimmer fand Agha Djan zu seiner Verwunderung unter dem Bett und im Kleiderschrank einen Stapel Bücher vor, Bücher, die es in seiner Bibliothek nicht gab: Romane, Kurzgeschichten und moderne Dichtung. Darunter waren auch verbotene Bücher, in denen der Schah als Handlanger des amerikanischen Imperialismus angeprangert wurde.

Gern hätte Agha Djan länger in den Büchern geblättert, doch er musste sich beeilen. Er steckte alle in einen Sack, den er im Dunkeln zum Fluss schleppte.

Schahbal kam in jener Nacht nicht nach Hause, und die Polizei ließ sich auch nicht blicken.

Am nächsten Morgen ging Agha Djan zur Arbeit, als wäre nichts passiert. Gegen zehn Uhr klingelte das Telefon: Der Polizeichef bestellte ihn zu sich ein.

Agha Djan setzte seinen Hut auf und ließ sich von seinem Chauffeur hinbringen. Der Polizeichef kam gleich zur Sache.

»Ihr Neffe wurde verhaftet.«

»Verhaftet?«, fragte Agha Djan ruhig. »Aus welchem Grund?«

»Wir haben ihn im Roten Dorf festgenommen. Man hat bei ihm ein Kofferradio und ein Buch gefunden.«

»Ein Kofferradio? Heutzutage hat doch jeder ein Radio.«

»Das Radio war auf einen kommunistischen Sender eingestellt.«

»Mein Neffe wohnt im Haus an der Moschee. In unserem Haus hat niemand das Bedürfnis, Radio Moskau zu hören.«

»Ich weiß, deshalb habe ich Sie ja herbestellt.«

»Danke, das weiß ich zu schätzen«, sagte Agha Djan.

»Aber ich frage mich, was er dort zu suchen hatte.«

»In Farahan besitzen wir mehrere Teppichknüpfereien. Mein Neffe sollte dort nach dem Rechten sehen.«

»Er hatte ein verbotenes Buch bei sich!«

»Was für ein Buch?«

»Ein Buch über die russische Revolution.«

»Ist das verboten?«

»Es ist von Maxim Gorki.«

»Wer ist Maxim Gorki?«

»Ein russischer Schriftsteller. Darauf stehen sechs Monate Gefängnis ohne Bewährung. Doch Ihr Neffe hat Glück, dass wir Sie kennen. Wir müssen uns in dieser Stadt gegenseitig unterstützen, deshalb lasse ich ihn für diesmal laufen. Ihretwegen, nur Ihretwegen.«

»Ich danke Ihnen. Ihre Botschaft ist bei mir angekommen. Ich werde mit Schahbal sprechen«, sagte Agha Djan und stand auf.

Wenig später kam Schahbal nach Hause. Agha Djan rief ihn zu sich.

»Du hast ein Radio, und du hörst den Moskauer Sender. Was hat das zu bedeuten? Warum weiß ich nichts davon?«

»Die Polizei übertreibt. Heutzutage hat doch jeder einen Fernseher zu Hause und ein Radio erst recht. Ich höre alle Sender, Moskau, Amerika, die BBC, aber auch unsere eigenen Sender.«

»Sie haben ein kommunistisches Buch bei dir gefunden.«

»Es ist ein Roman, Bücher sind Bücher, das ist doch gleich. Der Polizeichef hat nicht zu bestimmen, was ich lese!«

»Er bestimmt sehr wohl, er kann dich verhaften lassen!«

»Verhaften kann er mich, aber er kann mir nichts vorschreiben!«

»Was hast du mitten in der Nacht im Roten Dorf verloren?«

»Das hätte ich dir schon früher sagen sollen. Ich hatte Angst, dich zu verletzen. Aber schweigen ist natürlich nicht besser.«

»Sag es mir, Schahbal.«

»Ich stecke schon seit längerem in einem Dilemma. Der Zweifel wächst und nimmt in meinen Gedanken immer mehr Raum ein.«

»Woran zweifelst du?«

»An allem. Ich möchte es eigentlich nicht sagen, denn ich zweifle ja immer noch, aber verstehst du, was ich meine? Ich … ich kann nicht mehr in die Moschee gehen.«

»Aber du gehst doch in die Moschee, ich sehe dich dort, nie fehlst du.«

»Es geht nicht um meine physische Anwesenheit, ich selber bin abwesend, ich denke an ganz andere Dinge, wenn ich mich Richtung Mekka wende.«

»An was für Dinge?«

»Ich trau mich gar nicht, es laut zu sagen. Darum dachte ich, es ist besser, ich gehe nicht mehr in die Moschee und zum Gebet.«

»Zweifeln ist menschlich, das ist kein Grund zur Panik.«

»Diese Phase habe ich schon hinter mir, ich habe den Glauben verloren, ich fühle mich nicht mehr wohl in der Moschee«, sagte Schahbal.

Agha Djan versank tief in seinem Sessel, und Schahbal sah, wie seine Hand unter dem Gewand nach dem Koran griff.

»Es tut mir leid, dass ich dir wehtue«, sagte Schahbal leise.

»Was du sagst, tut mir wirklich weh, doch in meinem Leben hat es auch so eine Phase gegeben«, sagte Agha Djan. »Das geht vorbei, wenn man älter wird. Zu meiner Zeit gab es noch kein Radio, kein Fernsehen. Wir lasen solche Bücher nicht. Diese Dinge haben einen großen Einfluss. Doch ich mache mir keine Sorgen um dich, ich habe dir nichts vermittelt, was dich an Gott zweifeln lassen könnte.

Es ist nun mal nicht zu ändern, ich werde mich eben in Geduld fassen. Aber eins darfst du nicht vergessen: Ich glaube an dich, unbeirrbar. Der Zweifel gehört zum Leben. Du bist müde, ruh dich ein wenig aus. Wir reden ein andermal weiter.«

Mit Tränen in den Augen wandte Schahbal sich zur Tür, doch da überraschte ihn Agha Djan mit der Frage: »Weißt du vielleicht etwas über die geflüchteten Untergrundkämpfer?«

»Nein!«, antwortete er, doch Agha Djan hörte seiner Stimme an, dass Schahbal ihm etwas verheimlichte.

In aller Frühe ging Agha Djan zum Basar; auf der Straße begegnete er der närrischen Godsi.

»Wie geht's dir, Godsi?«

»Gut!«

»Wie geht es deiner Mutter?«

»Gut!«, sagte sie.

»Hast du noch Neuigkeiten für mich?«

»Moschiris Tochter läuft mit nacktem Hintern herum.«

Was meinte Godsi damit? Moschiri war einer der reichsten Teppichhändler des Basars. Seine vierundzwanzigjährige Tochter verließ aufgrund einer geistigen Verwirrung nie das Haus.

»Was ist mit Moschiris Tochter?«

Godsi beugte sich vor und flüsterte: »In deiner Moschee laufen Gespenster herum.«

»Gespenster? Nackter Hintern? Was meinst du nur, Godsi!«

Doch Godsi war schon durch die offen stehende Tür des nächsten Hauses verschwunden.

Die Polizei hatte einen Tipp bekommen: Im Grabgewölbe der Moschee gehe es nicht mit rechten Dingen zu. Es hieß, die geflohenen Kommunisten hätten sich dort versteckt.

Abends betraten zwei als junge Imame verkleidete Agenten die Moschee, setzten sich hinter den Imam und verwickelten ihn nach dem Gebet in ein Gespräch. Sie behaupteten, sie kämen aus

Isfahan, seien unterwegs nach Qom und blieben über Nacht in Senedjan.

Arglos lud der Imam die beiden Agenten auf eine Tasse Tee in sein Zimmer ein und erklärte ihnen, er sei nur vorübergehend hier, bis der Sohn des verstorbenen Imam Alsaberi, so Gott wolle, sein Studium abgeschlossen habe. Die Agenten tranken ihren Tee, ohne den Innenhof aus dem Auge zu lassen.

»Wohnt hier außer Ihnen noch jemand?«

»Ich wohne allein in der Moschee, doch der Hausmeister ist fast immer da, die Moschee ist sein Leben, ich schätze seine Arbeit, er arbeitet für zehn! Er kommt schon in aller Frühe und geht erst spät am Abend wieder nach Hause.«

»Ich meinte, Geräusche im Grabgewölbe zu hören«, sagte einer der Agenten, der gerade unter einem Vorwand hinausgegangen war.

»Diese Moschee ist sehr, sehr alt, und sie birgt viele Geheimnisse. Fragt mich nicht, wer in diesem Keller ein und aus geht. Manchmal höre ich in der Nacht seltsame Geräusche oder Schritte, unverständliche Stimmen, die Moschee führt ihr eigenes Leben. Man sollte dem keine Beachtung schenken, sondern den Kopf ins Kissen drücken und die Augen schließen.«

Später am Abend hörten die Männer Schritte auf dem Innenhof, sie gingen gleich hinaus und schlichen sich zu jener Maueröffnung, durch die man ins Kellergewölbe schauen konnte.

Eine Gestalt betrat den Keller, eine Kerze in der einen und einen Gegenstand in der anderen Hand. Es war, als suche sie etwas. Die Gestalt schien mit jemandem zu reden. Man hörte, wie eine Tür geöffnet wurde, dann war es still.

Die Männer stiegen in den Keller hinab und horchten in die Stille. Sie wagten nicht, ihre Taschenlampen zu gebrauchen, während sie immer weiter ins Gewölbe vorstießen, dorthin, wo die Gestalt verschwunden war. Sie mussten aufpassen, um nicht über die Gräber zu stolpern. Bald hörten sie eine leise Stimme. Durch den Türspalt drang ein schwacher Lichtschein.

Es war, als lese jemand einen Text vor. Als die Männer das Ohr an die Tür pressten, hörten sie nur unverständliche Satzfetzen.

Stille ihn,
wenn du Angst vor ihm hast,
wirf ihn ins Meer,
hab keine Angst,
sei nicht betrübt;
wir bringen ihn dir zurück.

Plötzlich hörten sie den lauten Schrei einer Frau. Die Agenten sahen einander an, Angst schnürte ihnen die Kehle zu, und so machten sie sich schnellstmöglich aus dem Staub.

Die Frau, die geschrien hatte, war Sediq. Sie stand neben dem Wasserbecken, als ein heftiger Schmerz sie durchzuckte. Der Schmerz zog vom Bauch in den Rücken, so stechend, dass ihr schwindlig wurde. Sediq schrie und fiel zu Boden. Just an diesem Abend waren Agha Djan, Fagri, Sinat und Moazzen zu einer Pilgerfahrt in ein Bergdorf aufgebrochen, sie würden erst am nächsten Tag zurückkommen. Doch Schahbal hatte Sediqs Schreie gehört. Er rannte hinaus, half ihr auf und brachte sie in ihr Zimmer. Als Schahbal auf dem Fußboden Blut entdeckte, rief er Nasrin, Agha Djans älteste Tochter. »Kümmer dich um den Arzt! Ich hole die Hebamme.« Schahbal sprang auf sein Fahrrad, wie ein Wilder radelte er los.

Nachdem die Hebamme Sediq untersucht hatte, sagte sie: »Ein komplizierter Fall. Wir brauchen einen Arzt, ich kann das nicht alleine.«

»Der Arzt ist schon unterwegs«, sagte Nasrin.

Sediq schrie so laut, dass die Hebamme doch den Versuch wagte, das Kind zu retten.

»Das Kind will heraus, aber es kann nicht. Bei diesem Licht sehe ich nichts. Nasrin, hol eine Lampe und frische Handtücher!«

Nasrin kam mit einer Stehlampe und einem Stapel Handtücher zurück.

»Leuchte mir, steh nicht so steif herum, pass doch auf!«

Nasrin hielt die Lampe über den Kopf der Hebamme, ohne Sediq anzusehen. »Ich glaube, der Doktor ist da«, sagte sie.

»Sei still und halt die Lampe fest!«

Ein Auto hielt vor dem Tor. Nasrins Hände zitterten. »Feste pressen! Ruhig atmen!«, sagte die Hebamme. »Das Kind liegt falsch, es kann nicht raus.« Sediq stieß einen lauten Schrei aus, dann verlor sie das Bewusstsein.

In diesem Moment kam der Arzt herein.

»Immer zu spät, diese Ärzte!«, rief die Hebamme erbost.

»Es ist ein Junge!« Die Hebamme hielt das Kind an den Füßen hoch. »Aber irgendwas stimmt mit ihm nicht.« Sie schüttelte es ein paar Mal kräftig. Das Baby begann zu weinen. »Gottlob.«

Der Arzt beugte sich über Sediq, um ihr mit einem Stethoskop die Brust abzuhören.

»Sie hat es gut überstanden«, sagte er und ging zur Hebamme, die das Baby in eine Wanne legte.

»Schauen Sie sich mal den Rücken an«, sagte die Hebamme. Vorsichtig drehte sie das Kind auf den Bauch.

Der Arzt setzte seine Brille auf und betastete die Wirbelsäule.

»Wir haben es hier mit einer ernsthaften Anomalie zu tun«, murmelte er.

»Ich habe es geahnt«, seufzte die Hebamme.

Der Arzt verabschiedete sich.

»Mutter und Kind schlafen«, sagte die Hebamme zu Nasrin. »Entschuldige, dass ich so aufbrausend war. Ich komme morgen früh wieder. Mit dem Baby stimmt etwas nicht, der Doktor wird Agha Djan morgen anrufen.«

Im Haus war wieder Ruhe eingekehrt. In Sediqs Zimmer brannte immer noch Licht, bunte Lichtflecken fielen durch die Scheiben auf die Steine des Innenhofs.

Schahbal fühlte sich bedrückt. Wenn im Haus ein Kind geboren wurde, sagte Agha Djan dem Neugeborenen eine Sure ins Ohr, denn ein Spruch des Propheten Mohammad lautete: »Die ersten Worte, die das Kind hört, prägen sich seinem Gedächtnis auf immer ein, wie ein in den Felsen gemeißelter Satz.«

So ging Schahbal in die Bibliothek, nahm die älteste Koranausgabe aus dem Schrank und betrat leise Sediqs Zimmer. Sie schlief tief und fest. Das Baby lag in seinem Bettchen an der Wand. Schahbal öffnete den Koran, um eine Sure auszuwählen, doch dann besann er sich. Das Buch legte er in eine Nische, beugte sich vor und flüsterte dem Neugeborenen ein Gedicht des bekannten zeitgenössischen persischen Dichters Ahmad Schamlu ins Ohr:

Bar samineye sorbiye sobh
Saaket
Sawaaraan baar asb
In baad bar jaalhaayeshaan

Vor dem bleigrauen Morgen
reglos
der Mann zu Pferd,
Wind in den Mähnen.

Gott,
Reiter dürfen nicht stillstehen,
wenn die Gefahr auf sie zukommt.

Das Baby öffnete die Augen.

Eidechse

Als Eidechse gerade ein Jahr alt geworden war, kroch er zum Becken auf dem Innenhof und spielte mit dem Wasser. Zum ersten Mal wagte er sich so weit ins Freie hinaus.

Anfangs behielten ihn alle im Auge, nach einer Weile achtete keiner mehr auf ihn. Die roten Fische starrten ihn mit ihrem nichtssagenden Blick an. Es war auch das erste Mal, dass er Fische sah. Kichernd ahmte er ihre Schnappbewegungen mit dem Mund nach. Dabei kroch der Junge immer weiter über den Rand, bis er plötzlich hineinfiel. Alle waren vor Schreck wie gelähmt, allein Sediq rannte zu ihm, um ihn aus dem Becken zu ziehen. Doch Eidechse sträubte sich, wie ein Fisch verfolgte er die anderen Fische.

Da stieg Schahbal ins Becken, packte Eidechse und reichte ihn Sediq, die mit dem Jungen weinend in ihrem Zimmer verschwand.

Eidechse war Sediqs und Galgals Sohn. Weil er mit einem schwachen Rücken zur Welt gekommen war, konnte er nicht richtig sitzen. Dafür wuchs er schnell und zeigte sich schon früh erstaunlich gelenkig. Wie eine große Eidechse kroch er unter Betten und unter Decken. Schon bald hatte er den Weg zum Innenhof und Garten entdeckt. Erst später stellte man fest, dass er nicht in der Lage war, sprechen zu lernen.

Agha Djans Kinder mochten es nicht, wenn der Kleine in ihr

Zimmer kam und zu ihnen unter die Decke kroch. Sie hielten ihre Türen immer vor ihm geschlossen. Zwar schämten sie sich für den Widerwillen, den er ihnen einflößte, doch sie konnten nichts daran ändern. Es dauerte eine Zeit, bevor sie sich an dieses Kind gewöhnten, das eher einem Tier als einem Menschen glich. Doch Eidechse hatte seine eigenen Vorlieben. Sobald er Am Ramasan erblickte, kroch er flink zu ihm hin. Am Ramasan hob ihn hoch, setzte ihn auf seine Schultern, spazierte mit ihm auf dem Innenhof herum und zeigte ihm die Blumen, die Bäume, die Krähe und die Katzen der Moschee.

Auch in Moazzens Nähe fühlte Eidechse sich wohl; er kroch durch sein Zimmer und legte sich unter sein Bett.

»Bist du es, Junge, oder ist es die Katze?«, rief Moazzen lachend.

Dann hielt ihm der Junge den Stock hin, so gab er Moazzen zu verstehen, dass er gern spazieren gehen wollte. Wenn Moazzen über den Innenhof promenierte, kroch Eidechse hinter ihm her.

Keiner wusste, wer ihn zuerst »Eidechse« genannt hatte. Agha Djan mochte seine Kinder noch so oft ermahnen, das Wort nicht in den Mund zu nehmen, es half nicht. Der Name passte einfach zu dem Jungen. Auf seinen eigentlichen Namen, dem klangvollen »Seyyed Mohammad«, reagierte er nicht, doch sobald man »Eidechse« rief, kam er herbeigekrochen.

Er war ein Geschöpf, das sowohl zur Welt der Katzen, der Hühner und der Fische als auch zur Welt der Menschen gehörte.

Nach einer Weile wurde er von allen Hausbewohnern angenommen, auch seine Mutter versöhnte sich mit ihrem Schicksal.

Galgal war verschwunden und in der Gestalt von Eidechse zurückgekehrt. Eidechse hatte Galgals Gesicht. Er schlüpfte zu Sediq ins Bett; wenn er sie berühren wollte, schob sie ihn weg, doch sie konnte es nicht ändern, sie musste es ertragen.

Sinat Ganum, Eidechses Großmutter, weinte still vor sich hin, wenn sie ihr Enkelkind über den Innenhof kriechen sah. Gläubig, wie sie war, sah sie dieses Kind als Strafe Gottes an. Als Strafe dafür, dass ihr eigener Sohn Abbas durch ihre Schuld ertrunken war. Als

Strafe für die große Sünde, die sie im Grabgewölbe der Moschee begangen hatte.

Nun bekam sie ihren verdienten Lohn.

Das Haus bereitete sich auf ein besonderes Ereignis vor. Ahmad, Alsaberis Sohn, hatte endlich seine Ausbildung abgeschlossen und war aus Qom zurückgekehrt, um die Nachfolge seines Vaters anzutreten.

Zu der Feierlichkeit waren alle Verwandten geladen. Ahmads Amtsantritt würde eine neue Epoche in der Stadt einläuten und das Verhältnis zwischen Moschee und Basar verändern. Mit Spannung erwartete man, wie Ahmad die Moschee leiten würde.

In der Woche zuvor war Agha Djan nach Qom gefahren, um der »Gewandverleihung« Ahmads beizuwohnen. Er war über Nacht geblieben, um mit dem jungen Mann in aller Ruhe über die wichtige Aufgabe zu reden, die ihn als Imam der Moschee erwartete.

So unerfahren der neue Imam Agha Djan erschien, sprachen seine Jugend und sein angenehmes Äußeres doch für ihn. Ahmad kleidete sich tadellos, hielt sich gerade, trug Parfüm und einen recht modischen Turban.

Überdies hatte er eine kräftige Stimme, er war ein begnadeter Erzähler, und die wohlklingenden Korantexte sang er auswendig. Ob Ahmad seiner Aufgabe in anderer Hinsicht gewachsen war, würde sich zeigen.

Als Ahmad am Vorabend des großen Ereignisses ankam, führte ihn Agha Djan gleich in die Bibliothek, um mit ihm über die Predigt zu sprechen. Doch Ahmad machte einen recht unbeteiligten Eindruck. Während Agha Djan auf ihn einsprach, legte er seinen Koffer auf den Tisch, nahm das Imamgewand heraus und suchte nach einem Kleiderständer.

»Warum gibt es hier keinen Kleiderständer?«, fragte Ahmad irritiert.

»Du kannst die Kleider doch in deinem Zimmer aufhängen«, sagte Agha Djan.

Ahmad klemmte einen Stift zwischen zwei Bücher und befestigte daran sein Gewand. Dann nahm er seine restlichen Sachen heraus. »Ich brauche einen Schrank«, sagte er.

»Du hast doch dein eigenes Zimmer«, wiederholte Agha Djan geduldig.

»Ich möchte meine Kleidung aber hier haben«, entgegnete Ahmad.

Agha Djan merkte, dass es nicht der richtige Zeitpunkt für ein Gespräch war.

»Ruh dich erst mal aus. Wir reden morgen weiter«, sagte er und verließ die Bibliothek.

Spät in der Nacht schrieb er in seine Chronik: »Morgen tritt der neue Imam sein Amt an. Ahmad ist eingetroffen, er ist anders als sein Vater und die anderen Imame, die ich gekannt habe. Ich darf an seiner Tauglichkeit nicht zweifeln, er ist jung und kann sich noch in viele Richtungen entwickeln, doch was ich mit Gewissheit sagen kann, ist Folgendes: Wir haben jetzt einen umgänglichen Imam. Ich bin ihm zugetan. Sehen wir erst einmal, wohin er uns führen wird.«

Am Freitag schloss der Basar gegen zehn Uhr. Alles strömte zur Moschee. Das Gebet würde draußen verrichtet werden, wo man große Teppiche ausgerollt hatte.

Überall sah man Polizisten, in den Seitenstraßen standen mehrere Militärlastwagen mit bewaffneten Soldaten. Solches war in Senedjan bisher nicht üblich gewesen.

Doch in den vergangenen zwei, drei Jahren hatte sich die Situation im ganzen Land gründlich verändert. An der Teheraner Universität demonstrierten Studenten gegen den Schah und riefen »Tod Amerika!«.

Auch in Senedjan hatte man Angst vor Krawallen.

Vor der Zeremonie ging Agha Djan mit Ahmad noch einmal

alle Punkte durch, dann setzte er seinen Hut auf und verließ das Haus.

»Einen gesegneten Tag!«, rief ihm Hadji Schischegar zu, der mit seinen Söhnen ebenfalls zur Moschee ging.

»Wenn Allah es erlaubt!«, rief Agha Djan fröhlich zurück.

»Ich stehe Ihnen heute jederzeit zu Diensten«, sagte Schischegar.

»Danke, aber wir haben uns schon um alles gekümmert. Sind das Ihre Zwillinge?«

»Ja, heutzutage wachsen die Kinder schnell, Ihr Sohn auch«, erwiderte Schischegar.

»Das stimmt, Djawad ist ein junger Mann geworden.«

Die närrische Godsi gesellte sich zu ihnen.

»Schön, dich zu sehen, Godsi. Kommt deine Mutter auch zum Fest?«, fragte Agha Djan.

»Sie hat sich sogar einen neuen schwarzen Tschador gekauft.«

»Ich freue mich, sie endlich wiederzusehen«, sagte Agha Djan.

»Aber sie kommt nicht.«

»Wieso denn nicht?«

»Ihr neuer Tschador ist ihr abhandengekommen«, sagte Godsi.

»Abhandengekommen? So schnell? Hast du ihn etwa versteckt?«, fragte Agha Djan lächelnd.

»Nein, ich nicht.«

»Was ist denn passiert?«

»Ich weiß es nicht. Sie hat die ganze Nacht gesucht, aber sie kann ihn nicht finden.«

»Er wird schon rechtzeitig wieder auftauchen«, sagte Agha Djan und ging weiter.

»Moschiris verrückte Tochter läuft mit nacktem Hintern durch die Straßen, gestern Abend schon wieder«, flüsterte Godsi.

»Weißt du, was du jetzt machen solltest?«, sagte Agha Djan. »Geh zu uns nach Hause. Ahmad hat gerade sein neues Imamgewand angezogen, er wird dir ein paar Münzen schenken, geh nur schnell!«

Godsi tat, wie ihr geheißen. Agha Djan ging weiter bis zum Platz, wo die Gläubigen sich in Erwartung der Zeremonie schon versammelt hatten.

Aus der Menschenmenge löste sich ein Mann mit einer Kamera auf der Schulter. Er richtete seine Linse auf Agha Djan. »Sie sehen so elegant aus mit Ihrem Hut und dem fein gestreiften, dunkelblauen Anzug«, sagte der Kameramann.

»Du bist es, Nosrat!«, rief Agha Djan. »Du weißt nicht, wie froh ich bin, mit dir habe ich gar nicht mehr gerechnet. Wann bist du denn angekommen?«

»Gerade erst, mit dem Nachtzug.«

Der stellvertretende Bürgermeister schüttelte Agha Djan die Hand und gratulierte ihm.

»Wozu in Gottes Namen sind denn diese Militärlastwagen nötig?«, fragte Agha Djan.

»Das verleiht dem Fest mehr Würde«, erklärte der Mann. Dann begleitete er Agha Djan zum Eingang der Moschee, wo ihn bereits der Chef der Polizeibehörde erwartete, zusammen mit Polizisten, Provinzialbeamten, dem Leiter des städtischen Krankenhauses und den Direktoren mehrerer Schulen.

Nosrat ging hinter Agha Djan her und filmte alles. Agha Djan freute sich, dass so viele Vertreter der Stadt gekommen waren, doch er wunderte sich auch. Denn in den vergangenen Jahren hatten sie sich immer seltener blicken lassen. Seltsamerweise sah Agha Djan unter ihnen kein einziges vertrautes Gesicht.

Nosrat filmte seinen Bruder, während dieser mit dem Polizeichef redete. Da zupfte die närrische Godsi Agha Djan am Ärmel und flüsterte ihm ins Ohr: »Meine Mutter kann nicht kommen, ihr schwarzer Tschador wurde gestohlen, und Moschiris verrückte Tochter läuft mit nacktem Hintern durch die Stadt.«

Agha Djan rief: »Schahbal, kannst du Godsi bitte zu den Frauen bringen?«

In der Ferne tauchte eine Prozession schwarzer Mercedes-Limousinen auf.

Agha Djan wies Moazzen darauf hin, dass der betagte Ayatollah Golpayeghani sich näherte.

»Allahu akbar!«, rief Moazzen mit lauter Stimme.

Die Menge schloss sich ihm an: »Salle alla Mohammad wa alle Mohammad! Wir grüßen Mohammad und seine Nachkommen.«

Nosrat stieg mit seiner Kamera aufs Dach.

Der angesehene Ayatollah Golpayeghani war eigens aus Qom angereist, um Ahmads Amtsantritt beizuwohnen.

Agha Djan und die Vertreter der Stadt gingen, begleitet von Schülern, der Limousine entgegen. Agha Djan war dem Ayatollah beim Aussteigen behilflich, er reichte ihm seinen Stock, küsste ihn und führte ihn am Arm zu dem Stuhl, der für ihn bereitstand.

Wieder tauchte Godsi auf.

»Schahbal!«, rief Agha Djan verärgert.

Schahbal zog die sich heftig sträubende und zeternde Godsi beiseite.

Jetzt, da der Ayatollah eingetroffen war, konnte die Zeremonie beginnen.

In Begleitung von sechs jungen Imamen erschien Ahmad am Eingang der Moschee. Moazzen rief: *»Allahu akbar!«*

Ahmad ging mit seinen Begleitern auf den Ayatollah zu. Dann kniete er vor ihm und küsste ihm feierlich die Hand. Der Ayatollah legte sanft die Hand auf Ahmads schwarzen Turban, dabei summte er:

qul auuthu birrab 'ilfalaq
min scharri ma chalaq …
Ich nehme meine Zuflucht zum Herrn der Morgendämmerung
Vor dem Übel
der Nacht
Wenn sie hereinbricht
Und vor dem Übel der Frauen
Die auf die Knospen blasen.

Agha Djan überreichte Ahmad das kostbare alte Gewand aus der Schatzkammer der Moschee. Es war mit Edelsteinen besetzt, und alle Imame der Moschee hatten es in den vergangenen Jahrhunderten zu dieser Feier getragen.

Nachdem Ahmad das Gewand angelegt hatte, schritt er zu dem alten Gebetsteppich. Agha Djan und der greise Ayatollah folgten ihm in einiger Entfernung. Die Menge schloss sich ihnen an.

»Allahu aḳbar«, wiederholte Moazzen.

Ahmad wandte sich nach Mekka und begann sein erstes offizielles Gebet.

Genau in diesem Augenblick kam eine junge Frau aus der Gasse gegenüber der Moschee. Sie trug einen neuen schwarzen Tschador und steuerte auf hohen roten Stöckelschuhen direkt auf Ahmad zu. Agha Djan sah sie, konnte aber nicht eingreifen, da er sein Gebet hätte unterbrechen müssen. Die Frau streckte Ahmad ein Bein hin. Das Bein war nackt. Ahmad schloss die Augen und versuchte, sich auf sein Gebet zu konzentrieren.

»Allahu aḳbar!«, rief Agha Djan mit lauter Stimme, um die Frau zu verjagen, doch sie blieb stehen.

Sie drehte sich im Kreis, ihr schwarzer Tschador wirbelte durch die Luft und enthüllte ihre beiden Beine. Unter dem Tschador war sie splitternackt.

»Allahu aḳbar!«

Der greise Ayatollah betete mit geschlossenen Augen und merkte von alledem nichts. Erst als Agha Djan zum dritten Mal mit lauter Stimme *»Allahu aḳbar!«* rief, öffnete er die Augen. Aber da er seine Brille nicht trug, sah er nur eine verschwommene schwarze Gestalt. Die Frau ließ den Tschador bis auf ihre Brüste herabgleiten und begann sich mit herausforderndem Blick wieder im Kreis zu drehen. Agha Djan konnte sich nicht mehr zurückhalten, rasch ging er auf die Frau zu und streckte die Hand aus, um ihr den Tschador wieder über den Kopf zu ziehen. Doch sie ließ ihn blitzschnell zu Boden fallen, dann rannte sie nackt auf die Menge zu. Mit zwei großen Schritten war Agha Djan bei ihr und packte sie an der Taille. Schahbal warf ihm den Tschador zu. Als Agha Djan die Frau bedeckt hatte, rief er: »Fagri!«

Fagri Sadat stand schon bereit, um die Frau zur Treppe zu führen, wo die Frauen ihre Gebete verrichteten.

Es war Ahmads Selbstbeherrschung zu verdanken, dass das Gebet ohne Unterbrechung weiterging.

Da Agha Djan die nackte Frau berührt hatte, durfte er nicht länger am Gebet teilnehmen; er betrat den Innenhof der Moschee und ging zum *Hous*. Er, der fremde Frauen sonst nicht einmal ansah, hatte eine nackte Frau berührt. Noch spürte er die Wärme ihrer weichen Brüste. Agha Djan zog den Mantel aus, kniete sich mit hochgekrempelten Ärmeln hin und steckte die Arme tief in das kühle Wasser.

Es war nicht genug. Er beugte sich vor und tauchte den Kopf unter Wasser. Nach einer Weile stand er auf, holte tief Luft, trocknete sich das Gesicht mit seinem Taschentuch ab, zog den Mantel wieder an und ging seelenruhig wieder hinaus.

Nosrat hatte alles gefilmt.

Opium

Hinter den Fenstern der Bibliothek brannte wieder Licht.

Ab und zu gab es kleine Zwistigkeiten, vor allem wegen der Ansprüche, die der junge Imam stellte.

Fagri Sadat ließ ein Dienstmädchen aus Djirja kommen, das im Haushalt helfen sollte, denn seit der Geburt von Eidechse konnte Sediq nicht mehr alles alleine bewältigen. Sara, das Dienstmädchen, war geschickt, sofort nahm sie die Fäden in die Hand. Nur die Küche blieb Sediqs Bereich, sie kochte gerne und kam dort zur Ruhe.

Den Hausbewohnern wurde wieder bewusst, wie unentbehrlich die Großmütter gewesen waren. Still hatten sie sich stets um alles gekümmert, zuverlässig wie ein Uhrwerk. Nach ihrer Abreise wollte es selbst fünf Frauen in vereinter Arbeit nicht gelingen, den Rhythmus wieder aufzunehmen.

Sinat Ganum hatte mehrmals versucht, Asam Asam, die Frau, die ihren Mann einmal mit dem Messer bedroht hatte, als Dienstbotin ins Haus zu nehmen, aber davon hatte Fagri Sadat nichts wissen wollen.

Seit Sara da war, verlief alles wieder in geregelten Bahnen. Sie war sehr fleißig, dabei zurückhaltend und schüchtern, so schüchtern sogar, dass sie einem nie in die Augen sah, wenn man mit ihr redete.

»Es ist gut, dass sie so schüchtern ist«, sagte Sinat, »in unserem Haus wohnen schließlich junge Männer.«

Die hübsche Sara war gerade einundzwanzig geworden. Im Alter von sechzehn Jahren hatte man sie mit einem älteren Mann verheiratet, der sie aber, als nach vier Jahren immer noch kein Kind kam, zu ihren Eltern zurückgeschickt hatte.

Früher hatten die Großmütter einen großen Teil ihrer Zeit Alsaberi, dem Imam, gewidmet. Ahmad brauchte diese Art Unterstützung im Grunde nicht.

Ohne aufzufallen, sorgte Sara für alles, niemand bemerkte ihre Anwesenheit, sie störte niemanden. Sie räumte auf, half Sediq, sich um Eidechse zu kümmern, putzte die Fenster, fütterte die Fische, kehrte das Laub zusammen und fragte bei Moazzen im Keller nach, ob er etwas brauche. Sie staubte Ahmads Schreibtisch ab, bezog sein Bett und bügelte seine Hemden.

Wenn er vom Morgengebet zurückkam, pflegte er noch einmal unter die Decke zu schlüpfen und bis zwölf Uhr mittags, manchmal sogar bis zwei Uhr zu schlafen. Das hatte vor ihm noch kein Imam des Hauses getan. Zur Mittagszeit klopfte Sara an die Tür und rief: »Das Essen ist fertig, Imam!«

Jeden Morgen brachte sie ihm ein Stück Brot, dazu Butter und Honig ans Bett. Da klopfte sie leise an die Tür und flüsterte: »Sind Sie schon wach?«

»Komm herein!«, rief Ahmad. Verlegen stellte sie das Tablett ab. Dann ging sie gleich wieder hinaus.

Eigentlich gehörte es nicht zu ihren Aufgaben, Ahmad zu dienen, es hatte sich ganz natürlich ergeben.

Und Ahmad war mit Sara zufrieden.

Einmal hatte sie ihn zweimal wecken müssen, weil er wieder eingeschlafen war. Nachdem Ahmad sich hastig angezogen hatte, war er hinausgerannt. Zu Saras Entsetzen war er plötzlich beim *Hous* stehen geblieben, hatte sich neben den Abfluss gekniet und hineingepinkelt.

Ein andermal, als sie ihm das Frühstück brachte, ergriff er ihre Hand. Kurz widersetzte sie sich, ließ ihn dann aber gewähren. Er packte sie an der Taille, um sie zu sich unter die Decke zu ziehen. Sara presste die Schenkel zusammen.

»*Nakahtu wa-sawadschtu*«, flüsterte Ahmad ihr schnell ins Ohr.

Sara schwieg.

»*Nakahtu wa-sawadschtu*«, flüsterte Ahmad zum zweiten Mal.

Sara schwieg.

»*Nakahtu wa-sawadschtu*«, flüsterte Ahmad zum dritten Mal.

»*Qabiltu*«, sagte Sara leise und gab sich ihm hin.

Nach einer Weile stieg sie aus dem Bett, legte den Schleier um und sagte leise: »Es ist spät. Sie müssen zur Moschee.«

Zum Freitagsgebet kamen viele junge Frauen vor allem Ahmads wegen.

Er hatte einen ganz anderen Redestil als sein Vater oder Galgal. Politische Themen wusste er auf lebendige Weise zu vermitteln. Er wollte seinen Zuhörern keine Angst einjagen, sondern ihre Begeisterung wecken.

Nach den Erkenntnissen des Geheimdienstes unterhielt Ahmad keine Kontakte zu den regimekritischen Bewegungen in Qom. Er war eher ein Genussmensch als ein Rebell, doch es blieb abzuwarten, wie er sich weiterentwickeln würde und wie seine Stellung als Imam der Stadt seinen Charakter beeinflussen würde.

Einmal hatte Ahmad in seiner Predigt von dem idealen islamischen Staat auf Grundlage des Korans gesprochen, ohne jedoch weiter darauf einzugehen. Es hatte den Anschein gehabt, als werfe er einen Stein ins Wasser, um seine Tiefe auszuloten.

Ein andermal hatte er den Namen des Großayatollahs Khomeini fallen lassen. Er tat dies so beiläufig, dass niemand hätte sagen können, ob es aus Zufall geschah oder mit Absicht.

Nur Agha Djan war aufgefallen, dass Ahmad Sympathien für Khomeini hegte.

Ayatollah Khomeini war ein erbitterter Gegner des Schahs, in seiner letzten öffentlichen Predigt hatte er gesagt: »Der Schah ist eine Schande für unser Land. Wir schämen uns für diesen Mann, er ist kein ›Schah‹, sondern der Lakai der Amerikaner.«

Unmittelbar nach Khomeinis Rede kam es in Qom zu blutigen Krawallen. Viele gingen auf die Straße und riefen Parolen gegen den Schah. Die Armee griff ein, sie umzingelte die Moschee, in der Khomeini gesprochen hatte. Hunderte junge Imame bewaffneten sich, die Auseinandersetzungen entwickelten sich zu einer regelrechten Straßenschlacht. Dutzende fanden den Tod, viele wurden verhaftet. Die Armee brach schließlich den Widerstand, und ein General kam zum Haus des Ayatollahs, um ihn persönlich zu verhaften.

Eine Gruppe Imame, die über den Ayatollah wachte, hielt den General zurück, er solle erst einmal seine Stiefel ausziehen, sonst werde er nicht vorgelassen. Der General wusste, nicht einmal die amerikanische Armee würde ihm in dieser Situation helfen können. Also zog er seine Stiefel aus.

»Auch die Mütze!«

Der General klemmte sich die Mütze unter den Arm, bevor er eintrat. Er neigte den Kopf und sagte: »Ich habe Befehl, Sie zu verhaften!«

Am selben Tag noch wurde Khomeini verbannt, der Schah schickte ihn ins Exil in den Irak.

Lange wagte niemand mehr, den Namen des Ayatollahs auszusprechen. Doch in letzter Zeit änderte sich das. Khomeinis Streitschriften gingen von Hand zu Hand, in Qom sah man immer öfter sein Bildnis an den Mauern der Moscheen.

Khomeini war verbannt worden, doch sein Geist lebte fort in den jungen Imamen, die jedes Mittel und jede Gelegenheit nutzten, um seinem Namen Ehre zu machen.

Ahmad wurde allmählich bekannter, auch außerhalb von Senedjan. Immer öfter wurde er eingeladen, auch an anderen Orten zu predigen, sogar in Khomein, dem Geburtsort des Ayatollahs.

Die Reisen dienten ihm als Stoff für seine Predigten: »Neulich war ich in Isfahan, welch eine glanzvolle Stadt, ich grüße die Isfahani. Mein nächstes Ziel war Kaschan. Eine Stadt zum Verlieben, ich grüße die Kaschani. Letzte Woche war ich in Khomein, es war für mich das erste Mal, dass ich dieses gesegnete Dorf besuchte. Khomein ist ein einzigartiger Ort, es leben wunderbare Menschen dort, ich grüße die Khomeini.«

Alle verstanden, was er meinte, und riefen: »Salam bar Khomeini!«

Agha Djan strahlte vor Glück.

Er wusste, dass Ahmads Bemerkung kein Zufall gewesen war, dass sie zu einer Strategie gehörte. Zweifellos handelte es sich um einen Auftrag aus Qom.

Inzwischen hatte Agha Djan auch erfahren, dass Galgal heimlich in den Irak gereist war, um sich Khomeini anzuschließen. Galgal war klug, er ahnte gewiss, dass Khomeini einmal die Macht ergreifen würde, um seinen Traum von einer islamischen Republik zu verwirklichen.

Nun begriff Agha Djan, warum Galgal die ganze Zeit kein Lebenszeichen gegeben hatte.

In der Öffentlichkeit war allerdings noch nichts von einem Machtwechsel oder einem nahenden Umsturz zu spüren. Die Freude des Schahs am Regieren war ungetrübt, noch vor kurzem hatte er in einem Interview mit der *Times* gesagt, sein Land sei eine Oase der Ruhe.

Amerika konnte sich keinen besseren Herrscher wünschen. Der Schah kaufte als Erster die allermodernsten amerikanischen Flugzeuge und Waffen und überwies einen großen Teil der staatlichen Öleinkünfte auf amerikanische Konten. Und der Schah selbst sah keinen Grund, sich wegen eines in den Irak verbannten obskuren Imams Sorgen zu machen.

In aller Ruhe bereitete er seinen Sohn auf die Nachfolge vor.

Während Ahmad sich auf seine Aufgaben in der Moschee konzentrierte, nahm Schahbal sein Studium an der Universität von Teheran in Angriff. Er wollte Persische Literatur studieren, doch Agha Djan riet ihm davon ab: »Persische Literatur kannst du auch zu Hause studieren, dazu brauchst du keine Universität. Du hast Talent, studiere Mathematik, Technik, Betriebswissenschaft oder etwas in der Art. In unserer Bibliothek stehen genug alte Klassiker, das Haus braucht einen modernen Kopf.«

Als es so weit war, brachte ihn Agha Djan mit dem Auto zum Bahnhof.

»Es gibt ein paar Dinge, von denen ich nicht weiß, ob ich sie dir anvertrauen soll oder nicht«, sagte Schahbal beim Abschied.

»Ja?«, fragte Agha Djan.

»Ich habe Ahmad ein paar Mal rauchen sehen, hinter der Kuppel auf dem Dach der Moschee. Dass er raucht, geht mich natürlich nichts an, aber ich roch noch etwas anderes als Tabak, etwas, was nicht zu einem Imam passt. Er geht regelmäßig zu fremden Leuten, um Opium zu rauchen. Ich meine, du solltest das wissen.«

»Es ist gut, dass du es mir erzählst«, sagte Agha Djan nach einer langen Pause, »ich werde sehen, was ich tun kann. Gibt es sonst noch etwas, was ich wissen sollte?«

»Nun, er fühlt sich sehr zu Frauen hingezogen, mehr als es sich für einen Imam gehört.«

»Das habe ich auch bemerkt. Er muss sich in Acht nehmen, wir haben viele Feinde in der Stadt.«

Schweigend begleitete Agha Djan Schahbal zum Zug.

Seit ihrem Gespräch über Schahbals Glaubenszweifel hatten die beiden das Thema nicht mehr berührt. Agha Djan hätte es zwar gern versucht, doch er spürte, dass Schahbal es nicht wünschte. Also ließ er ihn in Ruhe. Jetzt, da sie auf dem Bahnsteig standen, hätte Agha Djan es am liebsten wieder angesprochen. Aber Schahbal gab ihm keine Gelegenheit dazu. Er umarmte seinen Onkel, küsste ihn und stieg in den Zug ein.

Agha Djan blieb auf dem Bahnsteig stehen, bis der Zug verschwunden war.

Von da an behielt Agha Djan Ahmad scharf im Auge.

Als er Sara eines Abend zu auffallend später Stunde mit einem Tablett zu Ahmad in die Bibliothek gehen sah, folgte er ihr. Durch einen Spalt im Vorhang sah er, wie das Mädchen sich vorbeugte. Er sah, wie Ahmad seine Hand in ihre Bluse schob, wie Sara stillhielt und ihn gewähren ließ, wie der junge Imam aufstand, ihr den Rock hochschob und sie an einen der Bücherschränke drückte.

Am nächsten Morgen rief Agha Djan Sara zu sich.

»Nimm doch Platz«, sagte er freundlich.

Sie setzte sich verlegen hin.

»Was ich dir sagen möchte: Ich bin sehr zufrieden mit deiner Arbeit bei uns. Ein besseres Dienstmädchen können wir uns gar nicht wünschen. Doch wenn du Ahmad künftig nicht aus dem Weg gehst, kannst du deinen Koffer packen! Hast du verstanden?«

Vor Schreck brachte Sara kein Wort heraus.

»Hast du verstanden?«, wiederholte er.

Sie nickte sittsam.

»Was wirst du tun? Möchtest du hier bleiben oder soll ich dich zu deinen Eltern zurückschicken?«

»Ich möchte hier bleiben«, sagte sie mit zitternder Stimme.

»Es ist gut, du darfst wieder an die Arbeit gehen. Moazzen braucht dich, widme ihm mehr Zeit, wenn du gerade nichts zu tun hast. Du kannst gehen.«

Abends nach dem Gebet forderte Agha Djan Ahmad zu einem Spaziergang am Fluss auf. Während sie in der Dämmerung am Ufer entlanggingen, machte er ihm nach einer kurzen Einleitung scharfe Vorhaltungen wegen seines Benehmens Frauen gegenüber, das er ebenso wenig tolerieren werde wie seinen Opiumkonsum. Beides sei eines Imams unwürdig. Und wenn Ahmad nicht gewillt sei, auf ihn zu hören, werde er seine Freiheiten stark einschränken.

Ahmad hörte schweigend zu.

»Hast du mir etwas zu sagen?«

Auch darauf gab Ahmad keine Antwort.

Wenige Tage danach fühlte Agha Djan beim ältesten Teppichhändler der Stadt vor, ob er im Namen Ahmads um die Hand seiner Tochter anhalten dürfe.

Einen Monat später fand bei der Familie der Braut das Hochzeitsfest statt. Gegen Mitternacht wurde die Braut in einer reich verzierten Kutsche zum Haus an der Moschee gebracht. Sie bekam eines der Zimmer im oberen Stock, doch für die sieben Hochzeitsnächte hatte man das Gästezimmer hergerichtet.

Ahmad bekam eine Woche frei, und die Familie machte Urlaub in Djirja, um das Brautpaar nicht zu stören.

Ahmad, in bequeme Baumwolle gehüllt, benahm sich wie ein Prinz, der seine junge Braut ins Schloss heimgeführt hat.

Diese hieß Samira, war achtzehn Jahre alt und von klassischer Schönheit. In der ersten Nacht beglückte Ahmad sie bis in die frühen Morgenstunden, erst als es hell wurde, schlief er ein.

Gegen Mittag ging er ins Opiumzimmer, wo Am Ramasan schon alles vorbereitet hatte. Ahmad hatte ihn gebeten, ihn in diesen Tagen mit Opium zu versorgen, denn Opium steigere die Lust und erhöhe die Ausdauer.

Nachdem Ahmad seine Portion des gelben Opiums geraucht hatte, ging er wieder hinauf und legte sich zu seiner schlafenden Braut ins Bett.

Ein Dreivierteljahr später brachte Samira eine Tochter zur Welt, Massoude. Alle freuten sich über das Kind, doch das Haus wartete auf einen Sohn, der Ahmad einmal nachfolgen konnte.

Die Moschee wurde weiterhin eifrig besucht, denn Ahmad erwies sich nach wie vor als begnadeter Erzähler, der seinen Zuhörern die Geschichten des Korans anschaulich machte. Er entführte sie in eine ferne Vergangenheit, in die Zeit, in der Mohammad, der Prophet, lebte und sich auf dem Dach seines Hauses mit seiner blutjungen Geliebten Aischa der Liebe hingab.

In jener Zeit hatte Mohammad die Straßenmusikanten für verboten erklärt, kein Moslem durfte ihnen lauschen. Doch als er wieder einmal mit seiner jungen Aischa auf dem Dach saß, hörte der Prophet plötzlich Musik. »Ich will sie sehen, ich will sie sehen, ich will sie sehen«, beharrte Aischa.

Die Liebe siegte. Mohammad bückte sich, Aischa setzte sich auf seinen Rücken und schaute über den Dachrand zu den Musikanten hinunter.

Noch nie hatte einer in der Moschee solche Dinge erzählt, Ahmad vermochte die Gläubigen stets aufs Neue zu fesseln.

Eigentlich hätte er nicht Imam werden sollen, sondern Erzähler, einer, der das Volk auf dem Basarplatz mit seinen Geschichten verzaubert.

Immer öfter ging Ahmad auf Reisen, er besuchte die religiösen Zentren Kaschan, Arak, Hamadan und Isfahan, und manchmal blieb er eine ganze Woche fort.

Von jeder Reise kam er mit zwei Taschen zurück, einer Tasche mit Geld und Gold und einer mit Liebesbriefen und Geschenken: Unterhosen, Socken, Parfüms, Seifen, Unterhemden und Ringe, die ihm verschleierte Frauen heimlich zugesteckt hatten.

Obwohl er Agha Djan versprochen hatte, kein Opium mehr zu rauchen, rauchte Ahmad dennoch an geheimen Orten in der Stadt.

Zunächst entzog er sich durch seine vielen Reisen Agha Djans Kontrolle. Dann kam der junge Imam mit Männern in Berührung, die ihn in einschlägige Kreise einführten. Kreise, in denen es üblich war, bis in die frühen Morgenstunden zu rauchen und sich mit Frauen zu verlustieren.

Diese Freiheit konnte Ahmad in Senedjan nur in der dortigen Unterwelt genießen. Doch er wusste nicht, dass er vom Geheimdienst überwacht wurde.

Das Rauchen von Opium war seit einem Jahr gesetzlich verboten.

Süchtige konnten sich bei der Stadt registrieren lassen und sich zwei Mal im Monat ihre Opiumration in einer Apotheke abholen. Ahmad hingegen bekam in der Unterwelt das, was er brauchte.

Als er eines Nachts in Senedjan mit zwei Männern in Gegenwart mehrerer Frauen in einem Keller rauchte, überraschte sie die Polizei. Ahmad wurde in Gesellschaft zweier unverschleierter Frauen und mit einer Opiumpfeife in der Hand fotografiert. Für weitere Aufnahmen legte man noch ein paar Opiumbrocken dazu. Dann wurde Ahmad abgeführt.

Ahmad wusste gleich, dass er in eine Falle getappt war, aus der es kein Entrinnen gab.

»Sie können heute Nacht noch in Ihrem eigenen Bett schlafen und morgen früh wie sonst in die Moschee gehen, unter einer Bedingung«, sagte der Polizist.

»Unter welcher Bedingung?«, fragte Ahmad mit bebender Stimme.

»Dass wir ab heute freundschaftlichen Umgang miteinander pflegen. Sie verstehen, was ich meine.«

»Ich verstehe nicht, was Sie meinen.«

»Wenn Sie es nicht verstehen, kommen Sie gleich ins Gefängnis. Morgen ziert Ihr Foto alle Titelseiten. Dann werden Sie es wahrscheinlich nur zu gut verstehen.«

Die Nacht schien ewig zu dauern. Ahmad war nicht darauf vorbereitet, dass sein Leben auf einmal so bedrohliche Züge entwickelte.

Als der Morgen endlich anbrach, kam der Polizist zu ihm in die Zelle und zeigte ihm die Fotos: »Was machen wir? Veröffentlichen wir das, oder werden wir uns einig?«

Ahmad sah keinen anderen Ausweg – wenn eines dieser Fotos in einer Zeitung erschien, bedeutete das seinen Untergang. Vor allem würde er aber dem Haus großen Schaden zufügen. So folgte er dem Polizisten in sein Büro. »Wenn wir uns einig werden, dauert es keine fünf Minuten, ich bringe Sie persönlich nach Hause! Was wir von Ihnen wollen, ist ganz einfach, wir möchten, dass Sie öfter

Kontakt mit Qom aufnehmen und uns die Informationen verschaffen, die wir brauchen. Das ist alles.«

Eine halbe Stunde später brachte ein Auto Ahmad zur Moschee.

»Sie hören von uns«, sagte der Mann.

Mehrere Monate lang geschah nichts. Ahmad klammerte sich an die Hoffnung, der Geheimdienst habe ihn nur einschüchtern wollen. Wahrscheinlich hatte man Galgals Kino-Aktion während Farah Dibas Besuch und das anschließende Chaos noch nicht vergessen. Es mochte nur ein Racheakt des Geheimdienstes sein.

Niemals wollte sich Ahmad dazu hergeben, für sie den Spitzel zu spielen. Und was hätte er ihnen schon verraten können, wenn es wirklich darauf ankam?

Wenn der Geheimdienst es darauf angelegt hatte, ihm den Mund zu stopfen, so war ihm das gelungen, denn Ahmad traute sich tatsächlich nicht mehr, auch nur ein einziges kritisches Wort gegen den Schah fallen zu lassen. Es dauerte eine Weile, bis die Angst gewichen war und er wieder etwas Lebensfreude empfinden konnte. Doch eines Abends kniete nach dem Gebet plötzlich der Agent des Geheimdienstes neben Ahmad.

»Wie geht es Ihnen?«, flüsterte er mit einem bedrohlichen Lächeln.

Erschrocken sah Ahmad sich im Gebetsraum um, ob Agha Djan noch hinter ihm saß, doch sie waren allein.

»Was wollen Sie von mir?«, fragte er leise.

»Sie wissen, dass es in Qom wieder rumort. Wir möchten, dass Sie hinfahren und schauen, was sich da tut. Sie haben meine Telefonnummer noch, nehme ich an?«

»Ja, ich habe Ihre Nummer noch«, antwortete Ahmad mit aschfahlem Gesicht; er berührte den Boden mit der Stirn und tat, als würde er in seinem Gebet fortfahren.

Als er sich wieder aufrichtete, war der Mann verschwunden.

Mit zitternden Händen zog er sich den Aba über die Schultern. Gebeugt, als habe er Fieber, ging Ahmad nach Hause.

Dort ging er schnurstracks in Agha Djans Zimmer, warf sich auf die Knie und rief: »Agha Djan, rette mich!«

Agha Djan sah ihn fragend an.

»Sie haben Fotos von mir gemacht, schmutzige Fotos, auf denen ich mit Opium und mit Frauen zu sehen bin. Jetzt wollen sie mich als Spitzel nach Qom schicken. Wenn ich mich weigere, sind die Fotos morgen in der Zeitung.«

Agha Djan, der mit allem gerechnet hatte, nur nicht damit, verschlug es einen Moment die Sprache.

»Wo warst du?«, fragte er dann.

»In einer Opiumhöhle in der Stadt.«

»Das Opium ist nicht das Problem, aber wer waren die Frauen?«

»Sigheh-Frauen.«

»Das ist als Racheakt gedacht. Hast du schon einmal für sie gearbeitet?«

»Nein! Nie!«, antwortete Ahmad.

»Hast du ihnen jemals Informationen gegeben?«

»Nein, nie!«

»Ich wiederhole meine Frage«, sagte Agha Djan, und er betonte jedes Wort, »hast du ihnen irgendetwas erzählt?«

»Nein, ich habe nichts gesagt, nichts getan«, sagte Ahmad.

»Dann hast du Glück gehabt, denn sonst hätte ich dich sofort vor die Tür gesetzt. Es ist vielleicht noch nicht zu spät, ich glaube, wir können den Schaden noch begrenzen. Du hältst den Mund, und ich lasse dich in den nächsten Monaten keinen Augenblick allein. Ich werde sehen, was ich tun kann. Sie brauchen uns, um in der Stadt Ruhe und Ordnung zu bewahren. Darum werden sie die Fotos bestimmt nicht veröffentlichen, sie wollen uns nur erpressen. Du schweigst und bleibst in meiner Nähe, was auch passiert.«

»Ich muss dir noch etwas beichten«, sagte Ahmad, »wenn ich nicht rauche, kann ich keine Predigt halten. Es tut mir leid, dir so wehzutun.«

»Du tust mir wirklich weh«, sagte Agha Djan traurig, »einen Fehler kann jeder machen, aber das Opium ist eine Schmach, eine

Schande für uns alle. Ich kann es nicht dulden, dass der Imam unserer Moschee nicht ohne Opium auskommen kann. In dieser Sache dulde ich keinen Kompromiss, du musst es dir ein für alle Mal abgewöhnen. Wenn es sein muss, stecke ich dich in einen Käfig. Vorläufig machst du ohne meine Erlaubnis keinen Schritt mehr aus dem Haus!«

Am nächsten Tag sagte Agha Djan für Ahmad alle Termine ab und führte eine vertrauliche Unterredung mit dem Hausarzt der Familie.

Von dort ging er geradewegs ins Büro des Geheimdienstes. Als Agha Djan um ein Gespräch mit dem Chef bat, wurde er gleich vorgelassen. Kaum hatte er in dem großen, braunen Ledersessel Platz genommen, bekam er die Fotos von Ahmad zu sehen. Notgedrungen traf Agha Djan eine Vereinbarung mit dem Chef. Er würde weiterhin für Ruhe und Ordnung in der Moschee sorgen. Dafür würde der Chef die Fotos in seiner Schublade lassen.

Am Abend schrieb Agha Djan in die Chronik: »Der Imam der Moschee ist opiumsüchtig. Auf uns kommen schwere Zeiten zu.«

Stille Jahre

Viel Zeit ging ins Land.

Agha Djan hielt Ahmad durch strenge Regeln unter Kontrolle. Er ließ ihn nicht ohne Begleitung in anderen Städten predigen, bis er die Gewissheit hatte, dass der Imam von seiner Sucht befreit war.

Obwohl die Angelegenheit mit den Fotos überstanden war, markierte sie in Agha Djans Augen doch einen Wendepunkt in der Geschichte der Moschee.

Zu Beginn seines Studiums kam Schahbal mindestens einmal im Monat nach Hause, dann immer seltener. Manchmal rief er Agha Djan im Basar an, doch nie teilte er ihm wirklich Persönliches mit: »Wie geht es? Geht alles nach Wunsch?«

»Was soll ich sagen, Junge? Die Welt hat sich verändert. Wir brauchen jemanden mit neuen Ideen. Ich bin alt geworden.«

»Du? Alt? Du bist überhaupt nicht alt!«

»Vielleicht nicht alt, aber doch altmodisch. Heutzutage muss man als Kaufmann mit der Zeit gehen. Sei fleißig, ich brauche dich. Wenn du nach Hause kommst, reden wir darüber.«

Doch wenn Schahbal nach Hause kam, war es meistens schon spät. Und am nächsten Abend fuhr er schon wieder nach Teheran zurück, sodass zum Reden über den Teppichhandel und den Basar keine Zeit blieb.

Schahbal hatte es Agha Djan nicht so freimütig gesagt, aber er interessierte sich nicht mehr für das Geschäft und die Teppiche. In Teheran hatte er sich einer verbotenen linken Studentenorganisation angeschlossen, nun arbeitete er in der Redaktion der illegalen Studentenzeitung. Dort fühlte er sich in seinem Element. Schahbal führte eine spitze Feder und wirkte im Vergleich zu seinen Kommilitonen erwachsen. Schon bald galt er als einer, der die Leitung übernehmen konnte.

Aber nicht nur Schahbal hatte sich verändert. Alles hatte sich verändert. Früher war der Basar das wirtschaftliche und politische Zentrum der Stadt gewesen, doch der Teppichhandel hatte ausgedient, jetzt spielte das Erdöl die führende Rolle.

Früher war Agha Djan ein mächtiger Mann gewesen, die Vertreter der Macht hatten ihm stets Respekt erwiesen, doch heute wagten sie sogar, den Imam seiner Moschee als Spitzel anzuwerben. Früher hatte ihn der Bürgermeister mindestens einmal in der Woche angerufen, um den Kontakt zu pflegen, der neue Bürgermeister war sich dafür zu schade, er hatte Agha Djan nicht einmal zu seinem Amtsantritt eingeladen. Einige andere Händler des Basars hingegen sehr wohl, was darauf hindeutete, man wollte Zwietracht säen. Noch schlimmer war, dass der Basar in letzter Zeit sogar seine vorherrschende Stellung als Teppichproduzent verlor. In der Stadt waren viele neue Fabriken aus dem Boden gestampft worden. Niemand hätte früher so billige Teppiche gekauft, die nach Plastik rochen, heute machte man ständig Reklame dafür.

Bis vor wenigen Jahren war eine Fernsehantenne auf einem Dach von Senedjan noch ein Ding der Unmöglichkeit gewesen, doch auch diese Zeiten waren vorbei. Als früher ein Unternehmer den alten Hamam in ein Kino verwandeln wollte, hatte jemand wie Galgal noch die Macht gehabt, alle Gläubigen der Stadt auf die Beine zu bringen und selbst Farah Diba zu verjagen. Doch neulich hatte jemand die älteste Garage in der Innenstadt gekauft und zu einem Kino umgebaut. Jeden Abend standen dort Hunderte Jugendliche Schlange.

Die Stadt hatte inzwischen so viel Verlockendes zu bieten, dass der Basar seine Anziehungskraft verloren hatte. Vor wenigen Jahren noch waren die Jugendlichen abends immer zum Basar geschlendert, jetzt promenierten sie auf dem neu angelegten prächtigen Boulevard mit seinen Neonlichtern.

Der Schah hatte die Stadt endlich erobert. Plakate mit seinem Bild hingen an allen öffentlichen Gebäuden, sogar in den Läden einiger traditioneller Teppichhändler, und aus jedem Radio drang seine Stimme. Früher hatten die Ladeninhaber das Radio zumindest noch unter der Theke versteckt, aus Angst, Kunden zu verlieren. Aber alles änderte sich, man erkannte die eigene Stadt kaum noch wieder.

Der Basarplatz war nicht länger der Mittelpunkt der Stadt, das war nun der Boulevard, wo der Schah sogar als Reiterstandbild in der Mitte des Wasserbeckens prangte.

Seine Stimme drang in fast alle Häuser von Senedjan ein; nicht einmal die dicken Mauern des Hauses an der Moschee konnten ihre Bewohner davor schützen.

Wenn er wieder irgendwo eine Rede hielt, kam ein Jeep vor die Moschee gefahren, und die Stimme des Schahs dröhnte den ganzen Tag aus einem großen Lautsprecher. Fagri Sadat begriff nicht, warum Agha Djan dazu schwieg und Ahmad nicht protestierte.

Als der Schah das Grab des Cyrus, des ersten Königs des alten Perserreichs, besuchte, sagte er mit bedeutungsschwerer Stimme: »Cyrus! König der Könige! Schlafe sorglos! Denn ich wache!«

Eine Woche lang stand der Jeep vor der Moschee, und der Lautsprecher plärrte Tag und Nacht.

»Welch schwere Tage! Welch schwere Nächte! Es ist eine Beleidigung, und ich kann nichts daran ändern! Vor Scham wage ich die Moschee nicht mehr zu betreten«, schrieb Agha Djan in seine Chronik.

Nein, niemand war mehr in der Lage, dem Schah den Zutritt zu verwehren, sogar der Wind brachte sein Porträt ins Haus, auf Flugblättern, die ein Hubschrauber über der Stadt abwarf.

Eidechse hatte einige dieser Flugblätter aufgesammelt und sie Agha Djan auf den Schreibtisch gelegt.

Agha Djan stand auf dem Innenhof, als aus dem Haus von Hadji Schischegar laute Musik ertönte.

Musik im Haus des gläubigen Schischegar? Dann musste etwas Außergewöhnliches passiert sein. Agha Djans sah zu Schischegars Dach hinauf. Stand da tatsächlich eine Fernsehantenne? Auf dem Dach des angesehensten Glashändlers des Basars?

Agha Djan stieg die Treppe hinauf und ging auf Schischegars Dach hinüber, um zu sehen, was dort los war.

Nein, er hatte sich nicht geirrt, auf dem Dach stand tatsächlich eine Antenne.

Hadji wollte mit der Zeit gehen. Der neue Bürgermeister hatte ihn zu seinem Amtsantritt eingeladen, auf dem alle Geladenen ein großes Porträt des Schahs geschenkt bekommen hatten. Es stand nun in einem Goldrahmen auf dem Kaminsims, gleich über dem Fernsehapparat.

Aber was hatte die laute Musik zu bedeuten?

Agha Djan ging zum Dachrand und schaute auf den Innenhof hinab.

Dort war ein Fest im Gange, viele Verwandte und Freunde hatten sich versammelt. Es war ein warmer Abend, zu warm, um drinnen zu sitzen. Auf dem Innenhof hatte man neben das Wasserbecken ein großes hölzernes Bett gestellt, auf dem Hadjis Söhne in langen weißen Baumwollhemden lagen. Eine Gruppe Musikanten spielte mehr schlecht als recht amerikanische Popmusik, einige Männer tanzten Hand in Hand.

Anscheinend feierte Hadji die Beschneidung seiner Söhne. Die Mutter der Zwillinge hatte ihren Tschador auf die Schultern herabgleiten lassen, sie trug ein locker sitzendes Kopftuch und unterhielt sich fröhlich mit den Gästen. Hadjis erste Frau und ihre sieben Töchter waren nirgends zu sehen.

Überall standen Schalen mit Gebäck und Süßigkeiten, die Kinder spielten Fangen auf dem großen Innenhof. Hadji unterhielt sich mit allen, verteilte Süßigkeiten, nahm dem Fotografen die Kamera aus der Hand und machte selbst Fotos von seinen Söhnen. Zum hundertsten Mal legte er sich neben sie und rief: »Ein Foto bitte!« Kurz darauf trug er mit zwei Männern einen riesigen Fernseher aus dem Haus heraus, so groß wie ein Schrank, und stellte ihn unter den Baum, unter dem die Zwillinge lagen. Er schaltete das Gerät ein. Auf dem Bildschirm erschien eine Gruppe tanzender Frauen. Alle drängten herbei, um die Tänzerinnen zu bestaunen.

Agha Djan ging zur blauen Kuppel zurück und legte die Hand auf ihre kalten glasierten Kacheln. Dann sah er über die Mauer in den Innenhof der Moschee, auf das Wasserbecken, auf die Bäume, und er blickte zu den alten Störchen hinauf. Verwundert stellte er fest, dass sie nicht mehr da waren. Sogar ihre Nester waren verschwunden.

Da öffnete Agha Djan die Luke zu einem der beiden Minarette und stieg über die engen Stufen in die Spitze hinauf. Unter seinen Füßen knackten ein paar tote Zweige, sie mochten aus den alten Storchennestern stammen. Er spürte, dass etwas in ihm zerbrochen, dass er alt geworden war. Eine neue, unbekannte Erfahrung. Er starrte auf die Stadt hinunter, überall brannten bunte Lichter, und neben dem Tor des Basars hing ein großes, von Scheinwerfern angestrahltes Porträt des Schahs. Im neuen Stadtzentrum blinkten die roten und gelben Neonlampen des Kinos. Obwohl es schon spät am Abend war, drangen Musik und Frauenstimmen vom Boulevard herauf.

Wann waren eigentlich die Klänge der Suren aus der Stadt verschwunden? Agha Djan wusste, dass weder die Moschee noch der Basar oder der Koran sehr viel Widerstand leisten konnten, doch er hatte nicht erwartet, dass das Regime Senedjan so schnell erobern würde.

Wo waren die Ayatollahs geblieben, die gegen den Schah kämpften? Was war mit den Partisanen geschehen, denen es damals gelungen war, aus den Gefängnissen zu entkommen?

Was hatten die Bücher, die Schahbal damals heimlich las, an Veränderung zustande gebracht?

Wo waren die Radios, die gegen das Regime wetterten?

Wo war Galgal geblieben, mit seiner Kampflust gegen den Schah?

Wo waren die Studenten, die die Welt verändern wollten?

Und wo war Nosrat geblieben, der all diese Veränderungen filmen wollte?

Es waren stille Jahre, wie hätte Agha Djan also wissen können, dass schon sehr bald und sehr rasch eine neue Zeit heraufziehen würde? Und dass ein verheerender Sturm ihn wie einen alten Baum schütteln und zur Erde beugen würde.

Niedergeschlagen stieg er die Treppe herunter, schloss die Luke des Minaretts und kehrte auf den Innenhof zurück. Am liebsten hätte er sich zu Fagri Sadat ins Bett gelegt, um alles zu vergessen, doch stattdessen ging Agha Djan zum Tor hinaus. Er begab sich zum Fluss.

Dort war es dunkel und ruhig. Sogar der Fluss war still. Agha Djan sah zu den Weingärten auf der anderen Seite hinüber, zu den Bergen. Auch dort war es still. Weiter schlenderte er am Fluss entlang, tief in Gedanken versunken.

Agha Djan blickte auf sein Leben zurück: Er war in dem alten Haus zur Welt gekommen, hatte sein ganzes Leben der Moschee gewidmet, hatte unablässig auf dem Basar gearbeitet, sein Talent und seine Energie in den Teppichhandel gesteckt. Seine Töchter waren erwachsen, sein einziger Sohn Djawad war zu einem Mann herangereift, der schon bald sein Studium an der Universität aufnehmen würde. Agha Djan fiel ein, dass er noch nicht der Pflicht nachgekommen war, einmal im Leben nach Mekka zu pilgern, obwohl er doch ein wohlhabender Mann war.

Alles hatte sich verändert, und zu allem Unglück drohte Ahmad auch noch den Ruf der Moschee zu ruinieren.

Plötzlich krächzte inmitten der Reben die Krähe. Dann flog sie über den Fluss. Agha Djan hörte ein paar Männerstimmen und sah die Gestalt einer verschleierten Frau zur Brücke laufen.

Närrische Godsi, durchzuckte es ihn.

»Godsi!«, rief Agha Djan.

Doch sie war schon auf der Brücke. »Godsi! So warte doch! Was tust du hier so spät am Abend?«, rief er und rannte ihr in der Dunkelheit nach.

»Alle sterben, nur Sie nicht«, verkündete Godsi mit ihrer Krähenstimme.

Television

Eidechse, das seltsame Geschöpf, wuchs heran. Man wusste nicht recht, war er ein behindertes Kind oder ein Tier? Gesicht, Hände und Füße waren die eines Menschen, doch in seinen Bewegungen ähnelte er eher einem Tier.

Mit den Jahren trat das Tier immer stärker hervor.

Sediq versuchte, ihm das Sprechen beizubringen, doch es gelang ihr nicht, er zeigte keinerlei Interesse.

Der Junge lebte in seiner eigenen Welt und kümmerte sich nicht um das Verhalten der Menschen in seiner Umgebung. Er mochte nicht mit den anderen essen, er ging nicht rechtzeitig ins Bett, er weigerte sich, Besteck zu gebrauchen, und verschlang sein Essen wie eine Katze.

»Ich ertrage es nicht länger! Ich bin am Ende. Ich will dieses Kind nicht mehr!«

»Das darfst du nicht sagen«, protestierte Agha Djan.

Sediq brach in Tränen aus.

»Nichts als Elend!«, schluchzte sie. »Warum ist alles in meinem Leben schiefgegangen?«

»Du bist noch jung, meine Tochter, du hast noch ein langes Leben vor dir. Das Leben zeigt einem nicht immer dasselbe Gesicht, du darfst nie vergessen, dass alles seinen Grund hat. Wenn jemand klagen darf, dann Moazzen, er wurde blind geboren, aber er klagt nicht, es ist nun einmal so, er hat es akzeptiert und wir auch. Er kann nicht sehen, dafür hat er zwei scharfe Ohren, zwei ungewöhnlich geschickte Hände und zwei Füße, die sich den Weg merken. Ja, ich glaube, er sieht alles, selbst Dinge, die wir nicht zu sehen imstande sind. Weine nicht, meine Tochter! Dein Sohn gehört zu unserem Leben, ich freue mich über ihn, er ist eine Himmelsgabe, das meine ich im Ernst, wir brauchen ihn, sonst wäre er uns nicht geschenkt worden.«

»Wenn ich doch nur so herzensgut wäre wie du«, schluchzte Sediq.

Am nächsten Morgen rief Agha Djan Eidechse zu sich und gab ihm zu verstehen, er habe fortan jeden Tag nach dem Morgengebet zu ihm ins Arbeitszimmer zu kommen. Er hatte beschlossen, ihm das Lesen beizubringen. Eidechses Reaktion war überraschend. Mit einem Buch zwischen den Zähnen kroch er zu Agha Djan hin, legte es ihm in den Schoß und drängte ihn, es ihm vorzulesen.

Sobald Eidechse ein wenig lesen gelernt hatte, legte er sich jeden Tag mit einem Buch unter den alten Baum im Innenhof. Wenn es ihm dort zu heiß wurde, kletterte er aufs Dach hinauf und machte es sich im Schatten der Kuppel bequem. Im Winter ging er in den Keller und setzte sich zu Moazzen an den Ofen.

Mit Ahmads Erlaubnis verbrachte Eidechse viele Stunden in der Bibliothek. Niemand wusste, ob er auch nur das Geringste verstand von dem, was er las.

Seine Welt war die Welt des Hauses, selten gelangte er nach draußen, außer wenn Am Ramasan ihn auf seinem Esel zum Fluss mitnahm. Dann erhoben sich die alten Männer vor dem Laden des Lebensmittelhändlers und stellten sich ihnen in den Weg, weil sie Eidechse bestaunen wollten. Alle kannten ihn. Die Männer zogen feierlich den Hut vor ihm und setzten ihn umständlich wieder auf. Eidechse hatte jedes Mal Spaß daran und klatschte vergnügt in die Hände.

Später nahm Am Ramasan ihn öfter mit zum Fluss, wo er Sand

abbaute. Er grub eine Kuhle in den warmen Sand am Ufer, und Eidechse legte sich zum Lesen hinein.

Bei Am Ramasan fühlte Eidechse sich wohl.

Ein paar Mal hatte Sediq Eidechse nicht erlaubt mitzugehen.

»Warum?«, hatte Am Ramasan gefragt. »Du darfst ihn nicht verstecken.«

Damals war Sinat häufig unterwegs. Sie fuhr in die Berge, um den Bäuerinnen Koranstunden zu geben. Wenn sie wieder zu Hause war, rief sie Eidechse zu sich und erzählte ihm Geschichten aus der alten Zeit. Das liebte er über alles. Sinat kümmerte sich mehr um ihn als die anderen, weil sie ihn als Strafe Gottes empfand. Zwar lernte Eidechse nie sprechen, doch dafür hatte er zwei scharfe Ohren, und er war flink wie ein Wiesel. Er forderte die Menschen in seiner Umgebung geradezu heraus, sich mit ihm zu beschäftigen.

Wenn Nosrat zu Besuch kam, ging er Eidechse, so weit möglich, aus dem Weg. Er strich ihm über den Kopf und schenkte ihm ein paar Süßigkeiten, aber wenn er sich schlafen legte, sorgte er dafür, dass die Tür verschlossen war.

Eines Nachts gelang es Eidechse trotzdem, zu Nosrat ins Zimmer zu kriechen. Er legte sich in eine Ecke und machte es sich mit seinem Buch gemütlich.

Nosrat wusste nicht so recht, was er tun sollte; ein Zeitlang blieb er aufrecht im Bett sitzen und betrachtete den Jungen. Dann hatte er plötzlich einen Einfall: »Kommst du mit?«, fragte er.

Eidechse folgte Nosrat auf den Innenhof und von dort in den Keller.

»Hör zu, vor langer Zeit hat Schahbal einmal einen Fernseher mitgebracht, um deinem Großvater Alsaberi den Mond zu zeigen. Alsaberi war ein einfältiger Imam, er fiel in den *Hous* und starb, doch der Apparat muss hier noch irgendwo sein. Du darfst ihn haben. Weißt du, du bist eigentlich im falschen Haus geboren! Die Welt ändert sich, doch in diesem Haus ist alles verboten. Verstehst du, was ich meine?«

Eidechse sah ihn verständnislos an.

»Andererseits hast du auch wieder Glück gehabt. Wärest du woanders geboren, hätten sie dich längst an einen Zirkus verkauft. Hier behandeln sie dich liebevoll, und Liebe ist sehr wichtig für den Menschen. Doch dieses Haus ist rückständig. In ihrer Gottesfurcht haben sie Angst vor allem, vor dem Radio, vor dem Fernseher, vor Musik, vor dem Kino, vor dem Theater, vor Fröhlichkeit, vor fremden Frauen, vor fremden Männern. Bloß Friedhöfe, die lieben sie. Da fühlen sie sich wohl, im Ernst! Bist du schon mal mit ihnen auf einem Friedhof gewesen? Auf einmal sind sie wie ausgewechselt, bei den Toten, da fühlen sie sich wohl. Deshalb bin ich aus diesem Haus geflohen, als ich noch jung war. Komm, wir schauen mal, wo der Fernseher ist, bestimmt irgendwo zwischen dem alten Gerümpel. Wenn ihn die Großmütter nicht weggeworfen haben. Ach, die Großmütter, du hast sie nicht mehr gekannt, es waren vornehme alte Damen. Sie konnten mich nicht leiden, aber egal. Sie fuhren nach Mekka und kamen nicht mehr zurück, das haben sie schlau angestellt. Hiiiier, da ist er! Schau! Ein Minifernseher für dich! Mit der kleinen Antenne hier ändert sich bald dein Leben. Lass mich mal nachdenken, wo kann dich niemand stören? Ah, dort in dem kleinen Schuppen hinter der Kuppel. Da hatte ich früher mein Versteck, da las ich unanständige Bücher. Später hat Schahbal sich ein Bett hineingestellt. Jetzt gehört der Schuppen dir.«

Eidechse kletterte hinter Nosrat zum Dach hinauf. Dieser stellte den Fernseher auf ein Tischchen neben Schahbals Bett.

»Hier kannst du dich hinlegen. Ich zeige dir, wie du den Fernseher bedienen musst.«

Eidechse legte sich aufs Bett. Nosrat zog das Kabel nach draußen und schraubte die Antenne vorsichtig ans Ende eines Balkens, wo niemand sie sehen konnte.

»Aufgepasst!«, sagte er und schaltete den Fernseher ein.

Eine geschminkte junge Frau in einem roten ärmellosen Kleid erschien auf dem Bildschirm.

»Erschrick nicht, Junge! Die Welt draußen sieht völlig anders aus. Magst du Frauen? Oh, oh, mich darfst du nicht fragen! Irgendwann einmal nehme ich dich nach Teheran mit. Eigentlich ist dieser Fernseher zu klein, ich bringe dir nächstes Mal einen größeren mit. Aber jetzt hast du erst einmal den hier, er gehört dir, und keiner darf ihn dir wegnehmen. Und wenn einer es versucht, dann beißt du ihn. Schnapp dir seinen Knöchel und beiße fest zu. Hörst du?«

Eidechse konnte sein Versteck ein Jahr lang geheim halten, doch eines Nachts stieg Agha Djan leise die Stufen hinauf und drückte die Tür zum Schuppen auf.

Mit einem Satz war Eidechse beim Fernseher. Wie eine große Katze legte er sich darüber.

Agha Djan blieb einen Moment unschlüssig in der Tür stehen, dann drehte er sich um und stieg die Treppe wieder hinunter.

Die Heuschrecken

Dieser Tag sollte sich als ein besonderer Tag herausstellen. Es geschah mehr, als Agha Djan je für möglich gehalten hätte.

Zunächst klopfte es. Als Eidechse das Haustor öffnete, sah er in zwei große braune Pferdeaugen, die ihn im Licht der Nachmittagssonne anschauten. Der Junge zog sich am Türpfosten hoch, um besser sehen zu können. Draußen stand ein Pferdekarren mit zwei Särgen. Der Kutscher, der einen langen schwarzen Mantel und einen schwarzen Hut trug, rief: »Agha Djan!«

Eidechse kroch eilig zu Agha Djans Arbeitszimmer, zeigte zum Tor und machte wiehernde Geräusche.

Als Agha Djan den Kutscher sah, setzte er sofort seinen Hut auf und ging hinaus.

»*Enna lellah!*«, rief der Kutscher.

»*Enna lellah*«, erwiderte Agha Djan, »was kann ich für Sie tun?«

»Ich habe zwei Tote für Sie.«

»Tote? Für mich?«

»Na ja, also das, was von ihnen übrig geblieben ist.«

»Von wem?«

»Von zwei Frauen aus Mekka.«

»Die Großmütter!«, rief Agha Djan erschrocken aus.

»Wenn Sie bitte hier unterschreiben würden«, sagte der Kutscher.

»Meine Brille«, sagte Agha Djan.

Eidechse hüpfte ins Haus und holte Agha Djans Lesebrille.

Der Text war auf Arabisch. Außer einigen Ayat aus dem Koran stand da nur die knappe Mitteilung, man habe die Großmütter in einer Höhle des Hera-Berges bei Mekka tot aufgefunden.

Der Hera-Berg ist in der Welt des Islam der heiligste Berg, ihn bestieg Mohammad jeden Abend, um mit *Allah* Zwiesprache zu halten. Dort offenbarte ihm Djibril seine Sendung.

Am Fuße des Hera-Berges gibt es eine kleine Höhle, in der sich Mohammad versteckt hielt, als er mitten in der Nacht von Mekka nach Medina fliehen musste, weil seine Feinde ihn im Schlaf ermorden wollten.

Diese Höhle und diese Nacht spielen in der Geschichte des Islam eine wichtige Rolle. Mit dieser Nacht oder diesem Tag beginnt die islamische Zeitrechnung.

Man nannte die Höhle später »Spinnenhöhle«.

Jedes Mal, wenn Mohammad in die Höhle ging, bedeckte eine Spinne den Eingang mit ihrem Netz, sodass niemand sehen konnte, wie er sich darin verborgen hielt. In dieser Höhle hatten sich auch die Großmütter versteckt. Es schien ein Ding der Unmöglichkeit, und doch hatten sie es geschafft. Neben ihren Leichen hatte die Polizei ihr Testament gefunden.

Es war eine unglaubliche Geschichte. Der Zutritt zur Höhle, zu der jedes Jahr Millionen pilgern, ist strengstens verboten. Man darf sie nur aus einiger Entfernung bewundern.

Agha Djan war gerührt, dabei kamen ihm die Särge ganz ungelegen. Heute sollte sein Sohn Djawad zum ersten Mal seit sechs Monaten nach Hause kommen. Er hatte gerade mit seinem naturwissenschaftlichen Studium an der Universität von Isfahan angefangen. Djawad wollte Erdölingenieur werden. Zum ersten Mal war er so lange von zu Hause fort gewesen.

Bei Senedjan war ein großes Erdgasvorkommen entdeckt worden, das von einem amerikanischen Unternehmen erschlossen werden sollte. Darum hatte man an der Universität ein neues Studienfach eingerichtet. Hunderte Studenten hatten sich beworben, aber nur zwölf wurden mittels strenger Zulassungsprüfungen angenommen. Djawad war einer von ihnen. Die Studenten bekamen zusätzlichen Unterricht von amerikanischen Ingenieuren. Formal waren sie an der Isfahaner Universität eingeschrieben, doch bald sollten sie ihr Studium in der Sjahzand-Ölraffinerie unter Aufsicht der amerikanischen Ölgesellschaft fortsetzen, vierzig Kilometer außerhalb von Senedjan. Dazu würden sie in einer Art Internat wohnen, wo sie nur Englisch sprechen durften.

Es war ein Studium mit Aussicht auf einen garantierten Arbeitsplatz, nicht weit von zu Hause entfernt. Besser hätte er es nicht treffen können; Fagri Sadat fand vor Freude keinen Schlaf mehr, und Agha Djan strahlte vor Stolz, als er erfuhr, dass Djawad zugelassen worden war.

Er wollte gleich mit Fagri Sadat zum Hauptbahnhof fahren, um Djawad abzuholen.

»Warum bringen Sie mir die Särge ins Haus?«, fragte er den Kutscher. »Sie hätten sie zur Moschee bringen sollen. Auf jeden Fall hätte man mir vorher Bescheid sagen müssen, es gehört sich nicht, einem am späten Nachmittag zwei Särge vor die Tür zu stellen Was soll ich jetzt machen?«

»Es tut mir leid«, sagte der Kutscher, »aber ich bringe Ihnen keine Leichen, es sind nur zwei Säcke.«

»Säcke? Wieso Säcke?«, fragte Agha Djan verärgert.

Der Kutscher stellte sich auf seinen Karren, öffnete einen Sargdeckel und holte einen Sack heraus. Dann öffnete er den anderen Sarg und holte noch einen Sack heraus. Er hielt sie hoch und sagte: »Hier! Das ist alles. Wollen Sie es haben, oder soll ich es zurückschicken?«

»Warum haben Sie dann überhaupt zwei Särge dabei? Und warum kommen Sie bloß so spät?«

»Sie haben völlig recht, aber ich bin doch nur der Kutscher.«

Agha Djan steckte dem Mann ein paar Geldscheine zu und nahm ihm die Säcke ab.

»Was ist los?«, rief Fagri Sadat von oben.

Agha Djan versteckte die Säcke unter einigen großen Kürbisblättern im Garten. Dann rief er: »Nichts, nichts Besonderes! Bist du fertig? Wir müssen uns beeilen.«

Die rote Sonne streifte den Horizont über der Wüste, als Agha Djan sich ans Steuer seines Ford setzte und mit seiner Frau zum Bahnhof fuhr.

Fagri Sadat weinte vor Freude, als sie ihren Sohn aus dem Zug steigen sah. Er war immer ihr Liebling gewesen. Vor sechs Monaten, bevor er nach Isfahan aufbrach, hatte sie ihm noch jeden Abend einen Gutenachtkuss gegeben. Und jetzt hatte er einen kleinen schwarzen Schnurrbart, seine Haare trug er lang.

Fagri Sadat hatte ihn frei erzogen, bewusst hatte sie ihren Sohn von der Moschee, der Politik und dem Basar ferngehalten. Sie wollte, dass er später seinen eigenen Weg ging. Mit dem Ergebnis war sie zufrieden. Ihr Sohn war frei von religiöser Verbissenheit, und es freute sie, dass er sein Haar hatte wachsen lassen. Er ähnelte mehr seinem Onkel Nosrat als seinem Vater.

All die Jahre hatte sich Djawad nie um die Angelegenheiten der Moschee und des Basars gekümmert. Fagri Sadat war froh, dass Agha Djan nicht ihn, sondern Schahbal als Nachfolger im Auge hatte. Noch wusste sie nicht, dass Agha Djan von Schahbal enttäuscht war und seine Hoffnung nun ganz auf den eigenen Sohn setzte.

Darüber hatte er mit Fagri bisher nicht gesprochen.

Vor einigen Monaten, als Schahbal Agha Djan zum letzten Mal im Basar anrief, hatte er das über einen Umweg gemacht: Er hatte die Nummer des Magazins gewählt.

Agha Djan wurde ans Telefon gerufen.

»Wer ist es?«

»Ein Geschäftsmann aus Teheran.«

»Warum ruft er diese Nummer an?«

»Er sagt, er habe es schon ein paar Mal versucht, aber es hätte nie jemand abgenommen.«

»Bitte entschuldige, dass ich störe, Agha Djan. Aber ich fürchte, dein Telefon wird abgehört. Ich rufe nur an, um zu sagen, dass du dir keine Sorgen zu machen brauchst, wenn ich nicht nach Hause komme. Ich habe im Moment ziemlich viel zu tun. Ich wollte deine Stimme nur mal wieder hören. Bitte grüße alle von mir!«

»Das tue ich. Gott schütze dich, mein Junge!«

Schahbal brauchte weiter nichts zu sagen. Agha Djan verstand es auch so.

Aber er hatte gewiss nicht die Absicht, jetzt mit Fagri darüber zu reden. Er wollte ihr die Freude nicht verderben.

Es war ein gemütlicher Abend, man saß noch lange nach Tisch beisammen, und alle waren guter Dinge. Wäre Sinat auch dabei gewesen, hätte sie bestimmt eine Geschichte erzählt.

Ohne dass es Agha Djan bemerkt hatte, war Sinat mit Qom in Kontakt gekommen. Sie hatte von dort Instruktionen erhalten, durch Koranstunden das Gemeinschaftsgefühl der Frauen zu stärken.

Um die Tradition zu wahren, erzählte Moazzen eine Geschichte: »Enttäuscht verließ der Prophet Yunus sein Volk, für immer. Seine Anhänger waren sehr bekümmert. Als Yunus ans Meer kam, sah er Reisende ein großes Schiff besteigen, und er schloss sich ihnen an. Drei Nächte und drei Tage waren sie unterwegs, am vierten Tag wurde es plötzlich finster, und vor ihnen tauchte ein großer Fisch aus dem Wasser auf und legte sich dem Schiff in den Weg. Die Passagiere wussten sich keinen Rat. Ein alter, erfahrener Mann, der viele Seereisen gemacht hatte, sagte: ›Unter uns ist jemand, der eine Sünde begangen hat. Wir müssen ihn dem Fisch opfern, sonst lässt er uns nicht weiter.‹

›Der Fisch kommt meinetwegen‹, sagte Yunus, ›werft mich ins Meer.‹

›Wir kennen dich‹, sagten ein paar Reisende, ›du bist ein gerechter Mann, du kannst nichts Gotteslästerliches getan haben. Wir kennen auch deinen Vater, er war ein ebenso frommer Mann wie du, nein, du bist nicht derjenige, den der Fisch haben will.‹

Yunus, der wusste, dass der Fisch seinetwegen gekommen war, sagte: ›Es ist etwas zwischen mir und meinem Gott.‹

Er kletterte auf die Reling und sprang ins Wasser. Als der Fisch Yunus mit einem Bissen verschluckt hatte, tauchte er unter.«

Die Hausbewohner dachten noch über die Geschichte nach, als sie sonderbare Geräusche hörten.

Agha Djan spitzte die Ohren.

»Was ist das?«, fragte Moazzen.

Agha Djan ging hinaus und sah, dass sich der Himmel verdunkelt hatte.

»Ich höre viele fliegende Tierchen«, sagte Moazzen.

»Heuschrecken!«, rief Agha Djan laut. »Schließt alle Fenster!«

Doch es war schon zu spät: Tausende Heuschrecken kamen hereingeflogen, die Luft färbte sich bräunlich, als würde das Haus von einem Sandsturm verschlungen.

Die Frauen hüllten sich in ihren Tschador und rannten von Zimmer zu Zimmer, um Fenster und Türen zu schließen.

Die Heuschrecken ließen sich überall nieder, auf den Dächern, den Bäumen, den Beeten, ja, sogar im Wasserbecken und begannen, alles kahl zu fressen.

Von Zeit zu Zeit kamen Heuschrecken aus weit entfernten östlichen Städten wie Mekka und fielen über Senedjan her. Erst wenn sie alles kahl gefressen hatten, zogen sie weiter in die Weingärten und verschwanden wieder hinter den Bergen. Aber einen so riesigen Schwarm wie an diesem Tag hatte noch nie jemand erlebt, die Älteren kannten das nur aus Erzählungen ihrer Eltern.

In der Bibliothek fanden sie in einem Buch die Beschreibung einer Heuschreckenplage, die das Land vor fünfzig Jahren heimgesucht hatte: »Sie kamen in gewaltigen Schwärmen. Und die Welt verdunkelte sich. Sie waren nicht größer als ein Finger und hatten die Farbe der Erde, man sah sie nicht, wenn sie auf dem Boden saßen, doch wenn sie sich in Bewegung setzten, war es, als zitterte die

Erde. Die Menschen stiegen mit Töpfen und Löffeln auf die Dächer und machten großen Lärm, sie zündeten Feuer an, damit der Rauch die Heuschrecken vertreibe, doch nichts half. Sie lasen laut die Sure an-Naml: ›Das Tal war mit Unmengen Ameisen wie mit einem schwarzen Tuch bedeckt. Der Vogel Hudhud, der Bote Suleimans, flog über das Tal und rief: ‚Ameisen! Habt ihr denn nichts gehört? Der Mann, der zu euch sprach, war Suleiman, er spricht die Sprache der Tiere. Er ist auf dem Weg zur Königin Saba. Habt ihr noch nie von der schönen Königin Saba gehört? Geht zur Seite. Macht den Weg frei! Lasst die Armee weiterziehen! Es geht um Suleiman! Es geht um die schöne Königin Saba! Etwas Großartiges wird geschehen. Geht zur Seite!'‹

Erst geschah nichts, doch dann setzte sich die Masse der Ameisen in Bewegung und verschwand im Erdreich.«

Erst als es wieder hell wurde, zogen die Heuschrecken sich zurück und flogen in Richtung Gebirge. Sie hatten die Bäume und die Gärten kahl gefressen, im *Hous* trieben Fischgräten. Auch von den Säcken der Großmütter war nichts mehr übrig.

Alles weist darauf hin, dass etwas Unheilvolles geschehen wird, dachte Agha Djan, als er von seinem Fenster auf den Innenhof sah, die Heuschrecken kommen nicht umsonst.

Seine Hand glitt in die Innentasche und schloss sich fest um den Koran.

Saman

Bei der Sonne und ihrem Morgenlicht!
Beim Mond, wenn er ihr folgt!
Beim Tag, wenn sie ihn bescheint!
Bei der Nacht, wenn sie sie verhüllt!
Beim Himmel und bei dem, der ihn gemacht hat!,

summte Moazzen in seinem Bett.

Sieben Tage waren seit der Heuschreckenplage vergangen. Doch Moazzen lag noch immer in seinem Zimmer im Bett.

»Moazzen, warum ziehst du dich denn zurück?«, fragte Agha Djan durch die Tür. »Warum kommst du nicht raus?«

»Ich traue mich nicht.«

»Wieso traust du dich nicht? Wovor hast du Angst? Was ist passiert?«, entgegnete Agha Djan, während er das Zimmer betrat.

»Die Uhr in meinem Kopf ist stehengeblieben. Ich weiß nicht mehr, wie spät es ist.«

»Du bist einfach müde, Moazzen«, sagte Agha Djan, »es kommt vom Töpfern, weil du deine Töpferware nicht mehr los wirst.«

»Nein, es kommt nicht vom Töpfern, sondern von den Heuschrecken. Als sie kamen, hörte meine Uhr auf zu ticken. Ich traue mich nicht mehr vor die Tür, ich gerate in Panik, wenn die Leute mich nach der Zeit fragen, nach Saman.«

Der Ladeninhaber, der Moazzens Töpferware verkaufte, hatte ihm die Zusammenarbeit gekündigt. Es waren so viele neue, billige Sachen aus Plastik auf den Markt gekommen, dass niemand mehr Gefäße aus gebranntem Ton haben wollte. Doch Moazzen konnte mit dem Töpfern nicht aufhören, er machte immer neue Teller, Schüsseln, Vasen und Wasserkrüge und stellte sie in den Keller. Als im Keller kein Platz mehr war, stellte er sie in die Blumenbeete, und als die Beete voll waren, kletterte er mit Eidechses Hilfe aufs Dach der Moschee und stellte sie dort auf.

Moazzen blieb noch drei weitere Tage im Bett liegen. In der zehnten Nacht begann seine Uhr plötzlich wieder zu ticken.

»Drei Minuten nach zwölf.« Erleichtert setzte er sich im Bett auf.

Als er dann das Tor in den Angeln quietschen hörte, spitzte Moazzen die Ohren. Leise Schritte bewegten sich über den Innenhof auf Agha Djans Arbeitszimmer zu.

»Schahbal!«

Moazzen sprang auf. Er wollte ihn rufen, unterließ es aber, denn er wusste, dass Schahbal nicht umsonst so spät zu Agha Djan ging. Er musste warten. Schahbal würde danach bestimmt noch bei ihm hereinschauen.

Als Agha Djan Schahbal in der Tür stehen sah, war sein erster Gedanke: Er hat sich verändert.

Er war nicht mehr der Junge, den er in Erinnerung hatte, vor ihm stand ein Mann.

Agha Djan erhob sich, umarmte Schahbal und bot ihm einen Stuhl an. »Wie geht es dir, mein Sohn? Du hast uns vergessen, ich habe so lange nichts von dir gehört.«

»Es ist eine endlose Geschichte, Agha Djan, doch um mich kurz zu fassen: Ich bin glücklich, es geht mir gut.«

Agha Djan verstand, dass er keine weiteren Fragen stellen sollte, deshalb sagte er: »Ausgezeichnet, mehr wollte ich nicht wissen.« Er schwieg und wartete geduldig ab.

»Im Augenblick brodelt es an der Universität. Heute war der amerikanische Vizepräsident in Teheran. Die Studenten hatten die Straße vom Flugplatz zum Palast blockiert, doch sie wurden von der Polizei vertrieben. Als sie sich der amerikanischen Botschaft näherten, versperrte ihnen ein Sonderkommando den Weg, es kam zu einem Handgemenge, ein paar Molotowcocktails flogen durch die Fenster, ein Feuer brach aus. Dann wurde plötzlich aus einem Hubschrauber geschossen, zwei Studenten kamen ums Leben, und es gab auch viele Verletzte. Die Polizei sucht jetzt überall nach den Anführern der Demonstration, die entkommen konnten. Ich bin einer von ihnen. Ich möchte mich ein paar Tage hier verstecken, wenn du nichts dagegen hast.«

»Was sollte ich dagegen haben«, meinte Agha Djan. »Es ist vernünftig, dass du nach Hause gekommen bist, hier bist du sicherer als anderswo, hier kann ich dir besser helfen als in Teheran.«

»Ich danke dir.«

»Wofür?«

»Ich bin von zu Hause weggegangen, aber wenn ich niedergeschlagen bin oder Angst habe, denke ich gleich an dich. Dieses Haus war für mich immer ein sicherer Hafen. Ich bin dir dankbar für das Gefühl der Stärke, das du mir mitgegeben hast. Und für deine Fürsorge. Als ich noch hier wohnte, wusste ich nicht, wer ich war. Jetzt weiß ich es, du hast einen starken Menschen aus mir gemacht.«

Schahbals Worte rührten Agha Djan.

»Du bist erwachsen geworden, Schahbal, und du verstehst es, deine Gefühle auszudrücken.«

»Ich muss dir noch etwas erzählen«, sagte Schahbal. »Auf dem Bahnhof in Qom habe ich etwas ganz Merkwürdiges erlebt. Hunderte junge Imame hatten den Bahnhof besetzt, sie standen auf den Schienen und stellten sich den Zügen in den Weg. Sie riefen: ›*La illaha illa Allah!* Es gibt keinen Gott außer Allah!‹ Noch nie habe ich solche wütenden, leidenschaftlichen Demonstranten erlebt. Ihre ganze Kraft lag in ihren Stimmen. In Qom habe ich gerade eine neue Methode des Widerstands gesehen. Die Ayatollahs haben ihre Taktik geändert. Die Imame, die früher von Zügen nichts wissen wollten, stehen jetzt auf den Schienen. Ein junger Imam kletterte wie eine Katze auf eine hohe Mauer in der Bahnhofshalle und überklebte das Foto des Schahs mit einem Porträt von Khomeini. Das hat mich tief beeindruckt. Irgendetwas scheint im Gange zu sein; hast du Kontakte nach Qom?«

Die Frage überraschte Agha Djan. Nein, er hatte nach Qom keine Kontakte mehr, und im vergangenen Jahr hatte ihn auch kein Ayatollah mehr angerufen. Er hatte plötzlich das Gefühl, den Anschluss verpasst zu haben.

Es war dreizehn Minuten vor eins, als Moazzen Schritte in der Gasse hörte. Moazzen erkannte die Schritte, konnte sie aber nicht zuordnen. Als er dann hörte, wie jemand sich am Tor zu schaffen machte, stand Moazzen auf, schlich barfuß zu Agha Djans Zimmer und flüsterte: »Es ist jemand in der Gasse. Jemand steht vor dem Tor!«

»Steig in eins der Minarette hinauf!«, befahl Agha Djan Schahbal.

Rasch küsste Schahbal seinen Onkel, stieg aufs Dach, holte sich eine Decke aus dem Schuppen und verschwand durch die Luke im linken Minarett.

Agha Djan sah Eidechse verwirrt und in nassen Kleidern mitten auf dem Innenhof stehen.

»Bleib nicht hier! Geh hinauf!«, flüsterte er ihm zu. Dann öffnete er das Tor.

Vor ihm stand ein bebrillter Mann mit Hut, einen Schlüssel in der Hand. Er kam Agha Djan irgendwie bekannt vor.

»Wir kennen uns, glaube ich, aber meine Augen sehen im Dunkeln nicht mehr gut«, sagte Agha Djan, »kann ich etwas für Sie tun?«

Der Mann nahm seinen Hut ab. Jetzt erkannte Agha Djan ihn, doch es dauerte einen Augenblick, bis er sich gefasst hatte. Es war Galgal, Eidechses Vater. Er sah alt aus.

»*Salam alaikum*«, sagte Galgal.

Agha Djan wusste nicht recht, wie er reagieren sollte. Galgal hatte Sediqs Leben zerstört, er hatte sie allein zurückgelassen, obwohl sie schwanger war, und war in den Irak gefahren, um in Khomeinis Nähe zu sein. Nun stand er nach all den Jahren auf einmal vor ihm.

»Womit kann ich dienen?«, fragte er kühl.

»Ich bin durchs ganze Land gereist, um Khomeinis Botschaft zu verbreiten. Heute kam ich durch Senedjan, ich hatte ein Treffen mit einigen Kaufleuten des Basars, und ich ging davon aus, dass Sie auch dabei wären, doch zu meiner Verwunderung war das nicht der Fall. Ich reise heute Nacht wieder in den Irak zurück, und ich habe eine Bitte: Darf ich meine Frau kurz sprechen?«

»Vom Gesetz her ist sie nicht mehr Ihre Frau. Wenn ein Mann seine Frau so lange allein lässt, ohne auch nur Kontakt zu ihr zu suchen, ist die Ehe geschieden. Das müssten Sie besser wissen als ich. Sie haben also kein Recht darauf, sie zu sehen.«

»Ich weiß es, aber vielleicht will sie mich ja trotzdem sehen.«

»Hier bestimme ich! Sediq möchte Sie nicht sehen!«, herrschte Agha Djan ihn an.

»Aber ich bin der Vater ihres Sohnes, und ich habe das Recht, ihn zu sehen.«

»Das mag sein, doch es ist für uns alle besser, wenn Sie jetzt gehen und wir diese Begegnung vergessen«, meinte Agha Djan in etwas ruhigerem Ton.

»Offen gestanden hatte ich gar nicht vorgehabt vorbeizukommen, ich saß schon im Auto, aber dann war es mir unmöglich, die Stadt zu verlassen, ohne die beiden gesehen zu haben. Ich verstehe Ihre Wut, aber Sie sind ein Mann mit Erfahrung, die Politik ist schuld, der amerikanische Imperialismus, wir müssen uns selbst, unsere Frauen und Kinder opfern, um dieses Regime zu beseitigen. Ich hatte keine andere Wahl.«

»Ich habe keine Zeit, mir mitten in der Nacht solchen Unsinn anzuhören!«, sagte Agha Djan. Und er wandte sich zum Gehen.

Galgal warf ihm hinter seiner dunklen Brille einen bösen Blick zu und sagte: »Wenn Sie darauf bestehen, dann gehe ich. Aber wir werden uns wiedersehen!«

Im Bett erzählte Agha Djan seiner Frau von der unerwarteten Begegnung mit Galgal. Sie redeten noch ein wenig darüber, doch für ein längeres Gespräch waren sie zu müde.

Am nächsten Abend klopfte Fagri an die Tür von Agha Djans Arbeitszimmer: »Ich muss dich sprechen!«

»Komm herein«, sagte Agha Djan etwas verwundert.

Fagri stellte sich mitten in den Raum und sagte: »Ich glaube, Sinat steht mit Galgal in Kontakt, ja sogar, dass Galgal Sediq mit Sinats Einverständnis getroffen hat.«

»Was? Wovon redest du? Woher weißt du das?«, fragte Agha Djan verblüfft.

»Die beiden stecken unter einer Decke. Ich glaube, Galgal hat Sinat mit Qom in Kontakt gebracht. Sinat hat an der Macht geschnuppert. Ich merke es an ihrem ganzen Verhalten. Ist dir nicht aufgefallen, dass sie nicht mehr in unsere Moschee geht? Du musst dich in Acht nehmen vor ihr, ich traue ihr nicht.«

Es schwante ihm, dass Fagri recht haben könnte, aber wieso war er nicht von allein darauf gekommen?

»Und da ist noch etwas«, sagte Fagri, »ich wollte es dir eigentlich nicht sagen. Galgal hat sich schon mit Sediq getroffen. Und es war wohl mehr als ein einfaches Wiedersehen. Sediq hüpft wieder fröhlich über den Innenhof.«

»Was? Das ist ausgeschlossen! Das ist Weibergeschwätz.«

»Das ist kein Weibergeschwätz. Im Basar fällt dir die kleinste Veränderung auf, aber in deinem eigenen Haus bist du blind! Ich werfe mir immer ganz schnell den Tschador über, sobald ich Sinats Schritte auf der Treppe höre. Ich traue mich nicht einmal mehr, mich in ihrer Gegenwart zu schminken, es ist, als würde mir ein fremder Mann zuschauen! Ich weiß nicht, was sie treibt, ich weiß nicht, warum, aber ihr Blick hat sich geändert. Und wenn wir Frauen uns treffen, habe ich das gleiche Gefühl. Niemand wagt mehr, in Sinats Gegenwart etwas zu sagen. Früher ging ich so gern zu unserem Frauentreffen, aber jetzt sind Frauen dabei, die ausschließlich über die Scharia reden wollen. Und Sinat hat das Sagen.«

Agha Djan war in seinem Sessel zusammengesunken.

Es klopfte.

»Ja?«

»Das Kino qualmt«, ertönte Godsis Stimme hinter der Tür.

»Was machst du hier so spät?«, fragte Agha Djan.

Er stand rasch auf und öffnete die Tür.

Über der Innenstadt hing eine dicke Rauchwolke. Man hörte die Sirenen der Feuerwehrautos.

Galgal! war Agha Djans erster Gedanke, doch er teilte ihn Fagri nicht mit, sondern zog sich um und eilte hinaus.

Überall standen Polizeiautos, Krankenwagen brachten die Verletzten weg. Im Kino war eine Bombe explodiert, es hatte drei Tote gegeben und über hundert Verletzte.

Eine Woche später explodierte eine Bombe im Kino von Isfahan. Obwohl es dort noch mehr Tote und Verletzte gab, erwähnte die Regierung keinen der beiden Vorfälle, und auch die Zeitungen schwiegen.

Vierzig Tage danach, als im größten Kino des Landes in der südlichen Stadt Abadan ein amerikanischer Film Premiere hatte, explodierte eine noch schwerere Bombe. Es gab vierhundertsechsundsiebzig Tote und viele Verletzte.

Das Attentat machte Schlagzeilen in der Weltpresse.

Der Schah glaubte die Handschrift Khomeinis zu erkennen, doch er konnte sich nicht vorstellen, dass es dem Ayatollah in so kurzer Zeit gelungen sein sollte, alle Basare und Moscheen des Landes auf einen Kurs festzulegen. Die Ereignisse beunruhigten ihn zwar, doch in den Analysen, die seine Beamten ihm vorlegten, fand sich nirgends eine Bemerkung über einen möglichen Volksaufstand.

Immer war nur die Rede von der großen Zufriedenheit und Dankbarkeit des Volkes. Die westlichen Mächte hatten das vollste Vertrauen zu ihm. Und so sah der Schah keinen Grund, sich über die Anschläge aufzuregen.

Doch die ganze Welt schaute auf den Irak, wo Khomeini sich immer noch im Exil aufhielt.

Während des Freitagsgebets verbreitete der persische Sender der BBC folgende Nachricht von Khomeini: »Wir sind es nicht gewesen. Solche Verbrechen begehen wir nicht! Der Geheimdienst ist schuld.«

Es war ein denkwürdiges Ereignis, denn zum ersten Mal in der Geschichte verbreitete ein Imam, ein Ayatollah, seine Botschaft über das Radio. Seine Stimme klang alt, dafür kämpferischer denn je. Er nahm das Wort »Schah« kein einziges Mal in den Mund, er nannte ihn bei seinem zweiten Vornamen, Resa, um ihn zu demütigen: »Dieser Resa spricht harte Worte, lasst ihn reden. Er ist ein Niemand, ein Lakai! Ich komme und packe ihn bei den Ohren! Ich fordere ihn nicht heraus, er ist es nicht wert. Ich fordere Amerika heraus!«

Die BBC meldete, am nächsten Freitag finde in Teheran eine Demonstration statt. Die Nachricht schlug ein wie eine weitere Bombe.

Es war dem Schah ein Rätsel, warum die Leute demonstrieren wollten, wo sie doch zufrieden waren. Noch weniger wollte ihm einleuchten, wie es einen Aufruhr geben könne, da das Land unter der Kontrolle der Polizei und des Geheimdienstes stand.

An jenem berüchtigten Freitag gingen Tausende Ladenbesitzer des Teheraner Basars auf die Straße und versammelten sich auf dem Majlis-Platz, wo sich das Parlament befand. Tausende andere, die nach dem Freitagsgebet aus der Moschee kamen, schlossen sich ihnen an.

Als der Platz zum Bersten gefüllt war, setzte sich die Menge in Richtung Schah-Platz in Bewegung. Die erste Reihe der Demonsranten bildeten junge Imame, an der Spitze lief ganz allein ein recht junger Ayatollah in auffällig modischer Kleidung, den bis dahin noch nie jemand gesehen hatte.

Traditionelle Imame achteten nicht besonders auf ihr Äußeres; dieser Ayatollah hob sich eindeutig von ihnen ab. Er hielt sich gerade, sein Bart war gepflegt, sein weißes Hemd sorgfältig gebügelt und seine gelben Pantoffeln zogen alle Blicke auf sich.

Eine Woche zuvor war er, als Geschäftsmann getarnt, in einem tadellosen englischen Anzug über Dubai und Irak eingereist. Diese erste Probe-Demonstration wurde ein großer Erfolg. Die BBC meldete, Hunderttausende hätten in den Straßen von Teheran gegen den Schah demonstriert und es sei deutlich, dass die Anführer einer jungen Generation von Imamen angehörten.

Ein Foto des ungewöhnlichen Ayatollahs stand auf der Titelseite aller Morgenzeitungen.

»Wer ist dieser Mann?«, titelte die größte Tageszeitung *Keyhan*.

Dieser Mann hieß Ayatollah Beheschti, war etwa fünfundfünfzig Jahre alt und stammte aus Isfahan. In der Hierarchie der schiitischen Gemeinschaft war er damals einer der jüngsten Ayatollahs. Er war ein leidenschaftlicher Mensch. Seit Jahren war er Vorsteher der iranischen Moschee von Hamburg, der bedeutendsten Schiitenmoschee Europas.

Als erster Imam hatte er die Schritte der Revolution gehört. Daraufhin verließ er gleich seine Moschee und reiste in den Irak, um Khomeini seine Unterstützung anzubieten.

Da er lange in Deutschland gelebt hatte, kannte keiner den Westen besser als Beheschti. Er war genau der Mann, den der betagte Khomeini brauchte, um seinen Traum von einem islamischen Staat zu verwirklichen.

Beheschti kannte sowohl die Wirkung orientalischer Geschichten als auch die Macht der Kamera. Er schmiedete den Plan, Khomeini dem Westen als eine orientalische Märchengestalt schmackhaft zu machen: »Ein greiser Imam, der auf einem schlichten persischen

Gebetsteppich sitzt. Er lebt im Exil, isst Brot und trinkt Milch und fordert Amerika heraus!«

Im Gegensatz zu Beheschti wusste Khomeini nichts von der modernen Welt, es fiel ihm immer noch schwer, auch nur das Wort »Radio« in den Mund zu nehmen.

Und so geschah es, dass man eines Abends an Khomeinis Haustür in Nadjaf ein Klopfen hörte. Galgal öffnete.

»Ich bin Beheschti, der Imam der Moschee von Hamburg, ich habe den weiten Weg zurückgelegt, um den Ayatollah zu sprechen«, stellte er sich vor.

Damals geschah alles, was sich in Khomeinis Wohnung abspielte, unter Galgals Aufsicht. Täglich kamen Pilger, die den Ayatollah sprechen wollten. Doch obwohl Galgal Beheschti noch nie gesehen und auch noch nie von ihm gehört hatte, sprachen ihn sein Auftreten und sein Äußeres sofort an.

»Darf ich fragen, worüber Sie mit dem Ayatollah sprechen wollen?«, fragte er.

»Ich verstehe Ihre Neugier, es handelt sich jedoch um etwas, was nur für die Ohren des Ayatollahs bestimmt ist.«

Galgal führte Beheschti ins Gästezimmer, ließ ihm Tee bringen und sagte: »Wenn Sie sich bitte einen Augenblick gedulden wollen.«

Khomeini kannte Beheschti nicht persönlich, doch er war mit seinem Vater befreundet gewesen, dem Imam der einflussreichen Dschom'e-Moschee von Isfahan.

»Der Ayatollah kannte Ihren Vater, er freut sich darauf, Sie empfangen zu dürfen«, sagte Galgal und führte Beheschti in die einfache Bibliothek, wo der Ayatollah auf dem Fußboden auf seinem Teppich saß.

Beheschti trat ein, verbeugte sich leicht und zog die Tür hinter sich zu.

Paris

Alif Lam Ra.
Wir wissen niemals im Voraus
Was Seine Pläne sind
Ich folge Ihm
Ich folge Ihm gesenkten Hauptes.

Niemand hatte etwas bemerkt, niemand hatte ihn erwartet, niemand wusste Bescheid, als der alte Khomeini eines Tages wie aus heiterem Himmel auf dem Flughafen Charles de Gaulle in Paris landete.

Sie waren zu viert: Khomeini, Beheschti, Galgal und Batul, Khomeinis Ehefrau.

Während seines vierzehnjährigen Exils im Irak hatte Khomeini die Stadt Nadjaf kein einziges Mal verlassen. Er stand jeden Tag um halb sechs auf, verrichtete sein Morgengebet und las im Koran.

Um halb acht brachte ihm seine Frau das Frühstück. Bis halb eins arbeitete er in seiner kleinen Bibliothek. Dann war es Zeit für das Mittagsgebet. Nach dem Mittagessen hielt er ein Nickerchen und machte sich dann wieder an die Arbeit. Am späten Nachmittag empfing er Gäste, meist iranische Teppichhändler, die zu Geschäften in den Irak gekommen waren. Darunter befanden sich auch als Geschäftsleute getarnte iranische Dissidenten. Sie erhielten den Kontakt zwischen Khomeini und den Ayatollahs in Qom aufrecht.

Im Winter verließ Khomeini nur selten sein Arbeitszimmer, im Frühling und Sommer erging er sich nach sechs Uhr ein wenig im Garten, wenn die Hitze nachgelassen hatte.

Am frühen Abend wusch er sich Gesicht und Hände, zog sein Gewand an und begab sich zur Imam-Ali-Moschee.

Seine Frau folgte ihm im Abstand von drei Metern.

Nun stand Khomeini auf dem Pariser Flughafen, neben dem Gepäcklaufband stützte er sich auf ein Wägelchen.

Als das Gepäck eingesammelt war, brachte der Besitzer des größten Pariser Teppichhauses die Reisenden in seinem Kleinbus nach Neauphle-le-Château. Dort hatte man für den Ayatollah ein Haus angemietet.

Etwa sechzig Jahre zuvor hatte Khomeini sein Heimatdorf verlassen, um sich in Qom zum Imam ausbilden zu lassen.

Damals gab es in seinem Dorf noch keine Autos, es gab nicht einmal Straßen, auf denen Autos hätten fahren können. Zu Fuß ging er durch die Berge zur Stadt Arak. Erst Jahrzehnte später sollte Resa Chan, der Vater des Schahs, das Land modernisieren und mit Hilfe der Briten das Eisenbahnnetz ausbauen.

In Arak traf Khomeini einen Armenier, der mit seinem Lastwagen Pilger zur heiligen Stadt Qom brachte. Dicht gedrängt saßen sie hinten auf der Ladefläche.

Für den jungen Dörfler wurde es eine unvergessliche Fahrt. Doch als sie die unwirtlichen Hügel hinter sich ließen und Qom erreichten, hatte ihn der beißende Dieselgestank ganz krank gemacht.

Selbst als sich Khomeini Jahre später nur noch in Mercedes-Limousinen fahren ließ, fühlte er jedes Mal, wenn er sich in ein Auto setzte, Übelkeit in sich aufsteigen. Auch jetzt, auf dem Weg in den ruhigen Pariser Vorort, stieg ihm dieser durchdringende Geruch wieder in die Nase.

Sobald sie das Haus erreicht hatten, zückte Beheschti, der alles organisiert hatte, seinen Terminkalender und griff zum Telefon.

Damals arbeitete beim amerikanischen Fernsehsender ABC eine junge iranische Journalistin. Beheschti wählte ihre Nummer, um ihr mitzuteilen, dass Khomeini Nadjaf verlassen habe. Von Paris aus, seinem neuen Wohnort, werde er die Revolution im Iran steuern.

Beheschti bot dem Sender das erste Interview mit dem Ayatollah in Paris an, wenn ABC schnell reagiere. Andernfalls werde er sich umgehend mit der BBC in Verbindung setzen.

Am nächsten Tag hielt ein Auto der ABC vor Khomeinis Haus.

In Paris war es noch Mittag, im Iran schon früher Abend.

Aufgeregt ritt Am Ramasan in die Gasse, sprang von seinem Esel und stürmte in Agha Djans Arbeitszimmer.

»Khomeini ist in Paris, gleich tritt er im Fernsehen auf!«, rief er.

»Wo?«

»In der Moschee von Hadji Tagi Ghan. Kommen Sie mit?«

Agha Djan zögerte, es widerstrebte ihm mitzugehen. In letzter Zeit strömten alle dorthin. Die Moschee stand im Mittelpunkt der Unruhen in der Stadt.

In Agha Djans Moschee kamen nur noch die Alten. In Hadji Tagi Ghans Moschee war es so voll, dass manche draußen bleiben mussten.

Junge Imame aus Qom hielten dort jeden Abend feurige Predigten. Und sie führten die aufgeregte Menschenmenge auf die Straße, um zu demonstrieren.

»Leider passt es gerade nicht«, sagte Agha Djan zu Am Ramasan. »Ich komme später.«

Doch er konnte seine Neugier kaum zügeln. Agha Djan wollte Augenzeuge sein, alles aus eigener Anschauung verfolgen, um es dann in seiner Chronik festzuhalten. Es war geradezu seine Pflicht, diesem Ereignis beizuwohnen. Also zog Agha Djan seinen Mantel an, setzte den Hut auf und verließ das Haus.

Vor der schon überfüllten Moschee von Hadji Tagi Ghan drängten sich Hunderte Gläubige. Agha Djan stellte sich unauffällig in eine dunkle Ecke.

»Du bist doch kein Dieb, warum versteckst du dich?«, sagte er sich. »Geh rein und schau, was los ist.«

Er drängte sich durch die Menge zur Moschee.

Die Männer standen auf dem Innenhof, die Frauen befanden sich im Gebetsraum.

Als Agha Djan sich nicht weiter vorkämpfen konnte, beschloss er, zurückzugehen und aufs Dach zu steigen. Hoch oben an der Außenmauer hatte man drei große Bildschirme befestigt. Agha Djan erinnerte sich an den kleinen Fernsehapparat, den Schahbal vor Jahren ins Haus gebracht hatte, um ihm und Alsaberi die Mondlandung zu zeigen.

Alsaberi war gestorben, dann war Galgal gekommen. Ahmad hatte dessen Nachfolge angetreten, und jetzt dies.

Vor dem Eingang der Moschee kam Bewegung in die Menge.

»Salle alla Mohammad wa alle Mohammad!«, riefen die Gläubigen.

Agha Djan blickte zur Tür. Eine Gruppe bärtiger Männer in tadellosen Anzügen betrat die Moschee. Aus ihrer Mitte löste sich ein junger Imam, er ging auf die Bildschirme zu, auf denen gleich das Interview mit Khomeini zu sehen sein würde.

Agha Djan erkannte die Männer, es waren die Geschäftsleute des Basars, die jetzt das Sagen hatten.

Eine Frau wechselte ein paar Worte mit den Männern. Dann ging sie wieder in den Gebetsraum zurück.

Da sie einen schwarzen Tschador trug, erkannte Agha Djan aus dieser Entfernung nicht, dass es Sinat gewesen war.

Ein junger bärtiger Mann schaltete die Fernsehgeräte ein. Die Menge hielt den Atem an, alle reckten die Hälse, um besser sehen zu können.

Als Erstes zeigte die Kamera die beschaulichen Straßen von

Neauphle-le-Château. Man sah ein paar Frauen auf dem Weg zum Supermarkt. Ein Schulbus hielt an einer Haltestelle, die ein buntes Werbeplakat zierte. Zwei Mädchen mit Rucksäcken stiegen aus, sie blickten kurz auf. Dann schwenkte die Kamera langsam weiter zu einem Haus. Davor sah man Bäume, eine Pergola, einen Garten.

Schließlich kam Khomeini ins Bild. Er saß auf einem persischen Teppich.

Die Menschenmenge in der Moschee rief wie aus einem Mund:

»*Salam bar* Khomeini! *Salam bar* Khomeini!«

Ausländische Sender konnte man damals noch nicht direkt über das iranische Staatsfernsehen empfangen, doch die Organisatoren hatten eine Satellitenschüssel auf dem Dach der Moschee aufgestellt, um die Bilder aus dem Nachbarland Irak zu empfangen.

Die Kamera zoomte auf Khomeinis Gesicht. Zum ersten Mal machten die Leute in der Moschee Bekanntschaft mit dem greisen Ayatollah, der gegen Amerika kämpfen wollte.

Es gab nur wenige, die Khomeini kannten, und da lange kein Foto von ihm veröffentlicht worden war, wusste niemand, wie er eigentlich aussah.

Deshalb verweilte die Kamera für längere Zeit auf seinem Gesicht. Khomeini trug einen langen grauen Bart, und sein Gesicht leuchtete im Scheinwerferlicht: Er erinnerte an einen Heiligen.

Als der Ayatollah Anstalten machte aufzustehen, kam eine Hand ins Bild, doch er wies sie zurück und erhob sich aus eigener Kraft.

Dann ging er in den Garten hinaus. Gerade waren zwei Teppiche ausgerollt worden, ein kleiner und ein großer. Khomeini zog die Schuhe aus und stellte sich auf den kleineren Teppich. Demonstrativ zog er einen Kompass aus der Tasche. Um die Kompassnadel besser zu erkennen, setzte Khomeini seine Brille auf. Der Kompassnadel folgend, wandte er sich gen Mekka.

In einiger Entfernung stand hinter ihm Beheschti auf dem größeren Teppich. Galgal war nicht zu sehen. Als Khomeinis treuester Ratgeber musste er sich im Hintergrund halten.

Khomeinis Ehefrau trat hinzu, von ihrem schwarzen Tschador verhüllt, und stellte sich hinter Beheschti zum Gebet auf. Wie eine Statue stand Batul da. Die Kamera schwenkte von ihr zu der grünen Hecke, hinter der einige französische Frauen mit ihren Kindern das Schauspiel bestaunten.

Innerhalb kürzester Zeit strömten aus allen Himmelsrichtungen Journalisten nach Neauphle-le-Château, die Augen der Welt richteten sich auf ein unscheinbares Haus, das die Keimzelle der Revolution werden sollte.

Bisher waren Beheschti und Galgal die einzigen Verbündeten an Khomeinis Seite gewesen, doch nach dem Interview kamen binnen vierundzwanzig Stunden sieben Männer aus Amerika, Deutschland, England und Paris dazu. Sie bildeten nach kurzer Zeit das Exekutivkomitee der Revolution.

Nach dem Sturz des Schahs sollten sie alle hohe Regierungsposten erhalten, als Staatspräsident, Ministerpräsident, Finanzminister, Industrieminister, als Parlamentsvorsitzender, Chef des Geheimdienstes und Außenminister.

Doch schon wenige Jahre später sollten drei von ihnen von bewaffneten Widerstandsgruppen liquidiert und einer als amerikanischer Spion hingerichtet werden. Ein anderer würde wegen Korruption im Gefängnis landen, und derjenige, der Staatspräsident geworden war, würde wieder nach Paris fliehen, um politisches Asyl zu beantragen. Der künftige Regierungschef würde nach kurzer Zeit entlassen werden.

In Teheran wurden ständig Demonstrationen veranstaltet, an denen Millionen Menschen teilnahmen.

Niemand konnte mehr Khomeinis Rückkehr in sein Heimatland verhindern.

Das Land veränderte sein Gesicht unerhört schnell. Die Männer ließen ihre Bärte wachsen, die Frauen versteckten sich unter den Tschadors.

Massenstreiks im Ölsektor stürzten das Land in eine tiefe Krise. Die Arbeiter ließen die Maschinen stehen, die Studenten kamen nicht mehr in die Hörsäle. Statt in die Schule gingen die Kinder auf die Straße.

Auch im Haus an der Moschee hinterließ die Revolution ihre Spuren.

Sinat distanzierte sich in aller Öffentlichkeit von der Familie, und Sediq begleitete sie immer öfter zu islamistischen Frauenversammlungen. Sie, die im Haus nie ein Kopftuch getragen hatte, trug jetzt auch drinnen einen Schleier.

Früher ging Sediq ganz im Haushalt auf und kümmerte sich um Eidechse. Doch jetzt ließ sie alles liegen. Sie kam spät nach Hause, aß allein in der Küche und ging dann sofort zu Bett.

Agha Djan begab sich weiterhin jeden Morgen zum Basar, aber dort war man mit anderen Dingen beschäftigt als früher.

Er fühlte sich zunehmend fremd in seinem eigenen Geschäft.

Pakete mit Teppichen, die schon lange ins Ausland hätten verschickt sein müssen, stapelten sich in den Lagerräumen. Wolle und anderes Material, das für die Werkstätten in den Dörfern bestimmt war, lag noch unverpackt herum.

Sogar Agha Djans treuer Diener, der die Kunden in sein Arbeitszimmer führte und ihnen Tee servierte, hatte sich einen Bart stehen lassen. Er kam nicht mehr pünktlich zur Arbeit und verließ das Gebäude, wann es ihm passte, unter dem Vorwand, er müsse in die Moschee.

Die Angestellten hatten eines der Zimmer ausgeräumt, Stühle und Tische vor die Tür gestellt, Teppiche auf den Boden gelegt und einen Gebetsraum daraus gemacht. Ein großes gerahmtes Porträt von Khomeini hing an der Wand, auf einem Tisch stand ein Samowar. Niemand arbeitete, alle lümmelten den ganzen Tag herum und diskutierten über die Ereignisse. Dazu tranken sie Tee und hörten die Nachrichten der BBC über die letzten Entwicklungen in Paris.

Hilflos musste Agha Djan mit ansehen, wie sein Geschäft zu Grunde ging.

Zu Hause sprühte Fagri Sadat nicht mehr wie sonst vor Lebenslust. Sie hatte ihre Fröhlichkeit verloren. Früher kaufte sie regelmäßig neue Kleider, neue Nachthemden, doch auch damit war es vorbei.

Agha Djan liebte es, wenn Fagri vor dem Spiegel die Festigkeit ihrer Brüste prüfte. Doch das tat sie jetzt nicht mehr. Sie trug auch keinen Schmuck mehr. Die Schatulle, die immer neben dem Spiegel lag, war im Schrank weggeschlossen.

Selbst Agha Djans Töchter waren den Veränderungen zum Opfer gefallen. Es schien, als hätten die Männer der Stadt vergessen, dass seine Töchter schon längst erwachsen waren und noch immer zu Hause wohnten.

Agha Djan vermisste Schahbal. Er hatte das Bedürfnis, sich mit ihm zu unterhalten, ihm sein Herz auszuschütten, doch er bekam nie die Gelegenheit dazu. Wenn Schahbal nach Hause kam, was selten geschah, blieb er nur kurz. Agha Djan wusste, dass er keine Vorlesungen besuchte. Einige Male hatte er das Gespräch gesucht, doch Schahbal wich ihm dann stets aus.

Dennoch vertraute er ihm. Er war sicher, Schahbal würde eines Tages zu ihm zurückkehren.

In letzter Zeit suchte Agha Djan öfter den Fluss auf, um in der Dunkelheit am Ufer entlangzugehen. Er erinnerte sich an die Worte seines Vaters.

»Wenn du traurig bist, geh am Fluss spazieren. Sprich mit dem Fluss. Er trägt deinen Kummer fort.«

»Ich will nicht klagen, aber mir ist das Herz so schwer«, sagte Agha Djan zum Fluss.

Seine Augen brannten, eine Träne rann ihm über die Wange und fiel zu Boden. Der Fluss nahm die Träne auf, trug sie fort und verriet niemandem etwas.

Teheran

Agha Djan war in seinem Geschäft im Basar. Gerade hatte ihm der Diener eine Tasse Tee gebracht. Plötzlich ertönte unten im Haus Lärm. Die Angestellten versammelten sich geschlossen vor dem Fernseher.

»Was ist los?«, rief Agha Djan.

»Der Schah ist geflohen!«, rief der Diener von unten herauf.

»Allahu Akbar!«, rief jemand.

In den Nachrichten war von einer solchen Flucht nie die Rede gewesen, offenbar handelte es sich um ein Gerücht. Es war jedoch so stark, dass das Regime sich gezwungen sah, den Schah im Fernsehen zu zeigen.

Man sah, wie er einige Generäle empfing. Doch diese Bilder trugen nur zur Verschärfung der Situation bei. Der Schah, der früher jeden Abend im Fernsehen erschienen war, trat in den letzten Monaten kaum mehr auf. Niemand traute seinen Augen, so mager war der Schah geworden. Er wirkte wie ein verängstigter Mann, dem die Zügel der Macht mehr und mehr entglitten.

Das Gerücht enthielt nur einen Teil der Wahrheit.

Am nächsten Tag hieß es: »Farah Diba ist mit ihren Kindern nach Amerika geflohen!«

Tatsächlich war es nicht Farah Diba gewesen, sondern ihre Mutter, die ihre Enkelkinder mitgenommen hatte.

In Teheran drohten Straßenkämpfe. Die Demonstranten kamen dem Palast immer näher. Nach Geheimdienstberichten planten die Mullahs einen Sturm auf den Palast.

Der Schah hatte Farah Diba gebeten, mit den Kindern das Land zu verlassen.

»Ich werde nicht gehen. Ich lasse dich in dieser Situation nicht allein!«

»Es geht nicht um mich, es geht um die Kinder«, sagte der Schah.

»Dann müssen wir uns etwas anderes ausdenken. Ich werde meine Mutter bitten, sie in Sicherheit zu bringen.«

Während ein Hubschrauber die Kinder des Schahs vom Palast zu einem Militärstützpunkt brachte, von wo aus sie in einem Militärflugzeug das Land verlassen würden, saß Nosrat im Nachtzug nach Senedjan.

Um vier Uhr kam der Zug in der Stadt an. Nosrat nahm sich ein Taxi und legte sich im Gästezimmer schlafen.

Am Morgen kroch Eidechse in das Zimmer, um ihn zu wecken.

»Ich habe dir etwas mitgebracht.« Nosrat gab dem Jungen ein Paar Lederhandschuhe. »Zieh sie an, dann gehen wir auf dem Basar etwas essen, ich habe Hunger.«

Eidechse zog die Handschuhe an und lief auf allen vieren hinter Nosrat her.

Auf dem Platz vor dem Basar hüpfte er zum Standbild des Schahs. Fragend blickte er zu Nosrat hin, und als dieser ihm zuzwinkerte, kletterte Eidechse hinauf. Oben setzte er sich vor dem Schah auf das Pferd.

Er war der Erste, der den Mut aufbrachte, so etwas zu tun.

Anfangs fiel es niemandem auf, doch nach und nach blieben die Leute stehen und schauten ihm zu. Als Eidechse merkte, wie begeistert die Leute waren, wurde er noch mutiger, er legte die Arme um den Pferdehals und tat, als würde er galoppieren.

Nun ähnelte er mehr einem Affen als einer Eidechse. Er sprang auf den Kopf des Schahs, rutschte auf dem Pferdeschwanz hinab und hüpfte mit einer unglaublichen Geschicklichkeit wieder hinauf.

Auf dem Platz drängten sich immer mehr Leute, die laut Beifall klatschten.

Zwei Polizisten tauchten auf, wagten jedoch nicht einzuschreiten. Einer von ihnen sprach in sein Walkie-Talkie. Kurze Zeit später fuhr ein Militärlaster mit einem Einsatzkommando vor, das allerdings auch untätig blieb. Die Lage im Land war so angespannt, dass ein Funke genügte, das Fass zur Explosion zu bringen.

Einerseits war nichts weiter geschehen, als dass ein schwerbehinderter Junge auf das Standbild des Schahs geklettert war, andererseits hatte seine unschuldige Tat durchaus politische Aussagekraft.

Allen Zuschauern galt seine Handlung als Beweis für die Schwäche des Regimes, doch niemand konnte ahnen, dass schon bald eine hysterische Menschenmenge das Standbild mit einer Eisenkette niederreißen würde.

Am nächsten Tag prangte auf der Titelseite der Lokalzeitung ein großes Foto von Eidechse, der den Hals des imperialen Pferdes umklammerte.

Innerhalb einer Stunde war die Zeitung ausverkauft, das hatte es bisher noch nie gegeben. Alle, die den Artikel gelesen hatten, liefen zur Moschee, um Eidechse auf dem Dach zu bewundern.

Es war eine Wende in seinem Leben. Bisher war er jeden Tag über das Dach in eines der Minarette gestiegen, bis ganz oben hinauf, wo die Störche früher nisteten. Dort hatte er gelegen und seine Bücher gelesen.

Früher versammelten sich nur die Gläubigen vor der Moschee, jetzt aber kamen jeden Tag Hunderte Jugendliche, um Eidechse zu bewundern.

»Du hast einen schlechten Einfluss auf ihn«, beklagte sich Agha Djan telefonisch bei Nosrat.

»Warum? Wo ist das Problem?«

»Wie ein Affe klettert er oben auf den Minaretten herum, er wird noch zur Jahrmarktsattraktion der Stadt.«

»Gönn ihm doch das Vergnügen. Das tut auch dem Ansehen der Moschee gut.«

»Du sagst es, es ist eine Moschee und kein Zirkus. Wir dürfen uns nicht weiter dem Gespött ausliefern, erst die Machenschaften von Ahmad und jetzt dieser Junge.«

»Ich rede mit ihm«, sagte Nosrat.

Zwei Nächte später saß Nosrat wieder im Zug nach Senedjan.

Er wusste nicht, dass er zum letzten Mal mit schwarzem Haar nach Senedjan fuhr. Beim nächsten Mal sollte sein Haar völlig ergraut sein und sein Gesicht so verändert, dass ihn zu Hause niemand mehr erkennen würde.

Nosrat rief Eidechse in sein Zimmer, er stopfte ihm einen Stapel Flugblätter mit dem Foto von Khomeini in die Jackentasche und sagte: »Wenn nachher ganz viele Leute auf der Straße sind, kletterst du in das Minarett und wirfst diese Blätter hinunter. Verstehst du? So!« Nosrat machte eine entsprechende Geste. »Du wirfst sie alle auf einmal nach unten.«

Um halb zwölf kletterte Eidechse in das Minarett. Er machte ein paar wilde Sprünge, um die Aufmerksamkeit der Zuschauer auf sich zu lenken, und warf dann die Blätter in die Luft.

Nosrat, der auf dem Dach stand, machte rasch ein paar Fotos von den herabwirbelnden Flugblättern und den Leuten, die danach griffen.

Die Fotos erschienen in allen überregionalen Zeitungen. Zum ersten Mal seit langer Zeit tauchte Khomeinis Bild wieder in der iranischen Öffentlichkeit auf.

Für das Regime bedeutete das eine unliebsame Überraschung. Es konnte aber nichts unternehmen, weil die Zeitungen die Veröffentlichung geschlossen befürwortet hatten. Agha Djan kaufte von jeder Zeitung eine Ausgabe und legte sie in die Truhe, in der er seine Hefte aufbewahrte.

Nosrat verfolgte alle wichtigen Ereignisse mit seiner Kamera, sodass fast täglich eines seiner Fotos abgedruckt wurde.

Von der ersten großen Demonstration in Teheran, die der heimlich eingereiste Beheschti anführte, hatte er eine Filmaufnahme gemacht.

Mit seiner Arbeit hatte Nosrat den wachsenden Einfluss und die spürbar werdende Macht der Ayatollahs eindrücklich dokumentiert. Seine Reportagen zeigten bereits, was dem Land bevorstand.

Durch diese bemerkenswerten Fotos, die Nosrat regelmäßig dem Revolutionskomitee nach Paris schickte, entwickelte sich ein enger Kontakt zu Beheschti. Immer öfter rief dieser Nosrat an, um ihn von geplanten Demonstrationen zu unterrichten. So hatte Nosrat immer genügend Zeit zur Vorbereitung.

Auf dem Teheraner Flughafen arbeitete ein Mann, der dem Komitee als Bote diente. Ihm händigte Nosrat die Fotos und Filme aus, die der Mann mit dem ersten Flugzeug nach Paris schickte.

Nosrat mochte zwar unabhängig sein, doch manchmal fragte er sich, welche Gruppierung von seiner Arbeit profitierte. Machte er für Khomeini Propaganda? Nein, er stand auf keiner Seite. Die Religion war ihm gleichgültig. Und die Politik ebenfalls. Er nahm auf niemanden Rücksicht, er war Fotograf. Er stand, wo er stand. Die Kamera registrierte, was geschah.

Heimlich traf sich Nosrat auch mit Schahbal, der die Fotos in seiner Untergrundzeitung veröffentlichte. Bei einem ihrer Treffen, das während einer Demonstration stattfand, entspann sich ein tiefgreifendes Gespräch zwischen beiden. Seitdem las Nosrat Schahbals Zeitung und war über die heftigen Diskussionen informiert, die in der Partei über Khomeinis ideale Gesellschaftsordnung geführt wurden.

Je mehr Khomeini seine Macht demonstrierte, desto dringender stellte sich den linken Gruppierungen im Untergrund die Frage nach der richtigen Strategie. Sollten sie Khomeini unterstützen? Sollten sie sich gegen ihn aussprechen? Das Ergebnis der Debatten war eine schmerzliche Spaltung. Ein kleiner Teil der Bewegung lehnte Khomeini ab und beschloss, im Untergrund zu bleiben. Doch die Mehrheit legte die Waffen nieder, um Khomeinis antiamerikanischen Kurs zu unterstützen.

Schahbal, der die Universität schon längst verlassen hatte, schloss sich der Mehrheit an.

Der siebzehnte Tag des Sommermonats Schahrivar brachte die Wende. In Teheran setzten die Ayatollahs alles daran, so viele Gläubige wie möglich in den Moscheen zu versammeln. Um acht Uhr morgens strömten alle auf die Straße und zogen, Parolen skandierend, zum Parlamentsplatz. An diesem Tag wollten sowohl die Anhänger Khomeinis als auch das Regime ihre Macht demonstrieren.

Als die Tausenden aus allen Richtungen zum Platz strömten, verließen die Soldaten die Kasernen, um ihnen eine bittere Lektion zu erteilen.

General Rahimi, der die Aktion leitete, saß in einem Jeep an einer Ecke des Platzes und beobachtete alles durch seine dunklen Brillengläser.

Als der Platz schwarz von Menschen war, erteilte er den Befehl, mit Panzern alle Zugangswege zu blockieren.

Die ahnungslosen Demonstranten schenkten den Soldaten Blumen, und die Soldaten nahmen sie an.

Die Demonstranten winkten, sie riefen: »Frieden! Frieden! Soldaten, Frieden!« Und die Offiziere winkten zurück.

Was die meisten Demonstranten ebenfalls nicht ahnten, war die geplante Stürmung des Parlamentsgebäudes. Nosrat, wie stets bestens informiert, hatte sich mit seiner Kamera auf einem Balkon postiert.

Sobald die ersten Demonstranten das Gebäude erreichten, kletterten einige junge Leute das Gitter hoch. Sie wurden von Scharfschützen auf den umliegenden Dächern unter Beschuss genommen und fielen tödlich getroffen zu Boden.

Alles stob auseinander. Man hörte die Schreie: *»La illaha illa Allah!«*

Dennoch versuchten einige, über die Umzäunung zu klettern. Auch sie wurden niedergemäht.

»La illaha illa Allah!«, brüllten die wütenden Demonstranten. Verzweifelt rüttelten sie an den schmiedeeisernen Gittern. Doch gegen die Gewehre hatten sie keine Chance.

Innerhalb kürzester Zeit gab es Hunderte Tote und Verletzte.

Nosrat warf sich auf den Boden des Balkons und hielt alles mit der Kamera fest.

Wild um sich schießend, verfolgten die Soldaten die fliehenden Demonstranten. Frauen hämmerten verzweifelt an Türen, Männer kletterten auf Dächer und Bäume, Jungen und Mädchen verkrochen sich unter Autos, und überall lagen Schuhe, Mäntel, Mützen, Fotoapparate, Kopftücher und viele schwarze Tschadors.

Nosrat ließ nichts ungefilmt: den General mit der Sonnenbrille, der Befehle erteilte, die Männer, die vom Gitter zu Boden fielen, die Leute, die in den Abflusskanal krochen, diejenigen, die über die Absperrungen kletterten, die Panzer, die aus den Seitenstraßen auftauchten, und die vielen in Blutlachen liegenden Körper.

Sieben Minuten später herrschte auf dem Platz Totenstille. Wer fliehen konnte, war geflohen, Hunderte hatten ihr Heil in den umstehenden Häusern gesucht. Zurück blieben die Toten und Verwundeten.

Auf Anordnung des Generals durften keine Journalisten passieren, alle gefundenen Kameras mussten an Ort und Stelle zerstört werden.

General Rahimi nahm die Sonnenbrille ab. Nach einem letzten Blick auf das Schlachtfeld gab er den Befehl, sofort mit den Aufräumungsarbeiten zu beginnen. Dann stieg er in seinen Jeep und fuhr zum Palast, um dem Schah Bericht zu erstatten.

Sobald der Jeep außer Sichtweite war, brachte sich Nosrat über die Dächer in Sicherheit.

Drei Tage später wurde Nosrats Reportage auf ABC gesendet. Es hatte mehr als siebenhundert Tote gegeben.

Agha Djan verfolgte die Ereignisse vor Eidechses Fernseher.

Der Schah, der zutiefst betroffen wirkte, hielt eine Ansprache an das Volk: »Ich habe die Stimme der Revolution gehört! Ich habe mein Volk gehört. Es wurden Fehler begangen, ich werde dem Parlament einen neuen Ministerpräsidenten vorschlagen, um die Ordnung wiederherzustellen. Ich bitte das Volk um Geduld.«

Die Stimme des Schahs zitterte, seine Rede klang verworren, ab und an geriet er ins Stottern.

Einige Tage später ernannte der Schah einen neuen Ministerpräsidenten, den Khomeini sofort als unannehmbar bezeichnete. So konnte sich das neue Kabinett nur ein paar Wochen halten.

Der Schah suchte einen neuen Kandidaten, doch niemand wagte mehr, mit ihm zusammenzuarbeiten. Da musste er die Macht unweigerlich dem Militär übertragen. General Azhari bildete eine Militärregierung und verhängte sofort eine nächtliche Ausgangssperre über Teheran.

Umgehend rief Khomeini seine Anhänger auf, nachts auf die Dächer zu steigen.

Millionen leisteten dem Aufruf Folge, sie stiegen in der Nacht auf die Dächer und riefen: »Tod den USA! *Allahu Akbar!*«

Warum stand Agha Djan nicht auf dem Dach? War er nicht gegen das Regime? War er nicht froh, dass die Herrschaft des Schahs zu Ende war? Freute er sich nicht, dass Khomeini zurückkehren würde?

Was würden die Nachbarn denken, wenn niemand vom Haus auf dem Dach stand?

»Fagri!«, rief Agha Djan.

Doch Fagri konnte ihn bei dem Lärm nicht hören.

»Mädchen!«

Nasrin, die älteste Tochter, kam herbei.

»Alle sind oben auf den Dächern. Ich gehe auch hinauf. Wo ist deine Mutter? Geht ihr mit?«

Auf der Treppe begegnete ihm Eidechse.

»Hol doch bitte Moazzen«, sagte Agha Djan zu ihm.

Eidechse rannte in den Keller.

Kurz darauf standen Agha Djan, Moazzen, Fagri Sadat und die Töchter – die Frauen alle schwarz verschleiert – auf dem Dach und riefen wie die anderen: *»Allahu Akbar! Allahu Akbar!«*

Eidechse saß auf dem Rand der Kuppel. Mit offenem Mund betrachtete er die hysterische Menschenmenge.

Wieder bemühte sich der Schah, einen angesehenen Politiker zu finden, der eine Regierung hätte bilden können. Wieder schien sich niemand diese schwere Aufgabe zuzutrauen.

Schließlich überzeugte er Bachtiar, den zweiten Mann der Nationalen Front, als Ministerpräsident der Versöhnung anzutreten.

Dafür stellte Bachtiar jedoch eine Bedingung: Der Schah musste auf der Stelle das Land verlassen, auf unbestimmte Zeit.

Der Schah willigte ein. Von da an ging alles blitzschnell. Eine Lawine war ins Rollen gekommen, die alles mit sich fortreißen würde.

Als Agha Djan am nächsten Morgen zum Basar ging, herrschte dort helle Aufregung.

Der Schah würde das Land verlassen. Agha Djan gesellte sich zu seinen Angestellten vor den Fernseher. Der Schah und Farah Diba befanden sich, von Funktionären umgeben, auf dem Teheraner Flughafen.

Bachtiar schüttelte dem Schah die Hand.

Auf einmal fiel ein Offizier auf die Knie und küsste dem Schah die Schuhe. Er flehte ihn an, das Land nicht zu verlassen. Der Schah war so gerührt, dass ihm Tränen über die Wangen liefen.

Jemand holte einen Koran hervor und hielt ihn über den Kopf des Schahs, sodass er unter dem Buch hindurchgehen konnte. Mit diesem iranischen Brauch wünscht man seinen Lieben eine gute Reise.

Der Schah küsste den Koran und ging unter ihm hindurch zum Flugzeug. Farah Diba tat es ihm nach. Begleitet von zwei Düsenjägern flog das Flugzeug Richtung Grenze.

Dreizehn Tage später sah Agha Djan gemeinsam mit Fagri Sadat, den Töchtern und Eidechse die Bilder vom Pariser Flughafen, wo Techniker eine Concorde für die historische Rückkehr des Ayatollahs bereitstellten.

Bachtiar hatte Khomeini gewarnt, er werde ihm keine Landeerlaubnis erteilen, doch Khomeini hatte die Äußerung verächtlich abgetan. »Bachtiar ist ein Niemand! Ich bestimme! Ich werde ein revolutionäres Kabinett einsetzen. Ich kehre nach Hause zurück.«

Millionen Menschen begaben sich schon frühmorgens zu Fuß zum Teheraner Flughafen, wo die Concorde landen würde.

Unter ihnen war auch Schahbal. Er wollte das Ereignis mit eigenen Augen sehen und einen Artikel darüber schreiben.

Nosrat stand mit einer großen Kamera auf der Schulter in einem offenen Jeep, der von einem bärtigen Mann gesteuert wurde. Er war der Einzige, der alles aus nächster Nähe filmen durfte.

Die Concorde setzte zum Landeanflug an.

»*Salla alla Mohammad!* Khomeini *gosch ama*, willkommen Khomeini!«

Als das Flugzeug gelandet war, erschien Khomeini als Erster in der offenen Tür. Er winkte der Menge verhalten zu.

»*Salam bar* Khomeini!«, jubelte die Menge.

Agha Djan ging nach draußen. In der Gasse begegnete ihm Ahmad. Ohne genau zu wissen, warum, nahm er Ahmad in die Arme und drückte ihn kurz an sich. Keiner von beiden konnte ahnen, was ihnen bevorstand.

Ghazi, der Richter

»Astaghfirullah, astaghfirullah, astaghfirullah,
astaghfirullah, astaghfirullah, astaghfirullah,
astaghfirullah, astaghfirullah, astaghfirullah,
astaghfirullah, astaghfirullah, astaghfirullah,
astaghfirullah«,

summte Galgal auf dem Weg zu Khomeinis Zimmer vor sich hin.

»Astaghfirullah«, summt man, wenn man eine Sünde begangen hat oder eine zu begehen fürchtet oder wenn man mit etwas Unliebsamem konfrontiert wird. Es kann auch einfach ein Ausruf der Bewunderung oder des Erstaunens sein; manchmal murmelt man es, um Gott um Verzeihung zu bitten.

Oder weil man sich, wie in Galgals Fall, sicher ist, über kurz oder lang unvermeidliche Fehler zu begehen.

Khomeini lehnte es ab, im Palast des Schahs zu wohnen. Er quartierte sich in einer Imamschule ein, die in einem der ärmsten Viertel der Stadt lag.

Es war schon dunkel, als Khomeini das Zimmer betrat und sich auf seinen Teppich setzte. Man brachte ihm ein Glas Tee, dazu ein paar Datteln. Nachdem er einen Schluck Tee getrunken hatte, ließ er sich Schreibzeug und Papier bringen.

Eine halbe Stunde lang blieb er allein, dann ließ er Galgal kommen. Ein Vorgefühl sagte dem Imam, dass es sich um eine wichtige Angelegenheit handelte. Er kniete vor dem Ayatollah nieder und küsste ihm die Hand.

Galgal hatte sich Khomeini von Anfang an bedingungslos unterworfen. Auf diese Weise hatte er ihm seine Bereitschaft gezeigt, jeden Auftrag zu übernehmen.

Khomeini winkte ihn näher heran. Erwartungsvoll beugte sich Galgal vor.

»Ich ernenne dich zum Richter Allahs«, sagte Khomeini und überreichte ihm ein Schriftstück.

Galgals Hände zitterten.

»Amerika wird alle Hebel in Bewegung setzen, um uns in die Knie zu zwingen. Ich möchte, dass sämtliche Überreste des alten Regimes beseitigt werden. Beseitige jeden, der sich der Revolution widersetzt. Ist er dein Vater, beseitige ihn! Ist er dein Bruder, beseitige ihn. Vernichte alles, was sich dem Islam in den Weg stellt! Du bist mein Abgesandter, doch Rechenschaft bist du allein Allah schuldig. Zeig der Welt, dass die Revolution nicht mehr rückgängig zu machen ist. An die Arbeit! Sofort!«

Galgal küsste Khomeini noch einmal die Hand, stand auf und verließ das Zimmer. Es war keine Minute zu verlieren.

Obwohl es draußen dunkel war, setzte Galgal die Sonnenbrille auf, die er in Paris gekauft hatte.

Das war nicht mehr der junge Imam, der einst in Senedjan einen Aufruhr angezettelt hatte, um die Einweihung eines Kinos durch Farah Diba zu verhindern.

Mit seinem schwarzen Turban und seinem langen dunklen Bart, der am Kinn etwas ergraut war, strahlte er Autorität aus. Und nun hatte Galgal die Macht, Angst und Schrecken zu verbreiten.

Eine Stunde später stieg er mit einer Mappe unter dem Arm in den Jeep, der vor der Tür auf ihn wartete.

Er ließ sich zum größten Schlachthof der Stadt fahren, in dem täglich Tausende Kühe und Schafe für die Bewohner Teherans geschlachtet wurden.

Dort hielt man aus Angst vor einem amerikanischen Befreiungsversuch die wichtigsten Vertreter des alten Regimes gefangen.

Galgal betrat einen dunklen Raum, in dem zwei Stühle standen, ein hoher Stuhl für den Richter Allahs und ein niedriger für den Angeklagten. Von der Decke hing eine Lampe, die nur das Gesicht des Angeklagten in ein schwaches gelbliches Licht tauchen würde.

Die Zeit drängte, morgen bei Sonnenaufgang mussten alle begreifen, dass es mit dem alten Regime unwiderruflich vorbei war und dass die Amerikaner keine Chance hatten, den Schah wieder an die Macht zu bringen.

Galgal legte die Mappe auf den Tisch. »Bringt den ersten Angeklagten herein«, sagte er feierlich.

Ein Mann mit gefesselten Händen wurde hereingeführt.

Howeida war unter dem Schah fünfzehn Jahre Ministerpräsident gewesen, dabei hatte er stets einen tadellosen Anzug getragen, eine Orchidee im Knopfloch, einen Stock in der Hand und eine Pfeife im Mund. Jetzt trug er nur einen schmutzigen Pyjama.

Außer Galgal war noch ein maskierter Mann im Raum, der hin und her ging, um den Angeklagten von allen Seiten zu fotografieren.

»Der Angeklagte darf Platz nehmen!«, rief Galgal, während er selbst Platz nahm.

»Sie befinden sich vor dem Richter Allahs«, fuhr er mit eiskalter Stimme fort, »Ihr Fall wurde eingehend untersucht. Auf Ihre Vergehen steht die Höchststrafe. Haben Sie uns noch etwas mitzuteilen?«

Howeida, Ehrengast amerikanischer Präsidenten, Howeida, der drei Mal im amerikanischen Senat stehende Ovationen erhalten hatte, Howeida, der in den USA Jura studiert hatte, fühlte sich außerstande, diesen stinkenden Stall als Gerichtshof anzuerkennen. Er schwieg daher, doch seine Mundwinkel zuckten, als rauchte er seine Pfeife.

»Sagten Sie etwas?«, fragte Galgal.

»Nein, nichts«, antwortete Howeida gelassen.

»Ich verurteile den Angeklagten zum Tode«, sagte Galgal. »Das Urteil wird auf der Stelle vollstreckt!«

Howeida wusste nicht, wie ihm geschah, und ehe er sich fassen konnte, hatten ihn zwei Männer aus dem Raum geführt.

Man brachte ihn in einen Lagerraum hinter der großen Schlachthalle, in dem sich die Häute frisch geschlachteter Kühe stapelten. Der fürchterliche Gestank benahm einem fast den Atem. Dort stellten die Wächter Howeida an die Wand und verbanden ihm die Augen. Nach islamischem Brauch reichten sie ihm einen Becher Wasser, den Howeida zurückwies.

Zitternd stand er in seinem Pyjama da, er vermochte es immer noch nicht zu glauben, dass man ihn tatsächlich hinrichten würde, er hielt das Ganze für einen Versuch, ihm Angst einzujagen. Da hörte man Galgals Schritte näher kommen. Er gab den Männern ein Zeichen. Sie bezogen Stellung vor Howeida.

»Achtung!«, rief Galgal mit militärischer Stimme.

Die Wächter knieten sich hin und legten an.

»Ich bin unschuldig!«, rief Howeida mit zitternder Stimme. »Ich verlange einen Anwalt!«

»Feuer!«, schrie Galgal.

Es fielen sieben Schüsse, Howeida sank zu Boden, er schlug mit dem Kopf auf die nassen Steine. Der maskierte Mann fotografierte.

Galgal nahm wieder auf seinem Richterstuhl Platz und rief nach dem nächsten Angeklagten.

Der ehemalige Chef des Geheimdienstes wurde hereingeführt. Er hatte die Schüsse gehört, vor Angst versagten ihm die Beine.

»Setzen Sie sich!«

Die Wächter halfen ihm auf den niedrigen Stuhl.

»Sind Sie Basiri?«

»Ja«, brachte der Angeklagte mühsam heraus.

»Waren Sie der Chef des Geheimdienstes, in dessen Auftrag Hunderte Kämpfer verhaftet, gefoltert und ermordet wurden?«

Basiri gab keine Antwort.

»Waren Sie der Chef des Geheimdienstes?«, wiederholte Galgal.

»Ja«, antwortete Basiri leise.

»Der Richter Allahs verurteilt Sie zum Tode!«, rief Galgal. »Das Urteil wird sofort vollstreckt. Haben Sie uns noch etwas mitzuteilen?«

Der gefürchtete Basiri, dessen Name allein schon Angst und Schrecken verbreitet hatte, fing an zu weinen und flehte um Gnade, doch mit einer knappen Handbewegung wies Galgal die Wächter an, ihn hinauszuführen. Basiri wurde in den Lagerraum gebracht, in dem Howeida kurz zuvor hingerichtet worden war. Die Augen wurden ihm verbunden, er bekam einen Becher Wasser angeboten und wurde an die Wand gestellt.

»Achtung!«, rief Galgal laut.

Die Wächter knieten sich hin und legten an.

»Schießt bis auf die letzte Patrone!«, rief Galgal.

Die Wächter schossen ihre Magazine leer; erst nach der letzten Kugel fiel Basiri mit dem Gesicht auf einen Stapel frischer Kuhhäute, auf denen er mit ausgebreiteten Armen liegen blieb.

Galgal machte bis zum frühen Morgen weiter. Er ließ alle prominenten Vertreter des alten Regimes hinrichten, die in letzter Zeit verhaftet worden waren und im Schlachthaus gefangen gehalten wurden.

Als er fertig war, wusch er sich die Hände und verlangte ein Frühstück. Man brachte es ihm auf einem runden Silbertablett: heiße Milch, Honig, gekochte Eier, frisches Brot. Und die Morgenzeitung, auf deren Titelseite ein großes Foto von Howeida prangte, der mit verbundenen Augen und gereckten Armen von der ersten Kugel in die Brust getroffen wurde.

In der ersten Woche empfing Galgal fünfzehn junge Imame, die in Qom an der Imamschule die islamische Gesetzgebung studierten.

Er ernannte sie zu Richtern des Islam und schickte sie in die großen Städte, um dort die Funktionäre des ehemaligen Regimes abzuurteilen, die sich eines Verbrechens schuldig gemacht hatten. Galgal stellte ihnen einen Freibrief aus, damit sie ihrer Aufgabe ohne Einschränkung nachkommen konnten.

Es klopfte an das Tor. Da Agha Djan noch nicht vom Basar zurückgekehrt war, öffnete Eidechse. Drei bewaffnete Männer, die ein grünes Tuch um die Stirn gebunden hatten, stürmten herein. Es waren Soldaten der Armee Allahs, die während der Revolution in den Moscheen rekrutiert wurden, um Khomeinis Befehle auszuführen.

»Wo ist Ahmad?«, brüllte einer Eidechse an.

Fagri Sadat sah die Männer vom Küchenfenster aus, doch ohne Tschador konnte sie nicht hinausgehen. Fagri rief in den Hof: »Junge, hole mir bitte meinen Tschador!«

Eidechse brachte ihr den Tschador.

Fagri hüllte sich darin ein, ging hinaus und sagte: »Meine Herren, kann ich Ihnen behilflich sein?«

»Wo ist Ahmad?«, fragte einer der Männer in barschem Ton. »Wir haben den Auftrag, ihn zu holen.«

»Wohin wollt ihr ihn bringen?«

»Vor das islamische Gericht.«

In diesem Moment trat Ahmad ohne Gewand und Turban aus der Bibliothek und ging zum Wasserbecken. Sofort rannten die Männer auf ihn zu.

Mit verstörtem Blick fragte Ahmad, was sie von ihm wollten.

»Wir haben den Auftrag, dich abzuholen, du musst dich vor einem islamischen Gericht verantworten.«

»Weshalb? Was habe ich denn getan?«

»Das wissen wir nicht.«

»Ich gehe nirgendwohin!«, sagte Ahmad. Er kniete sich hin, um sich die Hände zu waschen.

Die Männer packten ihn und zerrten ihn zum Tor.

Ahmad wehrte sich mit Händen und Füßen, er schrie: »Was wollt ihr denn? Lasst mich los!«

Doch die Männer hörten nicht auf ihn.

Ahmad gelang es, sich Richtung Mekka zu wenden: »Allah, steh mir bei!«

Fagri Sadat rief Eidechse zu, er solle das Tor zuschließen.

Djawad, der in der Nacht nach Hause gekommen war, rannte nach unten.

»Ruf Agha Djan an! Sofort!«, bat ihn Fagri Sadat.

Dann baute sie sich vor den Männern auf und sagte: »Was ist bloß in euch gefahren? Er ist der Imam der Moschee! Schämt ihr euch nicht?«

Als Eidechse Agha Djans Schritte in der Gasse hörte, öffnete er sofort das Tor. Agha Djan sah Ahmad, der sich gegen bewaffnete Männer wehrte.

»Hört auf! Hört auf! Hört auf! Was macht ihr? Lasst ihn los!«, rief Agha Djan.

Auch Moazzen kam angerannt, Agha Djans Töchter schauten oben aus den Fenstern. Agha Djan zog einen der Männer nach hinten. Ahmad fiel zu Boden, er wollte aufspringen und zur Treppe rennen, um das Dach zu erreichen, doch einer der Soldaten trat ihm so heftig gegen das Bein, dass er neben dem Wasserbecken zusammenbrach. Der Soldat drückte ihm sein Knie in den Rücken und fesselte ihn.

Eidechse stand fassungslos neben Moazzen.

Agha Djan unternahm noch einen Versuch und redete auf die Männer ein: »Ich bringe ihn selber zum Gericht. Ich will nicht, dass es auf diese Weise geschieht. Ich bin Agha Djan, ich bin ein Mann von Wort, ich gehe mit. Ihr habt nicht das Recht, uns dies anzutun.«

»Allah! Allah! Allah! Allah! Allah!«, rief Ahmad, als die Männer ihn zum Jeep schleppten.

»Wo befindet sich dieses Gericht?«, rief Agha Djan hilflos.

Das Auto fuhr los, ohne dass er eine Antwort erhalten hätte.

Fagri Sadat brach in Tränen aus. Ihre Töchter führten sie nach oben.

Djawad wollte auch Agha Djan ins Haus führen, doch er weigerte sich.

»Was für eine Katastrophe! Ich muss herausfinden, wohin sie ihn bringen«, sagte er und verließ das Haus.

Die Männer hatten Ahmad die Augen verbunden. Nun brachten sie ihn zu jenem geheimen Ort, wo seit kurzem das Revolutionsgericht tagte.

Als man Ahmad die Binde abnahm, befand er sich in einem halbdunklen Raum. Es musste ein Kellerraum sein, denn er hatte dreizehn Stufen nach unten gezählt.

Es gab keine Fenster. An den Wänden hingen große schwarze Tücher, auf denen in weißer Farbe Verse aus dem Koran geschrieben waren.

Hinter einem Tisch und einem hohen Stuhl hing, schräg an die Wand genagelt, eine grüne Fahne, das Symbol des Islam.

Ahmad musste sich auf einen niedrigen Stuhl setzen. Die Männer ließen ihn in dem stickigen Raum allein, ein schwaches, gelbliches Licht schien drohend auf ihn herab.

Eine Stunde lang saß Ahmad auf dem Stuhl da, ohne dass etwas geschah.

Die Stille und die Ungewissheit beängstigten ihn.

Dann ging irgendwo über ihm eine Tür auf, hastige Schritte näherten sich.

Ein Wächter kam herein und rief: »Der Richter Allahs! Steh auf!«

Ahmad stand auf. Er sah die Gestalt eines jungen Imam, der hinter dem Tisch auf dem erhöhten Stuhl Platz nahm.

»Der Angeklagte darf sich setzen!«, rief der Imam.

Ahmad setzte sich, er versuchte, das Gesicht seines Richters zu erkennen, doch das Lampenlicht blendete ihn.

»Wenn ich Ihren Namen verlese, bestätigen Sie bitte die Richtigkeit. Ich werde Ihnen einige Fragen stellen, die Sie beantworten müssen«, erklärte der Richter.

»Ich bin der Imam der Stadt. Bevor ich Ihre Fragen beantworte, möchte ich mein Gewand und meinen Turban anlegen.«

»Sie sind Ahmad Alsaberi, Sohn des Mohammad Alsaberi.«

Ahmad schwieg.

»Der Angeklagte hat sich als aktives Mitglied des Geheimdienstes«, fuhr der Richter fort, »des schwersten Verbrechens schuldig gemacht, das ein Imam begehen kann.«

»Das stimmt nicht, ich habe nichts getan«, rief Ahmad aus.

»Es steht alles hier«, sagte der Richter und hielt die Akte hoch.

»Das sind lauter Lügen, ich weiß, dass ich nichts Unrechtes getan habe, ich habe keine Verbrechen begangen.«

»Wir haben Beweise, dass Sie ein Handlanger des Geheimdienstes des Schahs waren«, sagte der Richter.

»Sie können gar keine Beweise haben, denn ich war nie ein Handlanger des Geheimdienstes. Als Imam der Stadt habe ich zu jedermann Kontakt, gleichgültig, ob Bettler oder Geheimdienstchef. Wahrscheinlich gibt es Berichte über solche Kontakte. Doch das kann vor Gericht nicht als Beweis gelten. Als Imam in bewegter Zeit habe ich oft meine Stimme erhoben und wurde deswegen von den Agenten zur Rechenschaft gezogen. Ich habe mir nie etwas zuschulden kommen lassen.«

»Sie sind opiumsüchtig«, stellte der Richter fest.

»Das ist keine Sünde, fast alle Ayatollahs in diesem Land sind opiumsüchtig.«

»Wir haben Beweise, dass Sie mit Bonzen des Geheimdienstes Opium geraucht haben.«

»Das stimmt, doch ich habe nur Opium mit ihnen geraucht, sonst nichts.«

»Sie haben von ihnen Geld angenommen, steht hier.«

»Das gehört zu meinem Amt, als Imam bin ich die Vertrauensperson der Leute, jeder gibt mir Geld, und zwar aus verschiedenen Gründen. Das Geld kam der Moschee zugute.«

»Sie haben mehrere Male anstößigen Umgang mit Frauen gepflegt.«

»Ich hatte in der Tat Umgang mit Frauen, doch immer in Übereinstimmung mit der Scharia.«

»Diese Fotos belegen, wie Sie auf schamlose Weise mit Prostituierten Opium rauchen.«

»Das war eine Falle des Geheimdienstes, um mich zu diskreditieren, ich habe niemals …«

Ahmad bemühte sich, die Fragen des Richters gefasst zu beantworten, doch unter der Lampe sah man seine Hände zittern. Tränen rannen ihm aus den Augenwinkeln über die Wangen.

Er fing an zu stammeln, führte seine Sätze nicht mehr zu Ende. Das lag am Opium, das Ahmad nach wie vor rauchte. In Teheran hatte er sich eine moderne elektrische Opiumpfeife gekauft, mit der man überall heimlich rauchen konnte. Agha Djan hatte davon gewusst, es jedoch stillschweigend akzeptiert.

Hätte Ahmad unmittelbar vor seiner Verhaftung Opium geraucht, hätte er sich jetzt entschlossener verteidigen können. Doch nun verlangten alle Zellen seines Körpers nach dem Rauschgift. Etwas schnürte ihm die Kehle zu, er hatte das Gefühl, ein Elefant säße auf seiner Brust. Sonst hatte er immer ein Stück Opium bei sich, aber die bärtigen Männer hatten ihn bloß im Hemd hierher gebracht.

Verzweifelt suchte Ahmad in seinen Taschen: Sie waren so leer wie die Wüste.

Er versuchte, den Knopf am Kragen zu öffnen, um mehr Luft zu bekommen, doch seine Finger gehorchten ihm nicht. Kalter Schweiß stand ihm auf der Stirn, er hörte ein Sausen in seinen Ohren, die Stimmen wurden immer leiser, er konnte den Richter nicht mehr verstehen. Es wurde ihm schwarz vor den Augen. Ahmad kippte vom Stuhl.

Am nächsten Morgen nahm Ahmads Frau das Kind in den Arm und kehrte in ihr Elternhaus zurück.

Der Esel

Nein! Sie werden es bald erfahren.
Und abermals nein! Sie werden es bald erfahren.
Wir haben die Nacht zu einem Kleid gemacht.
Wir haben eine hell brennende Leuchte gemacht.
Und wir haben von den Regenwolken Wasser herabströmen lassen.
Und wir haben euch gewarnt vor einer Strafe, die nahe bevorsteht.
Am Tag, da der Mensch erblickt, was seine Hände vorausgeschickt haben.

Einen Monat lang suchte Agha Djan die ganze Stadt ab, er klopfte bei jedem an, den er kannte, doch von Ahmad fand sich keine Spur.

Alle wussten, dass der Imam verhaftet worden war. In Senedjan kursierten allerlei Gerüchte über ihn.

»Was wirst du jetzt machen?«, fragte Fagri Sadat.

»Vielleicht warten wir am besten eine Weile ab. Alles geht drunter und drüber. Du müsstest mal zum Basar kommen und sehen, wie die Geschäftsleute mich meiden. Mein Ruf steht auf dem Spiel.«

Als es am Tor klopfte, erschrak Agha Djan. Es klang anders als sonst, er hatte das Gefühl, draußen stehe das Schicksal persönlich.

»Wer ist da?«, rief Agha Djan mit zitternder Stimme.

»Öffnen Sie«, antwortete eine laute Männerstimme.

»Wer ist da?«, wiederholte Agha Djan.

»Wir wollen zu Agha Djan.«

Er öffnete das Tor. Draußen stand ein bewaffneter, bärtiger Mann.

»Womit kann ich dienen?«

»Der Imam möchte Sie unter vier Augen sprechen«, sagte der Mann.

»Welcher Imam?«

»Er sitzt draußen im Jeep.«

Agha Djan ging hinaus. Durch das Fenster sprach er den jungen Imam auf dem Rücksitz an: »Seid willkommen. Kommen Sie doch herein, wir können uns in meinem Arbeitszimmer unterhalten.«

Der Imam stieg aus und folgte Agha Djan.

In seinem Arbeitszimmer bot Agha Djan ihm einen Stuhl an.

»Eigentlich hätten wir Sie zum Revolutionsgericht bestellen müssen«, sagte der Imam ruhig, »doch die Zeit drängt. Es handelt sich um eine Mitteilung. Und um eine Aufforderung, der Sie hier und jetzt Folge zu leisten haben.«

»Was meinen Sie damit? Was für eine Aufforderung?«

»Das Gericht hat entschieden, ich bin gekommen, Ihnen diese Entscheidung zu überbringen. Es steht hier schwarz auf weiß. Ich werde es verlesen.«

Agha Djan dachte, es beträfe Ahmad. Plötzlich fühlte er eine Art Erleichterung: Offenbar ließ sich über die Sache reden.

Der Imam zog einen Umschlag aus der Tasche, nahm ein Papier heraus, faltete es behutsam auseinander und las:

»Im Namen Allahs, der gnadenlos mit Sündern verfährt, die nicht auf ihn hören wollen.

Im Namen des Führers Ayatollah Khomeini.

Das Revolutionsgericht hat beschlossen, dass die Familie Ghaem-maghami Farahani ab heute auf unbestimmte Zeit keine Verfügungsgewalt mehr über die Dschom'e-Moschee in Senedjan besitzt!«

Vor Schreck sprang Agha Djan auf: »Das ist unmöglich, die Moschee gehört uns!«

»Die Moschee gehört Gott«, fuhr der Imam ungerührt fort, »eine Moschee ist noch nie jemandes Eigentum gewesen. Das müssten Sie eigentlich wissen!«

»Aber wir besitzen doch Schriftstücke, die belegen, dass der Grund und Boden und das Gebäude der Moschee zu diesem Haus gehören, das steht alles in den Familienakten. Es ist unser Erbgut. Ich habe Beweise.«

»Regen Sie sich nicht auf. Dafür können Sie gar keinen Beleg haben, die Moschee gehört allen. Ihre Familie hatte nur die Aufsicht über die Moschee inne, das ist kein göttliches Gesetz. Nun, da wir eine islamische Staatsform haben, kann ein Richter eine andere Entscheidung treffen. Ihre Aufsicht über die Moschee ist vorläufig nicht mehr erwünscht. Die Diskussion ist damit beendet. Das Revolutionsgericht hat Ihrer Familie die Rechte an der Moschee entzogen, das Haus wird von der Moschee getrennt. Sie können mit Ihrer Familie im Haus wohnen bleiben. Ich bin gekommen, um die Schlüssel der Moschee abzuholen. Bitte händigen Sie mir die Schlüssel aus.«

»Das kann ich nicht! Das darf ich nicht und will ich nicht!«, sagte Agha Djan. »Was ist bloß los? Ihr zerstört alles, warum nur all diese Beleidigungen?«

»Wenn Sie mir die Schlüssel nicht aushändigen, werden die Männer, die draußen stehen, sie sich holen.«

»Von mir bekommen Sie die Schlüssel nicht!«, sagte Agha Djan entschieden.

Der Imam ging hinaus. Lautstark erteilte er einige Befehle.

Drei Männer betraten Agha Djans Zimmer und gingen auf seinen Schreibtisch zu. Wütend schrie Agha Djan, der sich mitten im Raum aufgebaut hatte: »Verlasst sofort dieses Haus! Macht, dass ihr wegkommt!

Die Männer schoben ihn beiseite, um das Zimmer zu durchsuchen.

»Das ist Diebstahl!«, rief Agha Djan dem Mann zu, der die Schubladen auf den Fußboden ausleerte. Er ging auf ihn zu und stieß ihn zur Seite. Djawad, durch den Lärm alarmiert, stellte sich vor Agha Djan.

Die Männer nahmen alle Schlüssel an sich, die sie finden konnten, dann verschwanden sie, doch der Schlüssel zur Schatzkammer war nicht darunter. Den verwahrte Agha Djan mit seinem Koran in der Innentasche seines Mantels.

Drei Tage später kreiste am Abend über der Moschee ein Hubschrauber, in dem Ayatollah Araki saß. Er gehörte zu den Dutzenden Ayatollahs, die im Namen Khomeinis die Einhaltung der Scharia in den großen Städten überwachen sollten. Khomeini hatte jedem Einzelnen uneingeschränkte Vollmachten übertragen, sie waren nur ihm Rechenschaft schuldig. Bald nannte man sie die Dschomas-Imame, denn die Dschom'e-Moschee war ihre Basis.

Auf den Straßen streckten Hunderte Gläubige die Arme zum Hubschrauber empor. Sie riefen Slogans wie »*Yare imam khosh amad!* Willkommen, Gefährte des Imam!«

Der Hubschrauber landete auf dem flachen Teil des Daches, wo Vertreter des Basars den greisen Ayatollah empfingen.

Weitere Scharen von Gläubigen schlugen sich auf dem Innenhof der Moschee an die Brust und riefen: »*Dschanam be fadayet Khomeini!**«

Zwei bewaffnete junge Männer halfen dem Ayatollah die Treppe hinunter. Dann trug ihn die Menge auf Schultern in die Moschee.

Agha Djan, der alles aus nächster Nähe beobachten wollte, öffnete vorsichtig die Luke eines der Minarette und kroch hinein. Als er die Treppe hinaufgeklettert war, erreichte er die Spitze, in die Nosrat einst eine Geliebte geführt hatte. Von dort oben sah Agha Djan hinab. Während er den Anblick in sich aufnahm, fiel das grüne Licht des Minaretts auf sein Gesicht.

Die Moschee war wieder der geistige Brennpunkt der Stadt, der Ayatollah hielt dort die Freitagspredigt, der auch viele Gläubige aus den umliegenden Dörfern beiwohnten.

Er war der mächtigste Mann der Stadt, viele suchten ihn auf, und ohne seine Zustimmung wurde kein Beschluss gefasst.

Nur die Rechtsprechung oblag nicht ihm; der islamische Richter war selbstständig, auch wenn er sich in besonderen Fällen an Galgal zu wenden pflegte.

So hatte sich der Richter am Telefon mit Galgal über Ahmad unterhalten. Galgals Rat lautete schlicht: »Du bist der Richter! Schließ die Augen und sprich dein Urteil!« Trotzdem war dieser noch zum Ayatollah in die Moschee gegangen, um dessen Rat zu erbitten. Der Ayatollah hatte Ahmads Akte zwischen zwei Gebeten studiert und die Entscheidung gebilligt. »*Bismillah tala!** Als Imam muss er härter bestraft werden als ein gewöhnlicher Bürger. *Wassalam!*«

Am nächsten Tag fuhr von Sonnenaufgang bis ein Uhr mittags ein Jeep mit Lautsprecher auf dem Dach durch die Straßen: »Gläubige der Stadt Senedjan! Versammelt euch um zwei Uhr auf dem Platz des Basars, wo der Richter sein Urteil über Ahmad Alsaberi verkünden wird, den ehemaligen Spitzel des Geheimdienstes. Es ist die erste öffentliche Rechtsprechung der neuen islamischen Republik. Allah ist barmherzig, doch auch streng, wenn es nötig ist.«

Agha Djan stand gerade auf dem Innenhof neben dem Wasserbecken. Er erstarrte, auf einmal spürte er seine Beine nicht mehr. Am Laternenpfahl hielt er sich fest und presste den Kopf an das kühle Eisen.

Auch Fagri Sadat hatte die Bekanntmachung gehört. »Was sollen wir jetzt bloß machen?«

»Nichts, nur Allah kann uns noch helfen. Einen Monat lang habe ich an alle Türen geklopft, habe ich jede Hand geküsst, umsonst. Niemand weiß etwas über diese Tribunale, alles findet hinter verschlossenen Türen statt«, erklärte Agha Djan.

»Warum unternimmt Sinat nichts? Sie steht doch in enger Verbindung zu den Ayatollahs.«

»Sie kann wohl nicht viel ausrichten. Selbst Sinat weiß nicht, wer der Richter ist und wer hinter diesen Verurteilungen steckt. Außerdem steht sie ja ganz auf deren Seite, da fällt es ihr schwer, sich für ihren Sohn einzusetzen.«

»Aber du hast mir doch hundert Mal gesagt, dass er unschuldig ist.«

»Ich weiß es nicht, Fagri! Ich weiß einfach nicht weiter.«

»Ahmad ist in erster Linie Sinats Sohn und dann erst der Imam der Moschee! Weshalb musst du von Tür zu Tür gehen und jedem die Hand küssen, während sie sich nie blicken lässt? Wo ist sie überhaupt? Warum versteckt sie sich sogar vor dir?«

»Fagri, es hat eine Revolution stattgefunden, es ist nicht einfach ein Machtwechsel. In den Köpfen der Menschen hat sich ein Wandel vollzogen. Es werden Dinge geschehen, die unter normalen Umständen undenkbar wären. Menschen sind zu allem fähig. Schau dich um, alle haben sich verändert. Du erkennst fast niemanden mehr. Du weißt nicht, ob dein Gegenüber eine Maske aufgesetzt oder sie vielmehr fallen gelassen hat. Wer weiß, was mit Sinat passiert ist. Wer hätte je gedacht, dass sie es zu solchem Ansehen bringen würde?«

»Ansehen? Wieso Ansehen?«, warf Fagri wütend ein.

»Sie hat Macht, sie bestimmt, sie organisiert, und nur Gott weiß, was sie sonst noch für Fäden in der Hand hält.«

»Sie ist nichts. Sie sieht aus wie eine Vogelscheuche. All die Frauen, die mit ihr arbeiten, sind hässlich. Früher hat sich nie jemand nach ihnen umgedreht. Sie sind alle hässlich wie die Nacht!«

»Fagri!«

»Sinat ist von innen hässlich«, sagte sie trotzig.

»Jetzt ist nicht der Moment, über solche Dinge zu diskutieren. Ich gehe zum Basar, vielleicht kann ich doch noch etwas für Ahmad tun.«

»Geh nicht! Es wird nur eine weitere Demütigung für dich sein. Bleib zu Hause und warte, bis der Sturm sich gelegt hat.«

»Ich muss hin, es ist mein Leben. Demütigung oder nicht, das spielt keine Rolle mehr.«

Agha Djan verrichtete erst das Gebet, dann setzte er den Hut auf, gab sich einen Ruck und ging seinem Schicksal entgegen.

Auf dem Platz des Basars herrschte reger Betrieb. Er stellte sich unter einen Baum, mit guter Sicht auf das Podium, auf dem das Schnellgericht tagen würde. Alle redeten durcheinander, man war neugierig, wie das islamische Recht, die Scharia, angewendet werden würde.

Drei Militärjeeps tauchten auf, aus jedem stiegen ein paar Revolutionswächter. Dann fuhr ein Mercedes auf den Platz. Ein Wächter öffnete die hintere Wagentür, ein junger Imam stieg aus. Begleitet von den Wächtern bestieg er das Podium und setzte sich auf den hohen Stuhl. Dann rief er: »Führt ihn vor!«

Ahmad wurde hinter einem grünen Vorhang hervorgeholt. Er wirkte so ungepflegt wie geschwächt. Da er schon eine Weile ohne Opium auskommen musste, hatten sich seine Gesichtszüge und seine Körperhaltung stark gewandelt. Er sah aus wie ein alter Landstreicher, der sich lange nicht gewaschen hat. Wenn der Richter ihn nicht mit seinem Namen angeredet hätte, hätte niemand ihn erkannt.

Sprachlos starrte die Menge Ahmad Alsaberi an, ihren Imam, der einst zahllose Liebesbriefe erhalten hatte.

Mit einer Geste gebot der Richter Stille, bevor er das Urteil verlas: »Ahmad Alsaberi hat sich der engen Zusammenarbeit mit dem Geheimdienst des alten Regimes schuldig gemacht! Er hat sich mit Satan verbündet. Er hat den Islam verraten und die Moschee, der er als Imam diente! Doch da an seinen Händen kein Blut klebt, wird er nur zu einer Gefängnisstrafe von zehn Jahren verurteilt.«

Als die Menge unruhig wurde, gebot der Richter wieder Stille und fuhr fort: »Der Verurteilte darf seinen Beruf als Imam nicht mehr ausüben, daher werden ihm der Turban und das Gewand abgenommen.«

Ahmad zitterte in seinem langen schmutzigen Hemd.

»Da er als Imam der Dschom'e-Moschee als Vorbild dienen sollte, wird ihm noch eine zusätzliche Strafe auferlegt«, sprach der Richter. Nach einer Pause sagte er: »Bringt den Esel!«

Die Wächter zogen einen Esel hinter der Tribüne hervor.

Die Unruhe wuchs. »Was haben sie vor? Was machen sie mit ihm?«

Agha Djan erkannte den weißen Esel von Am Ramasan. Einige junge Leute traten vor, sie trugen grüne Stirnbänder, auf denen »Soldat Khomeinis« stand; sie schrien: »Allah ist groß! Tod den Handlangern des Schahs!«

Der Richter rief: »Setzt ihn verkehrt herum auf den Esel und führt ihn zur Moschee. Es ist eine barmherzige Strafe für jemanden, der sein Imamgewand missbraucht hat.«

Die Zuschauer waren schockiert. Betroffen sahen sie Ahmad an, der mit blicklosen Augen zu Boden starrte.

Agha Djan wischte sich mit dem Taschentuch den Schweiß von der Stirn. Er mochte nicht glauben, dass sie Ahmad rücklings auf dem Esel durch die Stadt führen würden.

Er wusste, dass Ahmad oft Dummheiten begangen hatte, doch er war kein Handlanger des Schahs gewesen. Das entsprach nicht seinem Charakter. Warum äußerte sich Ahmad nicht? Warum protestierte er nicht, warum verteidigte er sich nicht?

Agha Djan drängte sich nach vorne und rief laut: »Ahmad! Du bist kein Verräter! Verteidige dich!«

Alle sahen Agha Djan an.

»Mach den Mund auf! Sag etwas!«, rief er noch lauter.

Ahmad schreckte hoch.

Der Richter rief: »Still!«

»Du darfst nicht schweigen, Ahmad!«, schrie Agha Djan.

»Still!«, rief der Richter nochmals.

Zwei Wächter gingen auf Agha Djan zu.

»Wach auf, Ahmad! Tue es für mich! Für uns! Für die Moschee!«, rief Agha Djan, während er sich gegen die Männer wehrte, die ihn abführen wollten.

»Du bist der Imam unserer Moschee, verteidige …« Er konnte den Satz nicht mehr beenden, denn einer der Männer hatte ihm den Arm auf den Rücken gedreht und ihn zu Boden geworfen.

Zwei Kaufleute des Basars rannten nach vorne. Nachdem sie Agha Djan befreit hatten, zogen sie ihn beiseite.

Ahmad nahm seinen ganzen Mut zusammen, wandte sich der Menschenmenge zu, streckte die Arme in die Höhe und rief: »Beim Koran! Ich bin unschuldig!«

»Schweig!«, rief der Richter.

»Bei der Moschee! Ich war nie ein Handlanger des Schahs!«

»Schweig!«, rief der Richter wütend.

»Ich kann nie …«, rief Ahmad, doch da hoben ihn zwei Wächter hoch. Sie wollten ihn auf den Esel setzen. Als das Tier erschrocken zurückwich, versetzte ihm einer der Männer einen Schlag mit dem Gewehr. Der Esel strauchelte, fiel und richtete sich wieder auf.

Ein alter Mann mit einem Gewehr auf dem Rücken und einer grünen Binde um die Stirn trat vor, strich dem Esel über den Kopf und beruhigte ihn, sodass die Männer Ahmad in den Sattel setzen konnten.

Agha Djan erschrak, als er den alten Mann sah.

Täuschte er sich? War es wirklich sein Diener, Am Ramasan? Er war Soldat der islamischen Armee geworden. Es war unvorstellbar, er hatte seinen Esel zur Verfügung gestellt, damit man Ahmad demütigte und seinen Widerstand brach. Und Am Ramasan sorgte persönlich dafür, dass das Tier stillhielt.

Dabei hätte der alte Mann vor Scham in den Erdboden versinken müssen, noch immer trug er den Schlüssel des Hauses in der Tasche. Wie konnten sich Menschen nur so rasch ändern?

Agha Djan fühlte einen so tiefen Schmerz, dass er plötzlich wie ein Verrückter die Sure Al-Mursalat laut aufsagte:

Wehe an jenem Tag den Leugnern!
Bei denen, die daherstürmen,
Und bei denen, die offen ausbreiten!
Und die deutlich unterscheiden!
Was euch verheißen ward, muss sich erfüllen.

Und wenn die Sterne ausgewischt werden,
Und wenn der Himmel Risse aufweist,
Und wenn die Berge hinweggeblasen werden,
Wehe den Leugnern.

Als der Esel sich in Bewegung setzte, weinte Ahmad leise vor sich hin. Jemand warf einen Kieselstein nach ihm, der seinen Kopf streifte.

Agha Djan hielt es nicht mehr aus, er sprang nach vorne und versperrte dem Esel den Weg: »Halt! Niemand hat das Recht, Steine zu werfen. Er ist nicht zu Steinigung verurteilt worden. Wo ist nur dieser Richter?«

Ein Wächter stieß Agha Djan grob zu Boden. Mit einer Behändigkeit, die man ihm nicht zugetraut hätte, sprang er auf und lief wieder zum Esel.

Der Wächter hielt ihn mit dem Gewehrkolben zurück.

Wieder flog ein Stein durch die Luft, er traf Ahmad am rechten Ohr. Agha Djan holte seinen Koran aus der Tasche, schob den Wächter beiseite, stellte sich vor den Esel, hielt den Koran in die Höhe und rief: »Bei diesem Buch! Steinigt ihn nicht!«

Der Wächter riss ihm den Koran aus der Hand, dann versetzte er ihm damit einen heftigen Schlag ins Gesicht. Beinahe wäre Agha Djan hingefallen, er blieb jedoch auf den Beinen, fasste Ahmad um die Taille und zog ihn vom Esel. Beide stürzten zu Boden.

Zwei Wächter hoben Ahmad wieder in den Sattel, während die anderen Agha Djan Tritte in den Bauch, gegen Rücken und Beine versetzten.

Der Esel setzte sich in Bewegung. Die Menschenmenge folgte ihm zur Moschee.

Agha Djan krümmte sich vor Schmerzen. Er summte:

O du in den Mantel Gehüllter!
Oh, du Umhüllter!
Du darfst nicht länger

Am Boden liegen
Steh auf!
Bei dem Mond
Bei dem Morgen, wenn er heraufzieht!

Er stemmte die Hände auf den Boden und richtete sich mühsam auf.

Die Kuh

Am Anfang war die Kuh, der Rest war Stille. So glaubten die alten Perser. Deshalb sind die Säulen der alten Paläste in der Provinz Fars auch mit Stierköpfen verziert.

Als die Kuh starb, kam aus ihrem Leib das Leben hervor, alle Tiere und Pflanzen.

Im Lauf der Zeit traten andere Auffassungen in den Vordergrund. Das Feuer wurde als heilig verehrt, die Kuh wurde vergessen.

In den Feuertempeln hoch oben in den Bergen brannte das Feuer noch immer, als Zarathustra in Yazd geboren wurde. Als erster persischer Prophet verkündete er, weder die Kuh noch das Feuer dürften angebetet werden. Zarathustra versetzte Gott in den Himmel und gab ihm einen Namen: *Ahura Mazda**.

Und das Feuer wurde Ahura Mazdas Symbol auf Erden.

Der Prophet überreichte seinem Volk die *Avesta**, in der Gottes Worte aufgezeichnet waren.

Jahrhunderte später verkündete Mohammad den Islam, die alten persischen Vorstellungen wurden getilgt, das Feuer gelöscht.

Vierzehnhundert Jahre lang wurde weder die Kuh noch das Feuer verehrt, doch die Bilder wirkten im Geist der Perser nach.

Jetzt stiftete der Islam Zwietracht zwischen den Mitgliedern der Familie des Agha Djan. In den vergangenen acht Jahrhunderten hatten das Haus und die Moschee geschlossen gegen die Feinde des Islam gekämpft. Nun, zum ersten Mal, erwies sich der Islam selbst als Feind.

Obwohl die Revolution vorüber war, kehrte Schahbal noch immer nicht nach Hause zurück.

Nosrat ging es gut in der neuen islamischen Republik. Er arbeitete Tag und Nacht, um sich in der Filmwelt einen Namen zu machen. So blieb ihm keine Zeit, nach Hause zu kommen. Er rief nicht einmal mehr an.

Sinat hatte sich ganz der neuen Bewegung verschrieben, sie kam selten ins Haus und hatte den Kontakt zur Familie fast abgebrochen. Niemand wusste, was sie eigentlich tat.

Moazzen schien sich im Haus nicht länger heimisch zu fühlen, noch nie war er so viel verreist, und auch Djawad war oft fort, ohne jemandem Bescheid zu sagen. Immer öfter fuhr er nach Teheran, wo er sich mit Schahbal traf. Schon immer hatte er insgeheim Sympathien für die linke Bewegung gehegt, in der Schahbal jetzt eine aktive Rolle spielte.

»Warum kommst du nicht nach Hause?«, fragte er Schahbal.

»Als Khomeini noch in Paris war, hat er Toleranz gegen Andersdenkende versprochen. Doch seitdem er an der Macht ist, will er nichts mehr davon wissen. Alle, die der linken Bewegung angehören, sind in seinen Augen Gotteslästerer. Wir müssen jetzt auf der Hut sein. Man darf Khomeini nicht vertrauen.«

Auch Nasrin und Ensi, Agha Djans Töchter, hatten beschlossen, das Haus zu verlassen. Sie wollten sich in der Hauptstadt Zimmer mieten.

Noch nie hatte eine Frau aus der Familie solches zu tun gewagt. Doch Nasrin und Ensi wollten nicht länger zu Hause auf einen Mann warten. Fagri Sadat hatte sie stets behütet, nie hatte sie ihre Töchter ausdrücklich dazu angehalten, in die Moschee zu gehen, und sie hatte sie auf die besten Schulen der Stadt geschickt. Nach dem Schulabschluss wollten sich beide zur Lehrerin ausbilden lassen. Wäre alles beim Alten geblieben, hätten Nasrin und Ensi das

Studium inzwischen abgeschlossen und würden ihren Beruf bereits ausüben. Bei Ausbruch der Revolution wurden aber alle Universitäten und Schulen geschlossen. Und nach der Revolution wurden die Töchter eines Agha Djan nicht mehr zum Studium zugelassen.

Die neue islamische Regierung hatte zur Kulturrevolution in den Betrieben, Ämtern, Schulen und Universitäten aufgerufen. Jeder, an dessen Glaubenstreue das Komitee zweifelte, wurde nach Hause geschickt.

Nasrin und Ensi waren als Erste ihres Jahrgangs davon betroffen, nicht zuletzt wegen Ahmad und wegen Agha Djans Auftritt auf dem Basarplatz. Zwar blieben sie noch eine Weile zu Hause wohnen, doch in Senedjan gab es für sie offenkundig keine Zukunft mehr.

»Nasrin und Ensi haben mit mir gesprochen. Sie wollen nach Teheran«, sagte Fagri vor dem Schlafengehen zu Agha Djan.

»Wir können zwei Mädchen nicht ohne Begleitung nach Teheran ziehen lassen«, sagte Agha Djan.

»Was bleibt ihnen sonst übrig? Willst du sie für immer hier einsperren?«

Agha Djan schwieg.

»Sie haben hier keine Zukunft. Du musst sie gehen lassen.«

Einige Tage später sprachen Nasrin und Ensi selbst bei Agha Djan vor. Sie teilten ihm mit, dass sie in Teheran wohnen und arbeiten wollten. Ihr Vater solle ja nicht versuchen, sie zurückzuhalten.

»Ich halte euch nicht zurück«, sagte Agha Djan.

Bald darauf fuhren Nasrin und Ensi nach Teheran; eine Zeitlang wohnten sie bei einer ehemaligen Schulkameradin.

Agha Djan ging nach wie vor jeden Tag zum Basar, auch wenn sich dort alles grundlegend gewandelt hatte. Die Männer hatten sich ausnahmslos den Bart stehen lassen und wetteiferten um die Gunst der Mullahs. Niemand bezeugte Agha Djan mehr Respekt. Sein alter Diener kam in Milizuniform zur Arbeit. In seinem Beisein wagte Agha Djan keine Telefongespräche mehr zu führen.

Wenn er früher in die Dörfer gefahren war, wo seine Teppichknüpfereien waren, hatten ihn die Dorfbewohner wie einen König empfangen, doch jetzt hieß ihn niemand mehr willkommen.

Als ihn eines Tages ein alter Freund aus Isfahan besuchte, traf dieser ihn, über Papiere gebeugt, am Schreibtisch an und erkannte ihn nicht wieder: Agha Djan war alt geworden. Grau und innerlich zerbrochen.

Er versuchte zu arbeiten, doch es gelang ihm nicht, ihm fehlte die Kraft. Lieber blieb er zu Hause und betätigte sich im Garten. Manchmal verschwand er im Keller, um stundenlang herumzukramen. Als Fagri Sadat ihn zum wiederholten Male dort vorfand, fragte sie: »Was machst du da andauernd?«

»Ich hatte nie Zeit, all diese Truhen in Augenschein zu nehmen.«

»Für heute reicht es, wasch dir die Hände, ich habe Tee gekocht.« Nachdem Agha Djan sich am *Hous* Hände und Gesicht gewaschen hatte, ging er in die Küche und trank mit Fagri Tee.

»Habe Geduld«, sagte er, als sie über die Zukunft der Kinder klagte.

»Wie soll ich Geduld haben, wenn meine drei Kinder alle ohne Zukunftsaussichten das Haus verlassen haben? Wir wissen ja nicht einmal, wo sie sind!«

»Unsere Kinder sind nicht die Einzigen, die zu leiden haben, tausend andere teilen das gleiche Los. Das ist immer so gewesen und wird immer so sein, doch es gibt ein Heilmittel, das uns allen helfen kann – Geduld.«

»Dafür braucht man wie du einen starken Glauben, ich kann das nicht, ich bin schwach, ich zweifle oft. Ich wage es kaum zu sagen, aber ich frage mich, ob Gott nicht seine Augen verschließt vor dem, was zurzeit geschieht.«

»Fagri, sei stark, verfalle nicht in finstere Gedanken, sonst verlierst du deine innere Ruhe, das schadet dir nur.«

»Jeder denkt zuerst an sich selbst, jeder rettet zuerst die eigene Haut, du bist der Einzige, der immer ehrlich war und ehrlich geblieben ist, und was hast du erreicht? Du bist im Keller gelandet!

Einst warst du der Herr des Basars, dein Wort galt etwas, doch was machst du jetzt? Du stöberst in alten Sachen herum.«

»Das darfst du nicht sagen, Fagri«, erwiderte Agha Djan gekränkt.

»Es tut mir leid, aber du weißt, wie ich es meine. Wo sind deine Freunde, die mächtigen Männer des Basars, wo ist ihre Hilfe?«

»Ich brauche keine Hilfe, von niemandem«, antwortete Agha Djan.

»Alle haben dich im Stich gelassen. Wo ist Sinat? Wo ist Moazzen und vor allem, wo ist dein Bruder Nosrat? Hat er mal von sich hören lassen?«

Zur gleichen Zeit stand Nosrat zu Hause in Teheran unter der Dusche. Schon geraume Zeit zerbrach er sich den Kopf darüber, wie er einen Beitrag zum iranischen Filmschaffen leisten könne. Voraussetzung war auf jeden Fall Khomeinis Zustimmung. Während das Wasser auf ihn herabprasselte, hatte er eine brillante Idee. Kuh. Laut rief Nosrat: »Ich habe es! Ich habe es gefunden!« Er sprang aus der Dusche, zog sich rasch an und stürmte auf die Straße. Im Taxi ließ er sich zum Palast fahren, in dem Beheschti sein Büro hatte.

Seit der Revolution waren neun Monate verstrichen, doch Khomeini wusste noch immer nicht, was er mit den Kinos anfangen sollte. Vorerst hatte er sie alle zunageln lassen und wie die Bordelle für unrein erklärt.

Durch die enge Zusammenarbeit hatte sich zwischen Nosrat und Beheschti ein Vertrauensverhältnis entwickelt. Beheschti war Filmen durchaus nicht abgeneigt. In Deutschland war er oft heimlich ins Kino gegangen, doch seiner Ansicht nach war die Zeit noch nicht reif, um mit Khomeini darüber zu sprechen.

»Ich weiß, was wir machen müssen«, erklärte Nosrat, »wir nehmen den Ayatollah einfach ins Kino mit. Dann kann er mit eigenen Augen sehen, dass es mit einem Bordell wirklich nichts zu tun hat.«

»Sei realistisch!«, bat Beheschti. »Was willst du ihm denn zeigen, um ihn zu überzeugen?«

»Kuh!«, sagte Nosrat.

»Wie bitte?«

»Es ist der erste ernst zu nehmende iranische Film, man könnte ihn geradezu als islamisch bezeichnen.«

»Und er heißt *Kuh*?«

»Ja, *Kuh*. Ein Klassiker. Ich will nicht gerade behaupten, dass es sich bei diesem Film um ein Meisterwerk handelt, doch etwas Besseres könnten wir dem Ayatollah gar nicht zeigen. Die Kuh steckt in jedem Perser, sogar in Imam Khomeini. Ich stelle ein Kino bereit, und du bringst ihn dorthin. Der Islam kann einen bedeutenden Beitrag zur Filmgeschichte leisten. Mir schwebt Großes vor. Wenn Khomeini den Film genehmigt, wird das iranische Kino aus dem Herzen unserer Kultur emporsprießen. Die Schiiten haben einen besonderen Blick auf die Welt, und wir alle tragen noch die alte persische Kultur in uns, so werden unsere Filme in kürzester Zeit die Welt erobern.«

»Über die Welt reden wir ein andermal, lass uns erst einmal Khomeini diesen Film zeigen.«

»Viel Zeit bleibt uns nicht, es muss bald passieren, die großen Teppichhändler haben eine landesweite Aktion ins Leben gerufen. Sie wollen alle Kinos aufkaufen und in Moscheen umwandeln.«

»Wir bringen den Ayatollah niemals dazu, ein Kino auch nur zu betreten.«

»Dann mache ich es eben anders. Ich bringe das Kino zum Ayatollah.«

»Kein schlechter Einfall«, sagte Beheschti schmunzelnd.

»Wir schreiben noch Geschichte! Khomeini wird der Film gefallen, er spielt auf dem Land, wo er herkommt.«

Gleich am nächsten Abend tauchte Nosrat mit einer zusammengerollten Leinwand auf der Schulter und einem Projektor in der Hand vor Khomeinis Residenz in den nördlichen Hügeln von Teheran auf.

Beheschti führte ihn ins Arbeitszimmer, wo der Ayatollah auf seinem Teppich saß, mit einem Kissen im Rücken an die Wand gelehnt. Befremdet musterte Khomeini seinen Besucher. Seit der Revolution war Nosrats Haar ergraut, er trug einen Bart und einen Künstlerhut. Statt sich, wie es üblich gewesen wäre, vor Khomeini hinzuknien und ihm die Hand zu küssen, blieb Nosrat stehen. Er nahm den Hut ab und verneigte sich leicht.

Beheschti stellte ihn vor. »Dies ist der Kameramann, dessen Reportagen über die Revolution von vielen internationalen Fernsehsendern ausgestrahlt wurden. Ein zuverlässiger Mann. Er stammt aus einer guten religiösen Familie und hat interessante Ideen, wie man das hiesige Filmschaffen fruchtbar machen könnte. Ich lasse Sie mit ihm allein.«

Als Beheschti das Zimmer verlassen hatte, trat eine kurze Stille ein.

Nosrat sah sich nach einer Stelle um, wo er die Leinwand aufhängen konnte. Dann holte er einen kleinen Hammer aus der Tasche und befestigte die Leinwand mit zwei Nägeln an der Wand, ohne einmal um Erlaubnis zu fragen.

Ebenso schweigsam und konzentriert verrückte Nosrat den Schreibtisch und stellte den Projektor darauf. Schließlich schob er den Stuhl in die Mitte des Zimmers. »Würden Sie bitte hier Platz nehmen?«, forderte er den Ayatollah auf.

»Ich sitze hier sehr gut«, erwiderte Khomeini leicht irritiert.

»Ich verstehe, doch der Stuhl ist sozusagen Teil des Kinos.«

Khomeini sah ihn verdutzt an: Noch nie hatte jemand so zu ihm gesprochen. Weil der Ayatollah aber wusste, dass man auf Ärzte und Fotografen stets hören sollte, stand er schließlich auf und setzte sich auf den Stuhl.

Nosrat schloss die Vorhänge. Als er das Licht ausschaltete, wurde es im Zimmer stockfinster.

Dann schaltete er den Projektor ein.

Die Spule begann sich zu drehen; der Film war sichtlich alt, in Schwarz-Weiß. Auf der Leinwand erschien eine Kuh. Zu Khomeinis Verblüffung muhte die Kuh hörbar. Ein Bauer trat ins Bild und küsste sie auf den Kopf, streichelte ihren Hals mit den Worten: »Du bist meine Kuh. Meine liebe Kuh. Komm! Lass uns einen Spaziergang machen.«

Der Bauer ging voraus zu den Weiden, die Kuh folgte ihm. Dort angekommen, zog der Bauer seine alte Pfeife aus der Tasche, setzte sich in den Schatten eines Baumes und fing an zu rauchen, während er zufrieden die grasende Kuh betrachtete. Eine Bäuerin mit einem Kopftuch erschien.

»*Salam alaikum*, Maschadi!«

»*Salam alaikum*, Badschi. Setz dich zu mir in den Schatten, es ist heiß heute. Ich gehe gleich mit der Kuh zum Fluss, ihr war im Stall so warm. Wie geht es dir, Badschi?«

Die Bäuerin setzte sich neben ihn unter den Baum. Gemeinsam betrachteten sie die Kuh, ohne ein weiteres Wort zu verlieren.

Es mochte kein aufregender Film sein, doch *Kuh* enthielt einige magische Szenen über das Leben einfacher Dorfbewohner. Gerade weil die Handlung keine Rolle spielte, wirkte die Darstellung des primitiven Lebens ergreifend.

Zur neuen Islamischen Republik des Ayatollah Khomeini passte dieser Film wie bestellt, denn von Modernität war in diesem Dorf keine Spur zu entdecken. Alle Bäuerinnen gingen verschleiert, und der Koran war allgegenwärtig. Es gab weder Strom noch fließendes Wasser. Man hörte keine Musik, niemand besaß ein Radio. Um Khomeini für das Kino einzunehmen, gab es wirklich keinen besseren Film: Er würde sich selbst, seine Eltern und die Bewohner seines Heimatdorfes darin wiedererkennen.

Der Film handelt von einem kinderlosen Bauern, der seine Kuh liebt. Eines Tages wird die Kuh krank. Die Weisen des Dorfs raten ihm, sie zu schlachten, bevor es ihr noch schlechter geht, doch der Bauer will nichts davon wissen.

Eines Tages, als der Bauer gerade fort ist, fällt die Kuh tot um. Die Dorfbewohner beschließen, sie sofort zu verscharren.

Als der Bauer nach Hause zurückkommt und vergeblich nach seiner Kuh sucht, sagen alle, sie sei weggelaufen. Der Bauer ist ganz außer sich, tagelang sucht er sie, doch er findet sie nicht. Er verliert alle Lebensfreude, nicht einmal das Essen schmeckt ihm mehr.

Die Weisen des Dorfs gehen zu ihm, um ihn zu trösten. Sie erinnern den Bauern daran, dass es sich für einen Menschen nicht ziemt, um eine Kuh zu trauern. Doch der Bauer fühlt sich so elend, dass es ihm vorkommt, als wäre er selbst eine Kuh. Als die Weisen sein Haus betreten, beginnt er vor Kummer zu muhen.

Die Weisen holen ihre Taschentücher hervor und weinen still um den Bauern.

Als der Film zu Ende war, schaltete Nosrat das Licht an. Khomeini griff nach seinem Taschentuch.

Am darauf folgenden Freitag überraschten die Ayatollahs im ganzen Land die Gläubigen von der Kanzel mit der Mitteilung: »Heute Abend wird im Fernsehen der Film *Kuh* gezeigt. Er wurde vom Imam Khomeini persönlich genehmigt. Alle Gläubigen dürfen ihn sich ansehen!«

Diejenigen, die keinen Fernseher besaßen, strömten am Abend in die Teehäuser.

Für die Geschichte der iranischen Kultur sollte es ein bedeutsamer Tag werden.

Agha Djan schaute sich den Film zusammen mit Eidechse an, in dessen Schuppen auf dem Dach. Auch für ihn war es das erste Mal. Als er die Kuh sah und den Bauern und die armseligen Behausungen, konnte er nicht fassen, dass dies nun das so hochgelobte Kino sein sollte.

Schahbal saß mit Djawad vor dem Fernseher.

Agha Djans Töchter, Nasrin und Ensi, sahen den Film bei ihrer ehemaligen Schulkameradin.

Sediq schaute ihn sich ebenfalls in Teheran an, in Gesellschaft einiger strenggläubiger Frauen. Galgal hatte ihr über seine Schwester die Möglichkeit verschafft, einige Zeit in der Hauptstadt zu wohnen.

Sinat Ganum übernachtete an jenem Tag bei Asam Asam.

Schon vor einiger Zeit hatte sich Sinat in der Moschee öffentlich von Ahmad losgesagt. Sie schäme sich für ihren Sohn, hatte sie bekundet.

Sinat war nicht die Einzige. Viele gläubige Eltern traten sogar im Fernsehen auf, um sich von ihren Kindern loszusagen, die sich den Ayatollahs widersetzten. Darüber gab es viele Diskussionen, doch niemand war in der Lage, ein solches Verhalten zu erklären. Kam es durch den Glauben? Oder hatten die Geistlichen diese Leute einer Gehirnwäsche unterzogen?

Nachdem Sinat Ahmad offiziell verleugnet hatte, bestellte der Ayatollah sie zu einem Gespräch unter vier Augen ein.

»Sinat Ganum, du bist ein leuchtendes Vorbild für die Frauen unserer Stadt. Du bist eine wahre *Mahdschabe**. Die heilige Fatima hat Gefallen an dir. Hör mir also gut zu! Ich beauftrage dich hiermit, die Frauen von Senedjan nach dem Geiste des Islam zu formen. Ich möchte, dass sie alle wie Sinat Ganum werden. Verstehst du?«

»Ja, ich verstehe, Ayatollah!«, sagte Sinat.

Zusammen mit sechs anderen Fanatikerinnen gründete Sinat ein Sittenkomitee. Von da an unterzog das Komitee alle Frauen, die sich außerhalb des Hauses zeigten, einer scharfen Kontrolle.

Die meisten Frauen hüllten sich in einen schwarzen Tschador, wenn sie das Haus verließen, doch unter den jüngeren gab es immer noch etliche, die sich dem Schleierzwang entzogen. Nun patrouillierten drei Jeeps, in denen jeweils zwei verschleierte Frauen und ein bewaffneter Mann saßen, durch die Straßen von Senedjan und wachten über die Einhaltung des *Hedschab**.

Sobald sie eine Frau erblickten, die gegen die Vorschriften verstieß, sei es, weil sie den Schleier nicht oder nicht auf die angemessene Weise trug oder weil sie geschminkt war, sprangen die Sittenwächterinnen aus dem Jeep und versperrten der Sünderin den

Weg. Zeigte sich die Frau unterwürfig, durfte sie in der Regel gehen, doch wenn sie Widerworte gab, wurde sie zu einem geheimen Ort gebracht, wo man ihr eine Lektion erteilte.

Alle verhafteten Frauen landeten bei Sinat.

Zusammen mit Asam Asam hatte sie sich verschiedene Strafen ausgedacht. So strich man etwa Sirup auf die Beine der Frauen, um die Gefangenen dann in ein dunkles Zimmer voller fliegender Kakerlaken oder wimmelnder Mäuse zu sperren.

Kürzlich hatte Sinat einer Frau die geschminkten Lippen mit einem rauen Handtuch sogar blutig gerieben.

An jenem Abend, an dem das ganze Land vor dem Fernseher saß und sich *Kuh* ansah, kletterte eine Schar Studenten mit Genehmigung Khomeinis über die Umzäunung vor der amerikanischen Botschaft, um das Gebäude zu stürmen. Die Studenten nahmen den Botschafter und fünfundsechzig Angestellte als Geisel, die aus Sicherheitsgründen in der Botschaft wohnten. Aus Angst vor einem amerikanischen Befreiungsversuch wurden die Geiseln sofort an verschiedene Orte gebracht. Die prominentesten brachte man nach Qom, Isfahan und Senedjan.

Mitten in der Nacht wurde Araki, der Ayatollah von Senedjan, von seinem Assistenten geweckt.

»Sie müssen sich sofort anziehen«, flüsterte er, »jemand wartet in Ihrem Wohnzimmer auf Sie.«

»Wer?«, fragte der Ayatollah.

»Ein junger Mann, er sagt, es handle sich um eine Angelegenheit von äußerster Dringlichkeit.«

Der Ayatollah zog sich sofort an. Im Wohnzimmer erwartete ihn tatsächlich ein fremder junger Mann.

Der Besucher küsste die Hand, die der Ayatollah ihm hinstreckte, und sagte: »Ich bin Student an der Teheraner Universität. Ich soll Ihnen eine geheime Botschaft von Ayatollah Ruhollah Khomeini überbringen.«

Araki beugte sich vor. »Unten stehen drei Autos mit sieben Amerikanern«, flüsterte der Student ihm ins Ohr.

Sofort setzte der Ayatollah seinen Turban auf, griff nach seinem Spazierstock und sagte: »Kommst du?«

Als Araki eines der Autos bestiegen hatte, fuhren sie im Konvoi zur Wüste.

Monatelang führten Vertreter des Irans und der USA unter Vermittlung der Schweiz erfolglose Verhandlungen über die Freilassung der Geiseln. Khomeini hatte zwei Bedingungen gestellt:

1. Auslieferung des Schahs, damit er vor ein islamisches Gericht gestellt werden konnte.

2. Freigabe der in den USA eingefrorenen iranischen Guthaben von mehreren Milliarden Dollar aus Ölverkäufen.

Doch die Amerikaner konnten den Schah nicht ausliefern, die Ayatollahs hätten ihn sofort hinrichten lassen. Und auch die Milliarden Dollar konnten sie so kurzfristig nicht zurückzahlen. Nach Abbruch dieser Verhandlungen geschah eine ganze Weile nichts.

Hundertzweiundsiebzig Tage später flogen sechs amerikanische Transportflugzeuge nachts über Senedjan, niemand sah oder hörte sie. Eine halbe Stunde zuvor waren sie von einem Flugzeugträger im Persischen Golf aufgestiegen und mit Zustimmung von Saddam Hussein vom Irak aus in den iranischen Luftraum eingedrungen.

Diese Flugzeuge steuerten einen Behelfslandeplatz in der Wüste an. Ehemalige Spezialeinheiten des Schahs sollten die Geiseln befreien und mit Hubschraubern zu dem Wüsten-Flugplatz bringen.

Ein Vertrauter Khomeinis, der für die Gegenseite spionierte, hatte den Amerikanern verraten, wo sich die Geiseln befanden.

Doch die Aktion scheiterte. Durch einen mysteriösen Zwischenfall brach der Plan wie ein Kartenhaus in sich zusammen. »Allah hat eingegriffen!«, rief Khomeini am nächsten Morgen triumphierend aus, als bekannt wurde, dass die streng geheime Militäraktion der Amerikaner in eine Katastrophe gemündet war.

»Allah beschützt dieses Land«, verkündete er gelassen, »warum wollen die Amerikaner das nicht begreifen? Es ist doch ganz einfach: Es war Allahs Wille.«

Später sollte sich herausstellen, dass zwei der amerikanischen Flugzeuge bei ihrem Landeanflug über der Wüste mit einem Hubschrauber zusammengestoßen und in Flammen aufgegangen waren. Dabei kamen acht Soldaten ums Leben, fünf wurden verletzt. Unmittelbar nach dem Unglück kehrten die verbliebenen Flugzeuge zum Flugzeugträger zurück.

Ein Hirte, der am Rand der Wüste neben einem alten Brunnen unter einem Baum eingeschlafen war, wurde von lautem Getöse geweckt. Als er in die Nacht hinausspähte, sah er am klaren Himmel eine schwarze Rauchwolke emporsteigen.

Er kletterte auf den Baum und sah in der Ferne ein gewaltiges Feuer. Etwas Schreckliches musste passiert sein, der Hirte ließ die Herde zurück und rannte zum Dorf. Eine halbe Stunde später standen alle Dorfbewohner auf den Dächern, um das Flammenmeer zu beobachten.

Der Imam eilte in die Moschee, wo sich das einzige Telefon des Dorfes befand, und rief Ayatollah Araki an. »In der Wüste lodert ein großes Feuer. Die Weisen des Dorfes haben so etwas noch nie gesehen. Es muss ein Unglück geschehen sein.«

Umgehend beauftragte der Ayatollah den Befehlshaber der Armee, nach dem Rechten zu sehen. Eine knappe Stunde später griff er zum roten Telefon und ließ sich mit Khomeini in Teheran verbinden. »Ungeheure Flammen! Es sind wohl mehrere Flugzeuge abgestürzt. Das Feuer wütet noch zu heftig, wir können nicht näher heran.«

Bevor Teheran ein Untersuchungsteam nach Senedjan schickte, ritten die Dorfbewohner auf ihren Eseln zur Unglücksstelle. Sie versuchten, den Schwerverletzten beizustehen.

Während die Behörden noch immer im Dunkeln tappten, verbreitete Radio Moskau um sechs Uhr morgens folgende Nachricht: »Im Iran sind drei amerikanische Flugzeuge in der Wüste unweit von Senedjan abgestürzt.«

Moazzen, der wie jeden Morgen Radio hörte, begriff die Tragweite der Nachricht nicht gleich, erst als sie wiederholt wurde, horchte er auf. Er lief zu Agha Djan und rief: »Amerikaner sind in der Wüste abgestürzt!«

Um vierzehn Uhr schaltete das Staatsfernsehen live in die Wüste. Zunächst wurden Nahaufnahmen von den Leichen gezeigt. Dann erschien Ayatollah Araki auf dem Bildschirm; in der rechten Hand hielt er eine Kalaschnikow und war sichtlich erregt: »Der Islam ist ein Wunder, der Islam bleibt auch nach vierzehn Jahrhunderten ein Wunder. Die amerikanischen Flugzeuge kamen über Irak in unser Land, sie flogen ohne Licht durch die Nacht, sie verfügten über die modernste Elektronik, um unsere Radaranlagen zu täuschen. Die Amerikaner hatten alles bis ins Kleinste geplant, doch Eines hatten sie nicht einkalkuliert: den Koran! Wir brauchen keine supermodernen Computer, wir brauchen keine elektronischen Augen, um alles zu observieren, es gibt nämlich einen, der dieses Land und uns allein zu beschützen vermag, einen, der wacht, wenn wir schlafen. Und das ist Allah.

Amerika hat Computer, wir haben Allah.

Amerika hat Aufklärungsflugzeuge, wir haben Allah.

Amerika! Wenn du wissen willst, wer deine Flugzeuge vom Himmel geschossen hat, lies die Sure Al-Fil.

alam tara ḳeifa rabbuḳa bi as'haab' il fiel
Hast du nicht gesehen, wie dein Herr mit den Besitzern des Elefanten verfuhr?
Machte Er nicht ihren Anschlag zunichte?
Und Er sandte Schwärme von Vögeln wider sie,
Die Ziegel aus Steinen von Ton auf sie warfen;
Und Er machte sie gleich abgeweideten Halmen.«

al-Harb

Fünf Monate später tauchten gegen Mittag drei irakische Militärmaschinen über Teheran auf. Sie flogen so tief, dass man die Piloten sehen konnte. Alle flohen vor dem ohrenbetäubenden, furchterregenden Lärm.

Die Flugzeuge bombardierten den Flughafen. Damit erklärte der Irak dem Iran den Krieg, al-Harb.

Bereits in der Nacht zuvor war die irakische Armee in den Iran einmarschiert und hatte alle strategisch bedeutsamen Punkte in der südlichen, erdölreichen Provinz Chuzestan besetzt. So fielen die wichtigsten Gas- und Erdölraffinerien in die Hände von Saddam Hussein.

Für das iranische Regime war das ein schwerer Schlag, die Menschen wollten es zunächst nicht glauben. Erst als das Fernsehen Bilder von irakischen Panzern zeigte, die vor den Erdölraffinerien standen, begriffen sie, dass es sich nicht um leere Drohungen handelte.

Im Fernsehen rief Ayatollah Khomeini jeden, der ein Gewehr besaß, dazu auf, sich bei der nächstgelegenen Moschee zu melden. »Es ist Krieg!«, verkündete er.

Der Aufruf brachte innerhalb von 24 Stunden eine Armee von Gläubigen auf die Beine. Tausende unerfahrene junge und ältere Männer wurden in Busse verladen und an die Front geschickt.

Unterdessen kreisten amerikanische Aufklärungsflugzeuge hoch über den Kriegsschauplätzen. Die Aufnahmen wurden dem irakischen Militär zugespielt, das die iranischen Truppen aus der Luft massiv unter Beschuss nahm.

Khomeini sprach seinem Volk unerschütterlich Mut zu: »Nur der Tod kann uns noch retten. Amerika behält alles von oben im Auge. So bleibt uns keine andere Wahl, als eine Brücke aus Toten zu bauen, wenn wir den Kampf mit dem Irak aufnehmen wollen.«

Eine stetig wachsende Armee von Gläubigen griff, in ihre Totenhemden gehüllt, zu den Waffen und bahnte sich einen Weg zu den irakischen Stellungen. So begann ein Krieg, der acht Jahre dauern sollte und auf beiden Seiten Millionen Todesopfer forderte.

Die Ayatollahs fürchteten, ihre Gegner im Innern könnten den Krieg dazu nutzen, das Regime zu unterminieren. Khomeini traute den linken Gruppierungen nicht, sie galten ihm als Feinde des Islam und des Korans. Geduldig wartete er die Gelegenheit ab, ihnen für immer den Garaus zu machen. Ihrerseits setzte die linke Widerstandsbewegung alles daran, den streng islamischen Staat der Ayatollahs zu schwächen und das Regime, wenn möglich, zu stürzen.

Als der Beschluss fiel, gegen die Linke hart vorzugehen, war Galgal der Erste, den Khomeini instruierte: »Rotte sie mit Stumpf und Stiel aus. Keine Gnade! Beseitige, zermalme jeden, der sich dem Islam widersetzt!«

Die Führer der alten kommunistischen Tudeh-Partei, die Khomeini schon lange bedingungslos unterstützten, wurden alle binnen einer Stunde verhaftet.

Die Anführer der Widerstandsgruppen waren allerdings nicht so leicht zu fassen. Sie ließen sich nicht ködern und erwogen den bewaffneten Aufstand.

Drei Nächte später zeigte das Staatsfernsehen den greisen Vorsitzenden der Tudeh-Partei als mahnendes Beispiel: gebrochen, mager, aschfahl und unrasiert. Jedem war klar, dass man ihn direkt aus der Folterkammer vor die Kamera gezerrt haben musste.

Es war ein Schauder erregender Anblick, der seine Wirkung nicht verfehlte. Noch in der gleichen Nacht brachten sich die Mitglieder der Partei, die noch auf freiem Fuß waren, über die Grenze in Sicherheit.

In Senedjan erhielt Ayatollah Araki den Auftrag, unverzüglich das »Rote Dorf« zu räumen.

Das Dorf erlebte damals gerade seine Blütezeit. Es war wie ein freies Reich mit eigenen Regeln, ein fantastischer Ort, an dem junge Leute ihr Ideal eines kommunistischen Staats im Kleinen verwirklicht hatten. Die gesamte Ernte wurde unter allen gerecht verteilt. Abends kam man auf dem Dorfplatz zusammen und las sich gegenseitig Gedichte von Majakowski vor.

In der Nacht des Überfalls saßen alle auf dem Dorfplatz und sahen sich einen russischen Film an. Auf einmal rief jemand: »Panzer! Sie kommen! Baut Barrikaden!«

Dafür war es zu spät. Der Platz war im Nu wie leer gefegt. Einige flohen in die Berge, andere versteckten sich in den Häusern, ein paar griffen zu den Gewehren und kletterten auf die Dächer.

Über dem Dorf tauchte ein Hubschrauber auf, von den Dächern wurde geschossen. Der Hubschrauber machte eine scharfe Kurve und verschwand.

Nachdem die Panzer ins Dorf gerollt waren, bezogen auf einmal Hunderte Soldaten im Dunkeln ihre Stellungen. Zwei Hubschrauber beleuchteten die Dächer mit starken Scheinwerfern und schossen auf alles, was sich bewegte.

Niemand hatte mit einem solchen Angriff gerechnet. Die Soldaten riegelten das Dorf vollständig ab, wer zu fliehen versuchte, wurde erschossen.

Die Männer auf den Dächern verteidigten sich zäh, doch gegen den Granatenbeschuss waren sie machtlos.

Jeder weitere Widerstand war sinnlos, die Türen der Häuser öffneten sich, und die Dorfbewohner kamen mit erhobenen Armen heraus.

Die Jeeps verfolgten diejenigen, die in die Berge flüchteten, und schossen auf alle, die sich nicht ergaben.

Die Überlebenden wurden noch in derselben Nacht ins Gefängnis gebracht, unter ihnen Agha Djans Sohn Djawad.

Galgal, der gefürchtete Richter Gottes, wurde per Hubschrauber nach Senedjan eingeflogen, um die Verhafteten abzuurteilen. Wo dieser Richter auftauchte, brachte er Tod und Verderben.

Die Sonne war noch nicht aufgegangen, alle lagen noch in tiefem Schlaf, als neun junge Männer aus dem Roten Dorf hingerichtet wurden.

Die Stadt erlebte ein böses Erwachen. Eltern von Verhafteten liefen zum Gefängnis, um auf den Listen der Hingerichteten nach den Namen ihrer Kinder zu suchen.

Die Leichname wurden den Familien übergeben. Nach der Scharia waren sie unrein, sie durften also nicht auf dem Friedhof bestattet werden. Die Väter brachten ihre Toten heimlich in die Berge, um ihnen dort die letzte Ehre zu erweisen.

Agha Djan wusste nichts von Djawads Verhaftung. Er glaubte, sein Sohn halte sich in Teheran auf.

Einen der hingerichteten Jungen kannte er, den Sohn des Apothekers, der gegenüber der Moschee seinen kleinen Laden hatte. Agha Djan las gerade den Koran, um der Hingerichteten zu gedenken, als das Telefon klingelte.

»Ich habe nicht viel Zeit«, sagte ein Mann, ohne seinen Namen zu nennen, »ich bin ein Freund von Djawad. Er ist im Roten Dorf verhaftet worden. Wenn Sie etwas für ihn tun wollen, müssen Sie rasch handeln. Wenn er vor dem Richter Gottes steht, ist es zu spät.«

Agha Djans Hand zitterte, als er den Hörer auflegte. Tausend Gedanken schossen ihm durch den Kopf. Er wollte Fagri Sadat rufen, doch er konnte es nicht. Man hatte seinen Sohn verhaftet, vielleicht hingerichtet. Und wer war der Mann, der ihn angerufen hatte?

Djawad war doch nach Teheran gefahren, was hatte er in dem Dorf zu suchen?

Und wie konnte er ihm helfen?

Er wusste sich keinen Rat. Einige Male griff er zum Telefon, doch ohne eine Nummer zu wählen.

Schließlich nahm Agha Djan Hut und Mantel vom Garderobenständer. Als er gerade aus der Tür treten wollte, klingelte wieder das Telefon. »Verzeihen Sie, wenn ich Sie noch einmal störe«, sagte dieselbe Stimme, »Ihr Sohn befindet sich noch im Gefängnis. Der Richter kommt in wenigen Tagen zurück, um über die restlichen Verhafteten ein Urteil zu fällen. Sie müssen sich beeilen.«

»Aber was hatte er denn in dem Dorf zu suchen? Und wer sind Sie?«

»Wir waren zusammen dort, ich konnte entkommen. Sie müssen rasch etwas unternehmen, es tut mir leid, ich kann nicht länger sprechen, ich muss aufhören.«

Agha Djan wollte schon das Haus verlassen, kehrte aber um und rief: »Fagri Sadat!«

Er bekam keine Antwort.

»Fagri Sadat!«, rief er lauter.

Der Klang seiner Stimme verriet ihr, dass etwas Schlimmes passiert war. Sie eilte die Treppe hinunter.

»Sei stark«, sagte Agha Djan, »man hat Djawad verhaftet!«

Fagri wäre fast ohnmächtig geworden. »Was? Wieso verhaftet?«, konnte sie nur stammeln.

»Ein Freund von ihm hat gerade angerufen, er wurde im Roten Dorf verhaftet.«

»Was hat er denn im Roten Dorf gemacht?«

»Ich weiß es nicht.«

»Vielleicht war er mit Schahbal dort. Wo ist Schahbal?«

»Das weiß ich auch nicht. Wir müssen etwas unternehmen, bevor es zu spät ist«, sagte Agha Djan unschlüssig, »doch wenn ich bloß wüsste, was. An wen kann ich mich wenden?«

»Geh zur Moschee«, sagte Fagri Sadat leichenblass. »Rede mit dem Ayatollah.«

Agha Djan setzte zum Sprechen an, doch er schluckte den Einwand, der ihm auf der Zunge lag, hinunter und ging aus dem Haus. Seitdem diese Fanatiker die Moschee übernommen hatten, war er nicht mehr dort gewesen, nicht einmal zum Gebet.

Da er den Ayatollah nicht antraf, fragte Agha Djan den neuen Hausmeister.

»Er hat alle Termine verschoben. Vorläufig kommt er nicht mehr hierher, die Leute belästigen ihn zu sehr mit Fragen über die Hinrichtungen.«

»Und wo kann ich ihn erreichen?«

»Ich weiß es nicht. Eigentlich weiß es niemand, er wechselt ständig seinen Aufenthaltsort.«

Agha Djan ging zum Lebensmittelhändler gegenüber der Moschee.

»Womit kann ich Ihnen dienen, Agha Djan?«

»Wissen Sie vielleicht, wo der Ayatollah wohnt? Es ist dringend.«

Der Händler spürte die Dringlichkeit der Frage und sagte: »*La illaha illa Allah*. Ich darf es eigentlich nicht sagen, aber fahren Sie doch mal zu dem großen Haus, in dem früher der Chef des Geheimdienstes wohnte.«

Agha Djan nahm ein Taxi.

Vor dem Haus standen zwei bewaffnete Polizisten. Als er auf sie zuging, riefen sie ihm zu, er müsse sich bei der Sprechsäule melden. Agha Djan drückte auf den Knopf. Man ließ ihn eine ganze Weile warten.

»Was gibt's?«, fragte eine Stimme unwirsch.

»Ich möchte den Ayatollah sprechen.«

»Schreib, was du zu sagen hast, ordentlich auf ein Stück Papier und wirf es rechts in den Briefkasten.«

»Ich möchte den Ayatollah persönlich sprechen.«

»Alle wollen ihn persönlich sprechen, das geht nicht.«

»Aber es ist lebenswichtig. Ich bin Agha Djan, der ehemalige Schlüsselbewahrer der Dschom'e-Moschee. Der Ayatollah wird mich bestimmt empfangen.«

»Es spielt keine Rolle, wer du bist, der Ayatollah hat keine Zeit. Außerdem ist er nicht da, und ich weiß nicht, ob er heute noch zurückkommt.«

Ratlos stand Agha Djan vor der Sprechsäule.

»Bleib da nicht stehen! Los, fort mit dir!«

Gedankenverloren trat Agha Djan den Rückweg an. Beim Überqueren der nächsten Kreuzung achtete er nicht einmal auf den Verkehr. Da bremste ein Auto, der Fahrer drehte das Fenster herunter und schrie: »Was soll das? Bist du lebensmüde?«

»Ich bitte um Verzeihung«, sagte Agha Djan.

Der Fahrer erkannte den Basarvorsteher. Es fiel ihm auf, wie niedergeschlagen dieser war.

»Wo wollen Sie hin? Kann ich Sie mitnehmen?«

»Ich? Ich muss zum Gefängnis. Wenn es Ihnen keine Umstände macht.«

»Welches Gefängnis? Das alte oder das neue?«

»Ich weiß nicht, das Gefängnis, wo man die jungen Männer hingerichtet hat.«

»Das alte also. Steigen Sie ein!«

Das alte Gefängnis außerhalb der Stadt war von hohen, dicken Mauern umgeben. Das Auto hielt am Platz vor dem Gebäude, um Agha Djan aussteigen zu lassen. Das große schmiedeeiserne Tor war geschlossen, oben auf den Mauern hielten drei Männer Wache. Sonst war niemand zu sehen.

Obwohl es noch nicht dunkel war, schalteten sich die Scheinwerfer automatisch ein.

»Hier ist niemand«, rief der Fahrer, »wenn Sie wollen, bringe ich Sie nach Hause.«

Doch Agha Djan hörte ihn nicht, er ging zum Tor und suchte

vergebens nach einer Klingel. Dann hämmerte er mit der Faust gegen das Tor, doch niemand öffnete ihm.

»Ist da jemand?«, rief er laut.

»Ich bringe Sie nach Hause, wenn Sie wollen!«, wiederholte der Fahrer.

»Ist da jemand?«, rief Agha Djan lauter.

Der Fahrer stieg aus, fasste ihn am Ärmel und sagte: »Sie gehen jetzt besser nach Hause, kommen Sie morgen wieder.«

Dann half er Agha Djan beim Einsteigen. Als sie die Stadt erreicht hatten, setzte er ihn vor der Moschee ab.

Zu Hause fiel Agha Djan eine Lösung ein. »Fagri!«, rief er aufgeregt. »Nimm den Tschador!«

»Warum?«

»Wir gehen zu Am Ramasan!«

Den alten Mann hatten sie schon lange nicht mehr gesehen. Was er genau machte, wussten sie nicht, nur, dass er seinen Esel für den Ayatollah arbeiten ließ und eine Uniform trug.

In Am Ramasans Haus brannte kein Licht. Trotzdem klingelte Agha Djan.

Nachdem er ein zweites Mal geklingelt hatte, waren im Flur Schritte zu hören. Als die Tür aufging, stand Am Ramasan vor ihnen, mit ellenlangem Bart und einer Pistole in der Hand. Die Dunkelheit ließ ihn größer wirken.

Er schien überrascht, Agha Djan und Fagri Sadat zu sehen.

»Dürfen wir hereinkommen?«, fragte Fagri Sadat.

»Bitte!«, sagte Am Ramasan.

Ein großes Porträt von Khomeini hing an der Wand, in jeder Ecke standen gerahmte Bilder von anderen Ayatollahs.

»Wir brauchen deine Unterstützung, Am Ramasan«, erklärte Agha Djan, »Djawad wurde verhaftet. Kannst du uns helfen?«

Am Ramasan sah nachdenklich drein. Sein Leben lang hatte er ihnen gedient, dabei hatten sie ihn stets gut behandelt. Nun standen sie vor ihm, gebrochen vor Schmerz, und baten ihn um Hilfe.

»Ich glaube nicht, dass ich viel für euch tun kann.«

»Ich möchte den Ayatollah sprechen. Kannst du mir nicht wenigstens dabei helfen? Es muss jetzt sein, sofort, sonst ist alles zu spät.«

»Jetzt? Das geht nicht. Ich weiß es nicht, ich meine, wartet, setzen Sie sich doch, Fagri Sadat.« Am Ramasan ging zum Telefon, das erst vor kurzem angeschlossen worden war. »Ich bin's. Ich möchte ein Treffen mit dem Ayatollah. Kannst du das für mich machen? Nein, nicht für mich selber. Für einen Bekannten ... Ja, ich kenne ihn gut, schon lange, es ist wichtig ... Heute Abend noch, wenn es geht ... Ich verstehe. Und morgen ...? In Ordnung, in der Moschee, nach der Predigt? Nein, lieber vor der Predigt.«

Am Ramasan legte auf. Agha Djan schossen Tränen in die Augen.

Es war Freitag, die Leute strömten zur Moschee. Agha Djan stand vor dem Eingang und wartete auf den Ayatollah.

Gerade als dieser zur Moschee aufbrechen wollte, klingelte das rote Telefon.

»Letzte Woche hat der Irak chemische Waffen gegen unsere Truppen eingesetzt. Tausende Soldaten sind umgekommen, aus Senedjan und den umliegenden Dörfern einige Hundert«, hörte Ayatollah Araki den Zentralaufseher der Freitagsgebete sagen, »morgen bekommt ihr die Leichen.«

Endlich hielt der schwarze Mercedes des Ayatollahs vor der Moschee. Ein paar Leibwächter stiegen aus, die Agha Djan mit aller Kraft zurückhalten mussten.

»Ich bin mit dem Ayatollah verabredet«, sagte Agha Djan.

»Zur Seite!«

Nach einem Blick auf diesen zudringlichen Fremden setzte der Ayatollah seinen Gang in die Moschee fort.

Agha Djan nahm seinen Hut ab und verbeugte sich. Der Ayatollah ging an ihm vorbei.

»Ich bin mit Ihnen verabredet!«, rief Agha Djan.

Nach kurzem Zögern ging der Ayatollah weiter.

Agha Djan lief hinter ihm her.

»Ich bin der ehemalige Schlüsselbewahrer der Moschee!«, rief er, während ihn ein Wächter festhielt.

Auf einen Wink des Ayatollahs ließ man Agha Djan frei. Er folgte dem Ayatollah, der ihm die Hand hinstreckte. Vor der Tür des Gebetshauses ergriff Agha Djan seine Hand und küsste sie.

Die Gläubigen in der Moschee erhoben sich, um den Ayatollah lautstark zu bejubeln.

Alle hatten gesehen, wie Agha Djan die Hand des Ayatollahs küsste. Sie hatten gesehen, wie der Ayatollah ihm einen Augenblick zuhörte, bevor er sichtlich verärgert weitergehen wollte. Sie hatten gesehen, wie Agha Djan das Gewand des Ayatollahs ergriff und wie die Wächter ihn daraufhin grob beiseitestießen.

Ayatollah Araki stellte sich auf die unterste Stufe der Kanzel. Einer der Männer reichte ihm ein Gewehr, das der Ayatollah während der ganzen Predigt hin und her schwenken sollte.

»Saddam, der nicht der Sohn seines Vaters ist, hat unsere Gotteshäuser in Isfahan bombardiert! Saddam ist ein Nichts, er ist ein Bastard, der Amerika folgt wie ein Hund. Amerika übt Rache! Saddam ist die Marionette Amerikas! Nicht Saddam, sondern Amerika zerstört unsere Moscheen!

Amerika! Wirf deine Bombe ab! Wir fürchten uns nicht vor dir. Amerika, zerstöre unsere ehrwürdigen Gotteshäuser! Wir fürchten uns nicht vor dir!

Saddam ist ein Büttel Amerikas!

Er hat Angst vor uns, Angst vor unserer Armee, Angst vor euren Söhnen.

Gläubige von Senedjan! Fasst euch! Ich habe eine schmerzliche Nachricht. Saddam hat gegen unsere Söhne chemische Waffen eingesetzt.

Mutter, fass dich!

Vater, fass dich!

Demnächst werden wir unsere Söhne zu Grabe tragen, unsere

Söhne, die längst ins Paradies eingezogen sind, von Engeln empfangen.«

»Allahu akbar! Allahu akbar!«, riefen die Gläubigen.

»Allah ist groß! Wir werden den Sieg davontragen! Wir werden Bagdad erobern. Und wir werden dort nicht Halt machen, sondern Amerika in Israel mitten ins Herz treffen. Wir werden *Al-Harem Al-Sharif** befreien!«

»Allahu akhbar! Allahu akbar!«, rief die Menschenmenge.

»Es sind schwere Zeiten, doch eure Söhne schreiben Geschichte. Ich beglückwünsche euch zu dem Tod eurer Söhne!

Doch sei auf der Hut, Mutter! Gibt gut Acht, Vater! Wir kämpfen an zwei Fronten gleichzeitig. Dort kämpfen unsere Söhne gegen Saddam. Hier bekämpfen wir die Kommunisten, eine kleine, doch gefährliche Bande, die sich mitten unter uns befindet. Auch sie werden wir mit Stumpf und Stiel ausrotten!«

Ayatollah Araki wies mit dem Gewehr auf Agha Djan und rief: »Keine Gnade! Sondern unerbittliche Strafe!«

»Allahu akhbar! Allahu Akbar!«

Agha Djan, der auf dem Boden kniete, fühlte die ganze Moschee auf seinen Schultern lasten. Vornübergebeugt murmelte er:

Dir allein dienen wir, und zu Dir allein flehen wir um Hilfe.
Führe uns auf den geraden Weg,
Den Weg derer, denen Du Gnade erwiesen hast,
die nicht Dein Missfallen erregt haben und die nicht irregegangen sind.

Zu Hause hüllte sich Fagri Sadat umgehend in den schwarzen Tschador, als Agha Djan ihr erzählte, wie der Ayatollah ihn behandelt hatte.

»Wo gehst du hin?«

»Ich gehe zu Sinat. Sie muss uns helfen.«

»Sie wird dir nicht helfen. Sie hat nichts für Ahmad getan, und sie wird auch nichts für Djawad tun. Die Welt ist aus den Fugen. Khomeini hat zum Dschihad aufgerufen. Er hat jeden dazu verpflichtet, andere zu denunzieren. Mütter verraten sogar ihre Kinder.«

»Djawad hat nichts getan.«

»Sei nicht so naiv, Fagri, das sagen alle Mütter. Er wohnt schon lange nicht mehr zu Hause. Wir wissen nicht, was er die ganze Zeit gemacht hat. Wir wissen auch nicht, was er in dem Dorf zu suchen hatte.«

»Trotzdem gehe ich zu Sinat.«

»Sinat hat sich in der Moschee öffentlich von Ahmad losgesagt, ihrem eigenen Sohn. Da wird sie unserem Kind niemals helfen.«

»Wir haben keine andere Wahl. Wir müssen zu ihr, auch du. Wir gehen zusammen.«

Sinat stand inzwischen der Frauenabteilung des Gefängnisses vor, wo sie die Inhaftierten bis zur völligen Kapitulation unter Druck setzte. Dann beteten die Frauen bereitwillig sieben Mal am Tag. Bereitwillig verrieten sie ihre Freunde.

Als Sinat eines Abends ins Haus gekommen war, um noch einige persönliche Sachen zu holen, hatte sie im Dunkeln Agha Djans Stimme vernommen: »Sinat, warum immer so heimlich? Warum willst du uns nicht sehen? Warum begrüßt du uns nicht einmal mehr?«

Wortlos steuerte Sinat das Tor an.

Agha Djan stellte sich ihr in den Weg.

»Du kannst dich nicht so einfach aus dem Staub machen. Du schuldest mir eine Antwort. Die Leute sagen hinter deinem Rücken viel Schlechtes über dich. Du seist zum Henker geworden. Stimmt das?«

»Die Leute können sagen, was sie wollen«, antwortete Sinat, »ich tue meine Pflicht. Ich tue, was Allah von mir verlangt.«

»Von welchem Allah sprichst du? Warum kenne ich diesen Allah nicht?«

»Eine neue Zeit ist angebrochen!«

Mit diesen Worten trat Sinat aus dem Tor.

In dieser neuen Zeit fühlte sich Sinat wohl, so wohl wie nie zuvor. Was die Leute sagten, ließ sie kalt, sie tat ja nichts Unrechtes. Als Ahmad verhaftet worden war, hatte sie sich heimlich mit Galgal in Qom getroffen. Es war eine entscheidende Begegnung gewesen, ein Wendepunkt in ihrem Leben. Davor hatte Sinat manchmal gezweifelt, ob sie auf dem richtigen Weg war, doch Galgal hatte alle ihre Bedenken vom Tisch gefegt.

»Eine große Revolution hat stattgefunden«, hatte er ihr erklärt. »Der Islam hat endlich die alten Wurzeln des zweitausendfünfhundertjährigen Königreichs aus dem Boden gerissen. Wir sind dabei, die erste schiitische Republik zu gründen. Allah wird uns schonungslos bestrafen, wenn wir diese einmalige Chance nicht nutzen. Allah hat zwei Gesichter. Ein barmherziges Gesicht und ein grausames Gesicht. Es gibt keinen anderen Weg, den Islam durchzusetzen. Unsere Feinde sind zäh. Wir haben keine andere Wahl. Man nimmt den Islam an und wirft alles andere von sich. Ob es dein Sohn ist, dein Vater oder deine Mutter – es spielt keine Rolle. Allah wird dich im Paradies belohnen.«

Das Komitee der Sittenschwestern, das Sinat leitete, hatte seinen Sitz in der leerstehenden Dienstwohnung des ehemaligen Bürgermeisters.

Als Agha Djan und Fagri dort ankamen, stand eine Gruppe Eltern auf dem Innenhof, deren Töchter verhaftet worden waren. Fagri Sadat zog ihren Tschador enger ums Gesicht und ging an ihnen vorbei. Zwei schwarz verschleierte Frauen hielten sie auf.

»Was willst du?«, fragte eine.

»Ich möchte Sinat Ganum sprechen.«

»Schwester, Schwester Sinat«, verbesserte die andere sie.

»Entschuldige«, antwortete Fagri Sadat, »natürlich, ich meine Schwester Sinat.«

»Schwester Sinat hat keine Zeit, sie kann niemanden empfangen.«

»Es ist dringend, es handelt sich um eine Familienangelegenheit.«

»Sie hat keine Zeit, Punkt aus, Familie hin oder her.«

»Ich bin ihre Schwägerin. Und dies ist Agha Djan, ihr ältester Schwager. Ich muss sie auf der Stelle sprechen. Wenn Sie ihr sagen, dass wir hier sind, wird sie uns sicher empfangen.«

»Ich werde sehen, was ich für dich tun kann. Aber geht zurück zu den anderen Wartenden.«

»Natürlich«, sagte Fagri.

Von ihrem Arbeitszimmer aus hatte Sinat durch einen Vorhangspalt Agha Djan und Fagri Sadat bereits entdeckt.

Sie wusste von Djawads Verhaftung, doch was sie in seinem Fall hätte unternehmen können, wusste sie nicht. Zwar rief Galgal zuweilen Sinat an, aber seine Telefonnummer kannte sie nicht. Und sie ahnte nicht im Geringsten, dass der gefürchtete Richter Gottes Galgal war.

Würde sie Djawad helfen, wenn sie dazu die Macht hätte? Allein beim Gedanken daran schreckte Sinat zurück, nein, sie konnte ihm nicht helfen, sie war dazu nicht befugt, sie führte nur Aufträge aus. Khomeini hatte es in seiner Rede vor den Sittenschwestern deutlich gemacht: »Der Islam ruht auf euren Schultern. Opfert euer Kind, wenn es sein muss!«

Sinat wandte sich an die Wächterin.

»Ich will die beiden nicht sehen. Sag ihnen, ich bin nicht da.«

Wieder unten angelangt, teilte die Wächterin Fagri Sadat mit: »Schwester Sinat ist nicht da. Sie ist fort.«

Als Fagri verzweifelt um sich blickte, sah sie zu den Fenstern hoch und entdeckte plötzlich die Frau hinter dem Vorhang. Sie erkannte Sinat. Der Vorhang schloss sich.

»Sie ist da«, sagte Fagri, »ich habe sie gerade dort am Fenster gesehen.«

»Sie ist nicht da, hab ich gesagt, geh zur Seite«, entgegnete die Wächterin mit Nachdruck.

Agha Djan zog Fagri Sadat am Arm.

»Komm, lass uns gehen.«

»Nein, ich gehe nicht, ich bleibe, ich muss Sinat sprechen.«

»Verschwindet! Sonst rufe ich die Brüder!«, sagte die Wächterin.

»Sinat!«, rief Fagri.

Ein Mann tauchte auf und drängte Fagri Sadat mit dem Gewehr zur Tür. »Verschwindet! Los!«

»Sinaaaaaaat!«, schrie Fagri, so laut sie konnte.

Der bärtige Mann stieß sie zur Seite, sie stolperte und prallte gegen die Tür, der Tschador glitt ihr vom Kopf. Agha Djan packte den Mann am Kragen und drückte ihn gegen die Wand. Die Wächterin schrie und zeterte. Als zwei bewaffnete Männer auf Agha Djan zurannten, öffnete Sinat das Fenster: »Nicht schlagen! Lasst ihn los! Lasst ihn gehen!«

Agha Djan hob Fagris Tschador auf, legte ihn ihr über Kopf und Schultern und sagte: »Wir gehen nach Hause.«

Am selben Nachmittag kam Galgal in Senedjan an.

Der Front-Tod so vieler Soldaten aus dieser Stadt war ein willkommener Anlass, die hiesigen Gegner des Regimes abzuurteilen.

Diesmal hatte Galgal den ehemaligen Stall des alten Gefängnisses als Richtstätte ausgesucht, in dem es noch nach Pferdemist roch. An den Wänden hingen Hufeisen, Sättel und Zaumzeug. Der Richter Gottes wählte in jeder Stadt stets die dunkelsten Winkel aus.

Die ersten drei jungen Männer wurden in den Stall gebracht. Nach einer Viertelstunde verurteilte Galgal einen zum Tod, die beiden anderen zu einer Gefängnisstrafe von zehn beziehungsweise fünfzehn Jahren.

Als Nächstes kam ein junges Mädchen an die Reihe.

»Name?«

»Mahbub!«

»Man hat dich auf der Flucht verhaftet. Weshalb bist du geflohen?«

»Ich bin geflohen, weil ich Angst hatte, verhaftet zu werden.«

»Was hast du angestellt, dass du Angst hattest, verhaftet zu werden?«

»Ich habe gar nichts getan.«

»Du hattest Flugblätter in der Tasche.«

»Das ist nicht wahr.«

»Man hat dich im Roten Dorf verhaftet, wohnst du da?«

»Nein.«

»Was hast du dort dann gemacht?«

»Ich habe Freundinnen besucht.«

»Wie heißen deine Freundinnen?«

»Das kann ich nicht sagen.«

»Du willst es nicht sagen. Nun gut. Bereust du, was du getan hast?«

»Ich habe nichts verbrochen, es gibt nichts, was ich bereuen müsste.«

»Wenn du hier unterschreibst und Reue zeigst, bekommst du eine mildere Strafe.«

»Wenn ich doch nichts verbrochen habe, weshalb muss ich dann etwas unterschreiben?«

»Sechs Jahre! Der Nächste!«, rief Galgal.

Das Mädchen wurde abgeführt. Wieder wurde ein junger Mann hereingebracht.

»Name?«, fragte Galgal, ohne ihn anzusehen.

»Djawad!«

»Der Name deines Vaters?«

»Agha Djan.«

Galgal hob ruckartig den Kopf, als hätte ihn eine Wespe in den Nacken gestochen. Er sah Djawad durch seine dunkle Brille an.

Vom grellen Licht einer eigens dafür angebrachten Lampe geblendet, konnte Djawad den Richter kaum erkennen. Erst, als Galgals Federhalter zu Boden fiel und er sich danach bücken musste, erhaschte Djawad einen Blick auf das Gesicht seines Richters.

Es kam ihm seltsam vertraut vor.

Um Zeit zu gewinnen, blätterte Galgal in seinen Unterlagen. Dann rief er: »Ein Glas Wasser!«

Stattdessen kamen zwei Wächter herein, die Djawad wieder abführen wollten.

»Lasst ihn. Bringt mir ein Glas Wasser!«, befahl der Richter.

Ich kenne diesen Mann, aber woher?, schoss es Djawad durch den Kopf. Diese Stimme habe ich doch schon einmal gehört.

Einer der Wächter stellte ein Glas Wasser vor Galgal hin und verschwand gleich darauf. Nachdem der Richter einen Schluck genommen hatte, sagte er: »Du hast eine Menge auf dem Kerbholz. Du bist aktives Mitglied der kommunistischen Partei, du bist der Drahtzieher. Du hattest eine Pistole bei dir, als man dich verhaftete, du hast drei Kugeln abgefeuert. Du hast auf einen Hubschrauber geschossen. Dafür verdienst du die Todesstrafe. Hast du etwas vorzubringen?«

»Es sind alles Lügen. Außerdem erkenne ich dieses Gericht nicht an. Was Sie da machen, ist ungesetzlich. Ich habe das Recht auf einen Anwalt. Ich habe das Recht, mich zu verteidigen!«

»Halt den Mund und hör zu! Ich habe schon mehr Zeit mit dir vergeudet als mit allen anderen zusammen. Du hast dich schwerer Verbrechen schuldig gemacht.«

»Die Anklage ist grundlos, nichts von alledem stimmt. Ich habe nie eine Pistole bei mir gehabt, und auf einen Hubschrauber habe ich erst recht nicht geschossen.«

»Ich habe keine Zeit für Diskussionen. Hör mir jetzt gut zu. Ich kenne deinen Vater, und wenn du tust, was ich dir sage, helfe ich dir.«

Galgal! Es fiel Djawad wie Schuppen von den Augen. Galgal ist der Richter Gottes!

Vor Schreck bekam er einen ganz trockenen Mund, seine Hände fingen an zu zittern. Galgal begriff, dass Djawad ihn erkannt hatte.

»Also, junger Mann. Morgen werden mehr als dreihundert tote Soldaten von der Front in die Stadt gebracht, alles Jungen in deinem Alter. Sie sind im Kampf gegen den Feind gefallen. Und du schießt auf unsere Hubschrauber. Wer du bist, schert mich nicht einen Deut. Und wenn du mein Bruder wärst, würde ich dich zum Tode verurteilen. Eine Ausnahme mache ich in deinem Fall nur, weil ich deinen Vater kenne. Ich stelle dir drei Fragen. Denk gut nach, bevor du antwortest. Wenn du vernünftig bist, gibst du die richtigen Antworten. Du musst dir darüber im Klaren sein, dass eine solche Chance einmalig ist.

Frage eins: Bist du Kommunist, oder glaubst du an den Islam?«

Djawad wurde gar nicht bewusst, wie ernst es Galgal meinte. Der junge Mann kochte vor Wut. »Ich beantworte diese Frage nicht. Sie dürfen als Richter solche Fragen nicht stellen. Außerdem ist dies kein Gerichtshof, sondern ein Stall.«

»Pass auf, was du sagst«, sagte Galgal sichtlich enttäuscht. »Die zweite Frage lautet: Wirst du sieben Mal am Tag mit den anderen im Gefängnis beten, wenn ich dich milder bestrafe?«

»Beten ist eine persönliche Angelegenheit. Darauf antworte ich ebenfalls nicht«, sagte Djawad.

»Frage drei: Bestätigst du hier mit deiner Unterschrift, dass du deine Taten bereust?«

»Weshalb soll ich etwas bereuen, das ich nicht getan habe? Das werde ich ganz bestimmt nicht.«

Galgal befand sich in einem inneren Zwiespalt: Er wollte Djawad schonen, aber nur, wenn dieser einlenkte.

»Ich gebe dir eine letzte Chance, und ich rate dir, sie zu nutzen«, sagte Galgal.

Er zog eine kleine Ausgabe des Korans aus der Innentasche, reichte sie Djawad und sagte: »Wenn du auf den Koran schwörst, dass du keine Pistole bei dir hattest und dass du nicht geschossen hast, werde ich das Strafmaß herabsetzen. Andernfalls lasse ich dich sofort an die Wand stellen!«

»Sie haben Hunderte unschuldiger Menschen hinrichten lassen. Das ist ein Verbrechen. Es ist ein Verbrechen gegen den Koran. Ich werde es nicht tun. Und gerade weil Sie meinen Vater kennen, werde ich es nicht tun. Ich schäme mich für das, was Sie tun. Bei uns zu Hause weiß man um Ihren schwachen Charakter. Sie wollen mir

Gnade schenken, ich pfeife darauf. Sie fühlen sich meiner Familie gegenüber schuldig, ich schäme mich für Sie. Ich will die Gnade eines Mannes nicht, der seine Frau und sein krankes Kind im Stich gelassen hat, der seine Frau gequält und misshandelt hat. Niemals werde ich vor einem Mann das Knie beugen, der an einem Tag Hunderte Kurden hinrichten ließ. Ich wäre nicht der Sohn meines Vaters, wenn ich das täte. Stecken Sie den Koran wieder ein, ich brauche ihn nicht.«

»Tod!«, schrie Galgal.

Auf dieses Wort hin stürmten die Wächter herein, um Djawad zur Hinrichtungsstätte zu führen.

Dort verband ihm ein Wächter die Augen. Als er Djawad an die Wand stellte, dachte der junge Mann, dass Galgal ihn bestimmt nicht erschießen lassen würde. Der Richter wollte ihm nur Angst einjagen, damit er Reue zeige.

Für einen Augenblick ließen ihn die Wächter dort stehen. Djawad glaubte, dass sie ihm nur noch mehr Angst machen wollten. Er hatte ja nie eine Pistole bei sich gehabt, und auf den Hubschrauber hatte er auch nicht geschossen. Es gab keinen Grund, ihn hinzurichten. Dann näherten sich Schritte, es war wohl Galgal, der ihm noch einmal ins Gewissen reden wollte. Ganz bestimmt. Doch der Richter ignorierte Djawad, der Galgal in Gedanken schon sagen hörte: »Es reicht, nehmt ihm die Binde ab, bringt ihn ins Gefängnis.«

»Achtung!«, rief Galgal stattdessen.

Zwei Wächter knieten sich hin und legten an.

Djawad streckte seinen Rücken. Galgal sollte sehen, dass er keine Angst hatte. Ihm würde ohnehin nichts geschehen.

»Feuer!«, rief Galgal.

Als die Schüsse fielen, spürte Djawad nichts.

Seine Beine knickten ein.

Er fiel.

Er legte den Kopf auf den Boden und schloss die Augen.

Die Berge

Agha Djan hatte den Leichnam seines Sohnes nach Hause gebracht, er lag im Lieferwagen, der vor dem Tor stand.

Vom Schlafzimmerfenster aus sah Fagri Sadat auf den Hof hinab, wo Moazzen unruhig auf und ab ging. Wie sie da hinter der Glasscheibe stand, wirkte sie wie ein Bild, das Sinnbild einer trauernden Mutter.

Nach persischem Brauch hätte Fagri jetzt weinen, klagen, sich mit den Fäusten an den Kopf schlagen, sich die grauen Haare ausreißen müssen. Andere Frauen wären zu ihr geeilt, um in ihr Wehklagen einzustimmen.

Doch in der heutigen Zeit durfte sie ihren Kummer nicht zur Schau tragen.

Agha Djan wusste noch nicht, wo er Djawad begraben sollte. Den ganzen Nachmittag verbrachte er am Telefon, im Versuch, die Genehmigung für eine Beerdigung in der Stadt zu bekommen. Doch niemand wollte ihm helfen und dabei Kopf und Kragen riskieren.

Plötzlich waren in der Gasse Schritte zu hören. Moazzen spitzte die Ohren, erkannte die Schritte jedoch nicht.

Ein Schlüssel drehte sich im Schloss, Schahbal trat aus dem Tor. Eidechse rannte ihm entgegen.

Moazzen umarmte ihn unter Tränen.

Als Schahbal die Nachricht vom Tod Djawads erhalten hatte,

zögerte er keinen Moment. Obwohl er wusste, dass er sich selbst in Gefahr begab, fuhr Schahbal nach Senedjan.

Agha Djan begrüßte Schahbal so selbstverständlich, als ob nichts geschehen wäre. Hatte Schahbal die vierhundertfünfzig Kilometer also für nichts und wieder nichts zurückgelegt? Agha Djan gab seine Gefühle nicht preis.

Stattdessen sagte er in einem geschäftsmäßigen Ton: »Du kommst mir gerade recht, ich brauche eine helfende Hand. Von wem hast du es gehört?«

Ohne die Antwort abzuwarten, fuhr Agha Djan fort: »Wir müssen uns beeilen. Er liegt draußen im Lieferwagen.«

Im Laternenschein las Schahbal in Agha Djans Augen genau das, was er befürchtet hatte. Das alte Lied: ein Leichnam, ein Vater und kein Grab.

Er nahm ihn in den Arm.

»Mein herzliches Beileid, Agha Djan, mein herzliches Beileid, mein armer Agha Djan«, sagte er unter Tränen.

Schahbal fühlte sich schuldig. Er hatte Angst gehabt, Agha Djan könnte ihn mit Nichtbeachtung strafen.

»Es ist Gottes Wille, Junge«, sagte Agha Djan. »Komm, lass uns gehen. Viel Zeit bleibt uns nicht, es wird bald dunkel.«

Schahbal hatte die Schlüssel des Lieferwagens in der Hand. Nun musste er sich mit eigenen Augen davon überzeugen, dass Djawad wirklich tot war.

Er öffnete die Hecktür. Lüpfte das weiße Tuch. Da lag Djawad, zusammengekrümmt, eine Schusswunde in der linken Schläfe.

»Wir müssen los«, sagte Agha Djan.

Schahbal schloss die Tür und setzte sich ans Steuer.

»Wohin fahren wir?«, fragte er, als sie die Gasse verließen.

»Dorthin!« Agha Djan zeigte auf die Berge im Norden.

Schahbal wusste zwar nicht, was Agha Djan vorhatte, aber er war davon überzeugt, dass er seinen Sohn niemals an irgendeinem gottverlassenen Ort in den Bergen begraben würde.

Am liebsten hätte Schahbal mit Agha Djan über ihren gemeinsamen Schmerz gesprochen, doch dieser war so in Gedanken versunken, dass er ihn nicht zu stören wagte.

Also fuhren sie schweigend auf die Berge zu.

»Hast du schon einen Plan?«, fragte Schahbal nach einer Weile.

»Wir fahren nach Marzedjaran«, erwiderte Agha Djan.

»Nach Marzedjaran?«, fragte Schahbal überrascht. »Das ist unmöglich, die Leute da sind alle Anhänger von Khomeini, die können wir nicht um ein Grab bitten.«

Da Agha Djan ihm keine Antwort gab, begriff Schahbal, dass er den Koran zurate gezogen haben musste. Damit erübrigte sich jede Diskussion.

Die Straße war zum Befahren nicht geeignet, eigentlich war es gar keine Straße, sie folgten bloß den tiefen Spuren, die der Dorfbus hinterlassen hatte.

Marzedjaran lag hinter einer Hügelkette am Fuß der Berge. Als sie am Hang ankamen, sahen sie schon die ersten Häuser.

Auf den Berggipfeln lag Schnee. Es war noch nicht dunkel, doch die hohen Berge warfen einen langen Schatten auf das Dorf. Die Häuser waren aus Naturstein gebaut, sie hoben sich kaum von der felsigen Umgebung ab. Beim Näherkommen sahen sie den Rauch, der aus dem Schornstein des Badehauses stieg, das einzige Lebenszeichen.

In einem Dorf wie diesem wurde immer gewartet: darauf, dass jemand kommt oder jemand fortgeht, auf die Geburt eines Kindes oder auf den Tod.

Dieses verschlafene Dorf wartete immer auf ein Ereignis, erst dann erwachte es zum Leben.

Schahbal fuhr gleich weiter. Agha Djan und er brauchten darüber kein Wort zu verlieren, beide wussten, was ein fremdes Auto hier auslösen würde. Wer irrte schon im Winter durch die Berge? Nur ein Feind, jemand, der auf der Flucht war oder jemand, der einen Leichnam im Auto hatte.

Auf einmal hörten sie Hunde bellen, Schatten sprangen von den Felsen und rannten auf sie zu. Dann tauchten in dicke Mäntel eingemummte Männer auf. Sie trugen Gewehre.

»Allah!«, rief Agha Djan.

Die Hunde versperrten ihnen kläffend den Weg. Die Männer kamen näher.

»Bleib sitzen, Schahbal«, sagte Agha Djan und stieg aus.

Er ging auf die Männer zu, wollte mit ihnen reden, wollte ihnen sagen, dass er ein Freund des Dorfimam sei. Er streckte ihnen die Hand entgegen, doch sie beachteten ihn nicht und steuerten auf das Auto zu.

Feindselig musterten sie Schahbal, dann gingen sie um das Auto herum. Die Männer wollten die Hecktür öffnen. Agha Djan lief unter lautem Hundegebell zu ihnen. Rasch stieg Schahbal aus, Agha Djan stieß die Männer beiseite und stellte sich mit dem Rücken an die Tür. Einer der Männer zog ihn am Ärmel weg, ein anderer öffnete die Tür. Einer der Hunde sprang hinein und biss in das Tuch. Mit dem Wagenheber versetzte Schahbal dem Hund einen kräftigen Schlag auf den Rücken. Jaulend sprang das Tier aus dem Auto.

Dann verlor Schahbal die Beherrschung, heftig stieß er die Männer zur Seite. Mit erhobenem Wagenheber stellte er sich vor die Hecktür.

Drei Männer stürzten sich wütend auf ihn. Agha Djan wollte ihm helfen, doch er konnte nichts ausrichten. Schahbal duckte sich unter den Schlägen, bis andere aus dem Dorf herbeikamen und die Kämpfenden trennten. Agha Djan streckte ihnen beschwörend die Arme entgegen: »Ich bitte euch um ein Grab. Ich habe den Leichnam meines Sohnes bei mir.«

Niemand sagte ein Wort. Es schien, als wären die Männer des Dorfes aus Stein, versteinerte Menschen, die Agha Djan staunend ansahen.

»Fort mit den Sündern! Ihr bekommt kein Grab!«, rief einer der Männer.

»Ich bitte euch …«

»Fort mit euch, habe ich gesagt!«, rief der Mann. Drohend kam er auf sie zu. Schahbal griff nach dem Wagenheber. Doch Agha Djan riss ihm das Werkzeug aus den Händen und sagte: »Wir fahren zurück.«

Sie stiegen ins Auto. Schahbal wendete.

Als sie sich weit genug vom Dorf entfernt hatten und Schahbal zur Seite blickte, erschrak er. Neben ihm saß ein gebrochener Mann. Agha Djan hatte den Koran um Rat gefragt, aber das hatte nicht geholfen. Er war wie ein alter Vogel, der sich nicht mehr zu fliegen traut.

Ziellos fuhr Schahbal in der einsetzenden Dunkelheit durch die Berge, bis Agha Djan plötzlich aus seiner Lethargie erwachte und das heilige Buch aus der Manteltasche zog. Er schien neuen Mut gefasst zu haben. Dabei fuhr er wie ein Blinder mit den Fingern über die Seiten des Korans. Nach einer Weile sagte Agha Djan entschlossen: »Wir fahren nach Sarug«, und steckte das Buch wieder ein.

Schahbal konnte zwischen Sarug und dem Dorf, aus dem sie gerade geflohen waren, keinen Unterschied erkennen. In welches Bergdorf sie auch führen, überall würde das Gleiche geschehen.

Agha Djan wollte seinen Sohn nicht heimlich verscharren, er wollte ihm ein anständiges Grab geben, doch das war ein Ding der Unmöglichkeit.

»Da werden sie uns auch nicht helfen«, brach Schahbal das Schweigen, »wir müssen uns damit abfinden.«

Agha Djan gab keine Antwort, er tat, als hätte er ihn nicht gehört.

Der Friedhof von Sarug lag außerhalb des Dorfes, es war ein öder, kalter Ort.

»Warte hier, ich gehe allein ins Dorf«, sagte Agha Djan.

Schahbal blieb nichts anderes übrig, als ein Selbstgespräch zu führen: »Er hat recht. Jetzt wird auch mir klar, warum er für seinen Sohn ein anständiges Grab sucht, ungeachtet der Gefahren. Ich schäme mich, dass ich es nicht eher begriffen habe. Wir sind im Recht, Djawad darf nicht klammheimlich begraben werden.«

Er nahm den Wagenheber und wartete. Kurze Zeit später hörte Schahbal Stimmen, fünf Männer mit Laternen tauchten aus der Dunkelheit auf. Sie waren alt. In ihrer Mitte ging Agha Djan. Offenbar hatte er auch diese Männer nicht überzeugen können, obwohl sie mit Agha Djan befreundet waren und ihm gern geholfen hätten. Sie kannten jedoch die Handlanger des Regimes und wussten, was ihnen drohte, wenn sie Djawad auf ihrem Friedhof begruben.

Die Männer kamen auf Schahbal zu, um ihn zu begrüßen, um ihm ihr Beileid auszusprechen, doch er konnte es nicht ertragen. Er war außer sich vor Wut, zugleich fühlte er sich völlig hilflos. Wortlos setzte sich Schahbal ans Steuer, während Agha Djan von den Männern Abschied nahm.

Sie waren nicht weit gekommen, als sie jemanden rufen hörten.

»Halt!«, sagte Agha Djan.

Er drehte das Fenster herunter. Einer der Männer kam keuchend heran: »Fahrt zu Rahmanali«, sagte er, »er ist der Einzige, der euch helfen kann.«

Agha Djan nickte ein paar Mal zustimmend.

»Fahr nach Djirja«, sagte er, »wir müssen Rahmanali suchen.«

Wenn sie überhaupt eine Chance hatten, ein Grab zu finden, dann in Djirja, denn dort wohnten viele Verwandte von Agha Djan und Fagri Sadat. Kasem Chan lag dort begraben.

Im Grunde hätten sie gleich nach Djirja fahren sollen, doch das heilige Buch hatte nichts davon verlauten lassen. Jetzt, da der Mann Rahmanalis Namen ausgesprochen hatte, war Agha Djan davon überzeugt, dass Djirja der richtige Ort war.

Rahmanali war ein kleiner alter Mann mit einem langen, grauen

Bart. Das Dorf war stolz auf ihn. Mit seinen hundertvier Jahren galt er als heiliger Mann. Es hieß, er könne zaubern und todkranke Kinder heilen. Sein Wort galt im Dorf als Orakel. Wenn jemand bei ihm Zuflucht suchte, wurde er aufgenommen. Rahmanalis Haus war ein heiliger Ort. In schweren Zeiten, wenn auf niemanden Verlass war, konnte sich Agha Djan immer an Rahmanali wenden. Sie kannten einander gut, Agha Djan besuchte ihn regelmäßig, wenn er in Djirja war, und steckte dem alten Mann Geld zu, wenn er denn welches brauchte.

Djirja lag hoch in den Bergen, nahe an der Schneegrenze. Auch dorthin führte keine anständige Straße, nur ein Sandweg, so schmal, dass kaum zwei Autos aneinander hätten vorbeifahren können. Sie kamen nur mühsam voran, vor Angst, die steile Böschung hinunterzurutschen oder in einem Schlagloch stecken zu bleiben. Die Kälte war trotz aufgedrehter Heizung unerträglich. Agha Djan warf einen besorgten Blick auf den Leichnam.

Sie hatten das Dorf fast erreicht, als Agha Djan sagte: »Mach die Scheinwerfer aus, halte hinter dem Felsen da. Wir fahren nicht mit dem Auto hinein. Du bleibst hier, ich suche Rahmanali.«

»Lass mich ihn suchen«, sagte Schahbal.

»Es ist besser, wenn ich mit ihm spreche.«

»Ich will nicht, dass du allein gehst.«

»Es geht nicht anders, einer muss bei Djawad bleiben.«

»Ich traue niemandem, auch in diesem Dorf nicht. Alles hat sich geändert. Wenn dich jemand erkennt, wissen sie sofort, was los ist.«

Agha Djans Hand fühlte in der Manteltasche nach dem Koran.

»Wir haben keine andere Wahl. Mach dir keine Sorgen«, sagte er und ging.

Agha Djan stapfte durch den hohen Schnee und überquerte auf einer Holzbrücke den Fluss. Hier würden die Hunde ihn nicht hören. Der kalte Wind, der den Schnee aufwirbelte, drang ihm durch Mark und Bein. Nur ein einziger Gedanke beschäftigte ihn: Ich muss Rahmanali finden, bevor diese Fanatiker mich sehen. Wenn sie mich doch entdecken, schreie ich so laut, dass Rahmanali mich hört, und wenn er den tiefsten Schlaf seines Lebens schläft.

Vorsichtig ging Agha Djan in das Dorf hinein. Nach vier Straßen würde er den Platz erreichen, an dem Rahmanalis Haus stand.

Jetzt hatten die Hunde ihn gewittert. Ein fremder Geruch, mitten in einer Winternacht, das bedeutete Gefahr. Hinter ihm fing auf einmal einer zu bellen an. Dieser Hund würde das ganze Dorf aufwecken. Was sollte er tun, laufen oder einfach ruhig weitergehen? In der nächsten Straße sprang ein großer schwarzer Hund über einen Holzzaun. »Allah!« Agha Djan fing an zu rennen.

Ein schreckliches Gekläff setzte ein. Der Hund verfolgte ihn. Agha Djan rannte schneller und sah Leute aus ihren Häusern kommen. Ein paar Männer versuchten, ihm den Weg zu versperren, er stieß sie mit ganzer Kraft zur Seite und schrie: »Rahmanali!« Er rannte weiter, das Herz schlug ihm bis zum Hals, Tränen schossen ihm in die Augen. Endlich erreichte er den Platz. Nun würden alle wissen, wen Agha Djan aufsuchen wollte.

»Allaaaaaaah! Rahmanali! Asyl! Ich bitte um Asyl für meinen Sohn!«

Aus einer Gasse kamen drei bewaffnete Männer angerannt, einer von ihnen schlug Agha Djan von hinten gegen die Beine. Er strauchelte und fiel in den Schnee. Mit einer Taschenlampe leuchtete ihm der Mann ins Gesicht. »Wer bist du?«

Als die Männer Agha Djan schließlich erkannt hatten, halfen sie ihm auf und brachten ihn zu seinem Auto zurück, wo sich schon Dutzende Dorfbewohner auf einem Felsen versammelt hatten.

Agha Djan konnte es nicht glauben. Dies war sein Dorf, alle seine Verwandten lagen hier begraben, warum behandelten sie ihn so? Die Revolution hatte das Schlechteste in den Menschen entfesselt. Niemandem konnte man noch trauen, sogar dem eigenen Bruder oder der eigenen Schwester nicht. In den Lebensbeschreibungen der Könige hatte er gelesen, dass es solche Menschen immer gegeben hatte. Verrat und Verbrechen gehörten zum Menschen.

»Fahr nach Hause«, sagte Agha Djan, nachdem er wieder eingestiegen war.

»Nach Hause?«

»Ich begrabe ihn bei uns, unter dem alten Baum.«

Schahbal verschlug es die Sprache.

Langsam wie eine Schnecke fuhr er den steilen Weg hinunter zur Stadt. Hoch am Himmel flogen Adler auf, die gerade von den ersten Sonnenstrahlen geweckt worden waren. Es würde noch eine Stunde dauern, bevor das Licht die Stadt erreichte. Sie mussten sich beeilen, doch Schahbal traute sich nicht, schneller zu fahren. Jedes Mal, wenn er bremste, geriet das Auto ins Rutschen, dann prallte Djawans Leichnam gegen seinen Sitz.

Plötzlich bemerkte er weit hinter sich ein weiteres Auto. Der Fahrer blendete die Scheinwerfer auf. Agha Djan hatte es auch bemerkt. »Halt an!«

Schahbal und er stiegen beide aus.

»Was mag er wollen?«, sagte Schahbal.

Er holte eine Taschenlampe aus dem Auto und gab dem Fahrer ein Zeichen, dass sie ihn gesehen hatten.

Das Auto verschwand hinter Felsen, dann tauchte es wieder auf.

»Es ist ein Jeep«, sagte Schahbal.

Der Jeep hielt unmittelbar vor ihnen an. Der Fahrer lief auf Agha Djan zu, herzlich umarmte und küsste er ihn, während er leise »*Salam*« sagte. »Ich nehme ihn mit. Ich muss mich beeilen, bevor es hell wird.«

Schahbal stand vor einem Rätsel. Dieser Mann schien Agha Djan sehr zugetan zu sein.

»Kommt! Wir bringen ihn zu meinem Wagen«, sagte der Mann zu Schahbal.

Zu dritt trugen sie den Leichnam.

Der Mann umarmte Agha Djan ein letztes Mal, dann klopfte er Schahbal auf die Schulter und stieg in seinen Jeep. Bald war er wieder in den Bergen verschwunden.

Agha Djan und Schahbal blieben noch eine Weile neben dem leeren Lieferwagen stehen. Über ihnen kreisten die Adler, bis sie schließlich hoch in den Himmel entschwebten.

Allweise

Wie ein schwarzer Tschador hatte sich der Kummer über das Haus gelegt. Niemand sprach, niemand weinte, niemand brach das Schweigen: Allweise! Allwissend!

O du, du bist ja besessen!
Und es gibt nichts, das Wir nicht in überreichem Maße hätten.
Aber Wir senden es nur in bestimmtem Maß hinab.
Und Wir haben die Winde gesandt, trächtig mit Regenwolken.
ER ist allweise, allwissend.
Und Wir sind es, die lebendig machen und sterben lassen.
Und Wir kennen diejenigen unter euch, die vorausgehen,
Und Wir kennen die, die zurückbleiben.

Der Kummer ließ die Pflanzen welken, ein paar tote Fische trieben im Wasserbecken, auf dem Dach der Moschee starb die alte Katze.

Eine neue Welle von Hinrichtungen erschütterte das Land. Die Toten wurden außerhalb der Städte am Fuß der Berge verscharrt, niemand durfte ihre Gräber besuchen. Im Blickpunkt der Öffentlichkeit standen die Märtyrer, die an der Front gefallen waren und die jede Woche während des Freitagsgebets zu Hunderten in die Städte gebracht wurden.

Die Krähe war die Erste, die das Schweigen brach, sie flog auf und krächzte laut. Sie kündigte Besuch an.

Fagri Sadat bereitete in der Küche gerade das Abendessen zu. Eidechse öffnete das Tor.

Ein Mann in grauem Anzug und mit Hut auf dem Kopf spazierte über den Innenhof.

Fagri Sadat war überrascht, als sie den Fremden bemerkte, der seelenruhig an ihrem Fenster vorbeiging.

Zunächst blieb er neben dem Wasserbecken stehen und betrachtete eine Weile die Fische. Dann schlenderte er weiter, die Hände im Rücken verschränkt. Erst zur Treppe, die auf das Dach hinaufführte, dann zum Gästezimmer. Dort sah er durch das Fenster hinein. Schließlich rüttelte er an der Tür des Opiumzimmers.

Vom Küchenfenster aus rief ihm Fagri Sadat zu: »Suchen Sie jemanden?«

Der Mann spazierte wortlos weiter.

Fagri traute sich nicht, auf ihn zuzugehen.

»Moazzen«, rief sie, »auf dem Innenhof ist ein Fremder! Frag ihn, was er will!«

Eidechse, der unter dem Baum stand und alles beobachtete, kroch in den Keller, um Moazzen zu benachrichtigen.

Der Mann verschwand hinter dem Baum.

Plötzlich hörte Fagri ein lautes Hämmern.

Moazzen kam mit seinem Spazierstock aus dem Keller, Eidechse an seiner Seite.

»Er trägt Anzug und Hut. Gerade ist er zur Bibliothek gegangen, ich glaube, er will die Tür aufbrechen. Hört ihr nicht?«, fragte Fagri Sadat.

Moazzen lief auf den Mann zu. Er schrie: »Was machen Sie da? Wer sind Sie? Was bilden Sie sich eigentlich ein?«

Fagri Sadat warf sich den Tschador über, als sie sah, wie der Mann mit einem großen Stein auf die Tür der Bibliothek einschlug.

»Wie sieht er aus?«, fragte Moazzen.

»Er steht im Schatten, ich kann ihn kaum sehen.«

»Hat er einen Bart?«

»Nein, ich glaube nicht.«

Moazzen wollte sich auf den Fremden stürzen, doch Fagri hielt ihn zurück: »Ich glaube, er ist nicht ganz richtig im Kopf. Ein Landstreicher!«

Eidechse hockte mit großen Augen im Baum.

»Hol Agha Djan!«, rief Fagri Sadat ihm zu.

Eidechse sprang vom Baum aufs Dach und verschwand.

Moazzen hob drohend seinen Spazierstock. »Wer bist du? Was machst du da?«, brüllte er.

Der Mann reagierte nicht.

»Hör doch auf, du Idiot!«, rief Moazzen und fuchtelte mit seinem Stock. »Du Mistkerl, ich schlag dir den Schädel ein!«

Doch der Fremde hämmerte weiter gegen die Tür. Moazzen kam näher und holte zum Schlag aus.

»Nicht!«, rief Fagri Sadat plötzlich. »Schlag ihn nicht! Er ist nicht bei Trost.« Sie hielt Moazzen zurück.

Der Fremde hielt erst inne, als Agha Djan auftauchte.

»Was ist hier los?«

Der Mann zog sich in den Schatten der Hauswand zurück.

»Wer sind Sie?«

Der Mann reagierte immer noch nicht.

»Kommen Sie, geben Sie mir die Hand, Sie brauchen keine Angst zu haben«, sagte Agha Djan. Langsam ging er auf den Mann zu, fasste ihn am Arm und zog ihn ins Licht.

»Möchten Sie etwas trinken? Haben Sie Hunger?«

Die Augen des Mannes füllten sich mit Tränen. Diese Augen!

»Allah, Allah!«, rief Agha Djan. »Fagri! Es ist unser Ahmad!«

Moazzen streckte die Arme aus, tastete über den Hut, das Gesicht, dann nahm er Ahmad in die Arme.

Fagri Sadat legte weinend ihren Kopf auf seine Schulter: »Komm, Ahmad! Unser Ahmad! Lass uns ins Haus gehen. Was haben sie dir angetan, diese Verbrecher? Komm, alles wird gut!«

Agha Djan öffnete die Tür zur Bibliothek, doch Ahmad ging

ins Gästezimmer, zog die Schuhe aus und ließ sich aufs Bett fallen. »Lasst ihn schlafen«, sagte Fagri zu Agha Djan und Moazzen.

Auf Fürsprache Galgals war Ahmad vorzeitig entlassen worden, doch sein Leben war zerstört. Unmittelbar nach seiner Verhaftung war seine Frau mit dem Kind ins Elternhaus zurückgekehrt. Ihr einflussreicher Vater hatte sich den Islamisten angeschlossen, er hatte die Scheidung durchgesetzt und dafür gesorgt, dass ihr das alleinige Sorgerecht für die Tochter zugesprochen wurde. So war Ahmad alles genommen worden.

Am nächsten Tag rief Fagri Sadat ihn zum Frühstück, doch er war zu schwach, um allein aufzustehen. Da ging sie zu ihm. Liebevoll wusch sie ihm Gesicht und Hände am *Hous*, bevor sie ihn zur Bibliothek mit der nunmehr offenen Tür führte.

Ahmad ging an den Regalen entlang und ließ die Finger über die Buchrücken gleiten. Er knipste die antike Leselampe auf seinem Schreibtisch an, berührte den Stuhl, setzte sich aber nicht. Stattdessen suchte er gleich wieder sein Zimmer auf.

Dort starrte er auf das Bett, den Stuhl, das Heft, in das er sich immer Notizen zu seinen Freitagspredigten gemacht hatte, und setzte sich schließlich aufs Bett.

Den ganzen Tag blieb er dort sitzen und starrte vor sich hin. Als Agha Djan ihm etwas zu essen brachte, versuchte er erfolglos, ein Gespräch anzuknüpfen. Man musste Ahmad wohl noch etwas Zeit lassen.

Doch noch am selben Abend packte Ahmad seinen Koffer, um so plötzlich zu verschwinden, wie er aufgetaucht war.

Als Eidechse ihn gehen sah, rannte er gleich zu Agha Djan. Es war aber schon zu spät, sie konnten Ahmad nirgends mehr entdecken.

Die Mudschaheddin

Den iranischen Truppen gelang es, einige strategisch bedeutsame Gebiete zurückzuerobern und eine neue Front auf irakischem Gebiet zu eröffnen. Doch aus den wichtigen Ölstädten Khorramschar und Abadan konnten sie die Iraker nicht vertreiben. Durch den Einsatz chemischer Kampfstoffe verhinderte Saddam Hussein ein weiteres Vordringen.

Im Innern war die linke Opposition praktisch ausgeschaltet, nur ein gut organisierter Gegner behauptete sich noch: die Volksmudschaheddin. Gläubige Muslime, die allerdings eine andere Auffassung vom Islam vertraten als die Mullahs. Nach außen unterstützten sie das Regime, doch insgeheim arbeiteten sie auf einen bewaffneten Umsturz hin.

Khomeini hatte die Volksmudschaheddin zum Staatsfeind Nr. 1 erklärt. Jetzt, da das Land in einen langwierigen Krieg verwickelt sei und immer schwächer werde, gelte es, diesen inneren Feind möglichst rasch zu vernichten.

In einer eilig anberaumten Sitzung beugte sich das Revolutionskomitee über die Frage und beschloss einstimmig, gegen die Mudschaheddin genau so vorzugehen wie gegen die linken Bewegungen, auch wenn es sich um Muslime handelte.

Während einer nächtlichen Razzia sollten zunächst die Anführer verhaftet werden. Einsatzkommandos stürmten ihre Wohnungen, trafen jedoch keine Menschenseele an, denn die Spitzen hatten sich rechtzeitig in Sicherheit gebracht. Dies ließ nur eine Schlussfolgerung zu: Innerhalb des Komitees musste es einen Verräter geben.

Ayatollah Beheschti berief als Vorsitzender das Komitee ein. Er rechnete mit dem Fehlen eines Mitglieds, aber dann erschienen doch alle, um ausgiebig über die Frage zu diskutieren, wie die Information durchgesickert sein könnte.

Ein Mitglied, das für seine Besonnenheit und Entschlusskraft gerühmt wurde, sagte schließlich: »Ich glaube, ich kenne den Schuldigen.«

Die anderen sahen ihn so überrascht wie erwartungsvoll an.

Unbemerkt schob der Mann, der den Schuldigen enttarnen wollte, seine schwarze Aktentasche unter dem Tisch zu Beheschti hin. Dann erhob er sich. »Die Beweise liegen noch in meinem Arbeitszimmer, ich hole sie schnell und bin gleich zurück.«

Kaum hatte der Mann den Sitzungsraum verlassen, rannte er die Treppe hinunter, sprang in sein Auto und fuhr davon.

Gleich danach stürzte das Gebäude hinter ihm nach einer gewaltigen Explosion ein. Eine Säule aus Rauch und Feuer stieg zum Himmel auf. Alle Mitglieder des Komitees fanden den Tod.

Als die Nachricht bekannt wurde, strömten Tausende zum Wohnsitz Khomeinis. Der Ayatollah zeigte sich auf dem Balkon und sagte gefasst: »*Enna lellahe ua ina ilaihi radschehun*.* Diesmal kam die Hand Amerikas aus dem Ärmel der Mudschaheddin. Doch das spielt keine Rolle. Allah steht uns bei! Ich habe ein neues Komitee eingesetzt. Es hat vor einer halben Stunde die Arbeit wieder aufgenommen. Nichts und niemand wird uns aufhalten!«

Kurze Zeit später begann die Hetzjagd auf die Mudschaheddin. Ihre Sympathisanten errichteten Barrikaden in der Teheraner Innenstadt, es kam zu bewaffneten Zusammenstößen mit den Sicherheitskräften.

Jeder, den die Sicherheitskräfte verhafteten, wurde noch am selben Abend ohne Gerichtsurteil hingerichtet.

In der Woche darauf suchte der Chef des Geheimdienstes Khomeini auf, um mit ihm eine dringende Angelegenheit zu besprechen.

Er kniete sich vor Khomeini hin und flüsterte, noch während er ihm die Hand küsste: »Die Mudschaheddin haben sich während des Krieges in allen Regierungsstellen eingenistet, sie sind sogar bis in Ihre Nähe vorgedrungen. Ich habe eine Liste verdächtiger Personen aufstellen lassen, die in den Ministerien wichtige Posten einnehmen. Mit Ihrer Erlaubnis werde ich zuerst den Ministerpräsidenten informieren und dann die Betreffenden alle festnehmen lassen.«

Als Khomeini die Liste gründlich studiert hatte, gab er sein Einverständnis.

Daraufhin begab sich der Geheimdienstchef an einen verschwiegenen Ort, an dem das Kabinett tagte, und unterrichtete als Erstes den Ministerpräsidenten unter vier Augen über sein Gespräch mit Khomeini. Dann traten sie gemeinsam vor das Kabinett.

Ohne Umstände teilte der Geheimdienstchef mit: »Ich komme gerade von Imam Khomeini, er weiß, dass ich hier bin, ich erwarte jeden Moment seinen Anruf. Wie der Ministerpräsident eingangs erwähnte: Die Mudschaheddin haben unbemerkt unseren Staat infiltriert …«

Das Schrillen eines Telefons unterbrach die Ausführungen des Geheimdienstchefs. Rasch stellte er seinen schwarzen Aktenkoffer neben dem Konferenztisch ab, um den Hörer abzunehmen.

Laut sagte der Geheimdienstchef: »Ja, ich bin es … Gewiss, ich habe gerade mit dem Ministerpräsidenten gesprochen. Ich habe es bei mir beziehungsweise im Auto … Da bin ich mir nicht sicher … ja, ich hole es sofort, können Sie einen Augenblick warten?« Mit diesen Worten, die er beinah gebrüllt hatte, legte er den Hörer auf den Tisch und ging aus dem Konferenzraum. Kaum hatte er das Gebäude verlassen, ließ eine gewaltige Explosion die Häuser in den umliegenden Straßen erbeben.

So hielt der Widerstand der Mudschaheddin gegen das Regime unvermindert an. Wochenlang kam es in Teheran immer wieder zu Sprengstoffanschlägen. Auch das neue Kabinett, das Khomeini ernannt hatte, ereilte das gleiche Schicksal. Doch die Terrorwelle konnte das Regime nicht in die Knie zwingen. Um Chaos zu säen, weiteten die Mudschaheddin ihre Aktionen aus, sie zündeten Busse, Banken und kommunale Gebäude an, kein Amtsträger war vor ihnen sicher.

Doch ihre Taktik kam einem politischen Selbstmord gleich, denn die Revolutionsgarden inhaftierten zahllose Sympathisanten und erschossen jeden, der zu fliehen versuchte. Hunderte Mudschaheddin wurden ohne jeden Prozess hingerichtet.

Sie zogen sich aus den Straßen zurück und sannen auf Rache.

Ihre Wut richtete sich gegen die Ayatollahs in den großen Städten, wo sie einen nach dem anderen zu liquidieren versuchten. Sie ermordeten nicht nur den Ayatollah von Isfahan und von Yazd, sondern zur allgemeinen Verwunderung auch Ayatollah Mortazawi, einen Philosophen. Er mochte zwar der Hauptideologe des Regimes sein, bekleidete jedoch kein öffentliches Amt.

Mortazawi unterrichtete in erster Linie junge Imame, jeden Morgen begab er sich zur Imamschule. Auf dem Weg wurde er eines Tages von einem jungen Mann angesprochen.

»*Salam alaikum*, Ayatollah!«

»*Salam alaikum*, junger Mann.«

»Ich soll Ihnen eine Nachricht überbringen.«

»Und die wäre?«

»Ihre Auslegung des Korans hat sich überlebt!«

»Wie meinst du das?«

»So!« Der Mann feuerte drei Schüsse ab.

Die nicht nachlassende Welle von Anschlägen erschütterte das Regime zusehends. Niemand wusste, wer als Nächster an der Reihe war.

Auch der Ayatollah von Qazvin entrann dem Tod nicht. Dabei war der Täter sein eigener Neffe, den er einige Tage zuvor als persönlichen Chauffeur eingestellt hatte.

Unlängst hatte dieser Ayatollah eine Brandrede gegen die Attentate gehalten: »Amerika mordet! Saddam mordet! Die Mudschaheddin morden, doch wir werden allen Angriffen standhalten. Wir haben Amerika schon einmal eine Lektion erteilt. Und dies werden wir auch mit Saddam tun! Und mit den Mudschaheddin!«

»Welch schwere Tage«, klagte der Ayatollah, als er abends von seinem Neffen nach Hause gefahren wurde.

»Und schwere Nächte«, sagte sein Neffe und bog in eine Seitenstraße ein.

»Wohin fährst du?«, fragte der Ayatollah.

»In die Hölle«, sagte der Neffe. Dann schoss er ihm eine Kugel in den Kopf.

Niemand war seines Lebens mehr sicher. Wen die Nachbarn verdächtigten, der wurde sofort verhaftet. Viele tauchten unter. Wer noch fliehen konnte, floh.

Die Anschläge gingen nicht nur auf das Konto der Mudschaheddin, auch Mitglieder linker Gruppierungen begannen mit Vergeltungsaktionen.

Die Angst war allgegenwärtig, doch die Ayatollahs wollten sich dem Terror nicht beugen. Auch Araki nicht, der Ayatollah von Senedjan.

Man wusste, dass sein Leben in Gefahr war, deshalb wurde er schwer bewacht.

Araki war ein Fanatiker, der aus Senedjan eine Modellstadt der Islamischen Republik machen wollte. Voller Verachtung ließ er sich über die Familien der Hingerichteten aus und ermutigte Sinat Ganum, die weiblichen Gefangenen so lange zu schikanieren, bis sie sich auf einen Wink von ihr wie Marionetten in Richtung Mekka wandten.

Die Einwohner von Senedjan hielten den Atem an; es war nur eine Frage der Zeit, bis jemand diesem verhassten Ayatollah den Garaus machte.

Diese Zeit sollte bald kommen.

Die Sonne war gerade untergegangen, die Hitze einer angenehmen Kühle gewichen, als die Tür zu Agha Djans Arbeitszimmer aufging. Agha Djan saß lesend in seinem Sessel und dachte, es handle sich um Eidechse.

Als er den Kopf hob, erkannte Agha Djan seinen Irrtum. Seit jener Nacht, in der sie Djawads Leichnam weggebracht hatten, hatte er Schahbal nicht mehr gesehen. Nun stand er vor ihm.

Agha Djan nahm seine Brille ab.

»Das ist eine Überraschung! Seit wann bist du da?«

»Ich bin gerade angekommen.«

»Hast du deinen Vater schon begrüßt?«

»Nein, noch nicht. Ich ... ich war zufällig in der Stadt und wollte dich sehen.«

Schahbals Stimme zitterte.

Agha Djan ahnte es bereits: Das Schicksal holte zu einem neuen Schlag aus.

Wieder ging die Tür auf, diesmal kam tatsächlich Eidechse herein. Weil Agha Djans Blick ihm aber signalisierte, dass er nicht willkommen war, ging Eidechse leise wieder hinaus und hockte sich vor der Tür auf den Boden.

»Wieso bist du zufällig in der Stadt?«, fragte Agha Djan.

»Ich muss hier etwas erledigen, da dachte ich, ich schau mal vorbei.«

»Setz dich doch.«

»Ich bleibe nicht lange, ich muss gleich weiter. Ich wollte mich verabschieden.«

»Verabschieden? Warum? Wohin gehst du?«

»Ich weiß es noch nicht genau. Wahrscheinlich werde ich das Land bald für einige Zeit verlassen. Ich wollte dich noch einmal sehen. Entschuldige, aber ich muss ... ich muss jetzt los«, sagte Schahbal mit einem Blick auf die Uhr.

»Was hat das alles zu bedeuten, Junge?«

Durch das Fenster sahen sie Moazzen vorbeigehen.

»Soll ich deinen Vater rufen?«

»Nein, ich muss wirklich los, ich werde ihn anrufen, ich kam nur deinetwegen, ich habe mir Sorgen gemacht, ich muss gehen, in der Stadt wartet jemand auf mich.«

Agha Djan spürte ein leichtes Unbehagen. Der Abend war noch jung, warum sollte Schahbal nicht die Zeit finden, sich von seinem Vater zu verabschieden? Warum sah er so oft auf die Uhr? Dieser feierliche Abschied war ihm unerklärlich. Bis Agha Djan schließlich einfiel, dass in zehn Minuten das Gebet in der Moschee beginnen würde. Der Ayatollah konnte jeden Augenblick vorfahren.

»Ich gehe«, sagte Schahbal.

Als er ihn umarmte, spürte Agha Djan einen harten Gegenstand. Rasch drückte er Schahbal gegen die Wand und zog ihm die Pistole aus dem Gürtel.

»Was ist in dich gefahren?«, fragte Agha Djan scharf.

Eidechse hockte sich auf alle viere.

»Dir brauche ich doch nichts zu erklären, Agha Djan«, sagte Schahbal mit unbeweglicher Miene, »die Zeit läuft mir davon. Gib mir die Waffe zurück, bevor es zu spät ist!«

Agha Djan fühlte sich angesichts von Schahbals ruhiger Gewissheit machtlos. Er wollte schreien: »Das ist Sünde! Raus! Verlass mein Zimmer!«

Doch er konnte es nicht. Stattdessen ertappte sich Agha Djan bei dem Gedanken, dass er ihn gar nicht zurückhalten wollte, dass er die Tat im Grunde billigte.

Schahbal nahm ihm die Pistole aus der Hand.

Agha Djan wollte ihn am Arm packen, doch Schahbal wies ihn mit einer Handbewegung zurück: »Tu nichts! Sag nichts! Wir reden ein andermal darüber. Wünsch mir Glück!«

Erschüttert blieb Agha Djan im Zimmer zurück. Es kam ihm vor, als wäre er für einen Moment aus dem Leben getreten. Als hätte er sich eine Minute lang nicht rühren können.

Vor der Tür beugte sich Schahbal herab, um Eidechse einen Kuss zu geben. Auf dem Innenhof stieß er mit seinem Vater zusammen. Moazzen fiel zu Boden.

Schahbal ließ sich neben ihn fallen, nahm das Gesicht seines Vaters in die Hände und küsste ihm die Stirn: »Ich habe es eilig, Vater, ich rufe dich nachher an!«

Eidechse hüpfte hinter Schahbal her.

Der Mercedes des Ayatollah hielt vor der Moschee. Von der dunklen Gasse aus behielt Schahbal alles im Auge. Drei Leibwächter stiegen aus und sahen sich prüfend um. Einer öffnete die Autotür, die anderen gingen zur Moschee voraus. Schahbal entsicherte die Pistole. Eidechse, der bis dahin still hinter ihm auf dem Boden gehockt hatte, kroch auf einmal zum Auto. Schahbal wollte ihn zurückhalten, doch es war schon zu spät. Auf allen vieren kroch Eidechse auf den Ayatollah zu. Der Wächter, der dem Ayatollah beim Aussteigen behilflich war, zuckte zusammen. Als wäre Eidechse ein Hund, rief Ayatollah Araki: »Troll dich!«

Doch Eidechse hüpfte weiter und steckte den Kopf unter das Gewand des Ayatollahs, was diesen aus dem Gleichgewicht brachte.

»Ayatollah!«, rief Schahbal laut.

Dann fielen drei Schüsse. Der Ayatollah hob die Arme in die Luft, machte zwei Schritte rückwärts und fiel zu Boden.

Die Leibwächter schossen wild um sich.

»Allaaaaaaaaaaaaaaaaaaaaaaah!«, klagte Agha Djans Stimme vom Dach.

Plötzlich bog ein Motorrad um die Ecke. Schahbal sprang auf den Rücksitz, und das Motorrad stob in rasender Fahrt davon.

Leblos ausgestreckt, lag der Ayatollah auf dem Boden, sein Turban einige Meter entfernt dort, wo Eidechse hingefallen war. Er sah gar nicht mehr aus wie eine Eidechse, sondern wie ein Junge, der in der Dunkelheit auf einem Bürgersteig schläft. Ein Junge, der in der Dunkelheit im Blut schwimmt, das aus seinem Körper sickert.

Agha Djan kniete sich neben den Jungen, küsste ihn auf die kalte Wange und hob ihn hoch.

Tayyare

Vom Innenhof aus konnte man ständig Flugzeuge über der Stadt hören. Sie kamen aus Teheran, überquerten die Wüste und flogen zum Persischen Golf weiter, um von dort Europa oder Amerika anzusteuern.

Zurück flogen sie meist eine andere Route, über den Golf von Oman und Bandar Abbas.

Die Kinder sangen ein Lied, wenn sie oben am Himmel den kleinen geheimnisvollen Vogel entdeckten:

Tayyare, Tayyare,
Wohin geht die Reise, Tayyare?
Wen hast du an Bord, Tayyare?
Wann bin ich an der Reihe, Tayyare?

Fagri Sadat saß auf der Bank beim Wasserbecken und strickte. Einmal hatte sie für Eidechse einen Pullover angefangen, der nie fertig geworden war.

Agha Djan arbeitete im Garten, seinen Kummer begrub er gemeinsam mit dem Laub in einem Erdloch. Wieder flog unter lautem Getöse ein Flugzeug über das Haus. Seine breiten Flügel funkelten im Sonnenlicht und beleuchteten Fagris Gesicht, die Bäume, den *Hous* und die Fensterscheiben. Es flog so tief, dass Agha Djan es für eine Militärmaschine hielt. Schnell zog er seine Frau am Arm in den Keller. Durch die Luke spähten sie zum Himmel hinauf, da war das Flugzeug schon wieder verschwunden.

Nachdem sie sich von dem Schrecken erholt hatten, sahen sie Moazzen hinter seinem Tisch stehen. An seinen Händen klebte kein Töpferton, er trug einen dunkelblauen Anzug, einen Hut und seine Reisebrille. Vor ihm stand ein Koffer.

»Willst du verreisen, Moazzen?«, fragte Fagri.

»Du hast deinen Koffer gepackt, sehe ich, wohin fährst du?«, fragte Agha Djan.

»Du, der alles aufschreibt, schreib auch dies auf: Ich verlasse das Haus.«

»Du verlässt das Haus?«, fragte Fagri erstaunt. »Was meinst du damit?«

»Der Junge weint die ganze Nacht. Er ist tot, doch er kommt immer noch zu mir in den Keller gekrochen und spielt zu meinen Füßen, wenn ich arbeite. Er liegt dort hinten im Garten begraben, doch er hockt im Baum. Er weint nachts vor meiner Tür. Er kriecht in meinen Schlaf.«

Fagri Sadat fing leise zu weinen an.

»Uns geht es ebenso, wir hören ihn auch im Garten, aber das ist doch kein Grund, das Haus zu verlassen.«

»Ich will ja nicht, doch das Haus schickt mich fort, es weist mir selbst die Tür. Hier meine Hände, wozu sind sie noch gut? Überall stehen meine Töpfe, der Keller ist voll, der Garten, und auch auf dem Dach ist kein Platz mehr. Niemand kauft mir mehr etwas ab. Ich werde vertrieben. Wünscht mir Glück. Lass mich gehen, Bruder.«

Moazzen umarmte Agha Djan, küsste Fagri und stieg mit seinem Koffer die Kellertreppe hinauf. Eine Weile blieb er auf dem Innenhof stehen, um den Geräuschen ein letztes Mal zu lauschen. Dann rief Moazzen: »Alte Krähe! Hüte das Haus! Ich gehe fort.«

Kaum hatte er das Tor hinter sich zugeworfen, als drei Kampfflugzeuge mit ohrenbetäubendem Lärm über das Haus flogen und in den Wolken verschwanden.

»Iraker!«, rief Agha Djan.

Doch es waren keine irakischen, sondern iranische Düsenjäger, die ein Passagierflugzeug verfolgten.

In der Maschine saß der iranische Staatspräsident Bani-Sadr. Khomeini hatte ihn der Komplizenschaft mit den Mudschaheddin beschuldigt und eine Woche zuvor abgesetzt.

Als Bani-Sadr daraufhin untertauchte, schmiedeten die Mudschaheddin einen Plan, um ihn außer Landes zu schmuggeln. Alles war bis in kleinste Detail vorbereitet, auch Saddam Hussein war eingeweiht.

Die iranischen Düsenjäger kamen zu spät: Das Passagierflugzeug erreichte rechtzeitig den irakischen Luftraum und flog Richtung Europa.

Viereinhalb Stunden später war es über Paris. Der Flugkapitän meldete dem Kontrollturm, dass er den iranischen Staatspräsidenten an Bord habe. »Er ersucht um politisches Asyl.«

Der Direktor des Flughafens stellte Bani-Sadr ein paar Fragen, die dieser in akzentlosem Französisch beantwortete: »Ich bin der gewählte Präsident der Islamischen Republik Iran. An Bord befindet sich auch der Führer der Mudschaheddin. Ich ersuche um Asyl für mich, den Führer der Mudschaheddin und den Flugkapitän.«

Die Verkehrsmaschine drehte einige Warteschleifen, während der Direktor sich mit dem französischen Präsidenten in Verbindung setzte.

Bani-Sadr hatte jahrelang in Paris gewohnt, dort Soziologie und Wirtschaft studiert. Den Schlüssel seines Appartements hatte er noch in der Tasche. Er bereitete sich gerade auf seine Promotion vor, als Khomeini den Irak verließ und ins Pariser Exil ging.

Während seines Studiums entwickelte Bani-Sadr eine islamische

Wirtschaftstheorie mit sozialistischen Elementen, die Khomeini als Wirtschaftslaien sehr ansprach.

Als der Ayatollah in seine Heimat zurückkehrte, war Bani-Sadr einer seiner sieben engsten Mitarbeiter. Er wurde der erste Staatspräsident der Islamischen Republik.

Das Flugzeug setzte gerade zu seiner vierten Schleife an, als sich der Direktor des Flughafens wieder meldete: »Die französische Regierung gewährt Ihnen und Ihren Begleitern Asyl. Sie können landen. Seien Sie uns herzlich willkommen.«

Die französischen Nachrichten brachten die Meldung von Bani-Sadrs Ankunft in Paris an erster Stelle.

Khomeini hatte gerade sein Abendgebet beendet, als sich Rafsanjani, Mitglied des Revolutionsrats, neben ihn kniete und ihm die Nachricht zuflüsterte.

Khomeini reagierte sofort. Der Ernst der Stunde verlangte ein zusätzliches Gebet. Als er den letzten *Rakat** gesprochen hatte, glänzten seine Augen. Er wandte sich Rafsanjani zu und sagte: »Der gesegnete Augenblick ist gekommen.«

Seit Kriegsausbruch wartete die iranische Armee auf einen günstigen Moment, um Khorramschar zurückzuerobern. In dieser Hafenstadt befand sich nämlich die größte Ölraffinerie des Nahen Ostens. Bisher war eine Militäroperation zum Scheitern verurteilt gewesen, da die Amerikaner mit ihren Satelliten alle Truppenbewegungen überwachten.

»Allah steht uns zur Seite«, sagte Khomeini zu Rafsanjani, »wir werden Khorramschar befreien. Der Augenblick ist gekommen. Ruf die Generäle zusammen!«

Auf dem Weg zur Kabinettssitzung beglückwünschte sich Saddam zu Bani-Sadrs gelungener Flucht. Nun wollte er den Ministern die gute Nachricht persönlich überbringen.

Zur gleichen Zeit marschierten iranische Truppen aus sechs verschiedenen Richtungen in Khorramschar ein.

Auf beiden Seiten fanden Hunderte Soldaten den Tod, die Straßen waren mit Leichen übersät. Nach schweren Kämpfen gelang es zwei iranischen Soldaten, die irakische Flagge über der Ölraffinerie durch die grüne des Islam zu ersetzen. Die Iraker mobilisierten noch einmal alle Kräfte, doch die Ayatollahs hatten unerwartet eine neue Front bei der irakischen Hafenstadt Basra eröffnet. Aus Rache zerstörten die irakischen Truppen daraufhin in Khorramschar alle Häuser und zündeten die Bäume an. Dann zogen sie sich zurück, in der vergeblichen Hoffnung, Basra noch retten zu können.

Nach diesem historischen Sieg erschien zum ersten Mal ein lächelnder Khomeini im Fernsehen. Er pries Allah und beglückwünschte die Eltern der gefallenen Soldaten zum Heldenmut ihrer Söhne. Millionen strömten jubelnd durch die Straßen. Mit Feuerwerk und Autokorsos wurde die Befreiung von Khorramschar gefeiert. Die Leute tanzten auf den Dächern der Busse und bewirteten einander mit Gebäck, Süßigkeiten und Obst.

Im ganzen Land wurde bis tief in die Nacht gefeiert, zum ersten Mal seit der Machtübernahme der Ayatollahs.

Ein voller Mond schien tröstend auf die Menschen herab, denen der Krieg so viel Leid und Elend gebracht hatte.

Doch nicht alle feierten. Manche nutzten die Nacht zur Rache. Das Licht desselben Monds fiel auf einen Salzsee am Rand der Wüste bei Senedjan und auf Sinat Ganum, die halb im Wasser, halb im Sand lag.

Um ihren Hals hing ein Zettel, auf dem stand: »Sie zwang junge unverheiratete Frauen, die zum Tode verurteilt wurden, vor der Hinrichtung zum Beischlaf mit einem Islamisten. An diesem Salzsee wurde sie abgeurteilt und bestraft. Dies geschah auf Wunsch der Mütter, deren Töchter in ihrer letzten Nacht zu Bräuten wurden.«

Bald würde der Mond untergehen und der Sonne Platz machen. Ein Schwarm Wüstenvögel würde Sinats Leiche am Ufer liegen sehen, lärmend würde der Schwarm über das Wasser streichen. Später würde sich ein Reisender dem See auf einem Kamel nähern, er würde absteigen, um den Leichnam in Augenschein zu nehmen. Dann würde er niederknien und das Geschriebene lesen.

Akkas, der Fotograf

Agha Djan machte einen Spaziergang am Fluss. Nach dem Morgengebet hatte er sich nicht wieder hingelegt. Er setzte sich am Ufer auf einen Sandhaufen, nicht weit von einer Frau, die sich im kalten Wasser die Füße wusch. Sie trocknete sie mit ihrem Tschador ab, zog die Schuhe an und kam auf Agha Djan zu.

»Haben Sie ein paar Münzen für mich, ich habe noch keine im Mund«, sagte sie.

»Bist du es, Godsi?«

Godsi, einst so jung und lebendig, war alt geworden. Ihr Haar war grau und ihr Gesicht voller Falten.

»Ich habe dich so lange nicht mehr gesehen, Godsi, wo warst du die ganze Zeit? Wie geht es deiner Mutter?«

»Sie ist tot«, sagte Godsi düster.

»Wann ist sie gestorben, warum weiß ich das nicht?«

»Sie ist einfach gestorben«, sagte Godsi.

»Wie geht es deiner Schwester?«

»Sie ist auch tot.«

»Sie ist auch gestorben? Woran? Wann?«

Godsi gab keine Antwort.

»Wo ist dein Bruder?«

»Er ist auch tot.«

»Was redest du nur?«

»Aber Sie werden nicht sterben«, verkündete Godsi. »Sie bleiben, bis alle gehen und bis alle kommen.«

Mit diesen Worten ging sie davon.

»Wo gehst du hin, Godsi? Du hast mir deine Neuigkeiten noch gar nicht erzählt.«

»Noch sieben Männer gibt es, drei werden kommen, einer wird gehen, einer wird liegen bleiben, einer wird sterben und einer wird säen. Doch Sie bleiben, bis alle kommen und bis alle gehen«, wiederholte sie, ohne sich umzusehen.

Agha Djan setzte seinen Spaziergang fort.

Wer würde noch gehen? Wer würde noch kommen?, dachte er.

Da fiel ihm Nosrat ein.

In den Nächten, in denen der Terror wütete, hatte niemand Zugang zu Khomeini. Mit einer Ausnahme: Nosrat.

Dank Nosrat kapselte Khomeini sich von der rauen Wirklichkeit außerhalb seiner vier Wände ab. Nosrat zeigte ihm eine Welt, in der kein Platz war für irakische Düsenjäger, für Bomben und Hinrichtungen.

Khomeini war fasziniert von seinen Filmen, Filmen über die Natur, über Vögel, über Bienen und Schlangen und über Sternennebel. Beide bewahrten Stillschweigen über das, was sich hinter der verschlossenen Tür in Khomeinis Zimmer abspielte.

Als Führer der schiitischen Welt vermochte Khomeini die Massen mit seinen Reden zu mobilisieren, doch er war einsam. Den ganzen Tag, oft die ganze Woche verbrachte er allein in seinem Arbeitszimmer.

Dabei war er eine charismatische Persönlichkeit, und die meisten setzten alles daran, sich dem Ayatollah im besten Licht zu zeigen. Nur Nosrat blieb sich treu, er wollte der Person Khomeini näherkommen. Khomeini verstand nichts von Mathematik oder Physik, aber er interessierte sich für das Licht, den Mond, die Sonne, die Raumfahrt und vor allem für Meteoriten.

Nosrat führte Khomeini in eine wunderbare unbekannte Welt. Er brachte Farbe und Leichtigkeit in seine einsamen Nächte und ließ ihn den Alltag vergessen.

Wenn Nosrat Khomeinis Zimmer betrat, zog er als Erstes seine Jacke aus, hängte sie an den Garderobenständer und kam dann gleich zur Sache.

»Ich habe ein paar kurze Filme mitgebracht. Zwei einzigartige Naturfilme, Sie werden Ihre Freude daran haben. Der eine handelt von den Ameisen, von ihrer strengen Hierarchie und Machtstruktur, der andere von Affen. Es ist beeindruckend, wie menschlich sie doch wirken! Und dann habe ich noch einen Film über die unzähligen Steine, die im Weltall ihre Bahnen ziehen. Immer wieder fällt ein großer Brocken auf die Erde, ein Meteorit. Sie werden staunen!«

Nicht einmal sein eigener Sohn verhielt sich in Khomeinis Gegenwart so ungezwungen. Er hatte oft gehört, Künstler seien anders, doch er war außer Nosrat nicht vielen Künstlern begegnet.

Wie Malijak, der Hofnarr der persischen Könige, sorgte Nosrat für Ablenkung und Belustigung. Malijak hatte als Einziger freien Zugang zu den Privatgemächern des Königs, er durfte alles sagen und alles tun, solange er den König unterhielt.

»Wie hieß der Fernsehsender doch gleich?«, fragte Khomeini.

»Welcher Sender?«

»Amerikanisch. Sie haben mich schon ein paar Mal interviewt.«

»Sie meinen CNN?«

»Ja, genau.«

»Warum fragen Sie?«

»Anscheinend haben die Präsidenten aller großen Nationen einen Fernsehapparat in ihrem Arbeitszimmer. Und dieser hier ist immer auf CNN geschaltet.«

»Das stimmt! Es wundert mich, dass in Ihrem Zimmer kein Fernsehapparat steht.«

»Es wird Englisch gesprochen, nehme ich an.«

Khomeini besaß weder Fernseher noch Radio, über alle wichtigen Ereignisse und Entwicklungen wurde er schriftlich informiert. »Es gibt auch einen arabischen Sender, wie CNN, bloß auf Arabisch«, erklärte Nosrat, »ich kümmere mich darum.«

Am nächsten Tag brachte Nosrat einen kleinen Fernsehapparat mit und stellte ihn in den Kleiderschrank, sodass er nicht auffiel. Er zeigte Khomeini, wie er ihn ein- und ausschalten und wie er die Sender einstellen konnte.

»Es reicht, wenn er auf diesen arabischen Sender eingestellt ist, von dem du gesprochen hast«, sagte Khomeini leise, als täte er etwas Verbotenes.

Einige Wochen später wurde Nosrat von einem CNN-Reporter angerufen, der offenbar von seinem engen Kontakt zu Khomeini wusste. Sie verabredeten sich in einem Teehaus am Teheraner Bahnhofsplatz, und Nosrat erzählte von seiner Arbeit. Zum Schluss fragte ihn der Reporter, ob er vielleicht Interesse habe, über Khomeini einen Dokumentarfilm zu machen.

»Ein Dokumentarfilm?«, fragte Nosrat.

»Nun, eine Reportage über sein Leben, seinen Alltag.«

Nosrat war verblüfft. Vor einiger Zeit hatte er bereits selbst mit dem Gedanken gespielt, ihn aber für unausführbar gehalten.

»CNN möchte eine eindrucksvolle Reportage über sein Privatleben, Länge etwa eine halbe Stunde. Selbstverständlich zahlen wir Ihnen ein ordentliches Honorar, in Dollar.«

Um Geld ging es Nosrat nicht. Es war eine einmalige Herausforderung. Aber es würde wohl ein Traum bleiben.

»Es ist unmöglich«, antwortete er schließlich, »niemals wird Khomeini mir erlauben, ihn zu filmen.«

»Es ist einen Versuch wert, denken Sie darüber nach.«

»Auf jeden Fall«, sagte Nosrat.

Er sah bereits die Szenen vor sich, die er filmen wollte. Vor Aufregung fand er in dieser Nacht keinen Schlaf.

Einerseits hatte Nosrat das Bedürfnis, sich mit jemandem darüber auszutauschen, andererseits schreckte er davor zurück. Er hatte Angst, der Traum könnte wie eine Seifenblase zerplatzen.

Als er kurze Zeit darauf mit Khomeini abends am See hinter dem Haus spazieren ging, erklärte er ihm auf anschauliche Weise, wie ein Satellit funktioniert.

Es sei eine technische Revolution gewesen, als man überall auf der Welt den amerikanischen Präsidenten live im Fernsehen sehen konnte, als man förmlich miterleben konnte, wie er in seinem Büro im Weißen Haus Kaffee trinkt.

»Der Mensch ist ein neugieriges Wesen«, führte Nosrat aus, »um seine Neugier zu befriedigen, erfindet er solche Apparate und schießt sie in den Himmel. Die Leute möchten auch über Sie alles wissen, zum Beispiel, wie Sie wohnen, wo Sie wohnen und was Sie essen. Ich kann es durchaus verstehen.«

Auf diese Weise versuchte Nosrat, Khomeini auf sein Anliegen einzustimmen. Sobald er allerdings CNN erwähnte, würde unweigerlich auch das Wort »Amerika« fallen. Und er hatte Angst, dann nicht mehr willkommen zu sein, sondern auf der Stelle des Hauses verwiesen zu werden.

Doch Nosrats Leidenschaft für das Vorhaben ließ sich kaum mehr zügeln. Immer und überall hatte er seine Kamera dabei, und als er an jenem Abend für Khomeini den Fernseher einschaltete, drückte Nosrat heimlich auf den roten Knopf und filmte den Ayatollah, der barfuß auf dem Boden saß und verstohlen fernsah.

Im Lauf mehrerer Monate filmte Nosrat Khomeini Dutzende Male. Khomeini, wie er am See spazieren geht und den Enten zuschaut. Khomeini, über dessen Kopf Spatzen flattern. Khomeini, der über einen Ast stolpert, dessen Turban in den See rollt und von den Enten in Besitz genommen wird.

In einer Szene liegt Khomeini krank im Bett. Er liegt auf der Seite, das Gesicht nach Mekka gewandt, genau so, wie nach islamischem Brauch Tote ins Grab gelegt werden. Kurz erscheint seine Frau, sie befühlt ihm die Stirn und verlässt wortlos das Zimmer.

In einer anderen Szene sieht man Khomeini in seinem Wohnzimmer unruhig auf und ab schreiten. Er geht zum Waschbecken, wäscht sich die Hände, nimmt den Koran in die Hand und beginnt konzentriert zu lesen. Dann schreibt er mit seinem Füllfederhalter etwas auf ein Stück Papier, steckt es in einen Umschlag, klebt ihn zu und ruft: »Batul!« Seine Frau kommt herein. Er reicht ihr den Umschlag, sagt: »Dies muss zur Armee.« Sie nimmt den Umschlag, steckt ihn unter ihren Tschador und eilt aus dem Zimmer.

Khomeini merkte schon bald, dass Nosrat ihn heimlich filmte. Und Nosrat war überzeugt, dass Khomeini es stillschweigend guthieß.

Eines Tages rief der CNN-Reporter bei Nosrat an.

»Du hast nichts von dir hören lassen. Heißt das, du gehst auf unseren Vorschlag nicht ein?«

»Mir ist etwas Wunderbares gelungen«, rutschte es Nosrat heraus.

Eine Viertelstunde später stand der Mann vor der Tür.

In seiner Begeisterung war es Nosrat nie aufgefallen, dass er überwacht wurde. Der Geheimdienst wusste über seine Kontakte zu CNN Bescheid.

Nosrat kochte Tee, legte eines der Videobänder in den Rekorder und setzte sich zu seinem Gast. Der Reporter traute seinen Augen nicht.

»Fantastisch!«, sagte er.

Sie hatten sich nicht einmal die Hälfte der Aufnahmen angesehen, als fünf bewaffnete Männer vom Dach auf den Balkon sprangen, die Tür eintraten, ins Zimmer stürmten und Nosrat und den CNN-Reporter verhafteten. Zwei Soldaten blieben zurück, um die Wohnung zu durchsuchen. Sie nahmen alles mit, was ihnen verdächtig vorkam.

Der Fernsehreporter wurde bereits am nächsten Tag des Landes verwiesen. Nosrat blieb für weitere Verhöre in Haft. Erst jetzt wurde ihm der Ernst seiner Lage bewusst. Er war ein großes Risiko eingegangen. Wenn Khomeini nicht für ihn eintrat, musste Nosrat mit einer schweren Strafe rechnen.

Nosrat versuchte, die Vernehmer von seinem großen Respekt und seiner Verehrung für Khomeini zu überzeugen. Seine Filmaufnahmen hätten historische Bedeutung, sie seien ein wichtiger Teil des nationalen Kulturguts. Er habe nie die Absicht gehabt, sie den Amerikanern zu verkaufen. Sie seien nur Ausdruck seiner Filmleidenschaft.

Er sei Khomeini immer treu geblieben.

Im Lauf der Vernehmung deutete Nosrat an, Khomeini habe von den Aufnahmen gewusst, er könne dies notfalls beweisen.

Nosrats Verteidigung klang glaubwürdig. Und die Geheimpolizisten hätten ihm geglaubt, wenn sie in seiner Wohnung nicht ein verdächtiges Videoband gefunden hätten. Nosrat war von der Schönheit dieser Bilder so ergriffen gewesen, dass er nicht recht gewusst hatte, was er mit dem Band anfangen sollte. So hatte er es schließlich in der Zimmerdecke versteckt, in der Hoffnung, dort würde niemand suchen. Die nackte Angst hatte diese Begebenheit aus seinem Gedächtnis gelöscht. Doch jetzt hatten die Männer des Geheimdienstes das Band gefunden.

»Pass auf, dass dir deine Leidenschaft für Frauen nicht zum Verhängnis wird«, hatte Agha Djan Nosrat oft ermahnt.

Ständig war Nosrat auf der Suche nach einer besonderen Frau gewesen, die sich für ein Filmporträt eignete. Wie hätte er ahnen können, dass diese Frau ausgerechnet Khomeinis Ehefrau sein würde?

Der Mann, der ihn verhörte, legte unvermittelt das Band vor ihn auf den Tisch. Nosrat erblasste. Er wusste, es war um ihn geschehen. Vor Angst konnte er sich nicht mehr rühren.

Was hatte er nur in dieser alten Frau gesehen, dass er so spontan seine Kamera hatte laufen lassen?

Batul war die Ehefrau des mächtigsten Mannes der schiitischen Welt, doch sie selbst war ohne Einfluss.

Nosrat konnte es sich selbst nicht erklären: Diese machtlose Frau hatte ihn wortlos dazu gezwungen, sie zu filmen, sie aufzunehmen, sie vor dem Vergessen zu bewahren und vielleicht irgendwann einmal anderen zu zeigen.

Zeit ihres Lebens war Batul verschleiert gewesen, kein fremder Mann hatte je ihr Haar, ihr Gesicht, ihre Hände oder ihre Füße zu sehen bekommen. Und deshalb verspürte sie manchmal das Bedürfnis, sich zu zeigen.

Nosrat hatte es zunächst nicht verstanden. Wenn er an die Wohnzimmertür klopfte, öffnete Batul und empfing ihn immer mit einem Lächeln. Nach ihren Gesichtszügen zu urteilen, war sie etwa zwanzig Jahre jünger als Khomeini.

Gastfreundlichkeit war sonst keine vorherrschende Eigenschaft religiöser Frauen, doch Nosrat wurde allmählich bewusst, dass die Freundlichkeit nicht ihm galt, sondern seiner Kamera.

Batul war schön, sie wollte ihre Schönheit zeigen, sie wollte von dem Auge der Kamera betrachtet werden.

Wie alle Frauen ihres Landes, die seit Jahrhunderten von den Männern unterdrückt wurden und nie die Gelegenheit hatten, ihre Schönheit zu zeigen, sehnte sich Batul nach Anerkennung.

Und so kam es zu diesem stillen Abkommen zwischen ihr und Nosrat.

Von Khomeini waren in Zeitungen und Zeitschriften Tausende Fotos veröffentlicht worden, doch niemand hatte je auch nur ein einziges Bild von Batul gesehen. Man behandelte sie wie Luft. Als sei sie unsichtbar wie die Luft.

Batul stand am Fenster und sah hinaus auf den See. Statt des schwarzen trug sie einen milchweißen Tschador mit kleinen blauen Blumen. Nosrat holte ihr Gesicht näher heran, das silbergraue, kaum sichtbare Haar. Da ließ Batul ihren Tschador langsam von den Schultern gleiten. Es war eine Offenbarung.

Doch es war eine andere Szene, die Nosrat zum Verhängnis werden sollte. Er hatte in Batuls Zimmer gefilmt, bei halb offener Tür. Er hatte das Zimmer gefilmt, das Einzelbett in einer Ecke und das Nachtschränkchen, auf dem ein kleiner Spiegel und eine ganz gewöhnliche blaue Nivea-Dose standen.

Der Mann der Geheimpolizei packte den Videorekorder und schlug ihn Nosrat mit aller Kraft an den Kopf.

Der Rekorder zerbrach in Stücke, Nosrat fiel bewusstlos zu Boden.

Dann wurde es still.

Und überall im Land nahm die Stille überhand.

Saddam Hussein bombardierte die Städte nicht mehr, und Khomeini zog nicht mehr den Koran zu Rate, ob er weiter auf irakisches Gebiet vordringen solle oder nicht.

Die Stille wurde zur alles beherrschenden Macht. Die Hinrichtungen hörten auf, und kein Ayatollah wurde mehr erschossen. Alle waren müde, alle brauchten Ruhe.

Die Allerersten

Beim Berg At-Tur
Ist dies nun Zauberei?
Ist dies nun Zauberei oder
Seid ihr mit Blindheit geschlagen?
Bei dem Buch, das geschrieben
Auf ausgerolltem Pergament.
Bei dem viel besuchten Haus.
Bei dem hochgehobenen Dach
Und beim brennenden Meer.
Wehe also an jenem Tage
Wehe also an jenem Tage den Leugnern!
At-Tur, At-Tur!

Wie viele Jahre waren verstrichen? Wie viele Monate?

Wer ist gekommen? Wer ist gegangen?

Über die Jahre führte niemand mehr Buch, die Monate zu zählen war sinnlos. Die Zeit stand still für die, die von Leid erdrückt waren, für die, die tot waren und für die, die ihre Toten beweinten.

Auch für die, die ihren Garten umgruben, um ihr Leid zu bewältigen, und für die, die in der Küche fromme Speisen zubereiteten, um ihren Schmerz auf Schalen zu verteilen.

Das Land schien zur Ruhe gekommen zu sein. Doch einen gab es noch, der mit einer Pistole im Gürtel auf einem Kamel durch die Wüste ritt, um den Richter zu richten.

Erst dann würde das Leid endgültig überwunden sein. Erst dann würde sich die Zeit wieder in Bewegung setzen. Und erst dann würden wir einsehen, wie viele Jahre verstrichen waren seit denen, die kamen, und seit denen, die gingen.

In dieser Epoche der Stille verlor Khomeini nach und nach das Gedächtnis. Eines Tages erkannte er selbst die Menschen nicht mehr, die ihm am nächsten standen.

Rafsanjani und Chameini, die zwei engsten Berater des Ayatollahs, rissen die Macht an sich und drängten Khomeini immer mehr in den Hintergrund.

Galgal fiel als Erstem auf, dass Khomeini senil geworden war: Als er sich einmal neben ihn kniete, schreckte Galgal vor dem leeren Blick zurück, mit dem ihn der Ayatollah bedachte.

Als sein Erfüllungsgehilfe war der Richter Gottes Khomeini auf Gedeih und Verderb ausgeliefert. Mit ihm war er mächtig, ohne ihn war er ein Niemand. Nun würde Galgal das Feld räumen müssen.

Die Zeit der Hinrichtungen war ohnehin vorbei, das Regime hatte seine Entschlossenheit zur Genüge demonstriert. Es hatte die irakischen Aggressoren vertrieben und alle Gegner im Innern ausgeschaltet. Jetzt galt es, die Situation zu stabilisieren. Für einen verhassten Henker wie Galgal war kein Platz mehr.

Es würde kein leichtes Unterfangen sein, ihn außerhalb der Schusslinie zu platzieren. So manche Mitglieder der Mudschaheddin und linker Gruppierungen wussten inzwischen von den schrecklichen Verbrechen, die Galgal begangen hatte. Er musste jederzeit mit einem Attentat rechnen.

Am liebsten wäre Galgal nach Qom zurückgekehrt, um dort als Jurist an Imamschulen zu unterrichten, doch das war unter den gegebenen Umständen nicht möglich. Wie Khomeini hatte er seine Rolle in der iranischen Politik ausgespielt.

Khomeini lebte zwar noch, doch er gehörte schon der Vergangenheit an. Für Galgal gab es keine Zukunft mehr, auch in der Gegenwart gab es für ihn keinen Platz. Er hätte in die Vergangenheit zurückkehren müssen, aber wie?

Zu Galgals Glück hatten Khomeinis Nachfolger eine Lösung parat. In Afghanistan etablierten die Taliban gerade ihr islamistisches Regime. Mit brutalen Mitteln versuchten sie, die Scharia einzuführen. Die iranischen Ayatollahs unterhielten enge Kontakte zu ihnen, gemeinsam wollten sie ihre Position gegen die Feinde aus dem Westen verstärken.

Das Regime kam auf die Idee, Galgal den Taliban zum Geschenk zu machen, einen fanatischeren Mitstreiter hätten sie sich nicht wünschen können.

Es war ein brillanter Vorschlag, auf den Galgal sofort einging. Die Unbedingtheit der Taliban war ganz nach seinem Herzen. So fuhr er eines Tages als Geschäftsmann verkleidet mit dem Zug zur Grenzstadt Maschad und quartierte sich für die Nacht in einer Herberge ein. Ein Taliban-Kämpfer brachte ihn am nächsten Tag nach Kabul. Man hieß ihn herzlich willkommen und stellte ihm ein Haus zur Verfügung.

Galgals Leben geriet nun in ruhigeres Fahrwasser. Offiziell trat er eine Stelle im Stadtarchiv an, in Wirklichkeit war er ein wichtiger Mann in der Führungsspitze der Taliban.

Er genoss die Anonymität in der Fremde, und endlich fand er wieder die Muße, sich in die islamische Gesetzgebung zu vertiefen. Ganze Tage verbrachte Galgal in der alten Bibliothek des Stadtarchivs, über seltene Dokumente gebeugt, die ihm als besondere Gunst aus den königlichen Bibliotheken Saudi-Arabiens zugesandt worden waren. Nach einigen Monaten heiratete er eine afghanische Frau und gründete eine zweite Familie.

In diesem freiwilligen Exil empfand Galgal sogar so etwas wie Glück, sein neues Leben gefiel ihm. Unbehelligt spazierte er durch die Straßen Kabuls, genoss es, zu flanieren und zuweilen in kleinen Läden zu stöbern. Recht oft besuchte er die afghanische Verwandtschaft seiner Frau. Niemand ahnte auch nur etwas von seiner Vergangenheit. Er stellte sich als Gelehrter vor, der über die Geschichte des Islam forschte.

Inzwischen hatte Galgal auch verdrängt, dass ihn noch immer Leute suchten, Leute, die seine Untaten als Richter Gottes nicht vergessen konnten.

Zu diesen Leuten zählte Schahbal. Doch Galgals Spur schien völlig verloren.

Von Schahbals Widerstandsgruppe waren nur drei Führungsmitglieder übrig geblieben. Die anderen saßen im Gefängnis, waren hingerichtet worden oder ins Ausland geflohen. Bei einem ihrer letzten Treffen hatte Schahbal den Auftrag erhalten, Galgal ausfindig zu machen und zu liquidieren. Eigentlich hätte es dieses Auftrags gar nicht bedurft. Schahbal war nur von einem Gedanken erfüllt: Djawads Tod zu rächen. Er konnte jene lange Nacht der Grabsuche in den Bergen einfach nicht aus dem Gedächtnis tilgen. Er konnte diese Schmach nicht verwinden. Erst wenn Galgal seine gerechte Strafe gefunden hatte, würde sein Leben wieder lebenswert sein.

Seit seinem Attentat auf den Ayatollah wusste niemand in der Familie, wo sich Schahbal aufhielt. Agha Djan glaubte, er habe das Land verlassen und halte sich irgendwo in Europa oder Amerika auf.

Doch Schahbal war nicht geflohen. Er war noch immer in Teheran, hatte sich einen Bart wachsen lassen und verdiente seinen Lebensunterhalt als Taxifahrer. Unter Pseudonym schrieb er nebenbei Artikel für eine Untergrundzeitung. Zuweilen traf er sich mit den verbliebenen Mitgliedern seiner ehemaligen Gruppe.

Bei einem dieser Treffen erwähnte jemand, dass Galgal sich in Kabul aufhalte.

»Das hätte ich mir denken können!«, rief Schahbal aus. »Wie hast du das in Erfahrung gebracht?«

»Von einem Genossen der Tudeh-Partei«, erwiderte der andere

kurz angebunden. Dabei drückte er Schahbal einen Zettel mit einer Adresse in die Hand.

Auch die kommunistische Tudeh-Partei war vom Regime zerschlagen worden. Manche Mitglieder hatten allerdings noch immer Kontakt zur Sowjetunion.

Schahbal wusste, was er zu tun hatte.

Während der kommunistischen Herrschaft in Afghanistan hatten die iranischen Widerstandsgruppen Verbindung zu dortigen Genossen aufgenommen. Nach der Machtübernahme der Taliban flohen viele Kommunisten in die Sowjetunion, doch manche waren geblieben.

Es dauerte einige Monate, bis Schahbal eine Gruppe Afghanen fand, die ihn ins Land schleusen wollte. Dazu musste Schahbal eines Nachts auf einem Kamel durch die Wüste reiten. An der Grenze erwartete ihn ein Mann mit einem Motorrad. Nach Austausch der Losungsworte setzte sich Schahbal auf den Rücksitz des Motorrads, und sie fuhren los. Nach einer halben Stunde hielten sie bei einer Hirtenhütte an. Dort holte der Fahrer für Schahbal ein traditionelles afghanisches Gewand. Dann fuhren sie weiter bis zum nächsten Dorf. Am nächsten Morgen bestieg Schahbal den ersten Bus nach Kabul.

Es war noch Herbst, doch auf den Berggipfeln lag schon Schnee, der Wind war eisig.

Nach einer fünfstündigen Fahrt durch die Berge kam Schahbal endlich in Kabul an.

In einem Café bestellte er sich eine Suppe und trank mehrere Gläser Tee. Neben dem Café war ein Hotel. Schahbal, der seit Tagen ununterbrochen auf den Beinen gewesen war, bezog dort gleich ein Zimmer. Kaum hatte er sich hingelegt, schlief er ein.

Erst spät am nächsten Morgen wachte Schahbal auf, als ein Hotelangestellter an seine Tür klopfte.

Er hätte sich gerne gewaschen, doch es gab kein Badezimmer. Auf der Suche nach einem Badehaus kam Schahbal zu einer Moschee.

Er wusch sich dort und frühstückte danach in einem Teehaus. Das Stadtarchiv, in dem Galgal arbeitete, war nur einige Straßen entfernt. Hinter den Fenstern brannte Licht.

Galgals Büro lag im obersten Stock. Von seinem Schreibtisch aus konnte er durchs Fenster die Menschen auf der Straße vorbeigehen sehen. Wie alle anderen Mitarbeiter begann Galgal frühmorgens, doch wenn das Archiv gegen vier Uhr schloss, arbeitete er noch eine Stunde länger und verließ als Letzter das Gebäude.

Schahbal erkannte ihn trotz seiner afghanischen Kleidung sofort. Galgal war dick geworden, doch sein Gang verriet ihn. Im Schutz der Dämmerung heftete sich Schahbal an seine Fersen. Zunächst betrat Galgal eine Bäckerei, kam mit einem Brot unter dem Arm wieder heraus und kaufte Weintrauben von einem Mann, der auf dem Bürgersteig saß.

Schahbal folgte ihm bis zu seinem Haus. Nachdem er die Umgebung sondiert hatte, ging er zurück ins Hotel.

Schahbal hatte gehofft, Galgal am nächsten Abend zu Hause allein anzutreffen, doch mit einem verstohlenen Blick durch das Fenster stellte er fest, dass er mit seiner afghanischen Frau gerade zu Abend aß. Das Risiko, dass der Geheimdienst von Schahbals Anwesenheit erfuhr, war zu groß, um ihn eine andere Gelegenheit abwarten zu lassen

Schahbal ging einmal um das Haus herum, vielleicht würde das Paar seine Mahlzeit bald beendet haben. Als er das nächste Fenster passierte, sah Schahbal die Frau allein in der Küche stehen. Im oberen Stock brannte Licht. Er nutzte die Gelegenheit, kroch durch ein anderes Fenster ins Haus und schlich zur Küche. Die Frau spülte gerade Geschirr. Sie schien etwas gehört zu haben, denn sie drehte sich um. Vor ihr stand ein Mann mit einer Pistole in der Hand. Bevor sie schreien konnte, hielt Schahbal sie fest, presste ihr die Hand auf den Mund und flüsterte: »Bleiben Sie ruhig! Ich werde Ihnen nichts tun. Hören Sie mir zu! Ihr Mann ist ein Verbrecher, er hat den Tod vieler Unschuldiger auf dem Gewissen. Verstehen Sie Persisch?«

Die Frau nickte.

»Ich muss mich beeilen. Ich werde Sie jetzt knebeln und fesseln. Leisten Sie keinen Widerstand, sonst muss ich Sie töten. Verstehen Sie mich?«

Die Frau nickte wieder.

»Gut!« Schahbal fesselte ihre Arme und Beine. Dann ließ er die Frau auf dem Küchenboden liegen und stieg leise die Treppe hinauf.

Oben blickte er durch den Türspalt in das Zimmer, in dem Licht brannte. Galgal saß lesend am Schreibtisch; ab und zu notierte er sich etwas.

Leise betrat Schahbal den Raum. Galgal sah zunächst nicht auf, im Glauben, es sei seine Frau, die ihm Tee brachte. Weil sie aber keinen Ton verlauten ließ, nahm er seine Brille ab und sah zur Tür.

»Keine Bewegung!«, rief Schahbal.

Er zog sich die afghanische Mütze vom Kopf und verkündete kalt: »Mohammad Al Galgal! Der selbsternannte Richter Gottes! Sie wurden vom Untergrund zum Tode verurteilt.«

Galgal hatte Schahbal erkannt. Er hob zu sprechen an, doch seine Zunge war so trocken wie ein Stück Holz. Dies war das Ende, nichts konnte ihn mehr retten. Galgal brachte nur ein Murmeln zustande.

»Ich verstehe Sie nicht«, herrschte ihn Schahbal an.

Galgal zeigte auf ein Glas Wasser, das auf dem Tisch stand.

»Trinken Sie ruhig!«

In Galgals Hand zitterte das Glas.

»Darf ich mich nach Mekka wenden?«, fragte er mit dumpfer Stimme.

»Das dürfen Sie!«

Galgal stand auf. Er machte einen Schritt zum Fenster hin, wandte sich nach Mekka und summte:

Sie, die auf der rechten Seite stehen
Und sie, die auf der unseligen Seite stehen …

Der erste Schuss traf Galgal in die Brust.

Strauchelnd hielt sich Galgal am Fensterrahmen fest.

O Mensch, du strebst deinem Herrn zu, und du wirst Ihm
Begegnen.
Wenn der Himmel sich spaltet,
Und die Sterne zerstreut sind …

Schahbal feuerte noch zwei Mal.

Galgals Hände lösten sich vom Fensterrahmen, dann sank er zu Boden.

Noch in seinen letzten Zuckungen murmelte er:

Und die Allerersten, ja, sie werden die Allerersten sein
Sie sind es, die Allah nahestehen
In den Gärten der Wonne.

Bevor er die Flucht ergriff, löste Schahbal die Fesseln der Frau. »Geh so schnell wie möglich zu deiner Familie«, riet er ihr.

Die Frau rannte aus dem Haus.

Schahbal folgte ihr gemessenen Schrittes. Dann schlenderte er durch die dunklen Gassen zur Innenstadt. Nachdem er sich mit Brot und Trauben versorgt hatte, bestieg Schahbal den Nachtbus nach Pakistan.

Der Bus fuhr durch die spärlich erleuchteten Straßen von Kabul. Welch schöne, geheimnisvolle Stadt. Irgendwann würde er dorthin zurückkehren.

Die Gärten der Wonne

Alif Lam Mim Ra. Jahre gingen vorüber, und das Leid des Hauses wuchs wie ein Baum.

Die amerikanischen Geiseln schliefen schon längst wieder zu Hause in ihren eigenen Betten. Khomeini war tot.

Der Krieg war zu Ende, und Amerika hatte seine Spionageflugzeuge abgezogen, ohne über Saddam etwas erreicht zu haben.

Die Zugvögel kamen noch immer in die Stadt und flogen über das Haus an der Moschee. Weil sie dort aber kein Futter mehr erwartete, setzten die Vögel ihre Reise fort.

Agha Djans Töchter wohnten in Teheran. In den Jahren von Krieg und Terror hatten sie in aller Stille geheiratet. Ensi brachte einen Sohn zur Welt, den sie Djawad nannte. Auf Besuch in Senedjan legte sie ihren Sohn Fagri Sadat in die Arme. Fagri, die bis dahin untröstlich gewesen war, küsste das Kind und rief: »Agha Djan, wo bist du, komm, er sieht genauso aus wie Djawad!«

Als die alte Krähe Fagris Ausruf hörte, flog sie eine Schleife über dem Haus. Vor Freude sprangen die alten Fische aus dem Wasser, der alte Baum straffte lächelnd seinen Rücken, die Vögel ließen sich wieder auf dessen Zweige nieder, und der Wind brachte aus den Bergen den Duft wilder Frühlingsblumen mit. Agha Djan nahm Mantel, Hut und Spazierstock und ging vergnügt zum Basar, um Gebäck zu kaufen.

Wann hatte er zuletzt vor lauter Freude Gebäck gekauft?

Am Tag, an dem die Großmütter nach Mekka aufbrachen.

An einem dieser wunderbaren Frühlingstage holte Agha Djan seinen alten Ford aus der Garage und wusch ihn vor der Haustür zum ersten Mal in seinem Leben mit eigener Hand. Dann fuhr er gemeinsam mit Fagri nach Djirja.

Einst hatten fast alle Frauen des Dorfes, Jung und Alt, Teppiche für Agha Djan gewebt, und er war wie ein König empfangen worden. Bis man ihm eines Nachts das Grab für seinen Sohn verweigert hatte.

Doch zum Glück waren diese Zeiten vorbei. Als Agha Djan und Fagri Sadat nach ihrer Ankunft den Dorfplatz überquerten, traten die Leute zur Seite und verbeugten sich respektvoll.

Jetzt, da Gewalt, Terror und Krieg zu Ende waren, da sich der Staub der Revolution gelegt hatte, bekamen die Menschen wieder einen freieren Blick. Sie erkannten, was die vielen Jahre des Kampfes angerichtet hatten.

Fast jede Familie hatte Opfer zu beklagen, die politischen Differenzen hatten viele Familien gespalten. Die Gefängnisse waren voll von Regimegegnern. Die Arbeitslosigkeit war erschreckend hoch, Lebensmittel waren knapp.

Agha Djan hatte Fagri nie erzählt, was sich an jenem Abend in dem Dorf zugetragen hatte, doch sie hatte die Geschichte von ihrer Familie gehört.

»Ich verstehe immer noch nicht, wie sich Menschen von einem Tag auf den anderen so verändern können«, sagte Fagri auf dem Weg zum Haus ihres Vaters.

»Es sind einfache Leute, fast alles Analphabeten. Ich nehme es ihnen nicht übel. Der Schah hat nichts für sie getan, und die Ayatollahs halten es nicht anders. Hier sind unsere Wurzeln, unsere Toten sind hier begraben. Wenn es uns gut geht, liegt es an uns, und wenn es uns schlecht geht, auch.«

Die alte Villa, in der sie früher immer abgestiegen waren, hatte die Armee beschlagnahmt. Deshalb verbrachten sie die erste Nacht in Fagris Elternhaus, in dem jetzt ihre jüngere Schwester wohnte.

Am nächsten Tag besuchten sie das Haus von Kasem Chan. Seite an Seite wandelten sie unter blassrosa blühenden Mandelbäumen. Die Vögel zwitscherten so munter, als wollten sie das Ende der Leidenszeit feiern. Der alte Teil des Dorfes war erhalten geblieben, doch zunehmend bauten sich jungverheiratete Paare an den Hängen der Hügel neue Häuser. Djirja war bekannt für seine Teppiche und für den würzigen Safran. Ritt man früher hoch zu Pferd zu Kasem Chans Haus, sah man Safranfelder, so weit das Auge reichte. Jetzt waren die Hügel übersät mit einfachen kleinen Häusern. Ganz oben hatte man zu Zeiten des Schahs ein Wasserreservoir anlegen wollen, doch dazu war es nicht mehr gekommen.

»Die Bäume sind alt geworden«, sagte Fagri.

»Ich bin auch alt geworden«, erwiderte Agha Djan.

Früher stiegen die Mädchen des Dorfs vor Wintereinbruch zu den Safranfeldern hinauf, um die Fäden zu sammeln, die wie Gold gehandelt wurden. Sie sangen fröhliche Lieder, und wenn sie mit gelblich braunen Händen zurückkehrten, dufteten sie am ganzen Körper.

Die Mädchen von Djirja hatten immer viele Verehrer aus anderen Dörfern gehabt. Doch es war nicht leicht gewesen, sie zu erobern.

In den kalten Wintermonaten blieben sie Tag und Nacht drinnen und knüpften Teppiche. Wenn der Frühling kam, öffneten sie die Fenster, dann hörte man sie singen und kichern. Auch jetzt standen die Fenster offen, doch man hörte sie nicht, sie durften nicht mehr singen.

Agha Djan und Fagri Sadat schlenderten an dem alten Walnussbaum vorbei zu Kasem Chans Haus, das auf einer Anhöhe gegenüber den Safranhügeln lag.

Zwei Reiter tauchten in der Ferne auf. Sie näherten sich im Galopp. Einige Meter vor ihnen hielten sie an, stiegen ab und kamen, die Pferde am Zügel, auf sie zu. Die beiden Männer glichen einander wie ein Ei dem anderen. Wortlos verbeugten sie sich.

Agha Djan sah Fagri Sadat fragend an. »Erkennst du sie denn nicht, es sind die beiden taubstummen Söhne von Kasem Chans altem Diener«, sagte Fagri verschmitzt.

Mit einer Handbewegung erwiderte Agha Djan ihren Gruß und erkundigte sich nach der Gesundheit ihrer Frauen und Kinder.

Die Männer teilten ihm durch Handzeichen mit, zu Hause stehe alles zum Besten, die Kinder seien groß geworden.

»Wir haben euch diese Pferde gebracht«, bedeutete ihnen der eine, »ihr werdet sie brauchen, solange ihr hier seid.«

Mit einem Lächeln sagte Agha Djan zu Fagri: »Sie bieten dir ein Pferd an, was meinst du?«

»Nein, vielen Dank!«, erwiderte Fagri lachend. »Du verstehst dich darauf, aber ich traue mich nicht mehr auf ein Pferd.«

»Ihre Frauen laden dich zu einem Besuch ein«, erklärte Agha Djan.

Fagri Sadat nahm die Einladung mit einer freudigen Geste an.

Die Männer reichten ihnen die Zügel, dann gingen sie zu Fuß davon.

Wie ein Juwel blitzte Kasem Chans Haus zwischen den alten Bäumen hervor, wie es sich für den Dichter des Dorfes ziemte. Sein Grab befand sich am Ende des Gartens unter Mandelbäumen und war ganz von Blüten bedeckt.

Als Kasem Chan noch lebte, sangen die Vögel so lange, bis er das Fenster des Opiumzimmers öffnete und den Rauch hinausblies.

Nach einer Weile rief er: »Und jetzt nach Hause, Kinder, schlaft gut!« Und dann flogen die Vögel davon.

Das Bauernpaar, das ihm früher gedient hatte, hatte jetzt alles für ihren Empfang vorbereitet. Agha Djan und Fagri Sadat aßen zu zweit im Garten, unterhielten sich über Kasem Chan und erinnerten sich lachend daran, wie er mit seinen Gedichten die Frauen in den Bergen für sich gewonnen hatte.

Am Abend sprach die Bäuerin Fagri Sadat an: »Einige Frauen

würden Sie gerne willkommen heißen, wenn Sie nichts dagegen haben.«

»Welche Frauen?«, fragte Fagri Sadat überrascht.

»Die Frauen aus dem Dorf, die früher Teppiche für euch geknüpft haben.«

Fagris Schönheit und Liebenswürdigkeit hatten diese Frauen in guter Erinnerung bewahrt.

»Wann möchten sie kommen?«

»Wann es Ihnen passt.«

Agha Djan suchte in Kasem Chans Bibliothek Zuflucht.

Die alten Frauen kamen als Erste. Sie küssten Fagri und setzten sich still auf den Boden. Dann kamen die älteren, auch sie küssten Fagri und setzten sich. Zu ihrer eigenen Verblüffung erkannte Fagri fast alle Gesichter wieder. Zum Schluss tauchten weitere sieben Frauen auf. Diese hatten als junge Mädchen zur Probe Teppiche für Fagri Sadat geknüpft. Es war lange her.

»Welch eine Überraschung! Euer Besuch hat wieder Licht in meinem Herzen entzündet. Das hatte ich nicht erwartet, ich dachte, ihr hättet mich vergessen«, sagte Fagri.

Eine der alten Frauen ergriff das Wort. »Fagri, du hast viel Kummer erlebt. Du hast deinen Sohn verloren, und wir haben ihm kein Grab gegeben. Das wird für immer auf unserem Gewissen lasten. Heute Abend wollen wir dich bitten, nicht länger zu trauern. Wir haben dir ein Kleid mitgebracht. Häng die schwarzen Kleider wieder in den Schrank und ziehe bitte dieses Kleid an.«

Die Frau reichte Fagri ein geblümtes Kleid in fröhlichen Farben. Mit Tränen in den Augen betrachtete Fagri ihre schwarzen Gewänder. Stumm und leise weinte sie vor sich hin, die Hand an den Mund gepresst.

Als Fagri später mit dem Kleid zu Agha Djan in die Bibliothek hinaufgehen wollte, sah sie eine Gruppe Männer auf der Treppe.

Es waren die weisen Männer des Dorfes, die einst für Agha Djan gearbeitet hatten.

Einer von ihnen klopfte an die Tür der Bibliothek.

»Dürfen wir hereinkommen?«

»Aber natürlich!«, rief Agha Djan. »Ihr seid herzlich willkommen.«

Die Männer setzten sich auf die alten, wackligen Stühle am Fenster. Eine Minute lang blieb es still. Dann ergriff einer der Männer das Wort: »Agha Djan, fast jede Familie des Dorfes hat im Krieg einen Sohn verloren. Sie liegen alle beieinander auf dem Friedhof. Wir haben dir kein Gab für deinen Sohn gegeben. Wir tragen den Leichnam deines Sohnes in unserem Gewissen. Vergib uns!«

»Gott ist der Allwissende. Und der Verzeihende«, erwiderte Agha Djan. »Ich habe es euch nie verübelt. Eure Gegenwart mildert den Schmerz. Ich habe immer an das Gute im Menschen geglaubt. Ich danke euch für euer Kommen.«

Der alte Mann holte ein weißes Hemd hervor und sagte: »Die Zeit der Trauer ist vorbei. Nimm dies von uns an, und lass dein schwarzes Hemd zu Hause!«

Abends im Bett legte Fagri den Kopf auf Agha Djans Brust. »Welch eine schöne Nacht! Ich bin so froh, dass wir unser Dorf wieder unbeschwert besuchen können.«

Durch das Fenster sahen beide in die sternklare Nacht hinaus.

»Sie haben ihren Fehler wiedergutgemacht. Es sind verständige Menschen, die Alten sind weise, und ihre Weisheit beruht auf der reichen Tradition dieses Landstrichs, sie wissen, wie sie Wunden heilen können«, sagte Agha Djan nachdenklich.

»Morgen kommen ein paar Frauen, die mir das Haar mit Henna färben wollen. Es soll Glück bringen«, erzählte Fagri.

»Das freut mich! Glück hast du wahrhaft verdient!«

Eng umschlungen schliefen sie ein.

Am Morgen weckten die Vögel Agha Djan mit ihrem Zwitschern. Nach dem Gebet ging er in den Garten hinaus. Er trug das weiße Hemd, das ihm die Männer geschenkt hatten, mit Wohlbehagen.

Als er die jungen Zweige voller Blüten betrachtete, spürte Agha Djan wieder Kraft in den Gliedern. Er kniete sich neben Kasem Chans Grab hin und klopfte mit einem Kieselstein sachte an den Grabstein. Laut trug er eines von Kasem Chans Gedichten vor:

Ruzegar ast ke gah ezzzat dehad
Ghah ghar darad
Tjarge bazighar azin bazitjeha besjaar darad
So ist das Leben
Es spielt mit dir
Manchmal liebt es dich
Manchmal erniedrigt es dich

Von den Bergen wehte ein sanfter Frühlingswind herüber. Da fiel Agha Djan ein, dass er von Huschang Chan geträumt hatte.

Huschang Chan war ein alter Freund, ein angesehener Mann, der in einem abgelegenen Dorf hoch in den Bergen wohnte. In jener Nacht war ihnen kein anderer als Huschang Chan zu Hilfe gekommen. Er hatte Djawads Leichnam mitgenommen.

Seither war Agha Djan nicht mehr in den Bergen gewesen, er hatte es nicht über sich gebracht.

Am Grab seines Onkels erinnerte er sich nun wieder an seinen Traum. Und auf einmal verlor der Gedanke an Djawad seine Schwere.

Agha Djan sattelte eines der Pferde und galoppierte Richtung Sawodjbolag.

Der etwa sechzigjährige Huschang Chan war der Sohn eines mächtigen Mannes, von dem er sich jedoch schon früh abgewandt hatte. Auch dem Regime des Schahs hatte er kritisch gegenübergestanden.

Von Huschangs vier Frauen hatte ihm jede fünf Kinder geschenkt. Die Gemeinschaft führte ein selbstgenügsames Leben, abgeschirmt von der übrigen Welt. Huschang Chan besaß nichts weiter als einen Jeep, ein paar Traktoren, eine kleine Kuhherde, Pferde und Schafe. Im Keller seines Anwesens stellte er seinen eigenen Wein her.

Zur Außenwelt hatte er kaum Verbindung. Nur seine Freunde – Dichter, Schriftsteller und Musiker aus Isfahan, Yazd, Schiraz und Kaschan – waren immer willkommen. Sie begleiteten ihn auf seinen Wanderungen in den Bergen, sie rauchten Opium mit ihm, tranken von seinem Wein und kosteten die Früchte seiner Gärten. Sein Dorf war für Autos nicht erreichbar, nur Huschang selbst konnte sich auf diesem schwierigen Gelände in seinem alten Jeep fortbewegen. Seine Gäste fuhren mit dem Bus bis nach Djirja und legten den Rest des Weges auf Mauleseln zurück.

Huschang Chan hatte in Paris studiert und dort lange gelebt, bis er eines Tages seine Koffer packte und in sein Heimatdorf zurückkehrte.

Stets trug er hohe Stiefel und einen aparten Hut. Seine Vorliebe für französisches Duftwasser hatte er auch im einsamen Dorf nicht abgelegt. Jeden Tag bestieg er einen Berg, um den Sonnenaufgang zu erleben. Bei ihm zu Hause war das große Radio immer auf einen französischen Sender eingestellt, der außer Nachrichten auch Musik brachte.

Obwohl Huschang vier Frauen hatte, wohnte er allein.

Sawodjbolag befand sich inmitten einer geheimnisvollen Gebirgslandschaft. Der höchste Berg war ein Vulkan, aus dessen Krater ständig Rauch aufstieg. Huschangs Anwesen lag an einem Berghang über einem dürren Tal.

Auf dem Weg dorthin kam man an drei rätselhaften Grotten vorbei. In einer von ihnen befand sich tief im Innern das einfache steinerne Standbild des Sassanidenherrschers Schapur. In die Wand einer anderen Grotte war das Relief eines Löwen gemeißelt, der gegen einen auf einem Stier sitzenden achämenidischen König kämpft. In der dritten Grotte war eine Szene mit König Dareios, dem bedeutendsten Herrscher des alten Perserreichs, in den Fels gehauen.

Vor den Grotten wehten grüne Flaggen mit heiligen Texten. Zahlreiche Pilger ritten auf Mauleseln hierher, um die Reliefs zu bewundern. Hoch am Himmel kreisten Adler und hielten Wache.

Wer Huschang Chan besuchte, kündigte sein Kommen an, indem er eine große Glocke läutete, die oben auf dem Berg über seinem Anwesen stand. Agha Djan schwang den Klöppel und winkte mit dem Hut zum Dorf hinab. »Chaaaaaaaaaaaaaaaaaaan!« Das Echo seiner Stimme hallte durch das Tal.

Die Kinder, die vor dem Anwesen spielten, hörten ihn und riefen zurück: »Wer bist duuuuuuuuuu?«

»Aghaaaaaaaaaaaaaaaa Djaaaaaaaaaaaaaan!«

Die Kinder rannten ins Haus, um Chan die Ankunft eines Gastes mitzuteilen.

Agha Djan setzte seinen Weg fort, das Pferd am Zügel führend.

Da ritt ihm Huschang schon freudig entgegen, sprang vom Pferd und nahm seinen alten Freund in den Arm.

»Agha Djan, willkommen! Was für eine angenehme Überraschung! Mein Haus ist dein Haus!«

Eine Weile gingen sie zu Fuß weiter.

»Sag mir, Freund, was führt dich zu mir?«

»Ob du es glaubst oder nicht, ein Traum«, sagte Agha Djan.

»Erzähl!«

»Ich bin mit Fagri in Djirja. Heute Nacht habe ich von dir geträumt.«

»Warum hast du Fagri nicht mitgenommen?«

»Ich hatte gar nicht die Absicht, aber als mir heute Morgen der Traum wieder einfiel, bin ich gleich losgeritten.«

»Erzähl mir von deinem Traum.«

»Ich weiß nur noch, dass ich bei der Glocke stand und dich zum Tal hinabsteigen sah. Ich läutete, doch du hörtest mich nicht, wie heftig ich auch an dem Strick zog, du schautest dich nicht um. Etwas schnürte mir die Kehle zu, ich hörte nicht mehr auf zu läuten. Alle Bergbewohner mussten es gehört haben, nur du nicht.«

»Ich weiß, wie dein Traum endete. Komm!«, sagte Huschang Chan.

Geschickt lenkte Huschang Chan sein Pferd den Abhang hinab, Agha Djan folgte ihm. Als sie die Talsohle erreicht hatten, stiegen sie ab. Es war ein ödes Tal, steinig und menschenleer.

»Der Boden ist hier so trocken, dass nicht einmal der Persische Golf seinen Durst löschen könnte. Du wirst mich für verrückt halten, aber ich träume davon, aus diesem Tal einen Garten Eden zu machen. Ich möchte dir etwas zeigen. Bist du bereit?«

»Wie meinst du das?«

»Es ist etwas Schmerzliches, aber zugleich Wunderbares!«

Sie kletterten über einige Felsen.

»Soll ich dir ein Geheimnis verraten? Kannst du dir vorstellen, dass sich unter meinem Haus ein riesiges Wasserreservoir befindet?«

»Ein Wasserreservoir?«

»Ja, ich weiß nicht, wo das Wasser herkommt, vielleicht aus den Schneebergen im Norden, ich habe es erst vor drei Jahren entdeckt, als mich ein französischer Freund, ein Geologe, besuchte. Er ist in meinen Brunnen hinabgestiegen, und als er wieder oben war, erklärte er: ›Unter deinem Haus liegt Gold.‹

›Gold?‹, fragte ich verdutzt.

›Wasser, da unten ist ein riesiger Wasservorrat, damit kannst du ein Vermögen machen.‹

Bis heute habe ich dieses Geheimnis gehütet. Denn wenn die Ayatollahs davon erfahren, werden sie mir mein Haus wegnehmen und mich davonjagen. Ich werde es bis an mein Lebensende hüten. Doch den Garten habe ich schon in Angriff genommen. Übrigens mit Hilfe eines Verwandten von dir.«

»Wem?«

»Das erzähle ich dir später. Ich habe eine ordentliche Wasserpumpe gekauft, dazu einen langen Schlauch. Das Ergebnis ist erstaunlich. Mach die Augen zu, ich führe dich hin. Sei stark und folge mir!«

Agha Djan schloss die Augen, unsicher hielt er sich am Arm seines Freundes fest.

»So, jetzt kannst du sie wieder aufmachen«, sagte Huschang Chan.

Ungläubig starrte Agha Djan auf das Bild, das sich ihm bot: Vor ihm lag ein ausgedehnter Garten voller duftender Frühlingsblumen in allen Farben des Regenbogens, dazwischen wuchsen junge Bäume in voller Blüte.

»Unfassbar!«, hörte er sich sagen.

»Der Boden hier ist noch warm vom alten Vulkan und daher reich an Nährstoffen. Und die hohen Felsen ringsum schützen den Garten. Wie du siehst, hat sich mein Traum schon teilweise erfüllt. Und was deinen Traum betrifft, an den du dich nicht mehr so genau erinnern kannst …« Huschang Chan zeigte zu einer gelblich braunen Felswand. »Dort unter den Bäumen liegt dein Sohn begraben. Es fehlt noch der Grabstein, aber sein Grab ist mit Blumen bedeckt.«

Agha Djan umklammerte Huschang Chans Arm.

»Gewöhnliche Vögel trauen sich nicht hierher«, fuhr sein Freund fort, »dies ist das Reich der Adler. Sie kreisen über diesem Tal und halten Wache.«

Mit feuchten Augen sah Agha Djan auf die orange-rosafarbenen Blumen, die so eng beieinanderstanden, als wollten sie das Grab vor Blicken schützen. Tränen liefen ihm über die Wangen. Er kniete nieder und küsste den Boden.

Alif Lam Mim Ra
Er ordnet alle Dinge.
Und Er ist es, der die Erde ausgebreitet
Und auf ihr festgegründete Berge und Flüsse geschaffen hat.
Der die Himmel ohne sichtbare Säulen hochgehoben hat.
Er hat die Sonne und den Mond dienstbar gemacht.
Jedes Gestirn läuft seine Bahn
In einer vorgezeichneten Frist.
Er ordnet alle Dinge.

Er lässt die Nacht den Tag überdecken
Und umgekehrt.
Alle Früchte erschuf Er paarweise.
Und auf der Erde liegen dicht beieinander Landstriche.
Und es gibt Gärten mit Reben,
Getreide und ein- oder zweistämmigen Palmen,
die vom gleichen Wasser versorgt werden.
Er ordnet alle Dinge,
Er legt die Zeichen deutlich dar,
Alif Lam Mim Ra.

»Ich danke dir, Chan«, sagte Agha Djan, »ich danke dir, mein Freund, ich fühle das Glück in meinem Herzen.«

»Ich habe noch etwas, was dir Freude bereiten wird«, sagte Huschang Chan.

»Nichts kann mich glücklicher machen als dies.«

»Wer weiß. Wie gesagt, jemand hat mir geholfen, dieses Wunder zu schaffen, jemand, der so stark ist wie ein Elefant. Ohne ihn gäbe es diesen Garten nicht. Kommst du mit? Möchtest du ihn sehen? Er arbeitet gerade hinter dem Haus, mit dem Traktor. Wir haben ein neues Feld angelegt. Mein französischer Freund hat mir Samen von Sonnenblumen mitgebracht, die selbst hier in den Bergen viel höher wachsen als unsere einheimischen. Die Ernte wird gut. Dieses Jahr können wir wahrscheinlich sogar unser eigenes Öl pressen. Du glaubst nicht, wie geschickt der Mann ist, den du gleich sehen wirst! Er arbeitet für zwei, er pflügt, er sät, er repariert die Landbaumaschinen und gibt mir gute Ratschläge. Noch nie habe ich einen so guten Arbeiter gehabt.«

Die Pferde am Zügel führend, gingen sie langsam auf die andere Seite des Hanges.

Als sie zu einem Wäldchen kamen, band Huschang Chan die Pferde an einen Baum und sagte: »Wir werden ihn überraschen.«

Leise gingen sie zwischen den Bäumen hindurch. »Bleib stehen«, flüsterte Huschang Chan.

Agha Djan sah den Mann auf dem Traktor, doch dessen Gesicht wurde zum Teil von der breiten Hutkrempe verdeckt. Als der Mann vom Traktor hinunterstieg, kamen seine Haltung und sein Gang Agha Djan seltsam bekannt vor.

Huschang Chan lächelte.

Der Mann setzte sich in den Schatten eines Baumes und packte sein Brot aus. Als er aufsah, fiel Sonnenlicht auf sein Gesicht.

»Ahmad! Es ist Ahmad!«, rief Agha Djan.

Er machte einen Schritt auf den Mann zu und betrachtete ihn aufmerksam. Er irrte sich nicht, es war Ahmad, ihr Ahmad, der Sohn ihres Hauses, der Imam ihrer Moschee.

»Geh zu ihm! Umarme ihn!«, sagte Huschang Chan.

Agha Djan lief über den Acker. Als Ahmad ihn kommen sah, stand er auf und blickte ihm sichtlich bewegt entgegen. Sie fielen sich in die Arme.

»Du bist ein richtiger Bauer geworden, sogar ein moderner Bauer, du fährst einen Traktor, du riechst nach Diesel, du hast die Hände eines Mechanikers«, sagte Agha Djan freudestrahlend. »Du hast viel erlebt, das Leben hat dich schwer geprüft. Allah, ich danke dir für diesen gesegneten Augenblick.«

Ahmad brachte vor Rührung kein Wort heraus, mit zitternden Händen fuhr er sich über die Augen.

»Alles wird wieder gut, mein Sohn, das Elend wird ein Ende haben, ich schwöre es dir. Dann gehört die Moschee wieder uns, und du kommst wieder zurück«, erklärte Agha Djan.

»Er will kein Imam mehr sein«, sagte Huschang Chan unentwegt lächelnd, »sein Gewand und seinen Turban kannst du den Ayatollahs vor die Füße werfen. Komm, er muss wieder an die Arbeit, lass uns etwas essen. Ich glaube, ihr müsst euch beide etwas erholen.«

Benommen, aber glücklich ging Agha Djan neben ihm her.

»Du bist ein echter Freund, Chan. Ich weiß nicht, wie ich dir danken soll, für alles, was du für mich getan hast.«

»Spar dir deine Worte! Einen Gefallen könntest du mir allerdings tun«, antwortete Huschang Chan.

»Mit Vergnügen!«

»Wir reden später darüber, wir haben noch genug Zeit.«

Als sie zum Haus kamen, sprangen die Kinder jauchzend um Agha Djan herum.

»Mir scheint, da sind einige dazugekommen!«, sagte Agha Djan.

»Keine Ahnung«, meinte Huschang Chan lachend, »das musst du ihre Mütter fragen.«

Chan führte Agha Djan in das geschmackvoll eingerichtete Wohnzimmer. Ein kristallener Kronleuchter hing von der Decke, die zur Hälfte abgebrannten Kerzen steckten in tulpenförmigen Haltern, ein antiker Spiegel reflektierte ihr Licht. Es war angenehm warm, alte Perserteppiche bedeckten den Fußboden und machten den Raum noch behaglicher.

Das Mobiliar war sehr alt, doch es hatte nichts von seiner edlen Schönheit verloren. In einem großen Bücherschrank standen persische und französische Bücher.

»Ich hoffe, du bleibst ein paar Tage«, sagte Huschang Chan.

»Du sprichst mir aus dem Herzen. Ich würde gerne bleiben, doch es geht nicht. Fagri ist allein in Djirja. Sie trifft sich heute mit einigen Frauen aus dem Dorf, sie weiß nicht, dass ich hier bin.«

»Ich verstehe, aber ich lasse dich nicht gehen. Wir holen Fagri einfach her, ich kann ihr jemanden schicken.«

»Ich glaube, für sie wäre es noch zu früh. Sie fängt erst langsam an, ihre Trauer zu überwinden. Und ich habe ihr nie gesagt, dass du Djawad in deine Obhut genommen hast ...«

»Gut, dann lasse ich ihr die Nachricht überbringen, dass du hier bist und über Nacht bleibst. Kann sie nicht bei ihrer Schwester übernachten? Man sollte Frauen ohnehin nicht zu sehr an Umarmungen gewöhnen. Lass sie eine Nacht allein schlafen, das tut ihr gut«, sagte Huschang Chan.

Zwei Diener brachten das Essen auf einem runden Silbertablett herein.

Am Nachmittag suchte Agha Djan Ahmad noch einmal auf und unternahm mit ihm einen Spaziergang. Dabei tauschten sie sich über die Ereignisse der vergangenen Jahre aus.

Später führte Huschang Chan Agha Djan zu seinen Frauen, die beide Männer mit Tee und frischem Gebäck empfingen.

Bei der ältesten Frau aßen sie zu Abend.

Schließlich brachte Huschang Chan Agha Djan zum Gästezimmer, das von vielen Kerzen erleuchtet war.

»Setz dich, mein Freund, ich bin gleich wieder da«, sagte Huschang Chan.

Auf einmal spürte Agha Djan Traurigkeit in sich aufsteigen. Der Tag hatte an seinen Kräften gezehrt. Blind starrte er vor sich hin, bis sein Freund mit einer Flasche zurückkam. Huschang stellte sie auf den Tisch und holte zwei mit Goldrand verzierte Gläser aus dem Schrank. Die Flasche war mit einer leichten Staubschicht überzogen.

»Heute haben wir viele Gründe anzustoßen. Die Nacht ist schön und traurig, ich sehe es dir an.«

Agha Djan, der noch nie in seinem Leben Alkohol getrunken hatte, schüttelte lächelnd den Kopf.

»Ich trinke nicht«, sagte er.

»Du hast doch gesagt, du weißt nicht, wie du mir danken sollst. Es ist ganz einfach, du trinkst mit mir, und das ist für mich Dank genug. Schau, ich habe die älteste Weinflasche aus dem Keller geholt, für dich! Sie ist älter als dreißig Jahre und noch von meinem Vater. All die Jahre habe ich auf eine solche Nacht gewartet, auf einen Freund, auf einen wahren Mann. Warte, antworte nicht gleich. Ich weiß, es ist gegen deine Prinzipien, aber ich möchte diesen Wein mit dir trinken, und zwar auf deinen Sohn, der dort im Garten begraben liegt, und auf Ahmad, der gesund ist und Traktor fährt. Es ist eine besondere Nacht, und du darfst sie mir nicht mit deinem strengen Glauben verderben. Ich schenke dir das Glas voll, du schweigst, und wenn ich das Glas hebe, hebst auch du das Glas, und dann trinken wir.«

Huschang entkorkte die Flasche und roch an ihr: »Allah, Allah, alle trinken, wann sie wollen, aber ich möchte, dass du diesen Wein mit mir trinkst.«

Agha Djan schwieg. Huschang Chan schenkte sich etwas Wein ein und schwenkte sein Glas. »Der paradiesische Duft von rotem Wein, von dem der Koran spricht!«

Agha Djan musterte ihn schweigend.

»Sieh mich nicht so an«, sage Huschang Chan, »ich sage nichts Falsches, du bist nicht der Einzige, der den Koran gelesen hat, ich lese auch den Koran, jeder auf seine Weise. Im Koran stehen so schöne Sätze über das Paradies, über die Frauen, die einen dort bedienen, wunderbare Frauen, deren Lippen nach Milch und Honig schmecken. Sie werden uns göttliche Getränke einschenken. Hier, heb dein Glas, dieser Wein wird dir später auch im Paradies kredenzt werden!«

Agha Djan rührte sein Glas nicht an.

»Ich habe viele Sünden begangen«, fuhrt sein Freund fort, »anders als du, nie würde ich von dir verlangen, etwas Sündiges zu tun. Diesen Wein habe ich aus den roten Trauben des alten Weinbergs gepresst. Die schönsten Mädchen der Gegend haben die Trauben gepflückt und sie in die großen alten Tonfässer im Keller gefüllt.«

Huschang Chan nahm einen Schluck, kostete den Wein andächtig und verkündete: »Alle Stoffe des alten Vulkans, alle Stoffe des Weltalls sind in diesem Wein. Er duftet nach den Händen der Mädchen. Nimm dein Glas, Agha Djan!«

Mit diesen Worten ließ ihn sein Gastgeber allein.

Das Glas in der Hand, trat Huschang Chan auf den Hof. Fledermäuse schwirrten davon. Ahmad war auf dem Weg zum Stall, mit einer Last auf den Schultern. Huschang Chan trank noch einen Schluck und horchte auf die Geräusche der Nacht. Seine Kinder waren noch auf, seine Töchter spielten im Dunkeln Fangen. Die Jahre, die er in Paris verbracht hatte, waren turbulent gewesen. Die Linken zogen durch die Straßen, der Existenzialismus erlebte seinen Höhepunkt, und Simone de Beauvoir eroberte mit ihren Büchern die Stadt. Dort war er glücklich gewesen, auch oft verliebt. Die französischen Freunde hatten ihn wie einen Prinzen aus Tausendundeiner Nacht empfangen. Er hätte für immer dort bleiben mögen, doch nach einiger Zeit schlug die Stimmung um, er fühlte sich nicht mehr wohl, bekam Heimweh, Heimweh nach den Bergen seiner Jugend, nach den Frauen in den Bergen. Paris war schön, aber es war keine Schönheit, die ihn dauerhaft zu fesseln vermochte. Nie würde er diese Jahre vergessen, und doch war er für immer nach Hause zurückgekehrt.

Als Huschang Chan sich umblickte, sah er Agha Djan am Fenster stehen. Hatte er einen Schluck genommen? Auf einmal fühlte Huschang Chan die Traurigkeit seiner letzten Pariser Jahre wieder in sich aufkommen, er wollte jetzt nicht allein sein. So ging er zum Haus seiner jüngsten Frau, in deren Armen er immer Ruhe fand.

»Warum bist du so bekümmert?«, fragte sie, als sie ihm die Tür öffnete.

»Es ist der Kummer eines Freundes«, erwiderte er.

Ohne ein weiteres Wort führte sie ihn zu ihrem Bett. Er legte seinen Kopf in ihren Schoß.

Am nächsten Morgen ließ sich Agha Djan von einem Diener ins Bad führen. Er stieg in das Becken, fühlte die heißen Steine auf dem Boden, nach der ungewöhnlich langen Nacht war dies ein Moment des Glücks. Das Wasser reichte ihm bis ans Kinn, er tauchte unter und summte:

Die Allerersten, ja, sie werden die Allerersten sein.
In den Gärten der Wonne.
Auf golddurchwirkten Sesseln.
Und holdselige Mädchen mit großen, herrlichen Augen,
Gleich wohlverwahrten Perlen,
Warten ihnen auf
Mit Krügen
Und Bechern gefüllt mit Wein,

Von dem sie weder Kopfweh bekommen noch einen Rausch,
Und mit Früchten vom Baum ihrer Wahl,
Und Fleisch von Geflügel.

Das Wasser schwappte über den Rand. Nachdem er tief Luft geholt hatte, tauchte Agha Djan lange unter Wasser, als hätte er eine Sünde begangen.

Als er wieder auftauchte, rief er, so laut er konnte: »In den Gärten der Wonne!«

Nach dem Bad bat Agha Djan den Diener, ihm sein Pferd zu bringen. Kaum saß er im Sattel, galoppierte er davon.

Er ist das Licht
Licht über Licht

Die Geschichte vom Haus an der Moschee ist noch lange nicht zu Ende, aber es ist wie im Leben, irgendwann muss man innehalten.

Alte persische Erzählungen enden oft mit dem Satz: »Unsere Geschichte ist zu Ende, doch die Krähe hat ihr Nest noch lange nicht erreicht.«

Eines Tages erhielt Agha Djan auf dem Basar einen merkwürdigen Brief. Er wunderte sich, denn es war schon lange her, dass er einen Geschäftsbrief aus dem Ausland erhalten hatte. Eine solche Briefmarke hatte er noch nicht gesehen. Deutsche Briefmarken beispielsweise haben stets etwas Würdevolles, mit ihren Motiven von Musikern, Philosophen oder historischen Gebäuden. Doch auf dieser Briefmarke waren bunte Tulpen abgebildet. Agha Djan sah sie sich durch das Vergrößerungsglas genauer an. Vielleicht kam der Brief ja aus der Schweiz, dorthin hatte er einmal Teppiche geliefert.

Er drehte den Brief hin und her, zwar hatte er ein gutes Gefühl, aber man konnte nie wissen, das Unglück lauert in jedem Winkel. Vorerst ließ er den Brief auf dem Schreibtisch liegen und bat seinen Diener, ihm Tee zu bringen.

Nachdem er den Tee getrunken hatte, nahm Agha Djan seinen Brieföffner und schlitzte den Umschlag vorsichtig auf. Der Brief war mit einem Füllfederhalter geschrieben und auf Persisch verfasst.

Mein teurer Agha Djan, *Salam!*

Ein *Salam* aus tiefster Seele.

Ein *Salam*, das den Duft des Heimwehs verströmt.

Mein lieber, teurer Agha Djan, ich schreibe dir aus einem Land, von dem ich nie gedacht hätte, dass ich dort einmal leben würde. Wenn ich du wäre, würde ich sagen, es war Gottes Wille. Mir selbst erscheint es mehr als eine Folge von Zufälligkeiten. So denke ich, und du hast mich gelehrt, die Dinge zu akzeptieren, wie sie sind.

Ich trage deine Weisheiten immer bei mir, wie eine alte, liebgewordene Halskette.

Deine Worte gaben mir Hoffnung, sie haben mir geholfen, standzuhalten, ein neues Leben zu beginnen, meinen Weg unbeirrt weiterzugehen und so ein wahrer Sohn des Hauses an der Moschee zu werden.

Mein teurer Agha Djan, ich sehne mich nach dem Tag, an dem ich das Tor zum Haus wieder öffnen darf. Ich habe den Schlüssel noch immer in der Tasche.

Du hast mich gelehrt, vor Schwierigkeiten nicht in die Knie zu gehen, sondern hart zu arbeiten und Geduld zu haben. Ich habe deinen Rat befolgt.

Ich habe unser Haus verlassen, doch ich habe ihm nie den Rücken gekehrt. Nun lebe ich hier, und ich träume von dem Tag, an dem ich mit dir an der Gracht vor meinem Haus spazieren gehe. Dieser Tag wird kommen! So wird es sein, du hast mir immer eingeschärft, zu träumen und meine Träume in die Tat umzusetzen. Und daran halte ich mich. Es gibt Geheimnisse, die ich dir nur in der Freiheit dieser Stadt erzählen kann.

Eines Tages wirst du vor mir stehen, dann werde ich meine Freunde einladen, damit sie dich kennen lernen.

Ich habe so oft von dir gesprochen, dass sie dich fast so gut kennen wie mich.

Mein teurer Onkel, ich schreibe immer noch. In den letzten Jahren habe ich nichts anderes getan, als nach einer Form für meine Geschichten zu suchen. Ich habe es für dich getan und für unser Land.

Ich habe die Sprache gewechselt, ich weiß nicht mehr, ob ich mich darüber freuen soll oder ob ich mich deswegen bei dir entschuldigen muss. Es ist nun einmal so gekommen, es stand nicht in meiner Macht, es zu verhindern. Es war meine Rettung. Nur so konnte ich dein Leid und das Leid unseres Landes in Worte fassen. Ich habe die Sprache gewechselt, doch ich habe mich immer bemüht, den poetischen Geist unserer schönen alten Sprache zu bewahren.

Verzeih mir.

Mein teurer Onkel, ich träume so oft von unserem Haus und von euch, dass ich eigentlich nicht hier, sondern dort mein Zuhause habe.

Für dich gibt es keinen Tod. Du bleibst, bis sie alle gegangen sind und bis sie alle wiederkommen.

Schahbal

In der Nacht zog Agha Djan seinen Mantel an, setzte seinen Hut auf, nahm den Spazierstock und ging auf den Innenhof hinaus.

Das Wasser im *Hous* war gefroren, die Zweige der Bäume waren mit einer dünnen Eisschicht bedeckt.

Am tiefblauen Himmel erstreckten sich die Sterne bis nach Mekka. Agha Djan ging zur Treppe und stieg zum Dach hinauf.

Die alte Krähe, die ihn an seinen Schritten erkannte, krächzte, blieb aber in ihrem Nest unter der Kuppel sitzen, ohne ihn aus den Augen zu lassen.

»Ich danke dir, Krähe! Ich passe schon auf«, rief Agha Djan ihr zu, als er an der Kuppel vorbeikam.

Die Krähe krächzte.

»Vielen Dank, Krähe. Gut, dass du mich daran erinnerst. Nein, ich mache das Licht nicht an. Krähe, die Schatzkammer ist unser Geheimnis.«

Auf das Geländer gestützt, stieg Agha Djan hinab und betrat die Moschee. Im Dunkeln tastete er sich zum Grabgewölbe vor, dann öffnete er behutsam die Tür.

Dahinter war es so finster, dass Agha Djan in Versuchung geriet, das Licht doch anzumachen. Er entschied sich dagegen und tastete sich so lange im Dunkeln vor, bis er die Tür zur Schatzkammer erreicht hatte.

Es war vollkommen still. Nur seine Schritte und das Ticken des Stocks waren zu hören.

Dann hielten die Schritte an. Agha Djan steckte den Schlüssel ins Schloss, quietschend drehte sich die uralte schwere Tür in den Angeln.

Als Agha Djan den Raum betrat, wurde er eins mit der Dunkelheit.

Über den roten Teppich ging er zur allerletzten Truhe. Er zog Schahbals Brief hervor und kniete sich hin. Nun unterbrach einzig Agha Djans Summen die Stille:

Er ist das Licht.
Sein Licht ist wie eine Nische, die eine Lampe erhellt.
Das Glas ist wie ein funkelnder Stern,
Angezündet von einem gesegneten Baum, einem Ölbaum.
Das Öl leuchtet fast von selbst.
Licht über Licht.

Glossar

Aba – ein traditionelles islamisches Kleidungsstück
Adhan – öffentlicher Gebetsruf
Ahura Mazda – persischer Schöpfergott
Al-hamdu-lellah – ich preise Allah
Al-Harem Al-Sharif – die Al-Aksa-Moschee in Jerusalem
Avesta – das heilige Buch des Zarathustra
Aya – der Abschnitt einer Sure (pl. Ayat)
Azan – Ruf zum Gebet
Bismillah tala – im Namen Allahs
Dschanam be fadayat Khomeini – wir opfern uns für dich, Khomeini
Dschom'e-Moschee – Hauptmoschee einer Stadt, in der die Freitagsgebete abgehalten werden
Espand – duftende Gewürzsamen, die gegen den bösen Blick ins Feuer gestreut werden
Hedschab – islamische Kleidungsvorschrift für Frauen
Indschil – das Neue Testament
Enna lellah –Abkürzung von Enna lellahe ua ena ilaihi radschehun (von Allah kommen wir und zu Ihm kehren wir zurück)
Inschallah – so Allah will
Mahdschabe – verschleierte Frau
Mahiha – Fische

Mobarak – herzlichen Glückwunsch
Nakahtu ua-sauadschtu – ich heirate (dich) und ich heirate (dich)
Rakat – Gebetsabschnitt
Sa lauat bar Mohammad – gegrüßt sei der Prophet Mohammad
Sabzeh – das ergrünte Getreide, das zum Nowruz-Fest gesät wird
Salam bar Fatéme – gegrüßt sei Fatima, die Tochter des Propheten
Sigheh – nach der Scharia darf ein Mann neben seiner gesetzmäßigen Ehefrau noch weitere Frauen haben, die jedoch weder erbberechtigt noch offiziell registriert sind
Sayeh – Schatten
Tammuz – Spätsommer
Taura – die Thora
Tofang – einfaches Gewehr
Toman – iranische Währung
Wassalam – das war's

Notiz

Am Anfang einiger Kapitel stehen, wie am Anfang einiger Koransuren, Buchstaben des arabischen Alphabets. Auf den ersten Blick erscheinen sie nichtssagend, doch über ihre Bedeutung haben sich schon viele Gelehrte den Kopf zerbrochen. Im Islam werden sie als Geheimchiffren verstanden, als Code für den Kosmos. Den Gläubigen zufolge sind sie die Schlüsselworte zum Geheimnis der Schöpfung.

Ein Abschnitt des Kapitels *Mahiha* beruht auf einer Erzählung des iranischen Schriftstellers Djalal Alle Ahmad.

Alle Zitate aus dem Koran sind bearbeitet und mehr oder weniger aus dem Zusammenhang gelöst. Ich habe verschiedene Ausgaben und verschiedene Interpretationen zurate gezogen.

Obwohl die Geschichten des Romans auf historischen Ereignissen fußen, dürfen alle Namen und Anekdoten, die an die Wirklichkeit erinnern, nach dem Gesetz der Literatur gelesen werden.

Kader Abdolah

claassen

Emma Braslavsky

Aus dem Sinn

Roman

362 Seiten / Gebunden mit Schutzumschlag
ISBN 978-3-546-00419-0

Im Jahre 1969 explodiert in Erfurt die Domuhr und der junge Mathematiker Eduard Meißerl verliert sein Gedächtnis. Beide Ereignisse sind zugleich Anfang und Ende dieser tragikomischen Geschichte über eine kleine Gemeinde vertriebener Sudetendeutscher, deren wunderliche Lebensspuren im Übergang zwischen Erinnerung und Zukunft verlaufen.

»Eine Geschichte, die für mich zu den anrührendsten und gleichzeitig intellektuell weiterführendsten der jungen deutschen Literatur in diesem Frühjahr zählt. Ein formal sehr ambitionierter Roman, ein großes, auch gelungenes Formexperiment, das mich von der ersten Seite in den Bann geschlagen hat.« *Denis Scheck*

»Ein großer Wurf, bei dem auch die Details stimmen. *Aus dem Sinn* hat es verdient, ein Bestseller zu werden.«
Udo Marquardt, DW-World